हिन्द पॉकेट बुक्स

बहू मांगे इंसाफ़

10 जून, 1955 को मेरठ में जन्मे वेद प्रकाश शर्मा हिंदी के लोकप्रिय उपन्यासकार थे। उनके पिता पं. मिश्रीलाल शर्मा मूलत: बुलंदशहर के रहने वाले थे। वेद प्रकाश एक बहन और सात भाइयों में सबसे छोटे हैं। एक भाई और बहन को छोड़कर सबकी मृत्यु हो गई। 1962 में बड़े भाई की मौत हुई और उसी साल इतनी बारिश हुई कि किराए का मकान टूट गया। फिर एक बीमारी की वजह से पिता ने खाट पकड़ ली। घर में कोई कमाने वाला नहीं था, इसलिए सारी ज़िम्मेदारी माँ पर आ गई। मां के संघर्ष से इन्हें लेखन की प्रेरणा मिली और फिर देखते ही देखते एक से बढ़कर एक उपन्यास लिखते चले गए।

वेद प्रकाश शर्मा के 176 उपन्यास प्रकाशित हुए। इसके अतिरिक्त इन्होंने खिलाड़ी श्रृंखला की फिल्मों की पटकथाएँ भी लिखी। *वर्दी वाला गुंडा* वेद प्रकाश शर्मा का सफलतम थ्रिलर उपन्यास है। इस उपन्यास की आज तक करोड़ों प्रतियां बिक चुकी हैं। भारत में जनसाधारण में लोकप्रिय थ्रिलर उपन्यासों की दुनिया में यह उपन्यास सुपर स्टार का दर्जा रखता है।

हिन्द पॉकेट बुक्स से प्रकाशित

लेखक की अन्य पुस्तकें

वर्दी वाला गुण्डा

सुहाग से बड़ा

सुपरस्टार

चक्रव्यूह

कैदी नं. 100

खेल गया खेल

सभी दीवाने दौलत के

कारीगर

पैंतरा

साढ़े तीन घंटे

हत्या एक सुहागिन की

वेद प्रकाश शर्मा

हिन्द पॉकेट बुक्स

यूएसए। कनाडा। यूके। आयरलैंड। ऑस्ट्रेलिया। सिंगापुर
न्यू ज़ीलैंड। भारत। दक्षिण अफ्रीका। चीन

हिन्द पॉकेट बुक्स, पेंगुइन रैंडम हाउस ग्रुप ऑफ़ कम्पनीज़ का हिस्सा है, जिसका पता global.penguinrandomhouse.com पर मिलेगा

पेंगुइन रैंडम हाउस इंडिया प्रा. लि.,
चौथी मंजिल, कैपिटल टावर -1, एम जी रोड,
गुड़गांव 122022, हरियाणा, भारत

पेंगुइन
रैंडम हाउस
इंडिया

प्रथम संस्करण : तुलसी पॉकेट बुक्स द्वारा 1989 में प्रकाशित
प्रथम हिन्दी संस्करण हिन्द पॉकेट बुक्स द्वारा 2022 में प्रकाशित

10 9 8 7 6 5 4 3 2

इस उपन्यास के सभी पात्र और घटनाएँ काल्पनिक हैं। इस उपन्यास का किसी भी व्यक्ति या घटना से कोई संबंध नहीं है। यदि किसी व्यक्ति, घटना या स्थानादि से इसकी समानता होती है, तो उसे मात्र एक संयोग माना जाए।

ISBN 9789353493509

मुद्रकः रेप्रो इंडिया लिमिटेड

www.penguin.co.in

This is a legitimate digitally printed version of the book and therefore might not have certain extra finishing on the cover.

बहू मांगे इंसाफ़

“मैं तो परेशान हो गई इस जनमजली से, कम्बख्त को हैजा खाए, कोढ़ी हो जाए या फिर भगवान मुझे ही उठा ले। कम-से-कम चौबीस घंटे इस मनहूस की सूरत तो नहीं देखनी पड़ेगी?” हाथ नचा-नचाकर कहती हुई अधेड़ आयु की सुलक्षणादेवी कमरे में दाखिल हुई।

कमरे में उसके पति हरनामदास और बड़ा पुत्र जसवंत पहले ही थे।

उन्हें देखते ही सुलक्षणादेवी एक पल के लिए ठिठकी, फिर अगले पल उसी अंदाज़ में भड़ककर चीख पड़ी–“तुम दोनों कानों में रुई डाले यहां बैठे क्या खुसर-फुसर कर रहे हो मेरा भी किसी को ख्याल है। तुममें से कोई उस कलमुंही से मेरा पीछा भी छुड़ा सकता है कि नहीं?”

“अब क्या किया कविता ने?” हरनामदास ने पूछा।

“आय . . . हाय . . .” सुलक्षणा हाथ नचाकर ललिता पवार की तरह उन पर झपटती हुई बोलीं–“जैसे आपको कुछ पता ही नहीं है मेरे डॉक्टर बेटे को उसने और उसके हरामखोर घरवालों ने मुफ्त में फंसा लिया और अब आप कहते हैं कि उस कलंकिनी ने किया ही क्या है ये क्या कम है कि अपने जिस लाड़ले को हमने दो लाख लगाकर डॉक्टर बनाया, उसकी शादी में दो टके भी नहीं आए। उल्टे वह कुलक्षणी मेरी छाती पर मूंग दलने आ गई है।”

"मैंने तो पहले ही कहा था मम्मी।" जसवंत कह उठा–"मेरे सास-श्वसुर अमिता की शादी मनजीत से करना चाहते थे। दहेज में दो लाख भी दे रहे थे तुम ही न मानी कहने लगी कि एक ही घर में दो बहनों का बहू बनकर आना ठीक नहीं होता।"

"मेरी मति मारी गई थी। अक्ल पर पत्थर पड़ गए थे मेरी, जो इनकी बातों में आई।"

"ह . . . हमारी बातों में?" हरनामदास चिहुंक से उठे।

"और नहीं तो क्या आप ही ने तो कहा था कि कुंजबिहारी अमीर है। खानदानी है अपनी बेटी को एक डॉक्टर से ब्याहने का अर्थ वह खूब जानता है। मोटा दहेज देगा। अपनी मुसीबत कुंजबिहारी ने हमारे गले में डाल दी। मेरा खून तो उसी वक्त पानी हो गया था, जब उस कलमुंहे ने आंखों में आंसू भरकर कहा कि देने के लिए मेरे पास अपनी बेटी के अलावा कुछ भी नहीं है।"

"हम क्या कर सकते थे यह बात कुंजबिहारी ने फेरों के बाद कही थी।"

"हां-हां आप कर ही क्या सकते थे। आप तो मिट्टी के माधो हैं। अब भी क्या कर सकते हैं मगर इतना तो आपको करना ही होगा कि बाजार से एक छटांक जहर ले आएं।"

"जहर . . . जहर क्यों?"

"जिसे खाकर मैं आराम से मर तो सकूं।"

"तुम क्यों मरोगी मां यदि इस घर में किसी को मरना ही है तो . . ."

"तुम बाप-बेटों के बस का कुछ नहीं है। बस नाम के मर्द हो यदि मैं मर्द होती, तब तुम्हें दिखाती कि ऐसी मुसीबत से पीछा कैसे छुड़ाया जाता है?"

"अचानक हरनामदास बिखरे हुए अंदाज में कह उठे–"हम तुम्हारी तरह बेवकूफ नहीं हैं सुलक्षणा, जो हर वक्त चबड़-चबड़ करके अपने जज्बात और विचारों का ढिंढोरा पीटते रहें जो दुख तुम्हें हैं, वह हमें भी है हमने भी मनजीत को पढ़ा-लिखाकर डॉक्टर इसलिए नहीं बनाया था कि उसकी शादी में सिर्फ पचास हजार आएं।"

"अगर यही बात है तो तुमने अब तक किया क्या है?"

"जसवंत का कहना है कि यह अपने सास-श्वसुर पर दबाव डालकर अपनी साली की शादी अब भी मनजीत से करा सकता है।"

"अब भला दुबारा मनजीत की शादी कैसे हो सकती है?"

हरनामदास और जसवंत की आंखें मिली। भाव ऐसे थे जैसे एक-दूसरे से पूछ रहे हों कि वे सब कुछ सुलक्षणादेवी को बताएं या नहीं फिर हरनामदास सुलक्षणा की तरफ मुखातिब होकर धीरे से बोले–"हम कविता को रास्ते से हटाने की तरकीब सोच रहे थे।"

"इसमें इतना सोचने की क्या बात है?" सुलक्षणा अपने ही अंदाज में हाथ नचाती हुई कहती चली गई–"खाना बनाती हुई आजकल बहुत-सी बहुएं जल जाती हैं।"

"जसवंत उस तरकीब के फेवर में नहीं है।"

"क्यों?" सुलक्षणादेवी जसवंत पर घुड़क-सी पड़ी।

जसवंत धीमे से बोला–"मैं वकील हूं मां। सारा दिन कचहरी में रहता हूं आजकल वहां बहुओं के जलने के केस ही ज्यादा आ रहे हैं। निश्चय ही किसी को जलाकर मार देना हत्या करने का एक नायाब तरीका है, क्योंकि जली हुई लाश पर हत्यारे का कोई भी निशान बाकी नहीं रहता और उसे आसानी से आत्महत्या साबित किया जा सकता है, मगर . . ."

"मगर?"

"दहेज के लिए बहू को जलाकर मार देना आजकल इतनी आम घटना हो गई है कि यदि किसी बहू ने वाकई जलकर आत्महत्या की हो या दुर्भाग्य से सचमुच जलने की दुर्घटना हो गई हो, तब भी लोग और लड़की के घरवाले यह समझते हैं कि ससुराल वालों ने बहू को जलाकर मार दिया है।"

"हम तुम्हारे इस विचार से सहमत हैं।" हरनामदास बोले।

जसवंत ने कहा–"इसलिए मेरा कहना ये है कि हम सारा काम किसी ऐसे नए तरीके से योजना बनाकर करें कि किसी को हम पर

लेशमात्र भी शक न हो। यहां तक कि कविता के घरवालों को भी यह गुमान न हो सके कि हमने कुछ किया है।"

सुलक्षणादेवी के जिस्म पर मौजूद सभी मसामों ने एक साथ ढेर सारा पसीना उगल दिया था। चेहरे पर हवाइयां उड़ने लगी थीं। मुखड़ा पीला पड़ गया। पीला जर्द। आंखों में खौफ के भाव थे। बड़ी मुश्किल से फंसे हुए अंदाज में कह सकी थी वे–"तो क्या तुम लोग सचमुच कविता की हत्या कर देने पर विचार कर रहे थे?"

"हां मगर तुम्हें यह अचानक क्या हो गया सुलक्षणा?"

"कुछ नहीं . . . कुछ भी तो नहीं।"

"खुद को संभालो सुलक्षणा अपने चेहरे से पसीना पोंछो। यदि तुम उसे रास्ते से हटाने के विचार मात्र से इतनी नर्वस हो रही हो तो आगे हम कर ही क्या सकेंगे!"

"नहीं ऐसी तो कोई बात नहीं है।" सुलक्षणादेवी ने स्वयं को सामान्य दर्शाने की भरपूर किन्तु असफल कोशिश की।

हरनामदास और जसवंत ने एक-दूसरे को देखा, फिर जसवंत बोला–"इस तरह नर्वस या भयभीत हो जाने से काम नहीं चलेगा मां। किसी का कत्ल करने में हिम्मत की जरूरत सबसे पहले पड़ती है।"

"मैं कहां डर रही हूं, लेकिन . . ."

"लेकिन?"

"क्या इस काम में मनजीत हमारे रास्ते का रोड़ा नहीं बनेगा?"

"नहीं बनेगा।" जसवंत बोला–"उससे मेरी बातें हो चुकी हैं। वह तो मन-ही-मन खुद कविता से नफरत करता है। उसे भी मेरी साली अमिता ही पसंद है।"

"मगर।"

"हम जानते हैं सुलक्षणा कि तुम क्या कहोगी?" हरनामदास बोले–"यही न कि मनजीत कविता से बहुत ज्यादा प्यार करता है। जब किसी बात पर कविता से तुम्हारा झगड़ा हो जाता है, तो मनजीत कविता का ही पक्ष लेता है।"

"हां।"

"वह सब दिखावा है सुलक्षणा। मनजीत की जबरदस्त ऐक्टिंग।"

"क्या मतलब?"

"तभी तो कहते हैं कि इस घर में तुम्हारे अलावा इतना बेवकूफ कोई नहीं है कि कैंची की तरह हर समय अपनी ज़ुबान चलाकर सारे जज्बातों को उजागर करता रहे। मनजीत जानता है कि कविता शादी से पहले गोविंद नामक एक लड़के से प्यार करती थी बस, यही उसकी नफरत का कारण है, परंतु अपने दिल में छुपी इस नफरत को उसने कभी भूल से भी कविता के सामने उजागर नहीं किया है। दूसरी तरफ वह अमिता के सपने देखा करता है।"

"क्या यह सच है?"

"बिल्कुल सच मैं दावे के साथ कह सकता हूं कि हमारी योजना में वह हमारे साथ होगा।"

"तब तो . . ."

अभी सुलक्षणादेवी कुछ कहना ही चाहती थी कि "टर्न . . . र्न . . . र्न . . . टर्न . . . र्न . . . टर्न . . . टर्न . . . टर्न।" सारे कमरे में किसी बहुत ही तेज अलार्म की आवाज़ गूंज गई। वे तीनों ही एकदम उछल पड़े। इस बार तीनों के चेहरे एक साथ पसीने-पसीने हो गए। दिल बहुत जोर-जोर से धड़कने लगा।

तीनों ने एकदम घूमकर दरवाज़े की तरफ देखा।

अलार्म अब भी बज रहा था।

दरवाज़े पर कविता खड़ी थी। कुल बीस वर्ष की आयु। सुंदर दूध से रंग और गोल मुखड़े वाली कविता। वह गुड़िया-सी थी। जिस्म पर कीमती रेशमी साड़ी बांधे थी वह। अलार्म की आवाज उसी टेबल वाच से निकल रही थी, जो इस वक्त कविता के बाएं हाथ में थी।

कविता के गुलाब से गुलाबी एवं पंखुड़ियों से पतले होंठों पर चंचल मुस्कान थी।

वे तीनों ही कविता को वहां देखकर जड़-से हो गए। बुरी तरह डरे

हुए पत्थर की शिलाओं के समान खड़े रह गए वे, जबकि उन्हें इस अवस्था में देखकर मासूम कविता जोर से खिल-खिलाकर हंस पड़ी। काफी देर तक हंसती रही वह तब तक, जब तक कि अलार्म बजता रहा। जब अलार्म बंद हो गया तो खिल-खिलाकर बोली–"डर गए न बाबूजी, मां जी भी डर गई। हा-हा-हा जरा जसवंत भइया का चेहरा तो देखो कैसा पीला पड़ गया है हा-हा-हा।"

तीनों की सांसें तक रुकी हुई थीं।

खिल-खिलाकर बच्चों की तरह खुश होती हुई कविता ने कहा– "अरे इस तरह क्यों डर गए जसवंत भइया। मैंने कोई बम तो नहीं छोड़ा सिर्फ अलार्म ही तो बजाया है और आप, बाबूजी आप भी ऐसे कांप रहे हैं जैसे मैंने अलार्म नहीं बल्कि नगरपालिका वालों ने खतरे का सायरन बजा दिया हो। आपको क्या हो गया मां जी आप तो इस तरह पीली पड़ गई हैं जैसे . . ."

"खामोश।" अचानक ही सुलक्षणादेवी हलक फाड़कर चिल्ला उठी–"तू अपनी ये बदतमीजियां नहीं छोड़ेगी कुलक्षणी इस कमरे में आने के लिए तुझसे किसने कहा था?"

"मां जी!" कविता का चांद-सा मुखड़ा मुरझा गया।

"हरामजादी, कुलटा, कलंकिनी तू इस तरह नहीं मानेगी!" चीखने के साथ ही सुलक्षणादेवी उसकी तरफ झपटी–"अभी ठीक करती हूं तुझे।"

अभी वह कविता के नजदीक पहुंची ही थी कि . . .

"ठहरो मम्मी!" दरवाज़े पर मनजीत नजर आया। सुलक्षणादेवी एकदम ठिठक गई। फिर अगले ही पल हाथ नचाती हुई आगबबूला होकर बोली–"तो अपनी इस बहू को तू संभालता क्यों नहीं है?"

"ओफ्फो मम्मी तुम भी।" मनजीत जैसे दुविधा में फंस गया– "आखिर तुम समझती क्यों नहीं चुपचाप बैठे किसी भी व्यक्ति को अचानक ही अलार्म बजाकर चौंका देना कविता का खेल है। वह तुम सबसे खेलना चाहती है और तुम . . ."

"क्या ये बच्ची है, जो इस तरह के खेल . . ."

"ओफ्फो मम्मी तुम तो जानती हो कि कविता को यह आदत बचपन से ही है। जब मैंने इस बारे में इसके पिता से कहा तो वे ठहाका मारकर हंस पड़े। कहने लगे कि कविता बचपन से ही इस किस्म की शरारतें किया करती है किसी का गुमसुम बैठे रहना या किन्हीं भी चंद आदमियों का आपस में खुसर-पुसर करते रहना इसे बिल्कुल पसंद नहीं है। कविता चाहती है कि सभी मिल-जुलकर हंसें–बोलें, खेलें-कूदें बस इसीलिए यह . . ."

"इससे कह दे कि इसकी ये बदतमीजयां इसके बाप के घर में ही चल गई होंगी यहां यह बहू है बहू की तरह रहे। इसका यूं सारे घर में उछल-कूद करते रहना हमें बिल्कुल पसंद नहीं है।"

"इसमें बुराई क्या है मम्मी कविता चाहती है कि घर में सभी हंसते-खेलते रहें।"

"हंसने-खेलने के काम न इसने किए हैं, न इसके बाप ने!" आदत के मुताबिक हाथ नचाती हुई सुलक्षणादेवी कहती ही चली गई–"यदि वह सचमुच इस घर में सबको हंसते-खेलते देखना चाहती है तो अपने बाप से एक कार . . ."

"सुलक्षणा!" हरनामदास चीखकर आगे बढ़े, बोले–"तुमसे कितनी बार कहा है कि हमारी बहू से तुम ये उल्टी-सीधी बात न किया करो क्या दहेज ही सब कुछ है। एक हंसती-खेलती सुंदर और सभ्य बहू कुछ भी नहीं?"

"आप!"

"खबरदार!" हरनामदास गुर्राए–"अगर अब आगे तुमने हमारी बहू को एक लफ्ज भी कहा तो हमसे बुरा कोई नहीं होगा!"

सुलक्षणादेवी चुपचाप खड़ी रह गई।

"नहीं कविता बेटी उदास मत हो।" हरनामदास ने कविता से कहा–"ये तो पागल है तेरे अलार्म बजाने के पीछे छुपी भावना को नहीं समझ सकती। तू खूब अलार्म बजाया कर कोई मना नहीं करेगा। कोई नहीं डांटेगा।"

"बाबूजी!" भर्राए स्वर में कहकर कविता दौड़ी और हरनामदास के सीने में मुखड़ा छुपाकर सिसक पड़ी। वह सिसकती ही चली गई। जबकि मनजीत, जसवंत और सुलक्षणादेवी चुपचाप खड़े थे। हरनामदास ने थार से कविता के रेशमी बालों को सहलाते हुए उन सबको देखा। सुलक्षणा को धीमे से आंख मारी उन्होंने। जसवंत के होंठों पर मुस्कान फैल गई और अगले ही पल उस कमरे में मौजूद सिसकती हुई कविता के अलावा हर व्यक्ति के होंठों पर बड़ी ही धूर्त मुस्कान थी। जहर में बुझी हुई, बहुत ही क्रूर मुस्कान!

यह कहानी मेरठ के एक अत्यंत संभ्रांत एवं प्रतिष्ठित परिवार की है। 'साकेत' के किसी भी चौराहे पर खड़े होकर यदि हम अपने चारों तरफ दूर-दूर तक देखें तो हमें एक-से-एक खूबसूरत कोठियों का सिलसिला-सा नजर आएगा। उस सिलसिले से थोड़ा अलग-थलग एक तीन मंजिली कोठी भी है जिसके बाहर लगी नेम प्लेट पर लिखा है–हरनामदास, रिटायर्ड कमिश्नर ऑफ सेल टैक्स।

यह कहानी उसी कोठी के अंदर की है। रिटायर्ड सेल टैक्स कमिश्नर हरनामदास और उसके परिवार की। हरनामदास की पत्नी का नाम था–सुलक्षणादेवी।

दो पुत्र थे। बड़े का नाम जसवंत और छोटे का नाम मनजीत था।

हरनामदास की एक बेटी भी थी – रेखा।

बड़े लड़के यानी जसवंत की शादी सहारनपुर के एक संभ्रांत परिवार में हुई। जसवंत एक अच्छा वकील था, अत: सहारनपुर के संभ्रांत परिवार ने अपनी बेटी की शादी उससे करते समय इतना दहेज दिया कि हरनामदास और सुलक्षणादेवी को घर में बहू बनकर आई मधु से कोई शिकायत नहीं थी। मधु को वे लोग अपनी पलकों पर बिठाए रहते थे।

हरनामदास ने अपने छोटे लड़के मनजीत को डॉक्टर बनाया।

उन्हें खर्चे की फिक्र न थी, क्योंकि मन-ही-मन सोच चुके थे कि शादी के वक्त सब कुछ ब्याज सहित लड़की वालों से वसूल कर लेंगे। सहारनपुर का संभ्रांत परिवार अपनी छोटी लड़की अमिता की शादी भी मनजीत से करने का इच्छुक था, परंतु बात बनी मेरठ के ही थापर नगर में रहने वाले कुंजबिहारी से।

यहां हरनामदास और सुलक्षणा का अनुमान गलत निकला। हालांकि कुंजबिहारी ने अपनी बेटी कविता के साथ उन्हें अपनी हैसियत से ज्यादा दहेज दिया था, परंतु साकेत में रहने वाले परिवार के लिए वह 'ऊंट के मुंह में जीरा' ही साबित हुआ। बस, यह कहानी वहीं से शुरू होती है और यह कहानी अकेले उसी परिवार की नहीं है।

⅄

"ओफ्फो" मनजीत परेशान-सा होकर कह उठा—"मान जाओ न कवि!"

उत्तर में सारा बेडरूम कविता की मासूम और निश्चल खिलखिलाहट से गूंज उठा। ऐसा महसूस हुआ जैसे किसी मंदिर की ढेर सारी नन्ही-नन्ही घटियां घनघना उठी हों। वह बिजली के स्विच बोर्ड के नजदीक खड़ी थी। दाएं हाथ का अंगूठा उस स्विच पर चलायमान था, जिसका संबंध इस कमरे में लगे बल्ब से था। हंसने के साथ ही कविता स्विच को रह-रहकर ऑन-ऑफ कर रही थी।

कमरे में रोशनी लपलपा रही थी।

एक क्षण के लिए रोशनी, फिर अंधेरा-रोशनी, फिर अंधेरा-रोशनी, अंधेरा।

"प्लीज कवि मान जाओ न, अब बस भी करो।" मनजीत बोला।

कविता के मुंह से निकलने वाली खिलखिलाहट कुछ और तेज तथा मधुर हो गई। स्विच को वह निरंतर ऑन-ऑफ कर रही थी। बेड की पुश्त से पीठ टिकाए मनजीत किसी उपन्यास को पढ़ने का प्रयास कर रहा था, जिसमें बार-बार लाइट के जलने-बुझने से व्यवधान पड़ रहा था।

अंत में वह थोड़े गुस्से से चीख पड़ा—"वहां से हटो कविता!"

गुड़िया-सी कविता कांप उठी। हाथ रुक गया। स्विच ऑन ही रह गया था, इसलिए कमरा प्रकाश से भरा रहा। सहमी-सी वह स्विच के पास ही स्थिर खड़ी मनजीत की तरफ देखती रही। हाथ में उपन्यास लिए वह कविता को घूर रहा था।

"ये तुम क्या बदतमीजी किया करती हो कविता?" गुस्से मिश्रित झुंझलाए-से अंदाज में मनजीत ने कहा–"क्या तुम देख नहीं रही हो कि मैं पढ़ रहा हूं!"

सहमी-सी हिरनी के समान कविता खामोश खड़ी रही।

एकाएक मनजीत को ख्याल आया कि वह अपने अभिनय के विरुद्ध जा रहा है। ऐसा विचार दिमाग में आते ही उसने उपन्यास एक तरफ रखा। धीरे से उठा और उसके नजदीक पहुंचकर पार से बोला–"क्या हुआ कवि तुम अचानक इतनी गुमसुम क्यों हो गई?"

"कुछ नहीं!" कविता ने नजरें झुका ली।

मनजीत ने दोनों हथेलियों के बीच उसका मुखड़ा लिया, बोला–"सॉरी कवि माफ कर दो। तुम्हारे यूं बार-बार लाइट जलाने-बुझाने पर मुझे गुस्सा आ गया था।"

कविता ने पलकें उठाकर उसे देखा। बड़ा ही मासूम, बहुत ही भोला अंदाज था उसका। प्यार से लबालब भरे स्वर में पुकारा उसने–"जीत।"

"हूं।"

"तुम नाराज मत हुआ करो। जब तुम्हें मुझ पर गुस्सा आता है, तो . . ."

"मगर तुम अपनी ये गंदी आदत छोड़ क्यों नहीं देती कवि! रात के समय मैं जब भी उपन्यास पढ़ने बैठता हूं, तुम इसी तरह लाइट ऑन-ऑफ करने लगती हो!"

दीवार पर लगे घंटे की तरफ देखकर मनजीत बोला–"ग्यारह बजने वाले हैं?"

"क्या ये उपन्यास पढ़ने का टाइम है?" कविता ने उसी भोले अंदाज में पूछा।

"ओह . . . अच्छा, तो ये बात थी?" मनजीत ठहाका-सा लगाकर हंस पड़ा, बोला–"लेकिन उसके लिए तुम यह अजीब-सा तरीका इस्तेमाल क्यों करती हो सीधी-सी बात किया करो न कि तुम सोने के मूड में हो!" कहने के साथ ही मनजीत ने उसे गोद में उठा लिया। वह बेड की तरफ बढ़ा जबकि कविता ने अपना मुखड़ा मनजीत की गोद में छुपा लिया।

⅄

वाल क्लॉक दो बार टनटनाई।

सिर्फ उसी कमरे में नहीं, बल्कि कोठी के चारों तरफ दूर-दूर तक नीरवता छाई हुई थी। मनजीत ने सांस रोकी। आहिस्ता से चेहरा उठाकर बगल में सो रही कविता की तरफ देखा। नाइट बल्ब की मद्धिम रोशनी में उसका गोल, गोरा एवं मासूम मुखड़ा किसी अबोध बच्चे के मुखड़े जैसा लग रहा था। कमरे में हल्के-हल्के खर्राटे गूंज रहे थे। जब मनजीत को यकीन हो गया कि कविता नींद में बेसुध पड़ी है, तब वह धीमे से उठा। सांस रोके पलंग से नीचे उतरा। बहुत ही आहिस्ता से दबे पांव दरवाज़े की तरफ बढ़ा। नि:शब्द चटखनी खोली और बाहर निकल गया।

कोई मीठा स्वप्न देखती कविता मुस्कुरा रही थी।

गैलरी में पहुंचकर मनजीत ने कमरे का दरवाज़ा बंद कर दिया और फिर तेज कदमों के साथ वह हॉल में पहुंचा।

वह सोफा सेट और सेंटर टेबल, जो हॉल के बीचोंबीच रखे रहते थे, इस वक्त बेतरतीब से हॉल की दीवारों के सहारे रखे थे। फर्श पर बिछने वाला कालीन भी एक तरफ पड़ा था। हॉल के बीचोंबीच फर्श में एक चौकोर, बड़ा-सा गड्ढा नजर आ रहा था। मनजीत उसी गड्ढे की तरफ बढ़ा।

गड्ढे के समीप पहुंचकर वह एक पल को ठिठका। फिर अगले

ही पल बेहिचक उन सीढ़ियों पर उतरता चला गया, जो फर्श के नीचे धंसती चली गई थीं।

निश्चय ही वह किसी तहखाने में उतर रहा था।

नीले-लाल रंग के किसी बल्ब की मद्धिम-सी रोशनी नजर आ रही थी। अंतिम सीढ़ी पार करके वह जिस कमरे में पहुंचा, वह काफी बड़ा था। बीचोंबीच डाइनिंग टेबल के बराबर एक मेज पड़ी थी। उसी मेज के चारों तरफ पड़ी कुर्सियों पर हरनामदास, सुलक्षणादेवी, जसवंत और रेखा बैठे थे। वह मेज की तरफ बढ़ ही रहा था कि . . .

जसवंत ने पूछा–"इतनी देर कैसे हो गई मनजीत?"

"क्या करता वह जाग रही थी।" कहने के साथ ही मनजीत एक खाली कुर्सी पर बैठ गया।

लाल रंग के मद्धिम प्रकाश में वे सभी चेहरे बड़े रहस्यमय और भयानक से नजर आ रहे थे। सुलक्षणादेवी और रेखा थोड़ी डरी-सी महसूस दे रही थीं। मनजीत के चेहरे पर उलझन के भाव थे, जबकि जसवंत और हरनामदास के चेहरे सपाट थे। स्थिर-सी आंखों से वे मनजीत को ही देख रहे थे। कमरे में छाई खामोशी जब मनजीत को बहुत ज्यादा चुभने लगी तो बोला–"आज रात हम सब लोग यहां क्यों इकट्ठे हुए हैं?"

"क्या तुम अब भी नहीं समझे?" हरनामदास ने बड़ा अजीब-सा सवाल किया!

"नहीं डैडी!" खुद को नियंत्रित करने की भरपूर कोशिश करता हुआ मनजीत बोला–"मुझसे तो जसवंत भइया ने सिर्फ इतना कहा था कि रात के इस वक्त यहां पहुंच जाऊं और यह भी कि मेरे यहां आने की खबर कविता को बिल्कुल न लगे।"

उसका जवाब सुनने के बाद हरनामदास और जसवंत की नजरें मिलीं। फिर जसवंत ने अपनी दृष्टि मनजीत पर गड़ा दी और बोला–"क्या तुम अमिता से शादी करना चाहते हो?"

"हां लेकिन।"

प्रहार हरनामदास ने किया–"क्या तुम कविता से पीछा छुड़ाना चाहते हो?"

"हां मगर।"

"हम सब उसी विषय पर गौर करने के लिए इकट्ठे हुए हैं।"

"कैसे?" मनजीत पसीने-पसीने हो गया।

"वही तो सोचना है। मैं वकील हूं और अच्छी तरह जानता हूं कि हिंदू विवाह अधिनियम के जरिए अदालत से किसी भी एक पक्ष के लिए तलाक लेना असंभव-सी सीमा तक कठिन है। तलाक का मुकदमा चलता है। प्रक्रिया लंबी है। हालांकि उम्मीद कम है परंतु यदि मान लें कि हम तुम्हें कविता, से तलाक दिलाने में कामयाब हो भी गए, किंतु इतने लंबे समय तक अमिता के घर वाले इंतजार नहीं कर सकते।"

"फिर?" मनजीत का स्वर कांप गया।

जसवंत का ठंडा स्वर–"सिर्फ एक ही रास्ता है।"

"क्या?" मनजीत का चेहरा सफेद पड़ गया। हरनामदास बोले–"यह कि हम सब मिलकर कविता को तुम्हारे रास्ते से हटा दें।"

"हत्या?" मनजीत के जिस्म का समूचा रोयां खड़ा हो गया।

"हां।"

"मगर वैसा करने पर तो हम सब पकड़े जा सकते हैं।"

"उसकी तुम फिक्र मत करो। मैं अच्छी तरह जानता हूं कि कानून के हाथ कितने लंबे हैं। हत्या तब की जाएगी जब हम सब मिलकर कोई ऐसी ठोस योजना सोच चुके होंगे, जो हमें कानून की गिरफ्त से बचा सके।"

"अगर सचमुच ऐसी कोई योजना बन सकती है तो मैं तैयार हूं।"

"गुड।" जसवंत ने कहा–"हमें तुमसे यही उम्मीद थी। तुम्हारी 'हां' के बाद अब सिर्फ यह योजना सोचने का काम बाकी रह गया है।"

जसवंत के वाक्य के बाद कमरे में पुन: खामोशी छा गई। कोई कुछ नहीं बोला। शायद बोलने के लिए किसी के पास कुछ रहा ही न

था। जसवंत जाने क्या सोच रहा था, फिर अचानक मौन उसी ने भंग किया–"ये गोविंद का क्या चक्कर है मनजीत?"

"मैंने आपको बताया तो था।"

"मैं फिर सुनना चाहता हूं।"

"सुहागरात में खुद कविता ने ही मुझे गोविंद के बारे में बताया था। उसने कहा था कि गोविंद शास्त्रीनगर में रहता है और मेरठ कॉलेज में कविता के साथ ही पढ़ता था। वह कविता से प्यार करता था, किंतु कविता उसे लिफ्ट नहीं देती थी, परंतु शादी के कुछ ही दिन पहले कविता को भी जाने क्या हुआ कि उसने गोविंद के एक पत्र का जवाब दे दिया। उसके बाद तो गोविंद ने कविता पर प्रेम-पत्रों की बौछार-सी कर दी। कभी-कभी कविता भी उसे पत्र लिख दिया करती थी। कविता ने स्वयं स्वीकार किया कि अंतिम पत्रों में उसने खुद गोविंद का प्यार स्वीकार कर लिया था।"

"ओह!" जसवंत के होठ सीटी बजाने वाले अंदाज में सिकुड़ गए, बोला–"लेकिन यह बात समझ में नहीं आई कि सुहागरात को अपनी यह कमजोरी कविता ने तुम्हें खुद ही क्यों बता दी?"

"इसका जवाब मैं दे सकती हूं।" रेखा बोल पड़ी।

"तुम?" जसवंत के साथ सभी ने उसकी तरफ देखा।

"हां।" रेखा ने कहा–"ऐसी लड़कियों को, जो शादी से पहले किसी से प्यार करती हैं, मन में यह डर लगा रहता है कि कहीं पति को किसी अन्य माध्यम से उनकी करतूतों का पता न लग जाए। वे जानती हैं कि यदि पति को पता लग गया तो उनका दाम्पत्य जीवन बिखर जाएगा। पति उससे नफरत करने लगेगा। उसी संभावित खतरे से बचने के लिए ऐसी लड़कियां अक्सर सुहागरात में सब कुछ अपने हक में बताकर पति की सहानुभूति का पात्र बन जाती हैं। पति से अपने कृत्य के प्रति क्षमा याचना कर लेती हैं। उस वक्त पति सुहागरात के नशे में होता है, अत: अक्सर पत्नी को माफ कर देता है। ऐसा ही मनजीत भइया ने भी किया होगा!"

"क्यों मनजीत?" हरनामदास ने पूछा।

"हां।" कहकर मनजीत ने गर्दन झुका ली।

जसवंत ने पुन: पूछा–"खैर ये बताओ मनजीत कि वह गोविंद के साथ कहां तक निकल गई थी।"

"उनका प्यार सिर्फ पत्रों तक सीमित रहा।"

"ऐसा तुम कैसे कह सकते हो?"

"स्वयं कविता ने ही बताया था।"

"वह कलमुंही झूठ बोलती होगी!" सुलक्षणादेवी बिफर उठी। हरनामदास बोले–"हमारा भी यही ख्याल है।"

"मगर कविता ने मुझे गोविंद के सारे पत्र दिखाए थे। लगभग हरेक में गोविंद की तरफ से मिलने क अनुरोध किया गया था। एक पत्र ऐसा भी नहीं था, जिससे यह इल्म होता कि उनकी प्रेम कहानी पत्रों से आगे बढ़ी थी।"

"इन बातों से स्पष्ट होता है कि कविता एक अत्यंत ही चालाक लड़की है। जिस बात को सुनकर तुम भविष्य में आग-बबूला हो सकते थे, वह सब कुछ सुहागरात को ही अपने पक्ष में बताकर उसने तुम्हारी सहानुभूति अर्जित कर ली।"

"अब तो ऐसा ही लगता है।"

"खैर, क्या अब भी गोविंद और कविता में किसी स्तर पर संबंध स्थापित है?"

"मेरे ख्याल से नहीं।"

"यदि वाकई ऐसा है तो वह हमारे हक में नहीं है। उनका संबंध स्थापित होना ही हमारे हक में है। यदि ऐसा नहीं है तो हमें उनका संबंध स्थापित करना पड़ेगा।"

"मैं समझा नहीं।"

"मैं समझ रहा हूं।" कहते समय जसवंत के होंठों पर बड़ी रहस्यमयी मुस्कान उभरी थी–एक जबरदस्त योजना का हल्का-सा खाका मेरे दिमाग में बन भी रहा है।"

"कैसी योजना?"

"वह मैं बाद में बताऊंगा, लेकिन सबसे पहला जरूरी काम मधु को सहारनपुर भेजना है।"

हरनामदास ने पूछा–"मधु को सहारनपुर भेजने से योजना का क्या संबंध?"

"किसी भी योजना को कार्यान्वित करने के लिए सबसे पहले मधु को सहारनपुर भेजना जरूरी है, क्योंकि जिस तरह कविता इस घर की बहू है, उसी तरह मधु भी बहू है और वह यह भी सोच सकती है कि आज यदि कविता के विरुद्ध किया जा रहा है तो कल . . ."

"तुम ठीक कह रहे हो जसवंत। उसे सहारनपुर भेजना ही ठीक है। वैसे भी काफी दिन से मधु के माता-पिता उसे बुला रहे हैं।"

"उनकी बात भी रह जाएगी और हमारा काम बन जाएगा।"

मनजीत ने पूछा–"लेकिन ये तो पता लगे जसवंत भइया कि तुम्हारी योजना क्या है?"

जसवंत उन्हें योजना समझाने लगा। वे सभी ध्यान से सुन रह थे। पूरी योजना समझने के बाद उन सभी की आंखें हैरत से फैल गईं। उन्हें लग रहा था कि वे सफल हो गए हैं।

⅄

डाइनिंग टेबल पर बैठा सारा परिवार लंच ले रहा था। काफी देर से उनके बीच खामोशी विराजमान थी। रह-रहकर हरनामदास, सुलक्षणादेवी, जसवंत, मनजीत और रेखा की दृष्टि मधु के समीप बैठी कविता की तरफ उठ जाती। दिमाग में एकाएक ही विचार उठता कि वे लोग उसकी हत्या करने वाले हैं।

दिल बहुत जोर-जोर से धड़क उठते।

सुलक्षणादेवी और रेखा के चेहरे कई बार पसीने से नहा चुके थे। इस विचार मात्र से ही मनजीत को अपने हाथ-पैर ठंडे से पड़ते महसूस देते

थे। वह कविता के बिल्कुल समीप वाली कुर्सी पर बैठा था। संभालने की लाख चेष्टाओं के बावजूद भी वह खुद को संभाल नहीं पा रहा था, जबकि उन सभी के मनोभावों से अनभिज्ञ मधु और कविता लंच ले रही थीं। मेज पर चार डोंगों में चार सब्जियां मौजूद थीं, परंतु कविता केवल एक ही सब्जी खा रही थी। बैंगन का भुर्ता।

भुर्ते से भरा डोंगा उसने अपने सामने रख लिया था।

एकाएक मधु ने कहा–"अरे कविता!"

"हां दीदी।" कविता का हाथ रुक गया।

"तुम तो केवल एक ही सब्जी खा रही हो। जरा आलूदम भी चखकर देखो। बहुत अच्छे बने हैं।"

कविता किसी अबोध बच्चे की तरह खिलखिला उठी, बोली–"आप तो जानती हैं दीदी कि मुझे बैंगन का भुर्ता बहुत पसंद है और जब भुर्ता बना हो तो मेरा ध्यान किसी दूसरी सब्जी की तरफ नहीं जाता।"

"कमाल है!" मुस्कुराकर कहने के साथ ही मधु ने आलूदम से एक कौर खाया। कविता सचमुच बैंगन के भुर्ते पर जुटी पड़ी थी।

एकाएक हरनामदास ने बड़े प्यार से पुकारा–"मधु बेटे!"

"जी।" मधु ने उनकी तरफ देखा।

"जसवंत हमसे कह रहा था कि कुछ दिन के लिए तुम्हारी सहारनपुर जाने की इच्छा है।"

"जी हां मम्मी-डैडी और अमिता से मिलने का मन कर रहा था।"

"जब चाहो जा सकती हो।"

"थैंक्यू बाबूजी थैंक्यू।" मधु का मन नाच उठा।

⅄

रात का एक बजा था।

वे पांचों उसी तहखाने में डाइनिंग टेबल जैसी मेज पर बैठे थे।

मद्धिम से लाल प्रकाश में उनके चेहरे डरावने से प्रतीत हो रहे थे। जसवंत कह रहा था–"हमारी योजना का पहला चरण पूरा हो गया है, यानी मधु सहारनपुर चली गई है।"

"अब दूसरा चरण।"

"वह करने से पहले हमें एक बार फिर अपनी योजना को शुरू से आखिर तक ठोक-बजाकर देख लेना चाहिए। कहीं कोई गड़बड़ होने की संभावना तो नहीं है?"

"हम खूब सोच चुके हैं।" हरनामदास ने कहा–"योजना एकदम बेहतरीन है। फंसने का कोई चांस नहीं। हमें फख्र है कि ऐसी योजना बनाने वाले तुम, हमारे बेटे हो।"

गर्वीली मुस्कान के साथ जसवंत ने उन सबको देखते हुए पूछा–"योजना के बारे में किसी अन्य को कुछ कहना है?"

"नहीं।" एक साथ सभी कह उठे।

"इसका मतलब सब ठीक है। सब संतुष्ट हैं।" जसवंत ने कहा–"अब हमें योजना के दूसरे चरण पर काम करना है और दूसरे चरण के हीरो तुम हो मनजीत।"

"मैं जानता हूं।" मनजीत के गले में जैसे कुछ फंस गया था।

"हम एक बार तुम्हारे मुंह से सुनना चाहते हैं कि तुम क्या करोगे?"

"मेरा काम सिर्फ कविता को तहखाने तक लाना है।" मनजीत ने कहा–"उसके बाद से संभालना आप सब लोगों की जिम्मेदारी है।"

"बाकी सब तो हम कर ही लेंगे। ये बताओ कि तुम उसे यहां कैसे लाओगे?"

⅄

मनजीत कविता के समीप ही बेड पर लेटा सिगरेट फूंक रहा था। अपना तकिया उसने बेड की पुश्त पर टिका रखा था। उसकी उंगलियों के बीच

सिगरेट का अंतिम सिरा था। सात मिनट पहले जब उसने यह सिगरेट सुलगाई थी, तब उसने तीली को माचिस के मसाले पर असाधारण ढंग से रगड़ा था, अभिप्राय था कविता को जगाना। इस ढंग से कि कविता न जान सके कि उसे जान-बूझकर जगाया गया है।

परंतु कविता की नींद न टूटी।

वह यूं किसी मीठे स्वप्न को देखकर मुस्कुराती रही। हर कश के साथ मनजीत ने सोती हुई कविता के भोले, गोल, गोरे एवं मासूस मुखड़े को देखा था। उसके गुलाबी और पतले होठों पर किसी अबोध बच्चे जैसी मुस्कान थी।

कविता के चेहरे की उसी मासूमियत को देखकर मनजीत के मन से हर बार यह विचार उठा था कि वे लोग इसकी हत्या करने वाले हैं। अपने ही मन के इस विचार से वह हर बार डर जाता था। जाने वह क्या-क्या सोचता चला गया। उसकी सोचों ने जाने कब उसके चेहरे पर पसीने की नन्ही-नन्ही बूंदें उभार दीं। सिगरेट समाप्त होने तक उसका सारा चेहरा बुरी तरह गीला हो गया। सिगरेट उसने साइड ड्राज पर रखी ऐश ट्रे में मसली।

एक नजर सोती हुई कविता को देखा।

दिल यूं धड़क रहा था जैसे पसलियों को तोड़कर बाहर निकल आता। मनज़ीत के दिलोदिमाग में विचारों की आंधी कुछ इस तरह चली कि वह बरबस ही चीख पड़ा–"नहीं।"

कविता एकदम हड़बड़ाकर उठ बैठी!

मनजीत इस तरह हांफ रहा था, जैसे अभी-अभी बहुत दूर से भागकर आया हो। उसे ऐसी अवस्था में देखकर कविता चौंक पड़ी और बोली–"क्या हुआ जीत?"

"आं हां कुछ नहीं। कुछ भी तो नहीं!

"कुछ तो हुआ है जीत।" उसके समीप खिसककर कविता ने पूछा–"तुम इस तरह चीखे क्यों थे?"

स्वयं को नियंत्रित करने को प्रयास करते हुए मनजीत ने कहा–"कुछ नहीं कविता।"

"तुम शायद डर गए थे। कोई डरावना सपना?"

"हां शायद सपना, मगर नहीं वह सपना नहीं था। मुझे नींद ही नहीं आई तो सपना कैसे देख सकता हूं कविता?"

"नींद नहीं आई?"

"हां कविता।"

"लेकिन क्यों और फिर जब तुमने सपना नहीं देखा तो डरे क्यों थे?"

"शायद अपने मन में उठने वाले विचारों की आंधी से।"

"विचारों की आंधी। कैसे विचार जीत। तुम इतने नर्वस क्यों हो?"

इस बीच मनजीत स्वयं को काफी हद तक संभाल चुका था, अत: बोला–"मैं तुम्हें कुछ बताना चाहता हूं कवि इस परिवार इस खानदान के बारे में।"

"मैं समझी नहीं।"

"बहुत पहले हमारे दादा ने एक घृणित अपराध किया था। वह अपराध अभिशाप बनकर हमारे खानदान का पीछा आज तक कर रहा है!"

कविता ने चकित स्वर में पूछा–"कैसा अपराध?"

"उसके अंश आज भी इस कोठी के नीचे तहखाने में दबे पड़े हैं। उसके बारे में या तो डैडी जानते हैं या बड़े भइया और मैं। उस अपराध के बारे में परिवार की औरतों को बताना निषेध है। डैडी या भइया में से किसी ने भी अपनी पत्नी को कुछ नहीं बता रखा है उन्होंने मुझे भी सख्त हिदायत दी है और कहा है कि उस बारे में तुमसे कभी कुछ न कहूं, लेकिन मैं तुमसे बहुत प्यार करता हूं कवि। कोई भी बात मैं तुमसे छुपाकर नहीं रख सकता। समझ में नहीं आता क्या करूं। इसी उलझन की वजह से मुझे नींद नहीं आई!"

"ऐसा क्या बात है जीत मुझे बताओ।"

"नहीं मैं नहीं बता सकता!"

"क्यों नहीं बताओगे जीत। मैं तुम्हें इस तरह अकेले नहीं घुटने दूंगी। तुम्हारा हर दुःख-सुख बांटने ही तो मैं यहां आई हूं।"

मनजीत देखता रह गया उसे।

कैसे प्यार भाव थे कविता के मुखड़े पर। आंखों में उसका दर्द बांट लेने की जबरदस्त लालसा थी वह वही थी। वह जिसका कत्ल कर देने के लिए वह झूठ बोल रहा था—मनजीत के भीतर से एक हूक-सी उठी। दिल चाहा कि चीख पड़े। जोर-जोर से कहे कि नहीं वह अपनी मासूम कविता का कत्ल नहीं कर सकता . . .

परंतु ऐसा उसने कहा नहीं।

सिर्फ सोचकर ही रह गया।

कविता ने बड़े प्यार से पूछा—"क्या सोचने लगे जीत बोलते क्यों नहीं?"

"आं!" मनजीत धीमे से चौंका।

"कौन से अपराध की बात कर रहे थे?"

"मैं बताना नहीं चाहता, लेकिन तुम्हें बिना बताए चैन भी तो नहीं मिल रहा है कवि—खैर, एक शर्त पर बता सकता हूं तुम्हें वादा करना होगा कभी किसी को नहीं कहोगी कि इस बारे में तुम्हें . . ."

"कभी नहीं कहूंगी जीत वादा करती हूं!"

"तो आओ!" मनजीत खड़ा हो गया।

"कहां?"

"मेरे साथ उस तहखाने में जहां हमारे दादा द्वारा किए गए जुर्म के अंश मौजूद हैं। वे अंश देखकर ही कोई ठीक से जान सकता है कि हमारे दादा ने कितना घृणित अपराध किया था।"

"चलो!" कहने के साथ ही कविता उठ खड़ी हुई। फिर वे चोरों की तरह दबे पांव कमरे से बाहर निकले। मनजीत के हाथ-पांव ठंडे से पड़ रहे थे। बहुत ही ज्यादा नर्वस हो रहा था वह शायद इसलिए क्योंकि वह अपनी प्यारी पत्नी को कत्ल करवाने जा रहा था। कविता के दिलो-

दिमाग में कोई घबराहट नहीं थी। होती भी क्यों वह बेचारी यह कहां जानती थी कि तहखाने में उसे कत्ल करने के लिए ले जाया जा रहा है।

वह मनजीत के साथ चलती रही। अपनी जीवन नैया के मांझी के साथ।

उसके पैरों में पड़ी घुंघरुओं वाली पाजेब छम-छम करके बज रही थी। चकित नजरों से मनजीत की कार्यवाही को देखती हुई वह तहखाने में पहुंच गई। उस वक्त मासूम कविता के कंठ से बड़ी ही जबरदस्त चीख उभरी थी, जिस वक्त तहखाने में छुपे दरिंदे उस पर झपटे। मनजीत पीला पड़ गया था।

⅄

युवा पुलिस इंस्पेक्टर एम. जी. खरबंदा साढ़े छह फुट लंबा, हृष्ट-पुष्ट एवं गठे हुए शरीर का मालिक था। उसके होठ बेहद पतले थे। ऐसा महसूस होता था जैसे वह हमेशा अपने जबड़ों को सख्ती से भींचे रखता हो। चेहरा चौड़ा सपाट एवं कठोर। आंखें छोटी, परंतु हमेशा अजीब से अंदाज में चमकती रहने वाली।

खरबंदा एक बहुत ही चालाक, मुस्तैद एवं कर्तव्यनिष्ठ इंस्पेक्टर था।

जिस वक्त वॉल क्लॉक रात के दस बजने का संकेत दे रही थी, उस वक्त खरबंदा अपने ऑफिस में बैठा किसी फाइल का अध्ययन कर रहा था। एकाएक ही बाहर की तरफ से उभरने वाली टायरों की चरमराहट ने उसका ध्यान भंग किया।

बाहर जबरदस्त सर्दी पड़ रही थी। स्वयं खरबंदा खाकी जर्सी पहने कुर्सी पर बैठा था। यह सोचता हुआ वह उत्सुकता के साथ दरवाज़े की तरफ देखने लगा कि ऐसी सर्दी में रात के इस वक्त कौन आया होगा?

आगुंतकों को देखते ही वह चौंक पड़ा, क्योंकि वह साकेत के सम्मानित नागरिक हरनामदास से परिचित था।

हरनामदास, जसवंत और मनजीत लंबे कदमों के साथ लपकते से

उसकी मेज के समीप पहुंचे। खरबंदा की छोटी, किंतु चमकदार आंखों ने भांप लिया कि उसके सामने खड़े तीन व्यक्तियों में से एक भी इस वक्त अपनी सामान्य अवस्था में नहीं है। तीनों के चेहरों पर हवाइयां-सी उड़ रही थी।

⅄

"हरनामदासजी आप इस वक्त यहां?" खरबंदा ने पूछा।

"हां, खरबंदा मजबूरी है!" हरनामदास ने अपनी उखड़ी हुई सांस को नियंत्रित करने की कोशिश करते हुए कहा–"बात ही कुछ ऐसी हो गई है।"

"ऐसा क्या हो गया है?"

"कुछ मत पूछो बस ये समझो कि हमारी इज्जत खाक में मिल गई है।"

"मैं समझा नहीं।"

"हमारी छोटी बहू अचानक ही घर से गायब हो गई है।"

हरनामदास का यह वाक्य सुनते ही खरबंदा के जिस्म को एक झटका-सा लगा। चेहरा खुरदरा-सा हो गया, छोटी और चमकदार आंखों में अजीब-सी कठोरता उभर आई। सामने खड़े हरनामदास, जसवंत और मनजीत को घूरता हुआ बोला–"बैठिए?"

जसवंत के चेहरे पर सख्त सर्दी के बावजूद पसीना उभर आया। बेचारे मनजीत की तो टांगें ही कांपने लगी थी। खरबंदा के चेहरे पर मौजूद सख्ती और उसके घूरने के अंदाज ने उन तीनों को हिलाकर रख दिया था।

हरनामदास बैठ गए।

"आपकी बहू कब से लापता है?"

"आठ बजे से।"

"और रिपोर्ट आप अब लिखवा रहे हैं!" खरबंदा ने वॉल क्लॉक

की तरफ देखते हुए कहा–"दो घंटे तो उसे तलाश करने में ही गुजर गए।"

"आपने उसे कहां तलाश किया?"

"शहर की सड़कों पर, उसके घर!"

"उसके घर से मतलब?"

"उसके पिता के घर पर, वे थापर नगर में रहते हैं–कुंजबिहारी। बहू का नाम कविता है, पहले तो सोचा कि बात पुलिस तक न पहुंचे हमें सारी इज्जत खाक में मिलने का डर था। इसलिए बहू को शहर की सड़कों और उसके पीहर में खुद ही तलाश किया। लाख भटकने के बाद भी जब उसका कहीं पता न लगा तो मजबूरन हमें यहां आना पड़ा है। तुमसे भी हमारी यही रिक्वेस्ट है, खरबंदा कि यह खबर ज्यादा न फैलने पाए और प्रेस को तो इसकी भनक भी न लगे। यदि ऐसा हो गया तो अखबार हमारी . . ."

खरबंदा ने उनकी बात बीच में ही काटकर प्रश्न किया–"आपको कैसे पता लगा कि कविता घर छोड़ गई है?"

"उसका पत्र।"

"पत्र?"

"ये?" कहने के साथ ही हरनामदास ने एक पत्र निकालकर मेज पर रख दिया। खरबंदा ने एक नजर तीनों को घूरा। पत्र उठाया, खोला और पढ़ा। पत्र में चंद पंक्तियां लिखी थीं–

'तुम तो जानते हो मनजीत कि मां जी कम दहेज लाने के कारण मुझे हमेशा डांटती रहती हैं। हर समय डांटते और अपमानित करते रहना ही जैसे उनका एकमात्र काम रह गया है। बाकी सब लोग मुझे प्यार करते हैं तुम भी। मगर सिर्फ तुम्हारे प्यार के सहारे मैं मां जी द्वारा लगातार किया जा रहा अपना अपमान नहीं सह सकती। अत: तुम्हारा घर छोड़कर जा रही हूं।

–तुम्हारी कविता!'

इस पत्र को पढ़कर खरबंदा का चेहरा कुछ और कठोर हो गया।

अभी उसने चेहरा ऊपर उठाया ही था कि हरनामदास बोले–"इस पत्र को पढ़कर हमें पता लगा कि कविता घर से चली गई है!"

उन्हें घूरते हुए खरबंदा ने कहा–"यानी आप जैसे पढ़े-लिखे संभ्रांत और विकसित व्यक्ति के घर में भी बहू को कम दहेज लाने के लिए प्रताड़ित किया जाता था।"

"यह बात नहीं है खरबंदा।"

"इस पत्र की मौजूदगी में भी आप ऐसा कह सकते हैं?" खरबंदा का सख्त स्वर।

"बेशक!" हरनामदास ने दृढ़तापूर्वक कहा–"वह बात बिल्कुल नहीं है, जो तुम सोच रहे हो। मुमकिन है कि सुलक्षणा थोड़ा बहुत कुछ कह देती हों, परंतु घर में किसी सदस्य ने कभी ऐसा नहीं कहा। उल्टे हम सुलक्षणा को ही डांटते रहते थे। वैसे सुलक्षणा की तरफ से भी प्रताड़ित करने जैसी कोई बात नहीं थी। सास-बहू में इतने मतभेद तो होते ही हैं। हम दावे के साथ कह सकते हैं कि वे मतभेद इतने नहीं थे, जिनके लिए कविता को घर छोड़ना पड़े।"

"ये पत्र?"

"मुमकिन है कि कविता ने घर किसी दूसरी वजह से छोड़ा हो और इस पत्र में . . ."

"दूसरी वजह! आपके ख्याल से ऐसी दूसरी वजह क्या हो सकती है?"

"कोई भी वजह हो सकती हैं हम नहीं जानते।"

"यदि कोई वजह होगी तो उसका पता भी मैं जल्दी ही लगा लूंगा" मि. खरबंदा ने बड़े ही सख्त अंदाज में उन्हें घूरते हुए कहा–"फिलहाल आप यह बताइए कि आज रात आठ बजने से पहले कविता और आपके परिवार के किसी सदस्य के बीच कोई झगड़ा हुआ था या नहीं?"

"नहीं।"

"ऐसा आप इतने विश्वास के साथ कैसे कह सकते हैं?"

"क्योंकि हम स्वयं घर में मौजूद थे। कविता का झगड़ा सिर्फ

सुलक्षणा से ही होता था। घर के किसी अन्य सदस्य से कभी नहीं हुआ और संयोग की बात ये है कि सुलक्षणा और रेखा आज चार बजे से ही सोतीगंज गई हुई थीं।"

"सोतीगंज?"

"हां मिस्टर और मिसेज खन्ना के यहां आज उनकी लड़की की शादी थी।"

"आप उस शादी में क्यों नहीं गए?"

"हम ब्लड प्रेशर के मरीज हैं दोपहर दो बजे नियमानुसार डॉक्टर भारद्वाज अपना क्लीनिक बंद करके ब्लड प्रेशर चैक करने आए। फोन करके तुम डॉक्टर से पूछ सकते हो कि उसने ब्लड प्रेशर लो बताया और आराम करने की सलाह दी। वैसे भी मिसेज खन्ना सुलक्षणा की क्लास फैलो रही हैं और इससे ज्यादा खन्ना परिवार से हमारे संबंध नहीं हैं, अतः सुलक्षणा का ही वहां जाना जरूरी था, सो हमने रेखा के साथ उसे भेज दिया।"

"यानी चार बजे से आपकी पत्नी मिसेज खन्ना के यहां पार्टी में थी?"

"उन्हें साढ़े आठ बजे फोन करके खुद हमने ही कविता का यह पत्र मिलने के बाद बुलाया।"

"आप कहां थे मिस्टर जसवंत?"

"आज कोर्ट में मैंने महत्वपूर्ण केस जीता था। साथी वकील उसकी खुशी में दावत की जिद करने लगे सो मैंने 'विजय बार' मे उन्हें दावत दी। घर पर फोन करके कह दिया कि मेरा रात का खाना न बनाया जाए।"

"फोन पर आपको कौन मिला था?"

"कविता!"

"क्या आप बता सकते हैं कि उस समय क्या बजा था जब आपने 'विजय बार' से फोन किया?"

"करीब छः।"

"ओह!" खरबंदा के पतले होठ दायरे की शक्ल में सिकुड़ गए, बोला–"विजय बार में होने वाली आपके यार-दोस्तों की दावत किस वक्त खत्म हुई?"

"दावत चल ही रही थी कि सवा आठ बजे के करीब वेटर ने हमारी सीट पर आकर बताया कि घर से मेरा फोन है। मैंने फोन रिसीव किया। उधर से डैडी बोल रहे थे। ये थोड़े घबराए हुए थे। इन्होंने कहा कि मैं तुरंत घर पहुंचूं। मैंने वजह पूछी, किंतु तब वक डैडी ने रिसीवर रख दिया था।"

"उसके बाद?"

"डैडी के बात करने के ढंग से मुझे लगा था कि कोई दुर्घटना घट गई है, सो दावत वहीं खत्म करके मैं दोस्तों से विदा होकर घर पहुंचा।"

"वहां आपको पता लगा कि कविता भाग गई है?"

"जी हां।"

"यानी जब कविता घर से गई तब आप भी घर में नहीं थे।" खरबंदा का लहजा व्यंग्यात्मक था।

"जी हां आप दावत में शामिल मेरे यार-दोस्तों और 'विजय बार' के मैनेजर से मालूम कर सकते हैं।"

"वह तो करेंगे ही! खैर आप कहिए मिस्टर मनजीत। मेरा ख्याल है कि उस वक्त आप भी घर पर नहीं होंगे?"

"जी हां मैं पौने आठ बजे तक अपने कलीनिक पर था।"

"आपका क्लीनिक कहां है और कब बंद होता है?"

"मेरा क्लीनिक ब्रह्मपुरी में है और साढ़े सात बजे बंद होता है। पंद्रह मिनट कंपाउंडर को क्लीनिक बंद करने में लग जाते हैं। अत: मैं वहां से अपने स्कूटर पर करीब पौने आठ बजे घर के लिए रवाना होता हूं। आठ बजे के करीब घर पहुंच जाता हूं। आज घर पहुंचने पर मैं कविता को कमरे में अपनी प्रतीक्षा करते न पाकर चौंका, उसे आवाज दी, परंतु कविता कहीं होती तो बोलती भी। मेरी आवाज सुनकर डैडी भी अपने कमरे से निकल आए। हम दोनों कोठी में कविता को कहीं भी मौजूद न

पाकर चकित रह गए। तब, तकिए के नीचे यह पत्र मिला। पत्र को पढ़ते ही हम बौखला गए। पहले डैडी ने 'विजय बार' फोन किया। उसके बाद खन्ना अंकल के यहां!"

"ये झूठ है सरासर गलत। ये बाप-बेटे पुलिस को मनगढ़ंत कहानी सुनाकर गुमराह करने की कोशिश कर रहे हैं।" एक गर्जदार और जोश में भरी आवाज ने उन सबको चौंका दिया।

सभी ने एक झटके से पलटकर ऑफिस के दरवाज़े की तरफ देखा।

शक्ल-सूरत से ही गुंडा नजर आने वाला एक युवक गुस्से में तमतमाया-सा मेज की तरफ लपका। लड़के के जिस्म पर जीन की एक चुस्त पैंट, गर्म जर्सी और गले में मफलर था। उसके बाल लंबे थे। गुस्से की अधिकता के कारण आंखें जलती हुई महसूस दे रही थीं।

उसके पीछे एक अधेड़ आयु का व्यक्ति भी था।

खरबंदा ने युवक को घूरते हुए पूछा–"कौन हो तुम?"

"ये मेरा लड़का है इंस्पेक्टर साहब!" युवक से पहले अधेड़ आयु का व्यक्ति बोला–"मेरा नाम कुंजबिहारी है और मैं अभागी कविता का पिता हूं।"

"ओह!" खरबंदा के मस्तिष्क पर बल पड़ गए, बोला–"कहिए आपको क्या कहना है ?"

युवक किसी ज्वालामुखी के समान भड़क उठा–"आप इन्हें छोड़िए नहीं इंस्पेक्टर साहब। ये बाप-बेटे इनका सारा परिवार मिलकर नाटक कर रहा है, इन्होंने मेरी बहन को मार डाला है।"

"बकवास बंद करो विजय।" हरनामदास गुर्राए।

"हरामजादे।" चीखने के साथ ही विजय ने झपटकर दोनों हाथों से हरनामदास का गिरेबान पकड़ लिया और उसे बुरी तरह झंझोड़ता हुआ पागलों की तरह चिल्लाया–"मैं तुम्हें जिंदा नहीं छोड़ूंगा यदि मेरी बहन को कुछ हो गया तो एक-एक का खून पी जाऊंगा। अगर कविता नहीं मिली तो चीर-फाड़कर तुम्हारी लाशें चौराहे पर डाल दूंगा। बोलो बताओ कविता कहां है, वरना . . ."

"मिस्टर विजय!" कठोर स्वर में चीखता हुआ खरबंदा एक झटके से खड़ा हो गया।

भभकते चेहरे और दहकती आंखों वाले विजय ने खरबंदा की तरफ देखा। गुस्से में बुरी तरह उफन रहा था वह, जबकि जसवंत ने कहा–"आपने देखा इसे। इसका नाम रणविजय है पक्का गुंडा। थापर नगर के गुंडों की टोली का सरदार है ये। शरीफ आदमियों को परेशान करना, बिना पैसे दिए किसी भी दुकानदार की चीज उठा लेना और आती-जाती लड़कियों पर फिकरे कसना ही इसका और इसके गुंडे दोस्तों का काम है।"

"मैं तुझे।" गुर्राने के साथ हो हरनामदास को छोड़कर विजय चीते की तरह जसवंत पर झपटा, किंतु उसे बीच में कुंजबिहारी ने पकड़ लिया, बोले–"रूको विजय ये बेवकूफी है। इतना जोश भी ठीक नहीं बेटे।"

"ये कमीना-कुत्ता मुझे गुंडा कहता है।" विजय भड़का।

जसवंत ने शांत स्वर में कहा–"आप देख रहे हैं इंस्पेक्टर साहब?"

खरबंदा ने दिलचस्प निगाहों से यह सारा दृश्य देखा था। अपनी दृष्टि उसने उफनते हुए विजय पर गड़ा दी थी और रोबीले स्वर में बोला–"ये मत भूलों मिस्टर विजय कि यह थाना है।"

"इसे माफ कर देना इंस्पेक्टर साहब!" कुंजबिहारी बोले–"विजय युवा है। आप समझ सकते हैं कि ऐसा जवान भाई अपने होशो-हवास खो सकता है, जिसे यह शंका हो कि उसकी बहन को ससुराल वालों ने मार डाला है।"

खरबंदा ने पूछा–"क्या आपको भी यही शक है?"

"जी हां!" कुंजबिहारी ने कहा।

हरनामदास, जसवत और मनजीत ने पलटकर आग्नेय नेत्रों से कुंजबिहारी की तरफ देखा। विजय इस वक्त अपने गुस्से को काबू में रखने की चेष्टा कर रहा था। जाने क्यों, खरबंदा के पतले होंठों पर हल्की-सी मुस्कान उभरी, बोला–"आपको यह शंका क्यों है?"

"हालांकि हमने अपनी हैसियत से बाहर निकलकर पचास हजार

रुपए दहेज में दिए थे, परंतु इन लोगों के मुंह में वह जीरा ही साबित हुआ। शादी के तुरंत बाद से कविता को प्रताड़ित किया जाता था। उससे कहा जाता था कि मनजीत को कार की जरूरत है।"

"इसका कोई सुबूत?"

"आज सें चार महीने पहले लिखा गया कविता का यह पत्र!" कहने के साथ ही कुंजविहारी ने जेब से एक काग़ज़ निकालकर खरबंदा को दे दिया!

हरनामदास, जसवंत और मनजीत के दिल बुरी तरह धड़क उठे।

उन्हें घूरते हुए खरबंदा ने पत्र खोला। सबसे पहले उसने हरनामदास द्वारा दिए पत्र से उसकी राइटिंग मिलाई। राइटिंग एक ही थी। फिर खरबंदा ने पत्र पढ़ा, लिखा था–

पूज्य पिताजी!

नमस्ते

बहुत मजबूर होकर और मुश्किल से यह पत्र लिख रही हूं। नहीं जानती कि मैं इसे किसी पोस्ट बॉक्स तक भी पहुंचा सकूंगी या नहीं, क्योंकि इस घर में मेरी स्थिति किसी कैदी जैसी हो गई है। आप जानते ही हैं कि न तो आपके बार-बार बुलाने पर इन्होंने मुझे वहां भेजा है और न ही आपमें से किसी का यहां आना मां को पसंद है। मुझे दुख है कि एक ही शहर में रहने के बावजूद मैं आपसे कितनी दूर हो गई हूं और यह सबकुछ सिर्फ इसलिए हो रहा है, क्योंकि आप मां जी की इच्छा का दहेज नहीं दे सके। कम दहेज लाने के लिए मां जी मुझे हमेशा ताने देती रहती हैं। यह खुशी की बात है कि मां जी के अलावा अन्य किसी को भी दहेज का लालच नहीं है। इन्हें तो बिल्कुल भी नहीं। जसवंत भइया, मधु दीदी और रेखा दीदी ने भी कभी मुझसे दहेज के बारे में कुछ नहीं कहा। जब कभी बाबूजी को पता लगता है कि मां जी ने दहेज का ताना दिया है तो यदा-कदा बाबूजी मां जी को डांट देते हैं। परंतु अंततः इस घर में चलती मां जी की है।

मां जी के अलावा अन्य कोई यह नहीं चाहता कि मेरे और आपके

बीच कोई दीवार रहे, फिर भी किसी में मां जी की इच्छाओं का उल्लंघन करने का साहस नहीं है और मां जी चाहती हैं कि मेरा आपसे कोई संबंध न रहे। आपसे और विजय भइया से मिलने, बात करने को बहुत मन करता है पिताजी, मगर क्या करूं पर, आप फ़िक्र न करें चिंतित या परेशान न हों। मां जी के अतिरिक्त इस घर के सारे सदस्यों का जो प्यार मुझे मिलता है मैं उसी के सहारे जीवन गुजार दूंगी।

यह पत्र तो सिर्फ अपने दिल का बोझ हल्का करने के लिए लिख रही हूं।

मैं आपकी बेटी हूं पिताजी। उन्नीस साल आपकी छत्र-छाया में गुजारे हैं। अच्छी तरह जानती हूं कि आपने कर्ज लेकर मेरी शादी यहां की थी। अभी तक वह कर्ज उतरा नहीं होगा। मैं अच्छी तरह से जानती हूं कि मेरे पिता की हैसियत एक स्कूटर खरीदने की भी नहीं है, फिर भी यह अभागी बेटी आपसे कार मांग रही है। यदि आप इससे मिलना चाहते हैं बेटी से बेटी का रिश्ता कायम रखना चाहते हैं, तो मुझे एक कार दे दीजिए कहीं से भी किसी से कर्ज लेकर स्वयं को बेचकर या कहीं चोरी-डकैती करके। यदि आप इनमें से कोई भी काम नहीं कर सकते हैं, तो समझ लीजिए कि आपकी बेटी मर चुकी है।

आपकी बेटी–कविता!

पत्र की अंतिम पंक्तियां पढ़ते-पढ़ते खरबंदा जैसे सख्त एवं पत्थर दिल इंस्पेक्टर की छोटी-छोटी आंखें भी भर आई। बड़ी मुश्किल से उसने आंखों से टपक पड़ने वाले आंसुओं को रोका। अभी वह इसी कोशिश में व्यस्त था कि कुंजबिहारी बोले–"जरा सोचिए इंस्पेक्टर साहब जब एक पिता ने अपनी प्यारी बेटी का ऐसा पत्र पढ़ा होगा तो उसके दिल पर क्या गुजरी होगी। एक ऐसा मजबूर पिता जो अपनी बेटी को मांग पूरी नहीं कर सकता!"

खरबंदा ने खुद ही संभाला। बिजली के पुतले की तरह वह हरनामदास की तरफ घूमा। एक झटके से पत्र उसकी तरफ बढ़ाता हुआ ठंडे स्वर में बोला–"इसे पढ़िए मिस्टर हरनामदास। पढ़कर बताइए कि

क्या यह इस बात का मुकम्मल प्रमाण नहीं है कि आपकी धर्मपत्नी द्वारा सताए जाने के कारण ही कविता ने घर छोड़ा?"

एक पल के लिए तो हरनामदास सहम गए। फिर शीघ्र ही एक मजे हुए अभिनेता की तरह स्वयं को सामान्य किया। पत्र लिया और पढ़ने लगे। जबकि कुंजबिहारी कह रहा था–"मेरे साथ ही विजय ने भी यह पत्र पढ़ लिया था इंस्पेक्टर साहब। उसी दिन के बाद से मेरा भोला-भाला विजय शहर के गुंडे-आवारा और बदमाश कहलाए जाने वाले लड़कों में बैठने लगा। मैं तो वह सब नहीं कर सकता था, जो कविता ने लिखा था, परंतु विजय जरूर वह सब करने निकल पड़ा। छोटी-मोटी चोरियां भी की इसने, किंतु पकड़ा गया। जेल भी काट आया। अपनी बहन को कार देने के लिए यह किसी लंबे दांव की ताक में था। उस दांव तक पहुंचने से पहले ही आज का दिन आ गया!"

"आपने सुना इंस्पेक्टर!" जसवंत कह उठा–"खुद बाप के मुंह से बेटे की प्रशंसा सुनी आपने, बेटा किसी लंबे दांव की घात में था!"

खरबंदा ने जहरीले स्वर में कहा–"आपको कार देने के लिए!"

जसवंत सकपका गया!

"क्या लिखा है इसमें?" एकाएक पूरा पत्र पढ़ने के बाद हरनामदास ने कहा।

खरबंदा का व्यंग्य में डूबा स्वर–"आपको इसमें कुछ मिला ही नहीं।"

"इसमें है ही क्या?"

"काश यही पत्र आपकी रेखा ने आपको लिखा होता!"

"अपनी हद से आगे मत बढ़ो इंस्पेक्टर!" एकाएक हरनामदास का लहजा कठोर हो गया–"इसमें ऐसा कुछ भी नहीं है, जिससे यह प्रमाणित होता हो कि हमने बहू को मार डाला है।"

"इसमें उसके घर से गायब होने की वजह तो लिखी है।"

"हम उससे भी सहमत नहीं हैं कविता ने स्वयं लिखा है कि सिर्फ सुलक्षणा ही उसे ताने दिया करती थी, बाकी सब उसे प्यार करते थे।

हम, जसवंत, रेखा, उसका पति और उसकी जेठानी भी। इतने सारे प्यार करने वालों के बीच यदि एक राक्षस किसी को ताने भी देता हो तो यह घर से गायब होने की मुकम्मल वजह नहीं है और फिर सिर्फ ताने देना तो कोई जुर्म नहीं। हरेक परिवार में इस किस्म की जाने कितनी बातें होती हैं!"

"ये झूठ बोल रहे हैं इंस्पेक्टर!" कुंजबिहारी ने कहा–"हमें नहीं लगता कि कविता अब जीवित है। उसे मार डाला गया होगा। उसके गायब होने की रिपोर्ट लिखाना एक चाल है, एक साजिश। कविता की हत्या से बचने का एक षड्यंत्र!"

हरनामदास ने कुंजबिहारी को घूरकर देखा। खरबंदा कुंजबिहारी से कह रहा था–"आपको अपना आरोप मुझे लिखित रूप से देना होगा।"

"मैं तैयार हूं!"

हरनामदास कह उठे–"इनसे पहले थाने में हम आए हैं इंस्पेक्टर, अत: पहले तुम्हें हमारी तरफ से रिपोर्ट दर्ज करनी होगी। हम रिपोर्ट लिखवाने आए हैं कि आठ बजे से कविता घर से गायब है!"

"ओ. के.!" खरबंदा बोला–"पहले आपकी रिपोर्ट उसके बाद मिस्टर कुंजबिहारी का आरोप और उसके बाद शुरू होगी मेरी तफ्तीश। मैं अपनी तफ्तीश आपके घर से शुरू करना चाहूंगा मिस्टर हरनामदास। कविता के उस कमरे से, जिसमें से आपको उसका अंतिम पत्र मिला। कहिए, क्या आपको इसमें कोई आपत्ति हो सकती है?"

"ओ. के.!" खरबंदा अपनी कुर्सी पर बैठ गया।

⅄

खरबंदा ने अपनी पूरी योग्यता से पैनी दृष्टि के साथ कमरे की जांच की। तलाशी ली छोटे-से-छोटी चीज को हर कोण से देखा, परखा परंतु ऐसा कोई सूत्र नहीं मिला, जिसके आधार पर वह कोई धारा या आगे बढ़ने का रास्ता निर्धारित कर सके। अभी वह निराशाजनक अंदाज में

गर्दन हिला ही रहा था कि हरनामदास ने कहा–"कुछ मिला इंस्पेक्टर?"

खरबंदा घूमा जाने क्यों उसे ऐसा लगा था कि हरनामदास ने उससे प्रश्न नहीं किया है, बल्कि व्यंग्य कसा है अभी वह कुछ बोला भी न था, हरनामदास ने पुन: कहा–"कोई ऐसा सुबूत जिसके आधार पर तुम हमें और हमारे परिवार को हत्या के जुर्म में फंसा सको?"

"अभी नहीं।" उनके व्यंग्य को समझकर खरबंदा ने अजीब से अंदाज में कहा, फिर उसने उस कमरे में मौजूद एक-एक चेहरे को देखा। कमरे में इस वक्त हरनामदास के अतिरिक्त सुलक्षणादेवी, जसवंत, मनजीत, रेखा, कुंजबेहारी, विजय और वे चारों पुलिस मैन थे, जो उसके साथ आए थे। एकाएक उसने अपनी दृष्टि सुलक्षणा पर स्थिर कर दी!

सुलक्षणा की रीढ़ की हड्डी में एक ठंडी-सी लहर दौड़ गई।

"क्या आप अपनी बहू से कार मांगा करती थीं?"

"हां मगर . . ."

"तुम्हें सुलक्षणा को इस तरह परेशान और आतंकित करने का कोई हक नहीं है इंस्पेक्टर!" हरनामदास बीच में टपक पड़े–"हम कह चुके हैं कि सुलक्षणा और कविता के संबंधों का कविता के घर से गायब होने से कोई ताल्लुक नहीं है!"

"वह सोचना या पता लगाना मेरा काम है मिस्टर हरनामदास!" इस बार खरबंदा का लहजा भी कठोर हो गया–"फिर भी, क्या मैं पूछ सकता हूं कि इतने बड़े घर में क्या एक भी नौकर नहीं है?"

"चार नौकर हैं तीन पांच बजे ही छुट्टी करके चले जाते हैं।"

"चौथा?"

"वह यहीं रहता है बंसी हमारा पुराना नौकर। इस दुनिया में उसका अपना कोई नहीं है। इस परिवार के दूसरे सदस्यों की तरह ही वह यहां रहता है!"

"मै उससे मिलना चाहता हूं!"

"जरूर!" हल्की-सी मुस्कुराहट के साथ कहने के बाद हरनामदास

ने बंसी को आवाज दी। कंधे पर अंगोछा डाले अधेड़ आयु के एक नौकर ने कमरे में प्रवेश किया!

"इंस्पेक्टर साहब तुमसे कुछ बातें करना चाहते हैं!"

बंसी का चेहरा पीला पड़ गया, हाथ जोड़कर बोला–"कहिए हुज़ूर?"

"मुझे इससे अकेले में बात करनी है!" खरबंदा ने कहा–"अत: सभी लोगों से रिक्वेस्ट है कि वे इस कमरे से बाहर निकल जाएं!"

ऐसा ही हुआ। यहां तक कि पुलिसवाले भी बाहर निकल गए। कमरे में सिर्फ बंसी और खरबंदा रह गए। खरबंदा दरवाज़े की तरफ बढ़ा और जब दरवाज़ा बोल्ट करने के बाद वह घूमा, तब बंसी का सारा शरीर सूखे पते की तरह कांप रहा था। खरबंदा ने उसे ध्यान से देखा, बोला–"तुम इस तरह डर क्यों रहे हो बंसी?"

"आपने दरवाज़ा क्यों बंद कर लिया साहब?"

"सिर्फ इसलिए क्योंकि हम नहीं चाहते कि हमारी बातें कोई सुने। अब वह सबकुछ तुम बिना किसी से डरे कह सकते हो, जो तुम्हें मालूम है!"

"मुझे क्या मालूम है साहब?"

"जो भी मालूम।"

"मुझे तो कुछ भी नहीं मालूम . . . कुछ भी नहीं!"

"तुम झूठ बोलते हो!" गुर्राता हुआ खरबंदा उसकी तरफ लपका, समीप पहुंचकर ठिठका। आतंकित करने की नीयत से दांत पीसे, गुर्राया–"बोलो कविता कहां है?"

"मैं क्या जानूं साहब?"

"तुम सब जानते हो बोलो, कविता को तुमने आखिरी बार कब देखा था?"

"साढ़े सात बजे साहब!"

"कहां?"

"यहीं कमरे में वे कुछ पढ़ रही थी!"

"क्या पढ़ रही थीं?"

"कोई किताब?"

"कौन-सी किताब?"

"मैं नहीं जानता साहब!"

"उस वक्त यहां यानी कोठी में कौन-कौन थे?"

"बड़े मालिक थे साहब बस!"

"जसवंत क्या कर रहा था?"

"वे तो साहब यहां थे ही नहीं। कचहरी से ही नहीं आए थे।"

इसी तरह घुमा-फिराकर-डरा धमकाकर खरबंदा ने उससे हरेक के बारे में पूछा, परंतु कोई काम की बात नहीं निकाल सके, फिर भी जाने क्यों उसे लग रहा था कि ऐसी कोई बात जरूर है, जिसे बंसी छुपा रहा है। जिसे किसी को भी न बताने की उसे सख्त हिदायत दी गई है, अत: अंत में खरबंदा ने बड़े ही कठोर स्वर में पूछा–"कविता अब कहां है?"

"मैंने कहा न साहब मुझे नहीं . . ."

खरबंदा ने झपटकर दोनों हाथों से उसका गिरेबान पकड़ लिया, दांत पीसता हुआ बोला–"यदि तुमने झूठ बोला तो मैं तुम्हारी खाल उधेड़ दूंगा। मैं सबकुछ जान चुका हूं तुम्हारे मालिक ने मुझे सबकुछ बता दिया है!"

बंसी कांप गया, बोला–"मालिक ने क्या बता दिया है।"

"सबकुछ!"

"मगर।"

"उन्होंने कहा है कि उन्हें तुम पर शक है। तुमने कविता को गायब किया है।"

"मैंने?"

"हां बोलो कविता कहां है? यदि तुमने नहीं बताया तो . . ."

"मैंने कुछ नहीं किया साहब वे जरूर गोविंद के फ्लैट पर चली गई होंगी, लेकिन उससे मेरा कोई मतलब नहीं है मैं तो . . ."

"कौन गोविंद?"

"वे शास्त्रीनगर में रहते हैं। कविता मेम साब ने ही मुझे उनका पता बताया था। वे गोविंद साहब को खत लिखती थी। गोविंद साहब उन्हें लिखते थे। कविता मेम साब गोविंद साहब तक खत पहुंचाने के मुझे सौ रुपए देती थीं और साथ ही कहती थी कि मैं उस बारे में कभी किसी को न बताऊं। आपसे पहले मैंने कभी किसी को कुछ नहीं बताया। मुझे माफ कर दो साहब मैं सिर्फ उनके खत पहुंचाया करता था। बस इसके अलावा मैंने कोई गलत काम नहीं किया।"

⅄

गहरी नींद में सोया गोविंद एकदम हड़बड़ाकर उठ खड़ा हुआ। फ्लैट का दरवाज़ा बुरी तरह पीटा जा रहा था। उसने कलाई में बंधी रिस्ट वॉच में समय देखा। रेडियम डायल घड़ी बारह बजा रही थी। उसने ऊंची आवाज में पूछा–"कौन है?"

"दरवाज़ा खोलो!" बाहर से एक रोबीली आवाज उभरी। गोविंद ने स्विच ऑन किया। कमरा प्रकाश से भर गया। पैरों में स्लीपर डालकर वह लुंगी की गांठ ठीक करता हुआ दरवाज़े की तरफ बढ़ा।

अभी उसने दरवाज़ा खोला ही था कि चौंक पड़ा और अभी वह ठीक से चौंक भी नहीं पाया था कि खरबंदा ने उसे वापस कमरे में धकेला। वह लड़खड़ाकर संभलने की कोशिश करता हुआ बोला–"अ-रे-रे-प-पुलिस-म-मगर।"

"इसे पकड़ लो।" खरबंदा ने आदेश दिया।

गोविंद अभी कुछ समझ भी नहीं पाया था कि तीन सिपाहियों ने झपटकर उसे दबोच लिया। गोविंद बुरी तरह बौखला गया था। एक हुजूम-सा कमरे में घुस गया।

"बात क्या है आप लोग!" कुछ कहता-कहता वह स्वयं ही रुक गया। मुंह खुला का खुला रह गया था। कमरे में दाखिल होने वाली भीड़ में कविता के पिता और भाई भी थे। उन्हें वह अच्छी तरह

पहचानता था। उन्हें इस वक्त यहां पुलिस के साथ देखकर वह हक्का-बक्का रह गया और उस वक्त तो उसकी खोपड़ी ही घूम गई, जब इसी भीड़ में उसने बंसी को भी देखा। बंसी को वह पहचानता था, फिर भी मामला न समझ सका!

"क्यों तुम इस तरह हक्के-बक्के क्यों रह गए?" खरबंदा ने पूछा।

सख्त सर्दी के बावजूद गोविंद का सारा चेहरा पसीने-पसीने हो गया था। उसने डरे हुए से अंदाज में ही पूछा–"आप लोग यहां पुलिस के साथ?"

"ओह तो तुम मिस्टर कुंजबिहारी को जानते हो?"

"जी हां!"

"कौन हैं ये?"

"कविता के पिता मगर . . ."

"कविता कौन है?"

"कविता मेरे साथ कॉलेज में पढ़ती थी। मेरी फ्रैंड थी!"

खरबंदा उसके बिल्कुल नजदीक पहुंचा, आंखों में झांकता हुआ बोला–"सिर्फ फ्रैंड?"

"जी।"

"यदि झूठ बोलने की कोशिश की तो खाल उधेड़कर रख दूंगा!"

"जी . . ."

"इसे देखो। इसे भी तुम जरूर पहचानते होंगे।" गुर्राने के साथ ही खरबंदा ने बंसी की तरफ इशारा किया। गोविंद ने बंसी को देखा। उसे महसूस हुआ कि सारी बात खुल गई है। अत: इस वक्त सच्चाई बताने में ही भलाई है।

"क्या सोचने लगे बोलो!" खरबंदा ने उसे झंझोड़ते हुए कहा–"और याद रखना तुम्हारी कोई भी चालाकी नहीं चलेगी। बंसी को हमारे साथ देखकर ही तुम समझ सकते हो कि हम सबकुछ जान चुके हैं!"

"कविता मेरी फ्रैंड नहीं लवर थी!" गोविंद ने कहा–"कॉलेज के

जमाने में हम प्यार करते थे। मैं उससे बहुत दिन से प्यार करता था, लेकिन उसका प्यार बहुत कोशिश के बाद हासिल कर पाया।"

"और ये प्रेमलीला कविता की शादी के बाद भी चलती रही।"

"नहीं यह झूठ है !"

"बको मत!" खरबंदा चीख पड़ा–"क्या पिछले दिनों बंसी कविता के पत्र तुम तक और तुम्हारे पत्र कविता तक नहीं पहुंचाता रहा है?"

"जी हां यह सच है, लेकिन . . ."

इस बार खरबंदा ने झपटकर उसके बाल ही जो पकड़ लिए, दांत भींचकर गुर्राया–"जब सबकुछ सही है तो अगर-मगर क्या कर रहे हो बोलो, कविता कहां है?"

"क्या मतलब?" गोविंद चौंक पड़ा।

"मतलब के बच्चे। हरामजादे बोल, कविता कहां है। सीधी तरह नहीं बताएगा तो खाल में भुस कर दूंगा। शादीशुदा लड़की को भगाता है और फिर . . ."

"आप ये क्या कह रहे हैं मैंने कविता को भगाया है! मगर ये मामला क्या है मेरी तो कुछ समझ में नहीं आ रहा है। मुझे भी तो कुछ बताइए!"

"तो तुम यह कहना चाहते हो कि कविता यहां नहीं आई?"

"कविता यहां–वह भला यहां क्यों आएगी?"

कुछ देर तक उसे घूरता रहा खरबंदा। जैसे पता लगाने की कोशिश कर रहा हो कि गोविंद झूठ बोल रहा है या सच, फिर बोला– "खैर तुम्हारे तेवर से लग रहा है कि इस सवाल का जवाब तो तुम थाने चलकर दोगे। फिलहाल ये बताओ कि वे प्रेम पत्र कहां हैं, जो तुम्हें पिछले दिनों बंसी लाकर देता रहा है!

"मेरे संदूक में!"

"निकालो उन्हें!" कहने के साथ ही खरबंदा ने सिपाहियों को उसे छोड़ देने का आदेश दिया। लड़खड़ाता हुआ-सा गोविंद संदूक की तरफ बढ़ा। सबकी दृष्टि उसी पर चिपकी हुई थी। कुछ ही देर बाद उसने तीन पत्र निकालकर खरबंदा को दिए!

खरबंदा ने सबसे पहला पत्र पढ़ा, जो निम्न प्रकार था–

प्राण प्रिय गोविंद!

चरण स्पर्श,

मेरे इस पत्र और विशेष रूप से उपरोक्त संबोधन पर तुम चौंकोगे तो जरूर। हालांकि यही संबोधन मैंने तुम्हें अपने हर पत्र में लिखा है, लेकिन फर्क था वे सभी पत्र मैंने तुम्हें शादी से पहले लिखे थे और शादी के बाद मैं तुम्हें यह पहला ही पत्र लिख रही हूं। तब की बात और थी, किंतु शादी के बाद अपने पति के अतिरिक्त किसी अन्य को नारी ऐसा संबोधन दे या चरण स्पर्श लिखे तो उसे पाप समझा जाता है!

सचमुच शादी के बाद किसी को ऐसा पत्र लिखना पाप ही तो है और यही सोचकर मैंने उस वक्त तुमसे संबंध विच्छेद कर लिए थे, जब मुझे पता लगा कि पिताजी ने मेरी शादी कहीं और तय कर दी है। उस वक्त मैंने तुम्हें पत्र लिखा था। यह सोचकर कि मैं तुम्हें अंतिम पत्र लिख रही हूं। उस पत्र में तुमसे भी रिक्वेस्ट की थी कि पत्र आदि किसी भी माध्यम से तुम भविष्य में कभी मुझसे संवंध स्थापित न करना!

तुम वफादार निकले गोविंद सचमुच तुमने ऐसा कर दिखाया। जानती हूं कि तुम पर कितना जोर पड़ा होगा। किस कदर तड़पे होंगे तुम क्योंकि तुमसे संबंध विच्छेद करके मैं भी तड़पी हूं। तड़प रही हूं जानती हूं कि तुम भी तड़प रहे होंगे लेकिन . . .

तुम बड़े जालिम हो गोविंद।

बड़े बेदर्द हो तुम। यदि ऐसे न होते तो मुझे इस तरह भुला न देते। कम-से-कम अपनी कविता की खैरियत जानने की कोशिश तो करते ही मगर तुम्हें क्या कविता मरे या जिए लगता है कि तुम मुझे भूल गए हो गोविंद, मगर मैं तुम्हें नहीं भुला सकी, इसीलिए अपने इस विश्वसनीय नौकर के हाथ पत्र भेज रही हूं। हो सके तो जवाब लिखकर बंसी को दे देना। मैं तुम्हारे दो शब्द पढ़ने के लिए बेकरार हूं।

तुम्हारे प्यार में तड़पती सिर्फ तुम्हारी

–कविता

पूरा पत्र पढ़ने के बाद खरबंदा ने गर्दन ऊपर उठाई। फिर उस पत्र को अन्य पत्रों के नीचे लगाकर दूसरा पत्र पढ़ने लगा।

उसी संबोधन के बाद कविता ने लिखा था।

तुमने तो मेरे पत्र के जवाब में पूरा लैक्चर ही झाड़ दिया है गोविंद। तुम लिखते हो कि मुझे ऐसा पत्र नहीं लिखना चाहिए था। यह भी लिखते हो कि मैं अब शादीशुदा हूं किसी की पत्नी हूं अपने पत्र में तुमने मुझे यह शिक्षा भी दी है गोविंद कि पति परमेश्वर होता है। मुझे पति की पूजा करनी चाहिए आदि।

ठीक है गोविंद ठीक है। दूसरों को शिक्षा देने के लिए ये आदर्श भरी बातें ठीक हैं, लेकिन पता तब लगता है, जब खुद पर गुजरती है। तुम्हारी तरह मैं भी इन्हीं आदर्शों को मानने वाली थी। तभी तो अपनी शादी तय होने पर वह पत्र लिखा था, परंतु वे सारे सपने बिखर गए हैं गोविद–कुछ भी तो नहीं रहा!

तुम यकीन करो या न करो, लेकिन ये मेरी ससुराल नहीं है पिंजरा है, पिंजरा एक सोने के पिंजरे में बंद कर दिया गया है मुझे। एक जालिम घराने में भेजकर मेरे पंख काट दिए गए हैं। मुझे तुमसे ऐसी उम्मीद नहीं थी, गोविंद क्या तुम भी मेरी व्यथा नहीं समझोगे। इतने निर्दयी तो न बनो। एक तुम्हीं से तो मुझे ढेर सारी उम्मीदें हैं। मुझे किसी भी तरह इस पिंजरे से निकाल लो। वर्ना तुम्हारी कसम गोविंद मैं आत्महत्या कर लूंगी। इस पिंजरे से सिर टकरा-टकराकर मर जाऊंगी। तुम्हारे जवाब के इंतजार . . .

सिर्फ तुम्हारी ही

–कविता!

पढ़ने के बाद खरबंदा के होठों पर घृणात्मक-सी मुस्कान दौड़ गई। उसने तीसरा पत्र पढ़ा। उसी संबोधन के बाद लिखा था।

तुमने मेरे पत्र पर आश्चर्य व्यक्त किया है। लिखा है कि तुम्हें मुझसे इतना नीचे गिर जाने की उम्मीद नहीं थी। शायद ठीक ही है मैं बहुत नीचे गिर गई हूं लेकिन क्या करूं तुम्हारे प्यार में तुम्हारे लिए दिवानी

जो हूं। तुमने लिखा है कि यदि मेरी ससुराल पिंजरा है, तो अब इस पिंजरे में कैद रहना ही मेरी नियति है। मगर मैं ये नहीं मानती गोविंद मुझे तुमसे प्यार है। तुम्हारे बिना मैं नहीं रह सकती। जल्दी ही यह पिंजरा तोड़कर तुम्हारे पास आऊंगी तुमने अपना लिया तो मझे सारे जहां की खुशियां मिल जाएंगी। यदि अपने आदर्शों पर अड़े रहे और मुझे न अपनाया तो किसी रेल की पटरी पर लेटकर, किसी कुएं या नदी में कूदकर मर जाना, इस पिंजरे में कैद रहने से मेरी नजर में ज्यादा अच्छा है।

हमेशा से तुम्हारी ही

–कविता!

यह अंतिम पत्र पढ़कर जब खरबंदा ने चेहरा ऊपर उठाया तब उसके चेहरे पर हर तरफ कविता के लिए नफरत-ही-नफरत थी। ये पत्र कविता के कैरेक्टर की खुली किताब थे। साथ ही इन पत्रों से गोविंद के कैरेक्टर की भी पूरी झलक मिलती थी। जब खरबंदा ने गोविंद की तरफ देखा तो जाने क्यों उसे गोविंद पर रहम-सा आया, फिर भी उसने अपने पुलिसिया अंदाज में सख्त स्वर में पूछा–"कविता का इसके बाद का पत्र कहां है?"

"यह उसका अंतिम पत्र था!"

"इसके जवाब में तुमने क्या लिखा?"

"मैंने कुछ लिखने की जरूरत महसूस नहीं की जितना मैं उसे समझा सकता था, अपने पहले दो पत्रों में समझा चुका था सो पत्र के जवाब में मैंने बंसी से कहा कि यह कविता से सिर्फ इतना कह दे कि इस पत्र को पढ़कर साहब बहुत नाराज हुए हैं। पत्र का जवाब देने से इंकार किया है और कहा है कि वह भी भविष्य में मुझे पत्र न लिखे!"

"क्यों बंसी?"

"जी साहब गोविंद साहब ने यही कहा था!"

खरबंदा ने पूछा–"तो क्या तुमने वहां जाकर कविता से यही कह दिया?"

"जी हां साहब!"

"सुनकर वे क्या बेलीं?"

"कुछ भी नहीं साहब। बस गुमसुम हो गई। बहुत देर तक पता नहीं क्या सोचती रही। वे कुछ परेशान-सी हो गई थी फिर, मुझे सौ का नोट देकर बोली–"कि मैं जाऊं!"

"यह कब की बात है!"

"कल की साहब!"

"ओह!" कहने के साथ ही खरबंदा के होठ दायरे की शक्ल में सिकुड़ गए। गोविंद से मुखातिब होकर बोला–"तो यह तीसरा यानी अंतिम पत्र तुम्हें कल ही मिला था?"

"जी हां!"

"और आज कविता पिंजरा तोड़कर यहां आ गई?"

"य...यहां–आप ये कैसी बात कर रहे हैं कविता ने इस पत्र में लिखा जरूर है, लेकिन कविता यहां आई नहीं।"

"देखो गोविंद हमने वे पत्र नहीं पढ़ें हैं, जो इन पत्रों के जवाब में तुमने कविता को लिखे होंगे, फिर भी इन्हीं पत्रों से तुम्हारा कैरेक्टर स्पष्ट है। तुम बेदाग हो प्यार करना गुनाह नहीं, प्यार में बहकना गुनाह है। पत्र जाहिर करते हैं कि कविता बहकी। तुमने उसे संभालने की पूरी कोशिश की तुमने कोई जुर्म नहीं किया हां–यदि अब झूठ बोल रहे हो तो जुर्म जरूर कर रहे हो।"

"मैं समझ नहीं पा रहा हूं कि आप क्या कह रहे हैं?"

"तुम कविता से सच्चा प्यार करते हो यदि वह यहां आकर तुमसे कहे कि वह अपने ससुराल में बहुत दुखी है और तुम्हारे कदमों में गिरकर तुम्हारा साथ और संरक्षण मांगे तो तुम्हारा पिघल जाना स्वाभाविक ही है। यदि तुमने उसे अपना संरक्षण दिया है तब भी कोई अपराध नहीं किया, मगर अब तुम्हें बता देना चाहिए कि तुमने उसे कहां रखा है, क्योंकि हमारे आने पर भी यदि तुम उसे छुपाए रखोगे तो मुजरिम बन जाओगे!"

"मेरी समझ में नहीं आता कि आप मेरी बात पर यकीन क्यों नहीं कर रहे हैं?"

"ये भी हो सकता है वह यहां आई हो और तुमने अपने कैरेक्टर के मुताबिक उसे समझा-बुझाकर पुन: ससुराल भेज दिया हो। तुम्हारे समझाने को वह तुम्हारी बेवफाई ही समझेगी। अपने मन में सोच लेगी कि तुम उसे अपनाने से इंकार कर रहे हो। जरा सोचो, ऐसी स्थिति में वह ससुराल नहीं लौटेगी गोविंद, बल्कि आत्महत्या कर लेगी। यदि ऐसा हुआ हो तो भी बता दो ताकि तेजी से उसकी तलाश की जा सके और उसे आत्महत्या करने से पहले ही रोका जा सके!"

"आप कमाल कर रहे हैं जब मैं कह रहा हूं कि वह यहां आई ही नहीं।"

"तुम झूठ बोल रहे हो और हमें दुःख है कि बिना वजह ही झूठ बोलकर तुम मुजरिम बन रहे हो। वह घर से भागी है। पत्र से जाहिर है कि वह सीधी यहीं आई है!"

"वह यहां नहीं आई!" गोविंद ने दृढ़तापूर्वक कहा।

खरबंदा उस खूबसूरत युवक के चेहरे को देखता रह गया। कई पल तक जाने क्या सोचता रहा। फिर अचानक ही उसके दिमाग में एक विचार आया, बोला–"आप सब लोग इस कमरे से बाहर जाइए। मैं अकेले इस कमरे की तलाशी लेना चाहता हूं।"

▲

सबके बाहर निकलने पर खरबंदा ने दरवाज़ा अंदर से बंद कर लिया। घूमा बड़ी ही पैनी दृष्टि से उसने कमरे की दीवारों और फर्श को घूरा। कमरे में मौजूद वस्तुओं को देखा। आगे बढ़ा फर्श पर दृष्टि टिकाए वह सारे कमरे में चहलकदमी-सी करने लगा। दरअसल वह स्वयं नहीं जानता था कि उसे किस चीज की तलाश है फिर भी वह खोजबीन में जुटा रहा और उस वक्त खरबंदा की छोटी-छोटी आंखें बुरी तरह चमक उठी, जब उसकी नजर एक बिछुवे पर पड़ी।

खरबंदा तेजी से नीचे बैठा।

दृष्टि चांदी के उसी बिछुवे पर स्थिर थी। उस पर, जो निश्चय ही

किसी शादीशुदा स्त्री के पैर की किसी उंगली का था। खरबंदा ने उसे उठाने के लिए एकदम हाथ नहीं बढ़ाया, बल्कि पहले यह देखा कि बिछुवा कहां, किस अवस्था में पड़ा है?

दस मिनट बाद जब वह कमरे से बाहर निकला, तब उसके चेहरे पर हर तरफ तेज ही तेज था। वैसा ही तेज, जो किसी भी व्यक्ति के चेहरे पर तब उभरता है जबकि उसने किसी पेचीदा गांठ को खोल लिया हो। गोविंद सहित सभी उसके चेहरे को देख रहे थे।

खरबंदा का एक हाथ जेब में था। वह सीधा जसवंत के समीप पहुंचा। जेब से बिछुवा निकालकर उसे दिखाता हुआ बोला–"क्या तुम इसे पहचानते हो?"

"नहीं!" जसवंत ने बिछुवे को देखते हुए कहा।

परंतु इस बीच मनजीत चीख पड़ा था–"ये तो कविता का बिछुवा है।"

सबने चौंककर उसकी तरफ देखा। खरबंदा के होंठों पर बड़ी ही जानदार मुस्कुराहट दौड़ गई। वह मनजीत की तरफ बढ़ता हुआ बो-ला–"क्या तुम इसे पहचानते हो?"

"जी हां, ये कविता का बिछुवा है।"

"मगर तुम्हारे बड़े भाई तो कह रहे हैं कि वे इसे नहीं पहचानते।"

"मैं नहीं कह सकता मुमकिन है कि भइया ने कविता के पैर की उंगली में पड़े बिछुवे की तरफ कोई ध्यान ही न दिया हो, परंतु मैं विश्वासपूर्वक कह सकता हूं कि यह बिछुवा कविता का ही है, लेकिन यह आपको कहां से मिला?"

खरबंदा गोविंद की तरफ घूमा। गोविंद का चेहरा निचुड़े हुए कपड़े-सा लग रहा था।

⅄

"मैं तुम्हें उस वक्त तक नहीं छोड़ूंगा गोविंद जब तक कि तुम सच्चाई नहीं उगल दोगे!" कहने के साथ ही उसने एक जोरदार घूंसा गोविंद के

चेहरे पर जड़ दिया। गोविंद के कंठ से एक जोरदार चीख निकली। इस चीख के साथ ही वह एक बार फिर बेहोश हो गया!

एक झटका-सा देकर खरबंदा ने उसके बाल छोड़ दिए। जेब से रुमाल निकालकर चेहरे पर उभर आए पसीने को साफ किया। समीप ही एक कांस्टेबल खड़ा था, जिसने मौका मिलते ही अपना वाक्य दोहराया–"इंस्पेक्टर बत्रा आपसे मिलने आए हैं सर!"

"कहां हैं?"

"आपके ऑफिस में!"

"तुम यहीं रहो। इसके होश में आते ही हमें खबर करना!" कहने के बाद वह दरवाज़ा खोलकर कमरे से बाहर निकल गया। गैलरी में से गुजरते वक्त उसने अपनी कलाई में बंधी रिस्टवाच में समय देखा। सुबह के सात बज रहे थे। ऑफिस में दाखिल होते ही वहां बैठे इंस्पेक्टर बत्रा ने खड़े होकर उसका स्वागत किया। हाथ मिलाने के बाद खरबंदा ने उसे बैठने के लिए कहा और स्वयं भी अपनी कुर्सी पर बैठ गया। बैठते हुए बत्रा ने पूछा–"किस चक्कर में उलझे हुए हो?"

खरबंदा स्वयं यह महसूस कर रहा था कि उसे इस केस की वारदातों पर अपने किसी बुद्धिमान साथी से विचार-विमर्श करने की जरूरत है इसलिए संक्षेप में उसने सारी वारदात बत्रा को बता दी, बोला–"रात एक बजे से मैंने गोविंद को टॉर्चर पर बैठा रखा है लगातार कोशिश की जा रही है कि वह ये स्वीकार कर ले कि कविता वहां आई थी, परंतु हर बार उसका एक जवाब है यह कि कविता उसके फ्लैट पर नहीं आई!"

"फिर वह बिछुवा?"

"यह बिछुवा ही तो इस बात का प्रमाण है कि गोविंद झूठ बोल रहा है!"

"इसका मतलब ये कि तुमने अभी तक साले की तबीयत से मरम्मत नहीं की है!" बत्रा ने कहा–"मार के आगे भूत भी नाचते हैं तुम सिर्फ आधे घंटे के लिए उसे मेरे हवाले कर दो फिर देखो कि वह किसी टेपरिकार्ड के समान चालू होता है।"

"वह बात नहीं है बत्रा ये मुझसे बेहतर तुम नहीं जान सकते कि मैंने उसे कितना टॉर्चर किया है। यातनाएं सहते-सहते उसे रात के एक बजे से यह समय हो गया है। कम-से-कम पांचवीं बार बेहोश हुआ है वह। इतने लंबे समय में मैं यातना का हर तरीका उस पर इस्तेमाल कर चुका हूं।"

"तुम कहना क्या चाहते हो?"

"क्या ऐसा नहीं हो सकता कि बिछुवा किसी अन्य ने गोविंद के कमरे में पहुंचा दिया हो?"

चौंकते हुए बत्रा ने पूछा–"क्या कहना चाहते हो तुम ऐसा भला कौन और क्यों करेगा?"

"मिस्टर हरनामदास उनका सारा परिवार या परिवार का कोई एक सदस्य।"

"ये तुम क्या कह रहे हो?"

"जिस वक्त हरनामदास अपने दोनों बेटों के साथ यहां कविता के गायब होने की रिपोर्ट लिखवाने आए थे, जाने क्यों उस समय मेरे दिमाग में यह शंका उभरी कि वे एक झूठी रिपोर्ट लिखवा रहे हैं। मुमकिन है कि कविता को इन्हीं लोगों ने गायब किया हो। तभी वहां कुंजबिहारी और रणविजय भी पहुंच गए। उनके द्वारा पेश किए गए कविता के पत्र ने मुझे यकीन-सा दिला दिया कि इस परिवार ने दहेज की खातिर अपनी बहू को मार डाला है और बचने के लिए बहू के गायब होने की रिपोर्ट लिखवा रहे हैं। छानबीन करने मैं उनकी कोठी पर गया। बंसी के बयान ने मेरे सोचने का अंदाज बदल दिया अब मैं यह सोचने लगा था कि वास्तव में कविता एक ऐसी चरित्रहीन औरत थी, जो शादीशुदा होने के बावजूद गोविंद से प्यार करती थी। तफ्तीश के लिए मैं गोविंद के फ्लैट पर पहुंचा। गोविंद के फ्लैट से प्राप्त कविता के पत्रों ने मेरे सोचने के अदाज को सही प्रमाणित किया। उस वक्त मुझे यह मानना पड़ा कि हरनामदास पर मुझे सिर्फ इसलिए शक हुआ, क्योंकि आजकल ससुराल वालों द्वारा बहू को मार डालने की

घटनाएं कुछ ज्यादा ही हो रही हैं। यह केस वैसा नहीं है, बल्कि स्वयं कविता ही एक चरित्रहीन बहू थी, जो अपना घर छोड़कर प्रेमी से मिलने निकल पड़ी!"

"हकीकत यही है!"

"ऐसी ही धारणा मेरी भी बनी थी। उसी के परिणामस्वरूप तो मैंने गोविंद को गिरफ्तार करके उसे टॉर्चर चेयर तक पहुंचाया है। किंतु इतने टॉर्चर के बाद भी वह उस बात को स्वीकार नहीं कर रहा है, जो ये बिछुवा कहता है तब मेरे मन में पुन: शंका उभर रही है, ऐसा भी तो हो सकता है कि ससुराल वाले बहू की हत्या करके गोविंद को उसमें फंसा रहे हों। वह बिछुवा उन्होंने ही गोविंद के फ्लैट में . . ."

"तुम शायद कविता के पत्रों को भूल रहे हो?"

"क्या मतलब?"

"उन पत्रों से ही कविता का चरित्र स्पष्ट होता है। माना कि वे लोग उसका बिछुवा वहां पहुंचा सकते हैं, मगर स्वयं कविता के लिखे पत्र वहां कैसे पहुंच गए। और फिर स्वयं गोविंद ही कह रहा है कि वे पत्र उसे कविता ने लिखे हैं। बंसी उनका माध्यम रहा है!"

"तो फिर गोविंद ये क्यों नहीं कहता कि कविता वहां आई थी?"

"इसके दो कारण हो सकते हैं।"

"कौन से?"

"पहला तो यह कि कविता के यहां पहुंचने पर गोविंद पिघल गया हो। वह कविता से सच्चा प्यार करता है और सच्चा प्यार करने वाले एक-दूसरे के लिए मर भी सकते हैं। मुमकिन है कि कविता ने वहां पहुंचकर जब अपने मुह से गोविंद को अपनी व्यथा-कथा सुनाई हो तो गोविंद बहक गया हो और उसे संरक्षण देने की भावना से छुपा दिया हो!"

"दूसरी वजह?"

"कविता उसके पास आई हो उसकी व्यथा-कथा सुनने के बाद भी गोविंद अपने आदर्शों से न गिरा हो, न पिघला हो और उसने कह दिया हो कि वह अपनी ससुराल लौट जाए। ऐसा सुनने के बाद निराश

कविता वहां से यह धमकी देकर चली गई हो कि वह आत्महत्या कर लेगी!"

"ऐसी स्थिति में वह कविता के वहां आने को क्यों छुपाएगा?"

"जब अचानक तुम उसके फ्लैट में दाखिल हुए तो वह हड़बड़ा गया। तुम्हारे प्रश्नों से वह समझ गया कि कविता घर नहीं लौटी। अत: तुरंत ही उसके दिमाग में यह विचार कौंध गया कि यहां से जाने के बाद कविता ने आत्महत्या कर ली है। तभी उसने यह सोचा कि यदि उसने कविता का फ्लैट पर आना स्वीकार कर लिया तो वह फंस जाएगा। इस स्थिति में तुम उसे कविता की आत्महत्या का जिम्मेदार करार देकर गिरफ्तार कर लोगे। बस, इसी वजह से वह मुकर गया!

"तुम इन दोनों कारणों में से किसे सबसे ज्यादा महत्व देते हो?"

अभी बत्रा ने खरबंदा ने इस सवाल का जवाब देने के लिए मुंह खोला ही था कि मेज पर रखे फोन की घंटी घनघना उठी। खरबंदा ने रिसीवर उठाया और कहा–"हैलो!"

"हम बोल रहे हैं खरबंदा!" दूसरी तरफ से आवाज उभरी।

"ओह एसएसपी साहब!" खरबंदा का सारा जिस्म तन गया–"जी कहिए!"

"तुमने रात फोन पर हमें हरनामदास साहब की बहू के गायब की खबर दी थी। अभी पांच मिनट पहले किसी शंकर चतुर्वेदी नामक व्यक्ति ने फोन पर हमें सूचना दी है कि 'भोले की झाल' के पुल पर उसने लेडीज सैंडिल्स देखी हैं फोन पर उसने यह भी बताया है कि पुल की दीवार पर किसी ने कोयले से ऐसे शब्द लिखे हैं, जैसे आत्महत्या करने वाला भावुक व्यक्ति अक्सर लिख देता है।"

"ओह!"

"तुम फौरन वहां पहुंचो संभव है कि वे सैंडिल्स कविता की ही हों। हम स्वयं भी वहां पहुंच रहे हैं। तुम अपने साथ हरनामदास और उनके परिवार को भी लेते आना!"

"जो हुक्म सर।"

दूसरी तरफ से रिसीवर रख दिया गया। खरबंदा के कान में किर्र-किर्र की आवाज गूंजने लगी, किंतु काफी देर तक वह किंकर्तव्यविमूढ़-सा बैठा जाने क्या सोचता रहा?

⅄

शंकर चतुर्वेदी एक अधेड़ आयु का व्यक्ति था। इस वक्त उसके ज़िस्म पर एक सफेद कमीज, तनियों वाला जीन का खाकी नेकर और पैरों में कपड़े के जूते थे। उसके हाथ में एक छड़ी भी थी। वह अकेला नहीं था, बल्कि उसके साथ, उसी की आयु के लगभग उसी के लिबास में चार अन्य व्यक्ति भी थे। इन पांच व्यक्तियों को देखकर कोई भी कह सकता था, कि वे लोग 'मॉर्निंग वॉक' के शौकीन हैं।

शंकर चतुर्वेदी और उसके साथियों ने अपने बयान में बताया था कि जब वे सुबह की ताजी हवा में टहलते हुए पुल पर पहुंचे तो लेडीज सैंडिल्स को देखकर चौंक पड़े। फिर उन्होंने दीवार पर कोयले से लिखा वाक्य पढ़ा। वाक्य से जाहिर था कि रात के किसी वक्त लड़की ने पुल से गंग नहर में कूदकर आत्महत्या की है। सो ऐसा महसूस देते ही शंकर चतुर्वेदी ने बिजली घर के फोन द्वारा एसएसपी साहब को फोन कर दिया।

शंकर चतुर्वेदी और उसके साथियों के बयान लेकर एसएसपी साहब अभी मुड़े ही थे कि खरबंदा वहां पहुंच गया। उसके साथ हरनामदास, जसवंत और मनजीत, कुंजबिहार रणविजय, बंसी और गोविंद भी थे। हरनामदास, जसवत और मनजीत उन सैंडिल्स को देखकर सकते की-सी अवस्था में खड़े रह गए, जो पुल की रेलिंग के समीप इस वक्त भी पड़ी थी।

उन्होंने स्वीकार किया कि वे सैंडिल्स कविता की हैं।

पुल की दीवार पर कोयले से लिखा था–"मैं अगले जन्म में तुम्हारा इंतजार करूंगी गोविंद!"

इस वाक्य को पढ़ते ही गोविंद को गश-सा आ गया। अपनी आंखों के सामने की हर वस्तु उसे तेजी से घूमती नजर आई, अंत में वह बेहोश होकर गिर पड़ा!

दीवार पर लिखे वाक्य की राइटिंग वही थी, जिस राइटिंग के पत्र खरबंदा की जेब में पड़े थे। उस वाक्य को पढ़ने के बाद जहां कुंजबिहारी की आंखें भर आई, वहीं रणविजय का चेहरा पत्थर की तरह कठोर होता चला गया। वह पागलों की तरह चीख पड़ा–"नहीं यह गलत है एसएसपी साहब मेरी बहन ऐसी नहीं थी। यह सब एक षड्यंत्र है। ये कमीने कोई गहरी साजिश रच रहे हैं ये मेरी बहन के दुश्मन थे। इन्होंने कविता को नहर में डुबोकर मार डाला है। वह खुद नहीं मरी . . . गोविंद को बीच में घसीटकर कविता को बदनाम किया जा रहा है!"

"खरबंदा!" एसएसपी साहब उसकी तरफ घूमकर बोले–"तुम जल्दी से फोन पर अगले पुल से संपर्क स्थापित करो। कहो कि वहां, नहर में जाल डाल दिया जाए। कविता की लाश बरामद होनी बहुत जरूरी है। मुमकिन है कि अभी वह अगले पुल से आगे न निकली हो!"

खरबंदा बिजली घर की तरफ भागता चला गया।

⅄

"ये कविता के हत्यारे हैं मीलॉर्ड !" शहर के माने हुए वकील मिस्टर एसएन मल्होत्रा ने कटघरे में खड़े हरनामदास की तरफ इशारा करके जोशीले स्वर में कहा–"रिटायर्ड कमिश्नर हरनामदास इज्जतदार एक संभ्रांत परिवार के मुखिया। मुजरिम ये अकेले नहीं हैं मुजरिम है इनका सारा परिवार इनकी पत्नी, इनके बेटे और इनकी बेटी इन सबने, सारे परिवार ने मिलकर अपनी मासूम बहू की हत्या।"

"आब्जेक्शन मीलार्ड!" अचानक शहर के एक अन्य प्रसिद्ध वकील मिस्टर टंडन खड़े हो गए–"फैसले से पहले मेरे काबिल दोस्त मेरे मुवक्किलों को मुजरिम नहीं कह सकते!"

"ये बिल्कुल सीधा-साधा केस है मीलार्ड। दहेज के लिए की गई हत्या का केस। यह कोई नई बात नहीं है। दहेज नाम का जहरीला सर्प वर्षों से इस देश की बेटियों को डसता रहा है। कम दहेज लाने के अपराध में ससुराल वाले बहुओं की हत्या करते रहे हैं। हमारे समाज के दामन पर बना कोढ़ का यह धब्बा अपना आकार बढ़ाता ही जा रहा है और इसका कारण सिर्फ ये कि हमारा कानून, हमारी अदालतें बहू के हत्यारों को उचित सजा देने में नाकाम रही हैं। इस हद तक नाकाम कि ससुराल वाले बहू की हत्या करने में अब बिल्कुल नहीं हिचकते। कानून का किसी को डर नहीं रहा। दहेज के लिए बहू को मार डालना एक फैशन बन गया है मीलार्ड–फैशन!"

"हां हम भी तो यही कह रहे हैं मीलार्ड कि यह एक फैशन बन गया है!" मुस्कुराते हुए मिस्टर टंडन ने कहा–"भले ही बहू आत्महत्या करे। किसी दुर्घटना का शिकार हो या अपने प्रेमी से निराश होकर मरे, परंतु बहू की मौत का इल्लाम ससुराल वालों पर थोप देना ही आज का फैशन है। ससुराल में बहू मरी नहीं कि लड़की के पीहर वालों ने दहेज का हव्वा खड़ा करके ससुराल वालों पर मुकदमा ठोंक दिया।"

"हत्या दहेज के लिए की गई है सुबूत है कविता द्वारा आज से चार महीने पहले लिखा गया वह पत्र, जिसे कविता के पिता ने अदालत में पेश किया है। इस पत्र में कविता ने अपने पिता को लिखा है कि उसकी सास उसे दिन-रात कम दहेज लाने के कारण प्रताड़ित करती रहती है। पत्र में कविता ने यह भी लिखा है कि उसके ससुराल वाले दहेज के लोभी हैं!"

"शायद मेरे काबिल दोस्त कविता के ही लिखे गए उन पत्रों को भूल रहे हैं, जो उसने मरने से कुछ दिन पहले अपने प्रेमी यानी गोविंद को लिखे थे!"

"उन पत्रों का इस केस से कोई संबंध नहीं है मीलार्ड!"

"संबंध है योर ऑनर सिर्फ उन्हीं पत्रों का कविता की मौत से संबंध है!" मिस्टर टंडन ऊंची आवाज में कहते ही चले गए–"वे पत्र इस बात

का सबूत हैं कि न सिर्फ कविता शादी से पहले ही गोविंद से मुहब्बत करती थी, बल्कि शादी के बाद भी मनजीत के स्थान पर गोविंद को चाहती रही। कविता एक चरित्रहीन औरत थी मीलार्ड।"

"नहीं ये झूठ है ये झूठ है!" अगली पंक्ति में बैठा गोविंद खड़ा होकर पागलों की तरह चीख पड़ा–"कविता चरित्रहीन नहीं थी!"

मिस्टर टंडन उसकी तरफ घूमे, मुस्कुराए, बोले–"यह दावा तुम कैसे कर सकते हो मिस्टर गोविंद?"

"मैं कविता को अच्छी तरह जानता था!" गोविंद कहता चला गया–"उसने मुझसे प्यार किया, लेकिन सिर्फ शादी से पहले और वह भी केवल पत्रों तक। शादी तय होते ही उसने मुझे लिखा था कि वह किसी की अमानत है, अत: मैं भविष्य में कभी उसे पत्र लिखने की कोशिश न करूं!"

"फिर ?"

"क्या ऐसा लिखने वाली लड़की चरित्रहीन हो सकती है?"

"उसका वह पत्र मिलने के बाद तुमने क्या किया?"

"जो हुआ था, उसे कुदरत और नसीब का फैसला समझकर मैंने स्वीकार कर लिया। कविता की शादी मनजीत से हो गई। उसके बाद न तो कविता ने कभी मुझसे संबंध स्थापित करने की कोशिश की और न ही मैंने कभी कविता से!"

मिस्टर टंडन ने अपने शब्दों पर जोर देकर पूछा–"क्या कभी भी नहीं?"

"मरने सें कुछ दिन पहले से।"

"आब्जेक्शन मीलार्ड !" मिस्टर मल्होत्रा कह उठे–"विटनेस बाक्स में आकर गोविंद अपना बयान दे चुके हैं। उसके बाद मेरे काबिल दोस्त को गोविंद से इस तरह बात करने का कोई हक नहीं !"

न्यायाधीश महोदय ने गोविंद को बैठ जाने के लिए कहा। गोविंद अनिच्छापूर्वक कुर्सी पर बैठ गया। उसके बराबर वाली कुर्सी पर शक्ल-सूरत से ही गुंडा-सा नजर आने वाला युवक लगातार अपनी जलती हुई लाल आंखों से एकटक कटघरे में खड़े हरनामदास को घूर रहा था।

यह युवक कविता का भाई था–रणविजय !

रणविजय के दाईं तरफ उसके पिता कुंजबिहारी और मां बैठी थी। इसी छोटे से परिवार ने अपनी बेटी के ससुराल वालों पर यह इल्जाम लगाया था कि कम दहेज की वजह से उनकी बेटी की हत्या कर दी गई है। इनके वकील थे मिस्टर एस. एन. मल्होत्रा!

दूसरी तरफ बैठे थे जसवंत, मनजीत, रेखा और सुलक्षणादेवी!

इन सबकी पैरवी मिस्टर टंडन कर रहे थे।

अदालत कक्ष भीड़ से खचाखच भरा हुआ था। कदाचित इसलिए कि केस शहर के एक संभ्रांत परिवार पर चल रहा था। पिछले काफी लंबे समय से शहर में यह केस आम चर्चा का विषय बना हुआ था। केस की हर तारीख पर अदालत कक्ष में भीड़ रहती थी, किंतु आज भीड़ कुछ ज्यादा ही थी, क्योंकि आज इस केस के संबंध में मिस्टर मल्होत्रा और टंडन की बहस जो थी!

दोनों ही शहर के प्रसिद्ध क्रिमिनल लॉयर थे!

बहस में आनंद तो आना ही था। शहर के बहुत से जूनियर वकील इन धुरंधरों की बहस सुनने के लिए ही वहां इकट्ठे हुए थे। अदालत कक्ष में इस वक्त मधु उसके माता-पिता और उसकी छोटी बहन अमिता भी मौजूद थी!

कक्ष में कुछ देर के लिए खामोशी छा गई। ऐसी खामोशी कि सुई गिरने की आवाज भी साफ सुनी जा सके फिर एकाएक कक्ष में न्यायाधीश महोदय की आवाज गूंजी–"गवाहों के बयान और वकीलों की बहस से जो कहानी रोशनी में आई है वह ये है कि सोलह दिसम्बर की रात आठ बजे कविता अचानक घर से गायब हो गई। मिस्टर हरनामदास और उसके दोनों पुत्र दस बजे के करीब संबंधित थाने में रिपोर्ट लिखवाने पहुंचे। अभी इंस्पेक्टर खरबंदा उनसे सवाल-जवाब कर ही रहा था कि वहां कुंजबिहारी और रणविजय पहुंच गए। इन्होंने खरबंदा के सामने संभावना व्यक्त की कि उनकी बेटी को हरनामदास के परिवार ने मार डाला है। इंस्पेक्टर खरबंदा ने दोनों की रिपोर्ट लिखने के बाद तफ्तीश शुरू की। तफ्तीश की बारीकियों पर विचार करने के बाद इंस्पेक्टर खरबंदा को गोविंद पर शक हूआ, अत: पुलिस गोविंद

को शक में गिरफ्तार करके उससे सचाई उगलवाने की कोशिश करने लगी। इसी कोशिश में सुबह हो गई और फिर मार्निंग वॉक करने वाले एक दल ने जो सूचना दी, उसके आधार पर पुलिस इस नतीजे पर पहुंची कि या तो कविता ने स्वयं नहर में कूदकर आत्महत्या कर ली है या उसे किसी ने नदी में डालकर मार डाला है। पुल से कविता के सैंडिल्स मिले। नहर से उसकी साड़ी और वे दो पत्र जो संभवतया गोविंद ने उसे लिखे थे। पत्र बुरी तरह भीग चुके थे, किंतु फिर भी उनके चंद शब्द पढ़े जा सकते थे, क्योंकि पत्र बाल पेन से लिखे गए थे। हालांकि पुलिस ने काफी तत्परता के साथ अगले पुल पर जाल डलवाया, परंतु कविता की लाश बरामद न हो सकी। भले ही लाश न मिली हो, किंतु कविता के सैंडिल्स नहर से प्राप्त साड़ी और गोविंद के पत्र इस बात के गवाह हैं कि कविता गंग नहर की गहराइयों में खो गई है। इस सच्चाई को दोनों पक्ष स्वीकार करते हैं। मतभेद केवल यह है कि कविता को नहर में डुबोकर मारा गया या उसने स्वयं आत्महत्या की। कुंजबिहारी के वकील मिस्टर मल्होत्रा का कहना है कि कविता को मिस्टर हरनामदास और उनके परिवार के दूसरे लोगों ने डुबोकर मार डाला, जबकि मिस्टर टंडन का कहना है कि कविता ने स्वयं आत्महत्या की। हम पहला मौका मिस्टर टंडन को देते हैं?"

"थैंक्यू योर ऑनर!" मिस्टर टंडन ने कहा–"मैं ये मानता हूं कि दहेज हमारे समाज के लिए आज एक अभिशप्त कोढ़ बन गया है। इसमें भी शक नहीं कि कम दहेज लाने के अपराध में बहू को मार डालना आज का फैशन बन गया है। परंतु बहू के मरने पर आंखें मूंदकर यह कह देना भी तो न्याय नहीं हो सकता योर ऑनर कि उसे ससुराल वालों ने मार डाला है। दरअसल बहू के मरते ही पीहर वालों द्वारा ससुराल वालों पर दहेज के लिए की गई हत्या का मुकदमा ठोक देना भी एक फैशन बन गया है। यह केस भी उसी फैशन का जीता-जागता नमूना है। सारी कहानी स्पष्ट है, फिर भी मेरे काबिल दोस्त बिना किसी सुबूत के इसे दहेज के लिए की गई हत्या साबित करना चाहते हैं!"

"हमारे पास सुबूत है!" मिस्टर मल्होत्रा कह उठे!

"पेश करें!"

"पेश किया जा चुका है . . . मरने से चार महीने पहले लिखा गया पत्र!"

"मुझे हैरत है कि मेरे काबिल दोस्त बार-बार उस पत्र का जिक्र कर रहे हैं, जो कि किसी भी तरह यह साबित नहीं करता कि हत्या दहेज के लिए की गई है, साथ ही वे उन ढेर सारे सुबूतों को भूल जाते हैं जो सिर्फ यही साबित करते हैं कि कविता ने गोविंद द्वारा ठुकराए जाने पर आत्महत्या की है।"

"कैसे सुबूत?"

"बंसी का बयान–खुद गोविंद का बयान–गोविंद के फ्लैट से मिले कविता के पत्र–उन पत्रों तथा बंसी और गोविंद के बयानों से जाहिर है कि मृत्यु से कुछ दिन पूर्व कविता बहक गई थी। उसने अपने प्रेमी से स्वयं को अपनाए जाने की रिक्वेस्ट की थी। यह लिखा था कि यदि गोविंद ने उसे ठुकरा दिया तो उसके पास आत्महत्या के अतिरिक्त कोई चारा नहीं रहेगा। जाहिर है कि रात को आठ बजे कविता घर छोड़कर सीधी गोविंद के फ्लैट पर पहंची!"

"गोविंद ने अपने बयान में यह मानने से इंकार किया है!"

"यहां वह झूठ बोलता है, क्योंकि वह समझता है कि यदि उसने यह स्वीकार कर लिया तो वह फंस सकता है, किंतु उसके फ्लैट से पुलिस को प्राप्त कविता का बिछुवा सारी स्थिति साफ कर देता है। वह बिछुवा पूरी एक कहानी कहता है और वह कहानी ये है कि कविता सीधी वहां पहुंची। गोविंद से उसने स्वयं को अपनाए जाने की विनती की। गोविंद अपने आदर्शों पर डटा रहा, उसने कविता को वही समझाया जो वह अपने पत्रों में लिखता रहा। निराश कविता वहां से चली गई और पत्र में लिखी अपनी बात पूरी कर डाली। यही सच्चाई पुल की दीवार पर लिखे वाक्य से भी स्पष्ट है!"

"ये गलत है झूठ है कविता मेरे पास आई ही नहीं थी!" गोविंद फिर चीख पड़ा।

"गोविंद ने जो भी कुछ किया, वह कोई अपराध नहीं था!" मिस्टर टंडन अपनी धुन में कहते चले गए–"उसने वही किया जो एक सच्चे और आदर्श प्रेमी को करना चाहिए। उसने यही सोचा था कि उसकी बातों से प्रभावित होकर कविता घर लौट जाएगी। ऐसी तो उसने कल्पना भी नहीं की थी कि उसकी कविता इतनी नीचे गिर चुकी है। इतनी ज्यादा चरित्रहीन हो चुकी है कि अपने पति के घर लौटने के स्थान पर नहर में कूद जाएगी। अत: गोविन्द ने कोई अपराध नहीं किया है मैं अदालत से दरख्वास्त करूंगा कि गोविंद को कविता की आत्महत्या का जिम्मेदार न माना जाए!"

"एक सीधी-साधी कहानी को दूसरी तरफ मोड़कर व्यर्थ ही चक्करदार बनाया जा रहा है मीलार्ड।" मिस्टर मल्होत्रा कह उठे–"वे सारे ही सुबूत जिनके आधार पर मेरे काबिल दोस्त कविता की हत्या को आत्महत्या साबित करना चाहते हैं दरअसल हत्यारों द्वारा बिछाए गए सुबूत हैं। इन्हीं सुबूतों के क्वच में छिपकर हत्यारे खुद को अदालत की पैनी दृष्टि से बचा जाना चाहते हैं!"

इस तरह काफी देर तक वहां दोनों धुरंधर वकीलों की बहस होती रही। वे अपने-अपने पक्ष में दलीलें देते रहे। शाम के पांच बज गए। न्यायाधीश महोदय ने फैसले की तारीख घोषित करके अदालत की आज की कार्यवाही समाप्त कर दी!

⅄

हरनामदास, जसवंत, मनजीत, सुलक्षणादेवी, रेखा, बंसी, अमिता और उसके माता-पिता एक साथ ही इस केस के बारे में बातचीत करते हुए कक्ष से बाहर निकले। वे इस वक्त गैलरी से गुजर रहे थे। अभी वे गैलरी के एक मोड़ पर घूमे ही थे कि एक साथ सभी ठिठक गए।

उनका रास्ता रोके गैलरी के बीचोंबीच विजय खड़ा था। अपने दोनों कुल्हों पर हाथ रखे वह लाल सुर्ख आंखों से उन्हें घूर रहा था।

चेहरे पर कठोरता थी। कुल मिलाकर बड़े ही भंयकर भाव!

मनजीत, सुलक्षणा और रेखा के जिस्मों में झुरझुरी-सी दौड़ गई।

मधु और अमिता दहशत से कांप गई। बंसी का चेहरा फक पड़ गया था।

हरनामदास, जसवंत और मधु के पिता उसे देखते रह गए। कुछ देर तक देखते रहे, फिर हरनामदास थोड़े आगे बढ़कर बोले–"रास्ता छोड़!"

विजय एक कदम आगे बढ़ा, दांत भींचकर खतरनाक अंदाज में गुर्राया–"फिलहाल तो मैं रास्ता छोड़ दूंगा हरनामदास, लेकिन।"

"लेकिन!"

"यदि अदालत ने न्याय नहीं दिया तो फिर एक बड़े भाई के ये दो हाथ न्याय करेंगे!"

"क्या मतलब?"

"तुम अदालत को गुमराह कर सकते हो, कानून की आंखों में पूल झोंक सकते हो, मगर मैं जानता हूं कि मेरी बहन को तुमने मारा है–तुमने–फैसला तीन मार्च को होगा। मैं सिर्फ उस फैसले का इंतजार कर रहा हूं या तो अदालत ही तुम्हें गुनाहों की सजा दे देगी और अगर ऐसा नहीं हुआ तो . . ."

"तो?"

"एक-एक करके तुम सबका कत्ल मैं अपने हाथों से करूंगा। कविता की कसम तुममें से एक को भी नहीं बख्शूंगा मैं हरेक को वहीं पहुंचा दूंगा, जहां तुमने मेरी बहन को पहुंचाया है!" कहने के बाद वह तेज कदमों के साथ एक तरफ को चला गया!

दांत किटकिटाते हुए जसवंत ने उसके पीछे लपकना चाहा, परंतु हरनामदास ने उसे रोक लिया, बोले–"वह अनपढ़ है जसवंत। बेवकूफ हम पढ़े-लिखे हैं, अत: वैसी कोई बेवकूफी हमें शोभा नहीं देती!"

जसवंत ठिठक गया। शेष सभी के कानों में अभी तक विजय की गुर्राहट गूंज रही थी।

"तुम?" उसे अपने फ्लैट के दरवाज़े पर खड़ा देखते ही गोविंद चौंक पड़ा!

"हां मैं!" कहने के साथ ही विजय अपने चेहरे पर तनाव-सा लिए उसे एक तरफ हटाकर कमरे में दाखिल हो गया। गोविंद के चेहरे पर अभी हैरानी के भाव ही थे कि विजय घूमा, बोला–"मुझे देखकर तुम इतने हैरान क्यों हो?"

"शायद इसलिए कि मेरे फ्लैट पर तुम अकेले पहली बार ही।"

"मैं तुमसे कुछ बातें करने आया हूं!" विजय ने उसकी बात बीच में ही काट दी।

गोविंद ने औपचारिक अंदाज में कहा–"बैठो!"

"क्या अदालत में दिया गया तुम्हारा बयान बिल्कुल सच है!"

"एकदम सच?"

"मतलब ये कि सोलह फरवरी की रात को कविता तुम्हारे फ्लैट पर नहीं आई थी?"

"बिल्कुल नहीं!"

"फिर यह बिछुवा यहां कैसे पहुंच गया?"

"निश्चय ही किसी ने खुद को बचाने और मुझे फंसाने के लिए बिछुवा यहां पहुंचाया है।"

"किसने?"

"फिलहाल इस बारे में मैं कुछ नहीं कह सकता, लेकिन . . ."

"लेकिन?"

जेब से पैकेट निकालकर गोविंद ने एक सिगरेट सुलगाई।

एक गहरा कश लिया उसने और ढेर सारा धुआं उगलने के बाद बोला–"कविता और मैं आपस में प्यार करते थे और वह प्यार गंगा के जल की तरह पवित्र था। कविता की शादी हो गई। कुदरत का फैसला समझकर हम दोनों ही ने इसे पूरी शालीनता से स्वीकार किया। ईश्वर गवाह है कि कविता के लिए चौबीस घंटे तड़पता रहने के बावजूद भी

मैंने कभी किसी भी माध्यम से उससे संबंध स्थापित करने की कोशिश न की। ऐसा ही कविता ने भी किया। मगर उस वक्त मैं चौक पड़ा, जब पहली बार बंसी के द्वारा मुझे कविता का पत्र मिला। पढ़ने के बाद मैं यह सोचने लगा कि यह पत्र कविता का कभी नहीं हो सकता!"

"क्या मतलब?" विजय चौंक पड़ा!

ऐसा विचार मेरे दिमाग में इसलिए आया था, क्योंकि जो कुछ उस पत्र में लिखा था, वह कविता के कैरेक्टर के बिल्कुल विपरीत था। ऐसा मैं सोच भी नहीं सकता कि कविता उन विचारों की तरफदार हो जाएगी, किंतु राइटिंग एक ऐसी ठोस वजह थी, जिससे मैंने उसे कविता का पत्र ही समझा और बंसी को उसका जवाब दे दिया। फिर बंसी कविता का दूसरा पत्र लाया यह पत्र भी उन्हीं विचारों से भरा हुआ था फिर भी मैंने उसका जवाब दिया और जब बंसी ऐसे ही विचारों का कविता का तीसरा पत्र भी ले आया तो सच्चाई ये है कि मुझे कविता से नफरत हो गई। मुझे लगा कि इन बीच के दिनों में वह बहुत ही नीचे गिर गई है। अत: घृणावश मैंने बंसी को उस पत्र का जवाब देने से ही इंकार कर दिया!"

"मुमकिन है कि वे पत्र किसी ने जबरदस्ती कविता से लिखवाए हों!"

"दुख है कि यह विचार मेरे दिमाग में बहुत बाद में आया!"

"क्या मतलब?"

"मैं चकित था कि कविता आखिर इतनी बदल कैसे गई। उसके अंतिम पत्र को आए अभी एक ही दिन गुजरा था कि रात के वक्त तुम सब लोगों के साथ पुलिस मेरे फ्लैट पर पहुंच गई। जब मुझे खरबंदा द्वारा यह पता लगा कि कविता घर से गायब हो गई है तो मुझे लगा कि कविता ने मेरे जवाब से निराश होकर आत्महत्या कर ली है। यदि यह बात यहीं तक सीमित रहती और गंग नहर में कूदकर कविता द्वारा आत्महत्या कर लेने की कहानी मेरे सामने आती तो मैं ये समझ लेता कि निराश कविता ने अपने पागलपन में आत्महत्या कर ली है और हमेशा उसके अतिम तीन पत्रों के कारण उससे नफरत करता रहता, किंतु . . ."

"किंतु?"

"मेरे कमरे से प्राप्त कविता के बिछुवे ने मुझे उलझा दिया है। सवाल ये है जब कविता यहां आई ही नहीं तो बिछुवा यहां कैसे पहुंच गया। जाहिर है कि किसी अन्य ने बिछुवा यहां पहुंचाया है। अब सवाल उठता है कि क्यों किसी ने ऐसा क्यों किया?"

"जरूर किसी को ऐसा करने से कोई लाभ होने वाला था!"

"कैसा लाभ?"

"एक ही किस्म का लाभ हो सकता है तुम्हें फंसाना!"

"मुझे कोई क्यों फंसाएगा?"

"खुद को बचाने के लिए!"

"खुद को बचाने की कोशिश कोई कब करेगा। तभी न, जबकि वह स्वयं दोषी हो और यदि कोई दोषी है तो स्पष्ट है कि कविता ने आत्महत्या नहीं की है उसे मारा गया है विजय। किसी ने मेरी कविता की हत्या की है!"

"मगर सिर्फ तुम्हारे या मेरे किसी निर्णय पर पहुंचने से क्या होगा?"

"क्या मतलब?" गोविंद ने पूछा।

"जब तक यह बात अदालत नहीं समझेगी, तब तक..."

विजय की बात पूरी होने से पहले गोविंद गुर्रा उठा–"मैं जानता हूं कि अदालत इस निष्कर्ष तक कभी नहीं पहुंचेगी क्योंकि वह मेरे बयान का यकीन नहीं करेगी और यकीन इसलिए नहीं करेगी, क्योंकि न्याय के सीने में गोविंद जैसै प्यार करने वाले का दिल नहीं धड़कता। मुझे अदालत की परवाह नहीं है विजय मैं कसम खाकर कहता जिस दिन मुझे मेरी कविता के हत्यारों का पता लग गया, उस दिन मैं एक को भी जिंदा नहीं छोड़ूंगा!"

⅄

तीन मार्च।

अदालत में आज वकीलों की बहस वाली तारीख से भी ज्यादा भीड़ थी। लोगों में इस दिलचस्प केस का फैसला जानने की जबरदस्त

जिज्ञासा थी। समूचा कक्ष बहुत पहले ही भर चुका था। कक्ष के बाहर लोग उमड़े पड़ रहे थे। कक्ष में सबसे अग्रिम पंक्ति में हरनामदास का पूरा परिवार और मधु के पिता मोतीलाल बैठे थे। दूसरी पंक्ति में कुंजबिहारी उनकी पत्नी, विजय और गोविंद उन सबसे अलग बैठा था।

सारे कक्ष में एक अजीब-सी गहमा-गहमी का वातावरण था।

न्याय की कुर्सी के ऊपर अहिंसा के पुजारी का फोटो एक सुंदर फ्रेम में जड़ा दीवार पर नियुक्त था। उस फोटो के ऊपर दीवार पर लिखा था–'वादी का हित सर्वोच्च है!'

इस वाक्य के ऊपर लगे वाल क्लॉक ने टनटनाना शुरू किया और जब दस बार टनटनाने के बाद वह खामोश हुआ तो एक लंबा काला चोगा पहने न्यायाधीश महोदय कक्ष में प्रविष्ट हुए।

सभी खड़े हो गए। गहमा-गहमी बंद!

न्यायाधीश न्याय की कुर्सी पर बैठे। सारा कक्ष बैठ गया। एक बार न्यायाधीश ने कक्ष में बैठे प्रत्येक व्यक्ति पर नजर डाली, फिर कुछ इस तरह फैसला पढ़ना शुरू किया।

"इस केस के सभी गवाहों के बयानों पर गौर करने, सुबूतों को देखने और वकीलों की बहस सुनने के बाद ये अदालत इस नतीजे पर पहुंची है कि वादी कुंजबिहारी द्वारा प्रतिवादी हरनामदास और उसके परिवार पर लगाया गया आरोप प्रमाणित नहीं होता। सारे केस की सुनवाई के बाद यही महसूस होता है कि मक्तूल कविता देवी ने अपने प्रेमी गोविंद से निराश होकर गंग नहर में कूदकर आत्महत्या कर ली। कोई भी गवाह या सबूत यह नहीं कहता कि हरनामदास या उनके परिवार के किसी सदस्य ने कविता देवी की हत्या की है हां, वादी ने मक्तूल का मरने से चार महीने पहले का एक पत्र जरूर पेश किया है। इस पत्र से जरूर लगता है कि सुलक्षणादेवी कविता से अक्सर कम दहेज लाने की शिकायत किया करती थीं, परंतु ऐसा कहीं प्रतीत नहीं होता कि इसके लिए कविता की हत्या कर दी गई है!"

न्यायाधीश महोदय सांस लेने के लिए रुके। कक्ष में खामोशी छाई रही।

फैसला आगे पढ़ा गया–"अदालत यह मानती है कि कविता देवी ने गोविंद की तरफ से निराश होने के बाद आत्महत्या कर ली। कविता को निराश करना गोविंद को किसी भी रूप से अपराधी साबित नहीं करता। अदालत के बार-बार पूछने पर भी हर बार गोविंद ने यही कहा कि कविता उससे मिलने प्लैट पर नहीं आई। जबकि फ्लैट से बरामद कविता का बिछुआ इस बात का ठोस प्रमाण है कि कविता वहां आई थी। अत: अदालत यह मानती है कि गोविंद ने झूठा बयान देकर अदालत को गुमराह करने की कोशिश की। इस अपराध में अदालत गोविंद को तीन महीने की साधारण सजा का हुक्म देती है। हालांकि अदालत दहेज के लिए की जा रही बहुओं की हत्या का कड़ा विरोध करती है और यह अपेक्षा करती है कि ऐसी हत्या करने वाले किसी भी मुजरिम को कानून बख्शेगा नहीं, परंतु ऐसी अपेक्षा का अर्थ यह बिलकुल नहीं है कि किसी भी ससुराल पर बहू के पीहर वाले बिना किसी सुबूत के हत्या का आरोप लगा दें। इस केस को एक ऐसा ही केस मानकर यह अदालत वादी की याचिका खारिज करती है तथा हरनामदास और उसके परिवार को बाइज्जत बरी करती है।"

"नहीं!" अचानक विजय अपनी कुर्सी से खड़ा होकर पागलों की तरह चिल्ला उठा–"ये बकवास है झूठ है इंसाफ के इस मंदिर में नाइंसाफी हो रही है। कविता को इन्हीं लोगों ने मारा है। ये मेरी बहन के हत्यारे हैं। मैं इन सबको मार डालूंगा!"

मगर फैसला पढ़ने के बाद न्यायाधीश महोदय अपने चैंबर में जा चुके थे।

कुंजबिहारी और उनकी पत्नी उफनते हुए ज्वालामुखी जैसे विजय को पकड़े हुए थे। वे उसे समझाने की कोशिश कर रहे थे। हथकड़ियां पहने हुए गोविंद के होठों पर फीकी-सी मुस्कान थी। हरनामदास और उसके परिवार के सभी सदस्यों की आंखें चमक रही थी। उन सब में, सबसे ज्यादा चमक जसवंत की आंखों में थी। जसवंत की आंखों में!

"हा-हा-हा मजा आ गया मनजीत। सचमुच में आ गया हा-हा-हा!" जसवंत ठहाके लगा-लगाकर हंस रहा था। बड़े ही जानदार ठहाके ऐसे इतने जोरदार कि सड़क पर सामान्य गति से दौड़ती कार की छत भी भक्क से उड़ती हुई महसूस दी!

कार वह स्वयं ड्राइव कर रहा था। साथ ही, ठहाकों के बीच कहता चला जा रहा था–"सच, कमाल हो गया कमाल हो गया रेखा। क्या फैसला दिया है। ये अदालत यह मानती है कि गोविंद से निराश होने के बाद कविता ने गंग नहर में कूदकर आत्महत्या कर ली। हा-हा-हा आत्महत्या देखा मम्मी। अब तो तुम मान गई न कि तुम्हारे बेटे का दिमाग कितना तेज है अदालत भी धोखा खा गई। बड़े-बड़े धुरंधर धोखा खा गए। हर कदम पर सिर्फ वही हुआ है वही, जो मैंने सोचा था स्कीम हो तो ऐसी हा-हा-हा। योजना हो तो ऐसी, जिसमें सब फंस जाएं अदालत तक चक्कर में आ जाए!"

"धीरे बोलो भइया धीरे।" उसके बराबर में बैठा मनजीत बोला–"अगर सड़क पर चलते किसी राहगीर ने तुम्हारी बातें सुन लीं तो . . ."

"तो-तो क्या होगा कुछ नहीं होगा पगले। जिस केस का फैसला अदालत एक बार कर देती है, उसकी सुनवाई दुबारा नहीं करती, फिर कोई सुनेगा भी कैसे इस कार की सभी खिड़कियों के शीशे पूरी तरह चढे हुए हैं। हमारी कोई भी आवाज बाहर नहीं जा सकती।"

"फिर भी, जरा धीरे बोलो बेटे!" सुलक्षणादेवी ने कहा। तभी पुन: जसवंत एक जोरदार ठहाका लगाकर हंस पड़ा। खुशी की अधिकता के कारण वह पागलों की तरह हंसता ही चला जा रहा था, बोला–"इसमें शक नहीं कि मैंने जो योजना बनाई थी, उसकी सफलता का मुझे पूरा यकीन था मगर इतनी सफलता सच, मुझे इतनी जबरदस्त कामयाबी की उम्मीद नहीं थी।"

"अभी हम पूरी तरह का कामयाब कहां हुए हैं भइया?" पिछली

सीट पर सुलक्षणादेवी के बराबर में बैठी रेखा बोली।

"क्यों तुम्हारी नजर में अब क्या कमी रह गई?"

"असली कामयाबी तो हमें तब मिलेगी, जब हम सचमुच कविता भाभी को मार डालेंगे।"

"स-सी-स-सी।" जसवंत अपने होंठों पर उंगली रखकर मजा लेने वाले अंदाज में बोला–"ऐसा नहीं कहते पगली कौन कहता है कि कविता जिंदा है। वह अदालत, वे दोनों वकील, कविता के मां-बाप, भाई, गोविंद और सारा शहर केवल एक ही बात कह रहा है कि गंग नहर में डूबकर कविता मर चुकी है। ऐसा तो एक भी व्यक्ति नहीं है, जो यह कहता हो कि कविता जीवित है!"

"लेकिन ये सच्चाई तो नहीं है?"

"यही सच्चाई है पगली, सच्चाई वह होती है रेखा, जिसे ज्यादा लोग कहें। भला हम चंद लोगों के कहने से वह जीवित कैसे हो सकती है?"

"फिर भी जसवंत . . ."

"आप तो व्यर्थ ही चिंतित हो रही हैं मां। सारा खेल खत्म हो चुका है। सारी दुनिया के अलावा अदालत भी यह स्वीकर कर चुकी है कि कविता अब इस दुनिया में नहीं है। कविता को कत्ल करने का अधिकार तो हमने अदालत से प्राप्त कर लिया है। मां स्वयं कानून ने हमें कविता की हत्या कर देने का परमिट दे दिया है। अब भला हम उसका खून करने से क्यों डरेंगे! किसी को यह पता तक नहीं चलेगा कि अदालत में चलने वाला कविता की मृत्यु का केस ही जड़ ही से गलत था। जिसकी हत्या के जुर्म में हम पहले ही बाइज्जत बरी हो गए हैं, उसकी हत्या करने में क्या अड़चन आ सकती है। खून वालों को केवल कानून कर डर होता है और जब वही हमें बाइज्जत बरी कर चुका है तो फिर हमारे लिए मुश्किल क्या है! कानून का संरक्षण तो हम हत्या करने से पहले प्राप्त कर चुके हैं।"

"वह तो ठीक है लेकिन . . ."

"फिक्र मत करो मां तुम्हें मधु की ही तो चिंता है न सारा काम उसे

सहारनपुर भेजने के बाद ही होगा। जहां इतने दिन से कविता तहखाने में पड़ी है, वहां कुछ दिन और सही!"

⅄

कोठी के पोर्च में दो गाड़ियां एक साथ रुकी। एक में से जसवंत, सुलक्षणादेवी, रेखा और मनजीत उतरे, दूसरी में से हरनामदास, मोतीलाल, बंसी और मधु!

हॉल में पड़े सोफों में से एक पर बैठते हुए हरनामदास ने ठंडी सांस खींच ली और बोले–"भगवान का लाख-लाख शुक्र है कि उसने हमारी लाज रख ली?"

"यह तो होना ही था हरनामदास!" मोतीलाल ने कहा–"झूठ के बादलों को चीरकर सच की बिजली जरूर चमकती है। किसी के मात्र आरोप लगा देने से तो कोई मुजरिम नहीं बन जाता। अदालत अंधी तो नहीं है!"

"कविता ने और फिर उसके बाप और भाई ने तो हमारी सारी इज्जत मान-प्रतिष्ठा खाक में मिला देने में कोई कमी नहीं छोड़ी थी। हमारा वक्त ही अच्छा था, जो बच गए!"

"फैसले के बाद तो अब आपको इतनी चिंता नहीं करनी चाहिए!"

"फैसला अपनी जगह है मोतीलाल जी और जो कुछ हमने खोया है, वह अपनी जगह। अदालत का फैसला भी अब हमें समाज में वह मान-सम्मान नहीं दिला सकता, जो केस के चलने से पहले था!"

"आप ऐसा क्यों सोचते हैं?"

"हकीकत यही है मोतीलाल। बदनसीब तो यह बेचारा मनजीत है कितनी कम उमर में इसकी शादी भी हो गई और बेचारे को यह भी सुनना पड़ रहा है कि इसकी बीवी चरित्रहीन थी!"

"अभी मनजीत की उमर ही क्या है। हम इसकी दूसरी शादी कर देंगे।"

"है दूसरी शादी!" फीकी-सी मुस्कान और पूरे निराशजनक अंदाज

में हरनामदास ने कहा–"अब इस बेचारे से दूसरी शादी करेगा कौन? कौन बाप अपनी बेटी को इस घराने की बहू बनाने के लिए तैयार होगा। कौन ये चाहेगा कि . . ."

"तुम तो बिल्कुल बेकार की बात सोच रहे हो हरनामदास। ऐसा कुछ नहीं हुआ है। इस घराने की इज्जत वहीं की वहीं है और फिर अपने मनजीत में कमी क्या है हजारों घराने अपनी बेटी को इस घर की बहू बनाने में फख्र महसूस करेंगे!"

"वे दिन लद गए मोतीलाल!" हरनामदास ने ठंडी सांस खींची–"जरा अपने ऊपर डालकर ही सोचो यदि मैं तुमसे कहूं कि मुझे मनजीत के लिए अमिता की जरूरत है तो क्या तुम अमिता की शादी मनजीत से कर दोगे?"

"मेरा मतलब!" मोतीलाल एकदम हड़बड़ा गए!

"हुं!" हरनामदास फीके अंदाज में हंसे–"डर गए न मोतीलाल। तुम यही सोचकर डर गए न कि हरनामदास के परिवार में कम दहेज लाने के जुर्म में बहू को मार डाला जाता है। कहीं हम या हमारा परिवार अमिता के साथ भी ऐसा ही न करें?"

"ये बात बिल्कुल नहीं है हरनामदास। मेरी ऐसी धारणा तो स्वप्न में भी नहीं बन सकती। यदि मैं ऐसा सोचूंगा तो क्या मधु इस परिवार की बहू नहीं है?"

"तो फिर तुम्हारी हिचक का कारण?"

"बात ये है हरनामदास कि मैं अमिता की शादी अपने एक दोस्त के लड़के से करने का वचन दे चुका हूं!"

"क्या?" सभी के मुंह से एक साथ निकल पड़ा।

"तुम लोग इस परेशानी में फंसे हुए थे इसलिए जिक्र न कर सका। पिछले दिनों मैं उस लड़के की रोकना की रस्म भी कर चुका हूं। एक हफ्ते बाद वे लोग अमिता की मांग भरने आ रहे हैं!"

मोतीलाल इसी संबंध में जाने क्या-क्या कहते चले जा रहे थे, जबकि उनका एक-एक शब्द इस परिवार के एक-एक शख्स पर बिजलियां बनकर टूट रहा था!

मोतीलाल के पहले ही वाक्य ने उनकी कल्पनाओं के बुलंद ताजमहल को बुनियाद से उखाड़कर फेंक दिया था। धड़धड़ाकर सबकुछ रेत के घरौंदे की तरह बिखर गया। मोतीलाल कहते ही चले जा रहे थे और उनका एक-एक शब्द जहरीले नश्तरों के समान उनके दिलों में जाकर गड़ रहा था।

चेहरे गीले पड़ने लगे। हवाइयां उड़ रही थीं!

हरनामदास और जसवंत ने बड़ी मुश्किल से स्वयं को संभाला। यदि वे स्वयं को सामान्य न दर्शाते तो यकीनन उनकी अवस्था पर मोतीलाल और मधु चौंक पड़ते!

⅄

"अब सोचने से क्या खाक होगा। सोने की चिड़िया हाथ से उड़ चुकी है। सारे किए-धरे पर पानी फिर गया अगर यही होना था तो हमने उस कुलक्षणी की हत्या का षड्यंत्र ही क्यों रचा था। अब उसे मारने से भी क्या लाभ?"

"क्या मतलब?" हरनामदास चौंक पड़े!

"जब कुछ हाथ लगना ही नहीं है, तो व्यर्थ ही हम उस कमीनी के खून से अपने हाथ क्यों रंगे? उसे आजाद कर दीजिए। तहखाने से निकाल दीजिए।"

"पागल हो गई हो क्या? सारी दुनिया की नजरों में वह मर चुकी है। अब यदि हमने उसे जीवित छोड़ दिया तो क्या हम सब फांसी के फंदे पर नहीं लटके होंगे। क्या वह सारी दुनिया को नहीं बता देगी कि हमने किस तरह उससे जबरदस्ती पत्र लिखवाए। उस पर क्या-क्या अत्याचार किए अब उसे मारना जरूरी है सुलक्षणा। उसकी जिंदगी हम सबकी मौत है!"

"मगर उसे मारने से अब हमें लाभ क्या होगा?"

"कोई लाभ हो या न हो, लेकिन उसे तो अब हमें मारना ही पड़ेगा!"

"उफ् ये हम किस झमेले में फंस गए हैं बहू का कत्ल भी करें और फिर भी कोई लाभ . . ."

"तुम यह भूल जाओ सुलक्षणा कि वह जीवित है। यह सोचकर चलो कि कविता मर चुकी है। रही लाभ की बात तो अभी मोतीलाल ने अमिता की शादी नहीं कर दी, सिर्फ रिश्ता ही तय किया है। उस रिश्ते को तोड़ने का कोई चक्कर चलाया जा सकता है। यदि हमें उससे कामयाबी नहीं मिली, तब भी हमारे मनजीत के लिए रिश्तों की क्या कमी है?

"सब गड़बड़ हो गया!" सुलक्षणा देवी झुंझला उठीं–"इस कम्बख्त मोतीलाल को भी पता नहीं अमिता की शादी की इतनी क्या जल्दी पड़ी थी कि इंतजार नहीं कर सका!"

"बौखलाओ मत सुलक्षणा भगवान ने चाहा तो सब ठीक हो जाएगा!"

"कैसे ठीक हो जाएगा?"

"मोतीलाल सहारनपुर जा चुके हैं मधु यहीं है। इस बारे में हम जसवंत से बात करेंगे वही कोई तरकीब सोचेगा। किसी तरह अपनी बातों के लपेटे में वह मधु को लेगा। वह कोई-न-कोई ऐसा चक्कर जरूर चलाएगा, जिससे मनजीत और अमिता की शादी हो सके!"

"अब उस कुलक्षणी को जल्दी-जल्दी खत्म कर देना चाहिए!"

"तुम इतना उतावलापन मत दिखाओ। कुछ दिनों बाद जसवंत किसी बहाने मधु को सहारनपुर भेज देगा। तब हम कविता को ठिकाने लगा देंगे। मधु के घर में रहते यह काम करना बेवकूफी ही होगी। भगवान के लिए तुम अपने दिमाग का प्रयोग मत करो और जुबान को काबू में रखो!"

⅄

"मुझे थोड़ी जल्दी है मधु!" मेरठ कैंट स्टेशन के प्लेटफार्म पर खड़े

जसवंत ने कहा–"गाड़ी आने में अभी बीस मिनट हैं। यदि मैं तब तक यहीं रुका तो लेट हो जाऊंगा!"

"अगर आपको कोई काम है तो आप जाइए मैं चली जाऊंगी!" मधु ने सामान्य स्वर में कहा।

"थैंक्यू मधु इस बात को 'फील' न करना कि मैं तुम्हें ट्रेन में बिठाकर नहीं जा रहा हूं!"

"कैसी बात कर रहे हैं आप इसमें 'फील' करने जैसी क्या बात है। आप महसूस न करें ट्रेन के आने पर चली जाऊंगी कोई अनपढ़ तो नहीं हूं जो अकेली सफर भी न कर सकूं!"

"गुड!" जसवंत ने कहा–"अच्छा, तो मैं चलता हूं लेकिन सुनो उम्मीद है कि तुम सब कुछ समझ गई होंगी। यह मनजीत की पूरी जिंदगी का सवाल है। सारे केस को तुम्हें बाबूजी और मां के सामने इस ढंग से रखना है कि वे इंकार न कर सकें!"

"मैं कोशिश करूंगी!"

"सिर्फ कोशिश नहीं करनी है मधु, बल्कि उन्हें इसके लिए तैयार करना है!"

"ओफ्फो मैं समझ गई बाबा यही बात तुम कितनी बार कहोगे?"

"मैं जानता हूं कि मेरी बीवी कितनी समझदार है!" कहने के साथ ही उसने शरारतपूर्ण ढंग से आंख मारी और घूम गया। मधु अपने पति की इस अदा पर धीमे से मुस्कुरा उठी!

फिर मधु से विदा लेकर जसवंत स्टेशन से बाहर निकल आया। पार्किंग में खड़ी गाड़ी का लॉक खोलकर ड्राइविंग सीट पर बैठा और फिर यह कार कैंट की सड़कों पर फिसलती हुई साकेत की तरफ बढ़ गई।

बीस मिनट बाद गाड़ी कोठी के पोर्च में रुकी।

शाम का समय था। धूप वृक्षों पर चढ़ने लगी थी। जब उसने कोठी के हॉल में कदम रखा तब सोफों पर बैठे हरनामदास, सुलक्षणा, मनजीत और रेखा उसका इंतजार कर रहे थे।

"छोड़ आए?" उसके हॉल में कदम रखते ही हरनामदास ने पूछा।

सोफे पर लगभग गिरते हुए जसवंत ने कहा–"हां!"

"उसे ठीक से सब कुछ समझा भी दिया है कि नहीं?" सुलक्षणादेवी ने पूछा।

"समझा तो दिया है। मधु इस घर को हर तरह से सुखी और संपन्न देखना चाहती है और मैंने उसे समझा दिया है कि मनजीत और अमिता की शादी ही इस घर को खुशियों से भर सकती है बाकी, वह कामयाब होती है या नहीं, इसका पता तो उसके लौटने पर ही पड़ेगा!"

"अब हमें कविता के बारे में सोचना चाहिए!" मनजीत ने कहा।

"उसके बारे में सोचने के लिए अब बाकी रहा ही क्या है?" जसवंत ने कहा–"सारी योजना तैयार है आज रात हम उसकी हत्या करके लाश लॉन में दफना देंगे।"

⅄

जंजीरें बहुत धीमे से खड़खड़ाई!

उस सीलन युक्त बदबूदार कोठी में काजल-सा अंधेरा था, जिसमें किसी नारी की कराह गूंजी। बहुत ही कमजोर-सी कराह। शायद उसके पहलू बदलने के कारण ही जंजीरें खनकी थीं।

फिर उस कोठरी में निरंतर वे कमजोर-सी कराहें गूंजने लगी। जैसे कोई अनगिनत पीड़ाओं से लड़ रहा हो, उन्हीं कमजोर कराहों के बीच शब्द निकले–"पानी-पानी।"

परंतु कोठरी में इस कमजोर आवाज को सुनने वाला कोई नहीं था।

अंधेरा इतना घना था कि कुछ भी नजर नहीं आ रहा था। यह भी पता नहीं लग रहा था कि लगातार कराहने और पानी मांगने वाली अभागिन कोठरी के किस कोने में पड़ी है?

कोठरी में दो दरवाज़े थे। एक दाईं तरफ, दूसरा बाईं तरफ। एकाएक ही वहां कई व्यक्तियों के पदचापों की ध्वनि उभरी। कोई भारी ताला

खुला। भारी कुंठा हटा और दाईं तरफ वाला लोहे का मजबूत दरवाज़ा खुलता चला गया।

कोठी में छाए अंधकार की मात्रा कुछ कम हुई। दरवाज़े पर कुछ परछाइयां खड़ी नजर आई। उस कोने में जंजीरें पुन: खनकी, जिसमें अभी तो अंधेरा था।

किसी ने कहा–"लाइट ऑन कर दो मनजीत।"

"चट!" एक हल्की-सी ध्वनि! एक दीवार पर नियुक्त होल्डर में धंसा जीरो वाट का बत्ब अपनी विवशता पर सिसक पड़ा। कोठरी में मद्धिम प्रकाश बिखर गया और इस प्रकाश में नजर आ रही थी वह–वह जो महीने से इस अंधेरी और सीलनदार कोठरी में पड़ी सड़ रही थी।

एक नारी जिस्म-जिस्म के हर हिस्से से गोश्त गायब हो चुका था जैसे। खाल सिकुड़ गई थी। झुर्रियां पड़ गई थी उसमें। घने और लंबे बाल बुरी तरह उलझे हुए बिखरे पड़े थे। गाल पिचक गए थे।

वह कविता थी। हां, वही कविता, जो कभी नन्ही-मुन्नी गुड़िया-सी लगती थी।

इस वक्त वह हड्डियों का ढांचा मात्र नजर आ रही थी। आंखों के चारों तरफ तरफ बड़े-बड़े काले धब्बे, निर्जीव-सी पड़ी वह दरवाज़े की तरफ देख रही थी। उस मासूम की आंखों में वीरानियां थी। अजीब-सा खौफ!

मोटी जंजीरों में कैद वह बड़ी ही डरावनी लग रही थी। हड्डियों के उस पिंजरे के होठ हिले। बोलने के लिए उसने अपनी पूरी ताकत का प्रयोग किया, फिर भी बहुत कमजोर आवाज निकली–"पानी मां जी मुझे पानी दे दो बहुत प्यास लगी है!"

"भूख नहीं लगी है क्या तुझे?"

"भूख हां, भूख भी लगी है बाबूजी। क्या आप मुझे रोटी . . ."

"हा-हा-हा!" एक साथ वे हंस पड़े। बड़ी ही जोरदार डरावनी और भयानक हंसी थी उनकी। कविता की कमजोर-सी आवाज पिसकर रह गई, बहुत देर तक हंसते रहे वे। कविता पागलों की तरह आंखें फाड़-फाड़कर उन्हें देखती रही!

ठहाके का सैलाब रुका तो जसवंत बोला–"आज हम तुझे हर कष्ट, से मुक्ति दिलाने आए हैं। आज के बाद तुझे न भूख लगेगी न प्यास!"

"सच जसवंत भइया, क्या आप सच कह रहे हैं?"

"बिल्कुल सच!" कहने के बाद वह मनजीत की तरफ घूमकर बोला–"मनजीत तुम कैसे पति हो यार चलो, आगे बढ़कर अपनी पत्नी को कैद से मुक्त करो!"

मनजीत कविता की तरफ बढ़ा। बढ़ते समय जाने क्यों उसके जिस्म पर मौजूद सभी मसामों ने एक साथ ठंडा पसीना छोड़ दिया। हाथ-पैर सुन्न से पड़ते चले गए!

जब वह जंजीरें खोल रहा था, तब हरनामदास कह रहे थे–"क्या तुम जानती हो कविता कि हम तुम्हें मुक्त क्यों कर रहे हैं?"

"हां इसलिए, क्योंकि मैंने आपका कहना माना है। हर कदम पर सिर्फ वही किया है, जो आपने कराया। आपने कहा था कि यदि मैं आपका कहा करती रही, तो आप मुझे इस कैद से आजाद कर देंगे।"

"गुड–काफी समझदार हो तुम। हमारे कहने से तुमने गोविंद को पत्र लिखे। हमारे साथ गंग नहर के पुल पर गई। वहां, कोयले से दीवार पर वही लिखा जो हमने कहा। बस, इन्हीं सब बातों से खुश होकर हम आजाद कर रहे हैं!"

इस बीच मनजीत उसे बंधनों से मुक्त कर चुका था।

जाने हड्डियों के उस पिंजरे में इतनी ताकत कहां से आ गई कि वह एकदम उठकर कोठरी के दरवाज़े की तरफ दौड़ी। अभी वह दरवाज़े तक पहुंच ही थी कि दरवाज़ा एक झटके से बंद हो गया।

वह घूमी पिंजरे में कैद हिरनी के समान छटपटाई। भयभीत नजरों से उसने हरनामदास, जसवंत, मनजीत, सुलक्षण और रेखा को देखा। पागलों की तरह वह अपनी उसी मासूमियत के साथ बोली–"दरवाज़ा तो बंद हो गया मां जी!"

"बंद हुआ नहीं है किया गया है। बंद करने वाला है बंसी!"

"बंसी काका, मगर क्यों?"

"ऐसा करने के लिए उससे हमने कहा था!"

"अ . . . आपने लेकिन आपने तो कहा था कि यदि मैं आपका कहना मानूंगी तो आप मुझे इस कैद से आजाद कर देंगे।"

"हम भी तो वही करने आए हैं, तुम्हें आजाद करने आज के बाद न तुम्हें कभी भूख लगेगी न प्यास। हर दर्द, हर पीड़ा से तुम्हें हमेशा के लिए मुक्ति मिल जाएगी।"

"क्या आप मुझे मार डालना चाहते हैं?"

"जो दुनिया की नजरों में बहुत पहले ही मर चुकी हो उसे जीवित बाहर भी तो नहीं जाने दे सकते?"

"नही!" कविता हलक फाड़कर चिल्ला उठी–"ये जुल्म है। आप अपने वादे से पीछे हट रहे हैं। आपने ही मुझसे कहा था कि?" अपना वाक्य बीच में ही छोड़कर वह सुलक्षणादेवी की तरफ भागी। उनके कदमों में गिर पड़ी–लिपटकर बोली–"मुझे बचा लीजिए मां जी मैं आपके पैर पड़ती हूं, वादा करती हूं कि किसी से कुछ नहीं कहूंगी!"

"हा-हा-हा!" एक साथ सभी ठहाका लगा उठे। वे सब उसे चारों तरफ से घेरे खड़े थे। बुरी तरह रोती आंखों में खौफ और याचना लिए वह उन हंसते हुए भयानक चेहरों को देखने लगी, जसवंत कह रहा था–"तुम्हें कोई नहीं बचा सकता कविता। तुम्हें तो कानून भी नहीं बचा सका। अदालत और कानून से तुम्हारी हत्या करने का अधिकार लेने के बाद ही हम तुम्हारी हत्या कर रहे हैं।"

"नहीं!" कविता दौड़कर मनजीत के पैरों से लिपट गई, बोली–"मैंने तुम्हारा क्या बिगाड़ा है जीत। तुमसे प्यार ही तो करती हूं मैं। इनसे कहो कि मैं किसी से कुछ नहीं कहूंगी ये मुझे छोड़ दें मुझे बचा लो जीत मुझे तुम ही बचा सकते हो!"

"मुझसे कहां तू तो अपने गोविंद से प्यार करती है!" कहने के साथ ही मनजीत ने उसके जबड़े पर इतनी जोर से ठोकर मारी कि एक चीख के साथ फुटबाल की तरह लहराती हुई वह हरनामदास के पैरों में जा गिरी, उन्हीं से लिपटकर गिड़गिड़ाई–"आपको कार चाहिए न बाबूजी।

अपने पिताजी से कहकर मैं आपको कार दिलवा दूंगी। प्लीज मुझे छोड़ दीजिए प्लीज!"

"हरामज़ादी कुछ न कुछ बके ही जा रही है!" गुर्राने के साथ ही रेखा उस पर झपट पड़ी। रेखा के हाथ उसकी गर्दन पर कस गए थे। दांत भींचे, जाने किस जुनून से प्रेरित होकर वह कसाव बढ़ाती ही चली गई। घुटी-घुटी आवाज में कविता कह रही थी–"मुझे छोड़ दो रेखा दीदी, रेखा दीदी मुझे . . ."

"रेखा छोड़ दे उसे। गला घोंटकर नहीं मारना है इसे?" हरनामदास चीख पड़े।

रेखा ने उसे छोड़ा नहीं!

हरनामदास फिर चीखे–"मनजीत रेखा को हटा। क्या हो गया है इसे?"

मनजीत ने झपटकर रेखा को कविता से अलग किया। मुक्त होते ही कमजोर कविता उछलकर खड़ी हो गई। पागलों की तरह दांत भींच-भींचकर चिल्लाई–"हरामजादों, कमीनों तुम मुझे मार डालना चाहते हो लेकिन नहीं मैं नहीं मरूंगी। एक-एक को मार डालूंगी मैं, हा-हा-हा-एक-एक को मार डालूंगी!" कदाचित अपने जीवन के इन अंतिम क्षणों में कविता पागल हो गई थी और इसी पागलपन में बुरी तरह चीखती-चिल्लाती वह सुलक्षणादेवी पर झपट पड़ी उसकी गर्दन पर दोनों हाथ जमाकर हंसी–हा-हा-हा!" मैं तुझे मार डालूंगी तुम सबको हा-हा-हा!"

"मुझे बचाओ।" घबराकर सुलक्षणादेवी चीख पड़ी।

"धाय!" पूरा तहखाना एक फायर की आवाज से गूंज उठा।

एक चीख उबली!

यह चीख कविता की थी। हरनामदास के हाथ में दबे रिवॉल्वर से धुएं की लकीर निकल रही थी। चीख के साथ ही कविता सुलक्षणादेवी की गर्दन छोड़कर फर्श पर जा गिरी। गोली उसके कंधे में लगी थी दर्द के कारण वह फर्श पर छटपटा रही थी!

हरनामदास चीख पड़े–"जल्दी करो जसवंत!"

बिजली कीं-सी तेजी से जसवंत कोठरी के एक कोने की तरफ

लपके। अगले ही पल वह एक केन संभाले फर्श पर छटपटा रही कविता के पास पहुंचा। केन का ढक्कन खोलकर उसने उसे कविता के जिस्म पर उलट दिया। सारी कोठरी मिट्टी के तेल की तीव्र दुर्गंध से भर गई।

कविता मिट्टी के तेल से पूरी तरह नहा गई थी।

"नहीं-नहीं हा-हा-हा मुझे मत मारो–नहीं!" कविता चीखी।

हरनामदास चिल्लाए–"जल्दी करो मनजीत क्विक।"

कांपते हाथों से मनजीत ने एक तीली सुलगाई और बौखलाहट में जल्दी से कविता के जिस्म की तरफ उछाल दी। मासूम कविता के जिस्म पर बिखरे मिट्टी के तेल ने फक्क से आग पकड़ ली!

कविता के मुंह से बड़ी हृदय विदारक चीखें निकलने लगी। वह उछलकर खड़ी हो गई थी। आग की तीव्र और लपलपाती लपटों में घिरी हुई थी वह। चीखती, चिल्लाती व छटपटाती हुई इधर-उधर भागी। फिर छोटी-सी अग्नि मीनार के समान वह कमरे में दौड़ी फिर रही थी।

"पीछे हट जाओ?" हरनामदास चीखे–"वह किसी को पकड़ न पाए।"

बेचारी कविता को किसी को पकड़ने का होश ही कहां था। सुलगती हुई वह असहनीय पीड़ा की मारी हर तरफ उस आग से बचने के लिए दौड़ी फिर रही थी।

उसे घेरे खड़े उसके हत्यारे सारा मंजर देख रहे थे।

उनकी आंखों में इस वक्त भयानकता या पशुता नहीं थी, बल्कि एक डर था। अजीब-सा खौफ किसी को इस तरह तड़प-तड़पकर छटपटाते मरते देखना आसान नहीं है। कविता के जिस्म से लपलपाती लपटों की लाल रोशनी में उन सभी के पसीनों से लथपथ चेहरे नजर आ रहे थे।

इसमें संदेह नहीं कि इस वक्त वे डरे हुए थे। कदाचित इस भावना से कि यह उन्होंने क्या कर दिया है। इधर-उधर दौड़ती अग्नि-शिखा एक दीवार से टकराई। कलेजों को थर्रा देने वाली एक चीख उभरी और फिर अग्नि-शिखा फर्श पर गिर गई। लपटें अब भी लपलपा रही थीं, परंतु अब उधर से कोई चीख सुनाई नहीं दे रही थी। आग की लपटें बैठती चली गई!

दीवार के सहारे कविता की लाश पड़ी थी।

उसी लाश को घेरे खड़े वे पांचों थर-थर कांप रहे थे। सभी के जिस्म पसीने से तर-ब-तर थे। टांगों में ऐसा कंपन्न था, जैसे किसी ने उनसे बिजली का करेंट युक्त नंगा तार स्पर्श करा रखा हो। आंखें डरी हुई सी थी। चेहरों पर हवाइयां, रंग पीला पड़ गया था। पीला जर्द!

जुबान तालू से चिपक गई कोई भी एक शब्द नहीं बोल सका!

कोठरी का वातावरण बेहद खौफनाक हो गया था। बहुत ही डरावना!

एकटक वे लाश को देख रहे थे। कविता की बुरी तरह जली हुई वीभत्स लाश को बड़ी ही भयानक लाश थी वह। सारे बाल जल चुके थे। गंजी लाश; चेहरे की खाल जलकर चुड़ी-चुड़ी-सी हो गई थी। वैसी ही, जैसी चमगादड़ की खाल होती है। पलकों की सीमाएं तोड़कर आंखें कोठरी की छत को घूर रही थी। दायां गाल पूरी तरह जल चुका था और इसी वजह से उसका जला हुआ जबड़ा और लबे दांत चमक रहे थे। कान लटक गए थे। नाक का अग्रिम भाग बाईं तरफ को मुड़ गया था। मुख खुला था, लेकिन गुलाबी होठ जलकर राख हो चुके थे। जिस्म के कई स्थानों से लाल सफेद ताजा गोश्त झांक रहा था।

हिम्मत करके सबसे पहले जसवंत ने कहा–"यह मर गई है!"

"हम नहीं जानते थे कि मरने के बाद यह इतनी भयानक लगेगी।" हरनामदास की आवाज में कंपन्न था!

"डैडी!" मनजीत ने पुकारा।

हरनामदास सहित सभी ने घूमकर उसकी तरफ देखा।

"डैडी-डैडी कविता मर गई है!" अजीब-सी कसी हुई आवाज में कहने के साथ ही मनजीत रो पड़ा। अपने स्थान पर बैठकर दोनों हाथों से चेहरा छुपा लिया उसने। वह फूट-फूटकर रो रहा था और उसका यूं रो पड़ना प्रतीक था, इस बात का कि सामने पड़ी लाश को देखकर वह किस कदर डर गया है डर की अधिकता से परेशान होकर ही वह रो

पड़ा था, जबकि उसके रोने का कारण न समझकर अन्य सभी चकित रह गए। उल्टे वे, उसके यूं फूट-फूटकर रो पड़ने पर ज्यादा आतंकित हो गए। डरे हुए से अंदाज में हरनामदास चीख पड़े–"चुप हो जाओ मनजीत। चुप हो जाओ तुम क्यों रो रहे हो?"

वह रोता ही रहा!

"प्लीज भगवान के लिए चुप हो जाओ मनजीत?" जसवंत चिल्लाया।

मनजीत चुप हो गया। आंसुओं में डूबा डरा हुआ-सा चेहरा लिए वह जसवंत की तरफ देखने लगा। जसवंत ने यह दर्शाने की असफल कोशिश की कि इस वातावरण का उस पर कोई प्रभाव नहीं है।

"बंसी!" हरनामदास ने जोर से आवाज दी।

"जी मालिक!" दाईं तरफ के बंद दरवाज़े के पार से आवाज उभरी।

"संदूक ले आओ।"

दाई तरफ वाला दरवाज़ा झटके से खुला। बंसी नजर आया। उसके पीछे फर्श पर एक बहुत बड़ा लकड़ी का सदूंक रखा था। दीवार के सहारे पड़ी लाश को देखते ही बंसी के कंठ से चीख उबल पड़ी!

"नहीं!" गुर्राकर हरनामदास उसी पर झपट पड़े। दोनों हाथों से उसका गिरेबान पकड़कर पागलों की तरह चिल्लाए–"चीखो मत बंसी। चीखो मत।"

हरनामदास का यह अंदाज जाहिर कर रहा था कि वे डर रहे हैं। इंसान अपने डर को इसी तरह दूसरों पर चीखकर झल्लाकर छुपाने की नाकाम कोशिश करता है। बंसी के चीखने पर वे स्वयं डर गए थे, इसी वजह से गुर्राकर उससे न चीखने के लिए कह रहे थे!

"मालिक वह लाश . . ."

"हां वह लाश है। सिर्फ लाश हमारा कुछ नहीं बिगाड़ सकेगी।" गुस्से से चीखकर यह वाक्य उन्होंने बंसी से कहा जरूर था, किंतु दरअसल समझाना वे स्वयं को ही चाहते थे।

"बड़ी डरावनी लाश है मालिक . . ."

"आह?" अचानक सारा तहखाना सुलक्षणादेवी की चीख से

झनझना उठा। बुरी तरह कांपकर सभी ने उनकी तरफ देखा। अपना चेहरा दोनों हाथों से ढांपे हुए थी वे!

हरनामदास ने पूछा–"तुम्हें क्या हुआ?"

"वह!" सुलक्षणादेवी ने ऊपर इशारा!

कोठरी की हवा में एक चमगादड़ चक्कर काट रहा था!

सुलक्षणादेवी ने कहा–"वह मेरे चेहरे से टकराया था।"

"उफ् यह कम्बख्त यहां कहां से घुस आया। उससे डरने की भला क्या बात है?" जसवंत ने जल्दी से बोलकर यह दर्शाने की चेष्टा कि जैसे वह सामान्य है!

धड़कते दिल से सभी कोठरी में चक्कर लगा रहे चमगादड़ को देखते रहे। यूं ही, पंख फड़फड़ाता हुआ चमगादड़ कोठरी से बाहर चला गया। हरनाम ने कहा–"संदूक को लाश के पास ले जाओ बंसी!"

"नहीं मालिक!" बंसी गिड़गिड़ा उठा–"मुझसे नहीं होगा।"

"बको मत बदतमीज!" हरनामदास चिल्ला उठे। बंसी सहम गया। जबकि हरनामदास के दिमाग में सवाल उठा कि उन्हें, इस तरह डरना नहीं चाहिए। यदि वे ही अपने नियंत्रण में न रहे तो दूसरों को सामान्य स्थिति में कैसे रख पाएंगे?

अत: सबसे पहले उन्होंने खुद को सामान्य किया।

सभी चुप रहे!

"लो हम पहल करते हैं!" कहने के साथ ही हरनामदास संदूक की तरफ बढ़े। संदूक का एक कोना पकड़ा उन्होंने और जोश में खींचते हुए उसे लाश के पास तक ले गए। बाकी सब मूर्ति-से बने खड़े देखते रहे और हरनामदास ने संदूक का भारी ढक्कन खोल दिया।

"आओ जसवंत-मनजीत इस लाश को संदूक में रखवाने में हमारी मदद करो!"

जसवंत ने मनजीत की तरफ देखा। मनजीत ने जसवंत की तरफ। पहले जसवंत आगे बढ़ा, फिर मनजीत। वे लाश के समीप पहुंचे एक साथ तीनों झुके। हरनामदास ने लाश का सिर पकड़ा था, जसवंत

और मनजीत ने उसकी एक-एक टांग। अभी वे लाश के फर्श से एक, इंच ऊपर ही उठा पाए थे कि लाश के खुले हुए मुंह से एक बड़ी ही भयानक आवाज निकली। ऐसी जैसे किसी ने लंबी डकार ली हो। घबराकर एक साथ तीनों ने लाश को छोड़ दिया।

यही क्षण था, जबकि रेखा के कंठ से एक जोरदार चीख निकली!

सबने चौंककर उसकी तरफ देखा, जबकि चीख के बाद वह लड़खड़ाकर फर्श पर गिर गई। दहशत में डूबी सुलक्षणादेवी की आवाज–"ये कुलक्षणी तो अभी जिंदा है।"

आतंक की अधिकता के कारण रेखा बेहोश हो चुकी थी।

कविता की लाश के चेहरे की तरफ देखते हुए झुंझलाए अंदाज में हरनामदास चीख पड़े–"यह जिंदा नहीं है बेवकूफ मर चुकी है!"

"लेकिन अभी-अभी इसने डकार ली थी!"

"वह डकार नहीं थी। इसके फेफड़ों में फंसी हवा थी, जो इसके हिलते ही आवाज पैदा करती हुई बाहर निकल गई। देखो इसका खुला हुआ मुंह बंद हो चुका है!"

वे सभी एक साथ आंखें फाड़े लाश को देखने लगे। कुछ देर के लिए कोठरी में अजीब-सा सन्नाटा छा गया, फिर जसवंत बोला–"डर की ज्यादती के कारण रेखा शायद बेहोश हो गई है उसे देखो मनजीत!"

मनजीत रेखा के पास पहुंचा। धड़कते दिल से उसने नब्ज टटोली। नब्ज बहुत ही धीमी गति से चल रही थी, बोला–"लाश के मुंह से निकली डकार के कारण इसे बहुत तगड़ा शॉक लगा है। इसे आराम और खुले वातावरण की जरूरत है।"

"तुम इसे ऊपर इसके कमरे में ले जाओ और ठीक से चैक करो!"

मनजीत ने जल्दी से झुककर रेखा को उठाया और कंधे पर लादकर तेज कदमों के साथ कोठी से बाहर निकल गया। हरनामदास ने कहा– "मनजीत की जगह तुम आओ बंसी। लाश को उठाकर संदूक में रखना है।"

कांपता-सा बंसी आगे बढ़ा!

थोड़ी कोशिश के बाद बुरी तरह जली हुई लाश को संदूक में डाल दिया गया। हरनामदास ने जल्दी से संदूक का ढक्कन बंद कर दिया और उस पर बैठकर इस तरह हांफने लगे जैसे अभी-अभी बहुत दूर से दौड़ते हुए यहां पहुंचे हों। जसवंत ने संदूक में भारी ताला कुछ ऐसे अंदाज में लगाया जैसे उसे संदूक के अंदर से लाश के निकल पड़ने का डर हो। सुलक्षणा देवी ने आंखें बंद कर ली थीं।

बंसी ने ऐसी सांस ली, जैसे किसी बहुत बड़ी मुसीबत से छुटकारा मिला हो!

▲

वातावरण में हर तरफ दूर-दूर तक सन्नाटा छाया आ था अभेद्य नीरवता . . . रात के बारह के लगभग का समय और उस हॉल में नाइट बल्ब का बहुत ही मद्धिम प्रकाश बिखरा हुआ था, जिसके बीच से हरनामदास, जसवंत और मनजीत इस वक्त लकड़ी के भारी संदूक को लिए गुजर रहे थे। हाथ में टार्च लिए सुलक्षणादेवी उनके आगे थीं।

तहखाने से हॉल तक इस संदूक को लाने में उन तीनों को जबरदस्त शारीरिक श्रम करना पड़ा था। इसी वजह से वे पसीने-पसीने हो रहे थे। हॉल में से गुजरते हुए वे द्वार की तरफ बढ़ रहे थे। उस द्वार की तरफ जो लॉन के पिछले हिस्से में खुलता था।

रात की नीरवता अचानक ही एक तीव्र सायरन की आवाज से भंग हो गई। इस आवाज को सुनकर वे चारों ही एकदम हड़बड़ा गए। संदूक हाथों से छूट गया।

"धम्म!" की आवाज के साथ फर्श पर गिरा!

हरनामदास बड़बड़ा उठे–"ये तो पुलिस सायरन की आवाज है!"

"पुलिस?" सहसा बंसी के मुंह से चीख-सी निकल पड़ी।

"मगर डैडी रात के इस वक्त पुलिस का इधर क्या काम?" जसवंत कह उठा!

सुलक्षणादेवी कांप उठीं–"किसी ने पुलिस को खबर तो नहीं कर दी है कि आज की रात हम . . ."

"बको मत!" हरनामदास गुराए–"किसी ऐसे आदमी को पता ही क्या है, जो पुलिस को . . ."

अभी कोई कुछ बोल भी नहीं पाया था कि बाहर से लॉन के पार वाले लोहे के दरवाज़े के खुलने की आवाज आई। सुलक्षणा चीख पड़ी–"वे तो यहीं आ रहे हैं हमारी कोठी में!"

स्थिति ऐसी बन गई कि हरनामदास जैसा व्यक्ति भी बुरी तरह हड़बड़ा उठा। यह बात बड़ी तेजी से उनके दिमाग में भी कौंधी कि कहीं किसी ने पुलिस को इस बारे में कोई सूचना तो नही दे दी है और उसी घबराहट में वे एकदम कह उठे–"भागो!"

बंसी, सुलक्षणा और वे स्वयं भी एक तरफ को भागे!

अभी उनमें से कोई भी दो से ज्यादा कदम नहीं उठा पाया था, कि जसवंत कठोर स्वर में गुर्राया था–"ठहरो।"

एकदम तीनों ठिठक गए!

"ये क्या बेवकूफी है डैडी। भागने वाला तो खुद-ब-खुद ही मुजरिम बन जाता है। दिमाग से काम लीजिए, वर्ना हम सब फंस जाएंगे। ऐसे समय पर हड़बड़ा जाने वाले तुरंत पकड़े जाते हैं!"

"तो इस वक्त क्या करें?"

"सबसे पहले हमें यह संदूक कहीं छुपा देना चाहिए!"

"कहां?"

"वहां देखिए उस बाथरूम में जल्दी कीजिए।" वह संदूक पर झपटा।

"मगर अब इसमें छुपाने से क्या होगा आज की रात, इस वक्त पुलिस के यहां पहुंचने का सीधा-सा मतलब है कि किसी ने इस सारी कार्यवाही की सूचना दे दी है!"

"बकवास छोड़िए डैडी मैं कहता हूं जल्दी कीजिए क्विक!" जसवंत अपने पिता पर कुछ ऐसे खतरनाक अंदाज में गुर्राया था कि हरनामदास, सुलक्षणा और बंसी सहमकर रह गए। फिर बंसी और

हरनामदास स्वयं ही संदूक पर झपट पड़े!

तभी हॉल में कॉलबेल की कर्कश आवाज गूंज उठी!

चारों कांप गए। धड़कनें रुक गईं, फिर भी जसवंत फुसफुसाया–"अभी हम सो रहे हैं जल्दी से संदूक को बाथरूम में रखवाइए।"

हड़बढ़ाए से तीनों ने संदूक उठा लिया।

वे स्वयं नहीं जान सके कि उन्होंने संदूक को कब बाथरूम में धकेल दिया। बाथरूम का दरवाज़ा बंद करके वे बाहर निकले ही थे कि कॉलबेल एक बार फिर चीख पड़ी!

"मैं हॉल को व्यवस्थित करता हूं डैडी। आप जल्दी से नाइट गाउन पहनकर आइए। तुम अपने कमरे में जाओ मां। बंसी तुम भी जल्दी करो!" कहने के साथ ही जसवंत आश्चर्यजनक फुर्ती के साथ स्विच पर झपटा!

तहखाने की तरफ जाने वाला रास्ता बंद हो गया।

जसवंत कालीन और सोफों आदि को व्यवस्थित कर रहा था, जबकि वे तीनों अपने-अपने कमरों की तरफ दौड़ पड़े। अजीब भगदड-सी मच गई थी।

कॉलबेल पुन: घनघनाई!

जसवंत उसकी परवाह किए बिना बिजली के पुतले की तरह अपना काम कर रहा था, तभी कोठी के लॉन से एक आवाज उभरी–"लॉन में तो वह कहीं नजर नहीं आ रहा है साहब!"

"तलाश करो।" यह कर्कश आवाज खरबंदा की थी–"हमने उसे यहीं आते देखा है।"

इन आवाजों को सुनकर जसवंत चकरा गया। समझ नहीं सका कि वे पुलिस वाले किसके बारे में बातें कर रहे हैं फिर भी, अपना काम निपटाकर वह एक साथ तीन-तीन सीढ़ियां फलांगता हुआ ऊपर पहुंचा। गैलरी में उससे हरनामदास टकराए। गाउन की पेटी बांधते हुए वे इसी तरफ दौड़े चले आ रहे थे। जसवंत उनके पास ठिठका, फूली सांस को बिना नियंत्रित किए बोला–"हम सब सो रहे थे आप भी।

इसलिए दरवाज़ा खोलने में देर हुई!"

कॉलवेल एक बार फिर चीख पड़ी।

⅄

कहने के बाद जसवंत गैलरी में से गुजरकर अपने कमरे की तरफ भागता चला गया। हरनामदास वहीं जड़ होकर हक्के-बक्के से खड़े रह गए। अगले ही पल चीख पड़ने वाली कॉलबेल की आवाज ने उन्हें उछाल दिया। वे तेजी से सीढ़ियों की तरफ भागे, किंतु फिर स्वयं को संभालकर ठिठके।

स्वयं को सामान्य किया। गाउन के कोने से चेहरे पर उभर आए ढेर सारे पसीने को पोंछा और ऊंची आवाज में पूछा–"कौन है?"

"पुलिस!" बाहर से खरबंदा की रोबदार आवाज उभरी–"ये मैं हूं कमिश्नर साहब–खरबंदा–प्लीज, दरवाज़ा खोलिए।"

हरनामदास जान-बूझकर तेज आवाज उत्पन्न करते हुए सीढ़ियां उतरने लगे और फिर उसी तरह पैर पटकते हुए मुख्य दरवाज़े तक पहुंचे। चटखनी गिराकर उनके दरवाज़ा खोलते ही हवा के एक तीव्र झोंके की तरह खरबंदा अंदर आ गया।

"क्या बात है खरबंदा इस वक्त यहां कैसे?"

उन्हें घूरते हुए खरबंदा ने सवाल किया–"क्या मैं पूछ सकता हूं कि इस वक्त आप क्या कर रहे थे?"

"लो यह भी कोई सवाल है भई सोने का समय है, सो रहे थे!"

"बड़ी गहरी नींद है आपकी। मैंने कम-से-कम सात बार कॉलबेल दबाई थी।"

"शायद, नींद गहरी आ गई थी। मगर बात क्या है, तुम इस वक्त यहां?"

"दरअसल जेल से एक कैदी भाग निकला है।"

खरबंदा के जवाब ने हरनामदास को राहत दी, बोले–"जेल से भागे कैदी का हमारी कोठी से क्या . . . ?"

"मैंने उसे आपकी कोठी की बाउंड्री वॉल कूदकर लॉन में आते देखा था।" खरबंदा ने बताया–"इसीलिए लॉन में पुलिस के आदमी उसे तलाश कर रहे हैं। मैंने सोचा कि आपको सूचना देनी जरूरी है कहीं ऐसा न हो कि वह कोठी के अंदर ही दाखिल हो जाए।"

हरनामदास ने हंसने की असफल कोशिश की।

"कमाल है, आपके परिवार के दूसरे लोगों की नींद तो आपसे भी गहरी है। सात बार कॉलबेल दबाने पर आप उठकर कम-से-कम यहां तक चले तो आए अन्य किसी भी तरफ अभी तक कोई चहल-पहल नहीं है।"

खरबंदा का वाक्य खत्म ही हुआ था कि वहां जसवंत की आवाज गूंज गई–"क्या बात है डैडी रात के इस वक्त यहां पुलिस क्यों आई है?"

हरनामदास के साथ खरबंदा की दृष्टि भी आवाज की दिशा में उठ गई। नाइट गाउन पहने जसवंत सबसे ऊपर वाली सीढ़ी पर खड़ा था, उसे देखकर खरबंदा बड़बड़ाया–"चलो कोई नजर तो आया।"

हरनामदास वहीं से ऊंची आवाज में उसे पुलिस के आने का कारण बताने लगा। इस तरह बताने के पीछे अभिप्राय यह था कि उनकी आवाज मनजीत, सुलक्षणा और बंसी भी सुन लें।

सीढ़ियां तय करता हुआ जसवंत भी उनके करीब आ गया।

कुछ कहने के लिए अभी उसने मुंह खोला ही था कि एक कांस्टेबिल ने हॉल में दाखिल होते ही कहा–"हमने सारा लॉन छान मारा है सर वह कहीं भी नहीं मिला।"

"मुमकिन है दूसरी तरफ से बाहर निकल गया हो चलें।" कहने के साथ ही खरबंदा जाने के लिए मुड़ा, फिर स्वयं ही ठिठककर घूरा, बोला–"कष्ट के लिए माफी चाहूंगा कमिश्नर साहब। वैसे तो आप जानते ही हैं कि इन चोर-उच्चकों की वजह से हम पुलिसवालों को कभी-कभी शरीफ आदमियों को भी कष्ट देना पड़ता है।"

"नेवर माइंड हम जानते हैं।"

"थैंक्यू जरा चैक करके, सावधानी से सोइएगा। कहीं ऐसा न हो कि

कोठी के किसी भीतरी भाग में छिपकर बैठ गया हो।"

⅄

लोहे का दरवाज़ा बंद होने की स्पष्ट आवाज हॉल तक आई। फिर वातावरण में एक बार पुन: पुलिस सायरन की आवाज गूंजी और दूर होती चली गई। आगे बढ़कर जसवंत धम्म से हॉल में पड़े सोफे पर जा गिरा। वहां पड़ा वह लंबी-लंबी सांसें ले रहा था।

"हम बाल-बाल बचे हैं।" हरनामदास उसके नजदीक पहुंचते हुए बोले।

"अगर मैं संदूक को बाथरूम में रखकर हॉल को व्यवस्थित न करता, तो इस वक्त हम सबके हाथों में हथकड़ियां पड़ी होतीं। आप तो एकदम घबरा ही गए थे। संदूक को वहीं छोड़कर भागने तक की बात सोचने लगे। इस तरह बौखला जाने से काम नहीं चलता डैडी।"

"सचमुच हम घबरा गए थे। घबराने की बात भी थी। ठीक इस वक्त पुलिस का यहां आना ही हमें बौखला देने के लिए काफी था और फिर उस कम्बख्त कैदी को भी तो भागने के लिए आज ही की रात मिली थी। भागकर उसे आना भी इधर ही था हमारी ही कोठी में। भगवान का शुक्र है कि बच गए।"

"शुक्रिया अदा तो जसवंत के दिमाग का करना चाहिए, जिसने सही समय पर सही बात सोची।" कहती हुई सुलक्षणादेवी वहां पहुंच गई।

हनुमान चालीसा का पाठ करता बंसी भी वहां आ गया। उसके बाद मनजीत भी। हरनामदास ने मनजीत से रेखा की तबीयत के बारे में पूछा। मनजीत ने बताया कि वह अभी तक बेहोश है, किंतु नब्ज अब सामान्य गति से चल रही है। उन बातों के समाप्त होते ही सुलक्षणादेवी बोली–"अब हमें जल्दी से जल्दी इस कुलक्षणी की लाश को दफना देना चाहिए, वर्ना भगवान ही जाने कि यह कौन-सी नई मुसीबत खड़ी कर दे?"

"उससे पहले हमें अपना सारा लॉन एक बार पुनः अच्छी तरह चैक करना चाहिए।" जसवंत ने कहा–"मुमकिन है कि जेल से भागा हुआ

कैदी सचमुच अभी तक हमारे लॉन में ही कहीं छुपा हो।"

"ओह!"

"यदि ऐसा हुआ और उसने हमारी कार्यवाही देख ली तो गजब हो जाएगा।"

"बात तो ठीक है लेकिन लॉन चैक कौन करेगा?"

एक अजीब-सा सन्नाटा खिंच गया वहां। किसी ने आगे बढ़कर नहीं कहा कि लॉन को वह चैक करेगा। सभी एक-दूसरे का चेहरा देख रहे थे। तब जसवंत बोला–"यह काम हम और मनजीत करते हैं। तुम तीनों तब तक संदूक को बाथरूम से निकालकर पिछले लॉन के दरवाज़े तक ले जाओ। याद रहे, हमारे लौटने से पहले तुम्हें वह दरवाज़ा अंदर से नहीं खोलना है।"

हरनामदास ने इस तरह गर्दन हिलाई जैसे सबकुछ समझ गए हों।

▲

"इसमें शक नहीं कि हम घबरा रहे हैं। घबराहट में आदमी बौखला जाता है और बौखलाहट के कारण ही वह जुर्म करते वक्त कोई-न-कोई ऐसी भूल कर जाता है, जो उसे अंततः कानून के शिकंजे में फंसा देती है।"

"पता नहीं मरने के बाद भी यह कमीनी क्या गुल खिला रही है!" सुलक्षणा ने बुरा-सा मुंह बनाया।

"कोई गुल नहीं खिला रही है। वह मर चुकी है और लाश कभी किसी का कुछ नहीं बिगाड़ सकती!"

बंसी ने पूछा–"तो फिर हम सबको डर-सा क्यों लग रहा है मालिक?"

"यही तो सोचने वाली बात है!" हरनामदास बोले–"हम व्यर्थ ही डर रहे हैं इसी से जाहिर है कि हमारे दिमाग नियंत्रण में नहीं हैं। यदि ऐसा ही रहा तो निश्चय ही हम कोई ऐसी भूल कर बैठेंगे जो कल हमारे लिए मुसीबत बन जाएगी। अतः हमें संयत रहना चाहिए। कुछ नहीं होने वाला है। किसी को नहीं मालूम है कि हम अपनी कोठी में क्या कर रहे

हैं? दरअसल, हम छः व्यक्तियों के अलावा किसी को गुमान भी नहीं हो सकता कि महीनों पहले कविता गंग नहर में डूबकर नहीं मरी थी!"

"उस कलमुंहे कैदी को भी तो भागने के लिए आज ही की रात मिली थी!"

"खैर जसवंत और मनजीत लॉन चैक कर रहे हैं, तब तक हमें संदूक को बाथरूम से निकाल लेना चाहिए!"

"ठीक है!"

"उठो बंसी।" कहने के साथ ही हरनामदास सोफे से उठ खड़े हुए। सुलक्षणादेवी और बंसी भी उनके साथ ही उठ लिए, वे तीनों बाथरूम की तरफ बढ़े!

बाथरूम का दरवाज़ा खोलकर उन्होंने संदूक गैलरी में निकाल लिया। अभी वे उसे सरकाते हुए उस बंद दरवाज़े की तरफ ले जा ही रहे थे, जो पिछले लॉन में खुलता था कि एक साथ तीनों बुरी तरह हड़बड़ा गए। बौखलाकर उन्होंने मनजीत वाले कमरे की तरफ देखा!

"टर्न . . . र्न . . . र्न . . . र्न . . . टर्न . . . र्न-टर्न!"

कमरे से निकलकर अलार्म की तेज आवाज सारी कोठी में छाई नीरवता को भंग करती चली जा रही थी। उन तीनों के पैरों तले से एकदम जमीन खिसक गई। जड़ से खड़े रह गए थे वे। ऊपर की सांस ऊपर, और नीचे की नीचे रह गई!

कर्कश अलार्म की आवाज निरंतर गूंज रही थी!

"कौन है वहां?" चीखने के साथ ही जेब से रिवॉल्वर निकालकर हरनामदास बड़ी तेजी से मनजीत के कमरे की तरफ दौड़े। बंसी और सुलक्षणादेवी हक्के-बक्के से वहीं खड़े रह गए थे।

मनजीत का कमरा बाहर से बोल्ट था।

हरनामदास ने जल्दी से उसे खोला। स्विच ऑन किया, अगले ही क्षण कमरा तेज प्रकाश से भर गया। अलार्म अभी तक बजे जा रहा था हरनामदास की आंखें मेज पर रखी अलार्म घड़ी पर स्थिर हो गई। घड़ी में हल्का-सा कंपन था।

फिर एक झन्नाटे के साथ अलार्म बंद हो गया।

हाथ में रिवॉल्वर लिए, पसीने से तर-ब-तर हरनामदास वहीं खड़े हांफते रहे। वातावरण पहले की तरह बिल्कुल शांत हो गया था। अभेद्य सन्नाटा किंतु नहीं, सन्नाटा अभेद्य नहीं था अलार्म घड़ी से निकलने वाली टिक्-टिक् की हल्की ध्वनि मानो सन्नाटे की चादर में कील ठोंक रही थी!

टिक्-टिक् की यह आवाज इस वक्त हरनामदास को बड़ी ही रहस्यमय और अजीब-सी लगी!

वे डरे हुए से स्वर में पुकार उठे–"कौन है कमरे में?"

"टिक्-टिक्-टिक्-टिक्!"

"मैं कहता हूं बोलो सामने आओ!" हरनामदास चीख पड़े–"वर्ना मैं खुद तुम्हें तलाश करके गोली से उड़ा दूंगा। यदि तुमने सोचा था कि अलार्म की आवाज से हम डर जाएंगे तो वह तुम्हारा वहम था!" कमरे में कोई हो तो जवाब भी दे वहम तो खुद हरनामदास को हुआ था और इस नतीजे पर वे तब पहुंचे, जब उन्होंने सारा कमरा छान मारा। तब तक सुलक्षणादेवी और बंसी भी वहां पहुंच गए थे!

बौखलाए से हरनामदास ने सवाल किया–"इस घड़ी में अलार्म किसने भरा?"

"मुझे क्या मालूम?"

"तुम्हें जरूर मालूम होगा बंसी?"

"हम क्या जानें साहब हम तो मनजीत बाबू के कमरे की तरफ आज आए भी नहीं!"

"तो फिर इस घड़ी में अलार्म किसने भरा। जरूर मनजीत ने भरा होगा? उसी से पूछते हैं तुम बत्ती बुझाकर कमरा बाहर से बंद कर दो बंसी।" कहने के साथ ही रिवॉल्वर जेब में रखते हुए वे बड़ी तेजी से गैलरी पार करके हॉल में आ गए। वे हॉल से बाहर निकलने वाले दरवाज़े की तरफ बढ़ रहे थे और अभी करीब पहुंचे ही थे कि दरवाज़ा खुला!

हरनामदास सकपकाकर ठिठक गए!

जसवंत और मनजीत अंदर आए। मनजीत उनकी तरफ बढ़ा

जबकि जसवंत घूमकर दरवाज़ा बंद करके अंदर की चटखनी चढ़ाने लगा। लपकते हुए से हरनामदास ने पूछा–"मनजीत क्या तुमने आज अपने कमरे में रखी घड़ी में अलार्म भरा था?"

"नहीं तो, क्यों?"

"नहीं?" हरनामदास का मुंह खुला-का-खुला रह गया, फिर संभलकर बोले–"याद करो बेटे ठीक से याद करके जवाब दो ऐसा नहीं हो सकता कि तुमने घड़ी में अलार्म न भरा हो!"

"ओफ्फो डैडी!" नजदीक आता हुआ जसवंत बोला–"क्या इस वक्त आपको इस किस्म की बातें करने की फुर्सत है मैं संदूक को बाथरूम के बाहर रखा देख रहा हूं अभी तक आपने . . ."

"मेरी बात तो सुनो जसवंत हम वही तो कर रहे थे कि अचानक मनजीत के कमरे में रखी घड़ी के अलार्म ने सारी कोठी में छाए सन्नाटे को झंझोड़कर रख दिया।" सुनकर जहां मनजीत का चेहरा फक्क पड़ गया, वहीं जसवंत की आंखें सिकुड़ती चली गई। सिकुड़कर उल्लू के समान उसकी आंखें बिल्कुल गोल हो गई थी। अगले पल वह मनजीत से मुखातिब होकर बोला–"दिमाग पर जोर डालकर बताओ मनजीत कहीं तुमने।"

"ओफ्फो आप मेरा यकीन क्यों नहीं करते मैंने अलार्म नहीं भरा।"

"तो फिर अलार्म बज कैसे गया?" जसवंत ने मानो स्वयं से ही प्रश्न किया। कुछ देर तक वह जड़वत्-सा खड़ा जाने क्या सोचता रहा, फिर हरनामदास से बोला–"क्या आपने अलार्म की आवाज बिलकुल स्पष्ट सुनी थी डैडी?"

"कैसी बात कर रहे हो?"

"मेरा मतलब ये है कि मुमकिन है आवाज किसी अन्य चीज की हो और आपको लगा हो कि अलार्म बज रहा है।"

"क्या तुम हमें इतना बेवकूफ समझते हो जसवंत। क्या हम अलार्म और किसी दूसरी वस्तु की आवाज में फर्क भी नहीं कर सकते और फिर आवाज अकेले हम ही ने तो नहीं सुनी, बंसी और सुलक्षणादेवी ने भी सुनी।"

"क्यों मां?" जसवंत ने निकट आते बंसी और सुलक्षणा से पूछा।

दोनों ने हां में गर्दन हिलाई। चेहरों पर अभी तक हवाइयां उड़ रही थीं। उनका जवाब देखकर मनजीत का चेहरा कुछ और पीला पड़ गया। जसवंत के मस्तक पर बल पड़ गए, बोला–"हालांकि मैं और मनजीत लॉन में ही थे और वहां हमने किसी किस्म की कोई आवाज नहीं सुनी, लेकिन चूंकि आप तीनों कह रहे हैं, इसलिए मान लेता हूं कि अलार्म बजा होगा, लेकिन तब तक नहीं बज सकता जब तक कि किसी ने अलार्म फिक्स करके चाबी न भरी हो।"

"आवाज सुनते ही मैं भागकर मनजीत के कमरे में गया।" हरनामदास बोले–"कमरा बाहर से और उसकी सभी खिड़कियां अंदर से बंद थीं मैंने कोना-कोना छान मारा, किंतु कमरे में कोई नहीं था।"

"बड़ी अजीब-सी उलझन है हममें से किसी ने अलार्म नहीं भरा। रेखा भी नहीं भर सकती, क्योंकि मनजीत के कमरे में वह कभी जाती ही नहीं है और फिर किसी दूसरे के कमरे में जाकर हममें से किसी को वहां रखी घड़ी में अलार्म भरने से मतलब भी क्या हो सकता है। उस घड़ी में अलार्म तो सिर्फ मनजीत ही . . ."

"तुम कहना क्या चाहते हो भइया मैं भला अलार्म क्यों भरूंगा और यदि अपनी किसी जरूरत की वजह से भरूंगा भी तो मुझे सबके सामने झूठ बोलने की क्या जरूरत पड़ी है?"

"मैं यह नहीं कह रहा हूं मनजीत कि तुम झूठ बोल रहे हो?"

"आपकी बात का मतलब तो यही निकलता है।"

"तुम बिल्कुल गलत सोच रहे हो।" जसवंत ने शांत स्वर में कहा– "मैं केवल यह कहना चाहता हूं कि मुमकिन है तुमने अलार्म भरा हो और भूल गए हो।"

"ये गलत है झूठ है?" मनजीत चीख पड़ा–"भला यह बात भी कहीं भूलने की और फिर अलार्म का इस्तेमाल सिर्फ सुबह को जल्दी सोकर उठने के लिए किया जाता है यदि मैंने उसमें अलार्म भरा होता

तो चार-पांच या छह बजे का इस वक्त एक बजा है, भला एक बजे का अलार्म मैं क्यों भरूंगा?"

"बात में वजन है।" जसवंत के होठ सोचने वाले अंदाज में सिकुड़ गए–"मगर मामला बुरी तरह उलझता जा रहा है। अलार्म बोला है, इसका मतलब ये किसी-न-किसी ने उसे फिक्स करके चाबी भरी है हममें से किसी ने ऐसा नहीं किया तो फिर उसमें अलार्म फिक्स करने वाला कौन है?"

यह एक ऐसा सवाल था, जिसका जवाब उनमें से किसी के पास नहीं था। सहमी हुई-सी आंखों से वे सभी एक-दूसरे के चेहरों पर उड़ती हवाइयों को देखते रहे। हरेक को दूसरे का चेहरा एक बड़े से प्रश्नवाचक चिह्न के रूप में नजर आ रहा था, एकाएक कांपते स्वर में सुलक्षणादेवी बोली–"यदि इजाजत हो तो मैं कुछ कहूं जसवंत?"

सबने घूमकर उनकी तरफ देखा, जसवंत ने कहा–"हां-हां क्यों नहीं?"

"ये हरकत कविता की रूह की भी हो सकती है।"

उनका यह वाक्य सुनते ही बंसी और मनजीत के चेहरे पर मौत की परछाई-सी नजर आई। जसवंत बरबस ही ठहाका लगाकर हंस पड़ा, जबकि हरनामदास गुस्से में चीख पड़े–"ये क्या बकवास कर रही हो। तुम्हारी राय मांगी किसने थी?"

सुलक्षणादेवी सहम गई।

जोरदार ठहाके के बाद जसवंत बोला–"तुम्हारे दिमाग का भी जवाब नहीं मां एकदम से कहां पहुंच गया है काश! तुम्हें मालूम होता कि इस दुनिया में भूत-प्रेत नाम कीं कोई चीज नहीं है।"

झुंझलाए हुए हरनामदास ने कहा–"इससे हजार बार कहा है कि अपनी जुबान बंद रखा करे!"

"ये बात तो गलत है मालिक।" बंसी कह उठा–"मैं जानता हूं कि आप, जसवंत और मनजीत साहब पढ़े-लिखे हैं। भूत-प्रेत और जादू-टोने पर यकीन नहीं करते, मगर हकीकत ये है कि भूत-प्रेत की एक

अलग ही दुनिया होती है। वे लोग अक्सर प्रेत बन जाते हैं, जो किसी दुर्घटनावश अपनी आयु से पहले . . .”

“खामोश!” हरनामदास चीख पड़े–“मैं कहता हूं चुप रहो। बंद करो ये बकवास!”

सकपकाकर बंसी भी चुप हो गया।

कुछ देर के लिए वहां गहरा सन्नाटा छा गया था, फिर जसवंत बोला–“खैर, अलार्म वाले सवाल का जवाब बाद में सोचेंगे फिलहाल हमारा पहला काम लाश को दफनाना है। मैं और मनजीत सारा लॉन अच्छी तरह चैक कर आए हैं कहीं कोई नहीं है। अब यदि हम समय बर्बाद न करें, तो ज्यादा अच्छा है।”

“ठीक है, आओ।” कहने के साथ ही हरनामदास घूमे।

वे सभी हॉल के पार गैलरी मे रखें संदूक की तरफ बढ़ गए। हरनामदास, जसवंत और बंसी संदूक के तीन तरफ पहुंचकर उसे उठाने के लिए अभी झुके ही थे कि–

“अरे?” जसवंत बुरी तरह चौंक उठा–“यह क्या?”

“क्या है?” सबने एकदम चौंककर पूछा।

“ताला?” जसवंत जैसे व्यक्ति का स्वर भी कांप गया–“ताला खुला हुआ क्यों है?”

“हैं ताला खुला हुआ है?” एक साथ सभी के कंठ से जैसे चीख-सी निकल गई।

हक्का-बक्का-सा आंखों को फाड़े जसवंत संदूक के कब्जे से लटक रहे ताले को इस तरह देख रहा था, जैसे वह दुनिया के सभी आश्चर्यों से ज्यादा महान है। ताला सचमुच खुला हुआ था।

उसने बौखलाहट में जल्दी से अपनी जेब टटोली। चाबी उसके हाथ में आ गई। हाथ बाहर निकालता हुआ वह बोला–“चाबी तो यह रही ताला भी खुद मैंने बंद किया था, फिर यह खुल कैसे गया?”

“उफ्फ भगवान ये क्या हो रहा है?” मनजीत ने अपना माथा पीट लिया।

अचानक जसवंत के दिमाग में बिजली की तरह एक विचार कौंधा उस विचार के कौंधते ही वह बड़ी तेजी से संदूक पर झपटा। ताला कुंड़े से निकालकर दूर फेंका और एक झटके से संदूक का ढक्कन हटा दिया। संदूक में पड़ी कविता की वीभत्स लाश को देखते ही जहां सुलक्षणा, मनजीत और बंसी के कंठ से चीखें निकल गई, वहीं जसवंत के चेहरे पर संतुष्टि के चिह्न उभरे। किसी आशंका के कारण वह अभी तक हांफ रहा था, बोला–"शुक्र है लाश अभी तक संदूक में ही मौजूद है।"

"लाश कहां जा सकती है?"

"खुले हुए ताले को देखकर मुझे शंका हुई थी कि . . ."

कुछ कहता-कहता जसवंत रुक गया, बात बदलकर बोला–"खैर छोड़ो शायद मैं ही ठीक से ताला नहीं लगा पाया था!"

आप एक बहुत ही खोखले तर्क से बात को टाल रहे हैं बड़े सरकार!" बंसी ने कहा।

जसवंत गुर्रा-सा उठा–"क्या मतलब?"

"इस ताले को मैंने तहखाने से संदूक के यहां आने तक कई बार देखा था। यह अच्छी तरह से बंद था। स्पष्ट है कि ताला बंद करने में आपसे किसी तरह की कोई गलती नहीं हुई थी!"

"फिर म . . . मेरा मतलब तुम कहना क्या चाहते हो?"

"ताला बंद था। चाबी आपकी जेब में फिर भी ताला खुल गया। ध्यान देने की बात है कि ताला टूटा हुआ नहीं है खुला है। ऐसा कमाल तो सिर्फ रूहें, ही कर सकती हैं सरकार!"

"बको मत बंसी तुम फिर बकवास करने लगे!" हरनामदास चीख पड़े!

"आप मानते क्यों नहीं मालिक यकीन कीजिए, अतृप्त आत्माएं होती हैं और इन दो घटनाओं के आधार पर मैं विश्वासपूर्वक कह सकता हूं कि छोटी बहू की आत्मा रूह बनकर अभी यहीं भटक रही है!"

"खामोश!" जसवंत हल्क फाड़ उठा–"तुम व्यर्थ ही हम सबके

दिमाग पर एक अलग ही डर बैठाने की कोशिश कर रहे हो। ताला बंद नहीं हुआ होगा अटका रह गया होगा?"

बंसी चुप रह गया, मगर उसके चेहरे से लग रहा था कि वह कविता के भूत बन जाने पर यकीन कर बैठा है। सुलक्षणादेवी उसके विचारों के पक्ष में नजर आ रही थीं। किंकर्तव्यविमूढ़-सा मनजीत कभी बंसी को देख रहा था तो कभी जसवंत को। हरनामदास बोले–"संदूक बंद कर दो जसवंत!"

आगे बढ़कर जसवंत ने ढक्कन बंद कर दिया!

इधर ढक्कन बंद हुआ और उधर हॉल में मद्धिम प्रकाश बिखेरे जीरो बांट का बल्ब रह-रहकर जलने-बुझने लगा। एक बार पुन: सभी सकपका गए!!

"ओह!" मनजीत चीख पड़ा–"ये तो कविता की आदत थी। जब मैं कुछ पढ़ता था तो . . ."

मनजीत का वाक्य बीच में ही रह गया, क्योंकि जसवंत अचानक ही बड़ी तेजी से हॉल की तरफ भागा था। हॉल पार करके वह उस गैलरी में भागा था। जिसमें उस बल्ब का स्विच था!

बल्ब ने जलना-बुझना बंद कर दिया!

टॉर्च हाथ मे लिए जसवंत स्विच बोर्ड के नजदीक पहुंचा। भरपूर प्रकाश स्विच बोर्ड पर डाला। वहां कोई नहीं था। दूर-दूर तक किसी की उपस्थिति का चिह्न तक नहीं!

"कौन है?" जसवंत पागलों की तरह चीख पड़ा–"कौन है?"

गैलरी में सन्नाटा छाया रहा। वैसा ही, जैसा उसके चीखने से पहले था। झुंझलाकर उसने टॉर्च ऑफ की और घूमकर तेज कदमों के साथ वापस चल दिया। वे सब हतप्रभ से संदूक के नजदीक खड़े थे। चेहरों पर हवाइयां उड़ रही थीं। उसे देखकर बंसी के होठों पर अजीब-सी मुस्कुराहट उभरी, बोला–"उधर, स्विच के पास कोई मिला सरकार?"

"नहीं।"

"मिलना भी नहीं था, रूहें चमकती नहीं है सरकार।"

"बंसी!"

"आप यकीन क्यों नहीं करते मालिक रूहें होती हैं, अच्छा छोड़िए माना कि आप भूत-प्रेतों पर यकीन नहीं करते। साइंस पर तो यकीन करते हैं यह तो आप मानते हैं न कि बल्ब से संबंधित स्विच को बिना ऑन-ऑफ किए बल्ब इस तरह जल-बुझ नहीं सकता। छोटे सरकार फौरन ही यहां से भाग कर स्विच के पास गए इतनी दूरी नहीं है कि स्विच के पास से कोई भाग गया होगा फिर भला स्विच ऑन-ऑफ किसने कर दिया?"

"तुम्हारा ख्याल है कि ऐसा कविता के भूत ने किया है?" जसवंत जल-भुन गया।

"यकीनन।"

"भगवान के लिए तुम अपनी यह बकवास अपने पास रखो बंसी।"

"मैं चुप हो जाऊंगा मालिक आप बस मेरे तीन सवालों का जवाब दे दीजिए। पहला कि छोटे सरकार के कमरे में रखी घड़ी में अलार्म किसने भर दिया–दूसरा ये कि संदूक में लगा अच्छा-खासा ताला किसने खोल दिया और तीसरा कि बिना किसी के स्विच ऑन-ऑफ किए बल्ब कैसे जलने-बुझने लगा?"

"मुमकिन है कि कोई मेन स्विच पर रहा हो!"

"कौन?"

"कोई भी जैसे जेल से भागा वह कैदी . . ."

कहता-कहता स्वयं ही चौंककर रुक गया जसवंत, बोला–"कैदी हां, वह कैदी हो सकता है!"

इस नए विचार ने सबके दिलो-दिमाग में सन्नाटा-सा फैला दिया!

"कैदी भला कोठी के अंदर कैसे आ सकता है?"

"तुमने शायद खरबंदा के शब्द नहीं सुने, वह ठीक ही कह रहा था। जो कैदी अब्दुल्लापुर जेल की ऊंची दीवारें फांदकर भाग निकला, उसके लिए इस कोठी के अंदर घुस आना क्या मुश्किल है और फिर इसी बीच हम एक ऐसी गलती कर चुके हैं, जिसकी वजह से उसे अंदर

आने का पूरा मौका मिल गया होगा!"

"कैसी गलती?"

"जब मैं और मनजीत लॉन चैक करने बाहर गए थे तब दरवाज़ा न बाहर से बोल्ट किया गया था न अंदर से सिर्फ ढका हुआ था इधर तुम बाथरूम से संदूक निकाल रहे थे उधर हम लॉन दरवाज़े से काफी दूर थे। इस बीच बड़ी आसानी से कैदी अंदर आ गया होगा!"

"ओह, ऐसा ही हुआ लगता है।" हरनामदास कह उठे।

बंसी कह उठा–"क्या आप यह कहना चाहते हैं कि ये तीनों काम उस कैदी ने किए?"

"क्यों नहीं कर सकता?"

"बड़ा अजीब संयोग है विवेक के खिलाफ जाकर मान लेता हूं फिर भी क्या मैं पूछ सकता हूं मालिक कि उस कैदी के पास ताले की वह चाबी कहां से आ गई, जो सिर्फ बड़े सरकार की जेब में थी?"

"यह प्रश्न तो हम भी तुमसे कर सकते हैं। तुम्हारी कविता के प्रेत पर ही चाबी कहां से आ गई?"

"प्रेतों को ऐसा चमत्कार दिखाने के लिए चाबी की जरूरत नहीं पड़ती।"

"खूब . . ." जसवंत ने व्यंग्य किया–"तो तुम यह कहना चाहते हो कि सीधी-सादी कविता मरने के बाद प्रेतनी ही नहीं, जादूगरनी भी बन गई है वाह भई बंसी, जवाब नहीं तुम्हारे तर्कों का। अनपढ़ व्यक्ति भी यह बात नहीं मान सकता कि बिना चाबी के ताला खोला जा सकता है।"

"आप समझ नहीं रहे हैं छोटे सरकार भला आप ही सोचिए, यदि कोई कैदी अंदर घुस भी आया है तो वह भला अलार्म बजाकर बल्ब को जला-बुझाकर हमें अपनी मौजूदगी का अहसास दिलाएगा या किसी कोने चुपचाप खड़ा खुद को हमसे छुपाने की कोशिश करेगा?"

हरनामदास ने कहा–"बंसी के तर्क में दम है जसवंत।"

"मुमकिन है कि वह हमारी कार्यवाही देख रहा हो और हमें डराने मकसद से यह सब कर रहा हो!"

"कैदी को भला क्या मालूम कि हम अलार्म के बजने और लाइट के ऑन-ऑफ होने से डर सकते हैं?"

"संभव है कि मालूम हो!"

"वाह यह भी आपने खूब कही बड़े सरकार किसी कैदी को भला।"

"गोविंद हां, वह कैदी गोविंद भी तो हो सकता है!" यह नया विचार दिमाग में आते ही उछलकर जसवंत चीख पड़ा–"वह गोविंद ही होगा और निश्चय ही वह कोठी में यहीं है वह कविता का प्रेमी रहा है। कविता की आदतों से भी परिचित होगा यह जरूर वही है।"

इस नई संभावना ने सभी की सिट्टी-पिट्टी गुम कर दी।

बंसी की ज़ुबान भी तालू से चिपक गई।

हरनामदास बोले–"ऐसा होने की संभावना हमें भी बहुत ज्यादा लग रही है जसवंत और यदि ऐसा ही है तो हम फंस गए हैं। गोविद सबकुछ जान गया है उफ्फ भगवान अब क्या होगा?"

"निश्चय ही वह हमारी सारी बातें सुन रहा है।"

जसवंत चिंतित स्वर में बड़बड़ाया, फिर अचानक ही वह चीख पड़ा–"तुम मुख्य द्वार के पास तैनात हो जाओ मनजीत आप पिछले दरवाज़े पर खड़े रहें डैडी क्विक मनजीत यकीनन वह अभी कोठी के अंदर है, उसे बाहर नहीं निकलने देना है।"

बौखलाकर मनजीत मुख्य द्वार की तरफ भागा!

⅄

एक ही मिनट में उन्होंने पूरी नाकेबंदी कर ली थी कम-से-कम उनकी नजरों से छुपकर कोई भी व्यक्ति अब कोठी से बाहर नहीं जा सकता था। बंसी को वे सब बेवकूफ से नजर आ रहे थे। वह ये बात सोच रहा था कि ये लोग उसकी बात पर विश्वास क्यों नहीं कर रहे हैं?

सुलक्षणादेवी की ड्यूटी संदूक पर लगी।

मनजीत हॉल के मुख्य द्वार पर तैनात था, हरनामदास उस द्वार पर,

जिसके माध्यम से संदूक निकालकर उन्हें कोठी के पीछे लॉन में ले जाना था। जसवंत और बंसी सारी कोठी की खाक छान रहे थे। प्रत्येक कमरा, गैलरी, बाथरूम, किचन, बालकॉनी आदि अच्छी तरह चैक करने पर भी कोई न निकला।

ऐसे हर स्थान को चैक कर लिया गया था, जहां कोई छुप सकता था।

ढाक के तीन पात!

किसी की मौजूदगी तो दूर, मौजूदगी का चिह्न तक नहीं मिल सका। बंसी को अपनी ही धारणा बलवती होती दिखाई दी। वह बड़बड़ाया–"बेवकूफ रूह को तलाश कर रहे हैं भला रूह भी कहीं इस तरह मिलती है?" मगर प्रत्यक्ष में वह कुछ बोला नहीं हां, उसके होठों पर मुस्कान जरूर ऐसी थी जैसे कोठी में किसी के न मिलने से उसे हार्दिक खुशी हुई हो।

जब वे पूरी तरह निराश हो गए तो एक बार पुनः सभी संदूक के समीप इकट्ठे हुए। जेब से चाबी निकालकर जसवंत संदूक में ताला लगाता हुआ बोला–"कमाल है, सारी कोठी छान मारी, लेकिन कहीं कोई नहीं मिला, ऐसा चिह्न तक नहीं कि बाहर से कोई आया हो।"

"फिर वह अलार्म-ताला-लाइट।"

"बाद में सोचा जाएगा डैडी, तलाशी में काफी समय लग गया।" जसवंत ने रिस्ट वाच में समय देखते हुए कहा–"ढाई बज रहा है, समय कम है फिलहाल हमारा पहला काम लाश को दफना देना है।"

"ठीक है।" कहने के साथ ही हरनामदास संदूक की तरफ बढ़ गए।

अनजाने में ही एक बार फिर सबके दिल धड़क उठे। कदाचित यह सोचकर कि जैसे ही वे इस संदूक को दरवाज़े की तरफ सरकाने की कोशिश करते हैं, वैसे ही कोई-न-कोई नई मुसीबत उन पर टूट पड़ती है, मगर इस बार ऐसा कुछ नहीं हुआ।

लगभग सभी ने मन-ही-मन भगवान का शुक्रिया अदा किया। शायद भगवान ने उनकी सुन ली थी, तभी तो शेष काम बिना किसी विघ्न-बाधा के समाप्त हो गया।

लॉन के पिछले हिस्से में एक कब्र खोदी गई औंर लाश संदूक सहित उसमें दफना गई गई।

कब्र को बंद कर दिया गया। मिट्टी समतल करके अच्छी तरह ठोंक दी गई। आम का एक नया पौधा भी लगा दिया गया वहां। उसके बाद वे सभी तहखाने में पहुंचे। वहां से हरेक ऐसे चिह्न को खत्म कर दिया गया, जो किसी के वहां कैद रहने या किसी को जलाए जाने की कहानी कह सकते थे।

⅄

उस वक्त सुबह के पांच बज रहे थे, जब वे सब सारा काम निपटाने के बाद पूरी तरह संतुष्ट होकर रेखा वाले कमरे में पहुंचे। रेखा अभी तक बेसुध पड़ी सो रही थी। मनजीत ने आगे बढ़कर उसकी नब्ज टटोली।

कमरे में पड़े सोफे की एक कुर्सी पर बैठते ही जसवंत ने पूछा–"कैसी तबीयत है?"

"ठीक है।" नब्ज छोड़कर वह वापस आता हुआ बोला।

हरनामदास और सुलक्षणा भी सोफे पर बैठ चुके थे, हरनामदास ने बंसी से कहा–"तुम भी बैठ जाओ बंसी थक गए होंगे!"

बंसी भी सोफे की ही एक कुर्सी पर बैठ गया।

मनजीत हरनाम और सुलक्षणा के बराबर में लंबे सोफे पर धम्म से गिरा। इस वक्त उन सभी के चेहरों पर संतुष्टि के सामान्य भाव थे। वह डर और आतंक जाने कहां चला गया था, जिससे वे सभी सारी रात त्रस्त रहे थे। इतने लंबे समय में शायद पहली ही बार हरनामदास ने अपनी जेब से सिगार निकालकर सुलगा लिया, जसवंत बोला–"हम तो व्यर्थ ही सारी रात डरते रहे।"

हरनामदास बोले–"अब रात की बातों के बारे में सोचें तो हंसी-सी आती है। पता नहीं हम सबके दिलो-दिमाग को क्या हो गया था। कविता की लाश से डरते रहे खरबंदा के आने पर, अलार्म बजने,

ताला खुलने और लाइट के ऑन-ऑफ होने पर इस शंका ने ही हमारा दिमाग खराब कर दिया कि जेल से भागकर गोविंद यहां आ गया होगा। उस वक्त हममें से कोई इतनी सी बात नहीं सोच सका कि गोविंद कोई पेशेवर अपराधी नहीं है और अब्दुल्लापुर की जेल से भाग निकलना किसी शातिर बदमाश के दिल-गुर्दे का काम ही हो सकता है गोविंद जैसा सीधा-साधा लड़का तो वहां से भागने के बारे में सोच भी नहीं सकता।"

"अब मैं भी यह सोच रहा हूं।" जसवंत मुस्कुराया।

"अब छोड़ो भी इन बातों को, सारा काम खत्म हो गया है। लाश दफनाई जा चुकी है। तहखाने से सारे सुबूत मिटाए जा चुके हैं। दुनिया का कोई भी कानून अब यह साबित नहीं कर सकता कि रात हमने कविता की हत्या की है।"

"बेचारा कानून वह तो पहले ही यह सोचे बैठा है कि कविता गंग नहर में डूबकर मर चुकी है।"

बंसी चुपचाप उनकी बातें सुन रहा था।

उनके बीच जो बातें हो रही थीं, यदि उनके आधार पर यह कहा जाए कि इस वक्त वे अपने किए पर खुश थे तो अतिशयोक्ति नहीं होगी। विशेष रूप से वे इसलिए खुश थे, क्योंकि उन्हें यकीन था कि उन्होंने इतना बड़ा ज़ुर्म पूरी सफाई के साथ कर दिया है कहीं कोई गड़बड़ कोई गलती नहीं हुई है, न ही कोई ऐसा सुबूत रह गया है, जिससे आने वाला कल यह जान सके कि उन्होंने कोई गुनाह किया है बेचारा कानून अब भला उस कविता के बारे में क्या और क्यों सोचेगा जो पहले ही मर चुकी है। उनके किए की सजा देने वाला कानून तो पहले ही ये कह चुका है कि कविता महीनों पहले गंग नहर में कूदकर आत्महत्या कर चुकी है। कानून की नजरों में एक व्यक्ति एक ही बार मरता है।

बंसी कुछ सोच रहा था, अचानक ही जसवंत ने उसे पुकारा– "बंसी।"

"हां जी बड़े सरकार।"

"क्या सोच रहे हो?" उसके होठों पर व्यंग्यात्मक मुस्कान थी।

"कुछ नहीं बड़े सरकार।"

"तुम कुछ बोल नहीं रहे हो कविता के भूत के बारे में अब तुम्हारे क्या विचार हैं?"

बंसी ने एक नजर उन सबको देखा, फिर बोला–"यदि आप सच-सच सुनना चाहते हैं सरकार तो मैं अब भी यही मानता हूं कि छोटी बहू प्रेत बन गई हैं।"

"अच्छा?" जसवंत हंसा–"यदि ऐसा है तो क्या तुम बता सकते हो बंसी कि तुम्हारी छोटी बहू के प्रेत ने हमें उस संदूक को कब्र में दफनाने से क्यों नहीं रोका? सारी कोठी की तलाशी लेने के बाद एक बार भी अलार्म क्यों नहीं बजा। लाइट ऑन-ऑफ क्यों नहीं हुई दूसरी बार, संदूक का ताला क्यों नहीं खुल गया फिर से?"

"यह तो मैं नहीं बता सकता, लेकिन . . ."

"लेकिन क्या?"

"सवाल ये है कि अलार्म क्यों बजा, ताला क्यों खुला, लाइट ऑन-ऑफ कैसे हुई?" बंसी बोला–"सारा काम खत्म हो जाने के बाद भी ये सवाल अपनी जगह अटके पड़े हैं।"

"बंसी की बात में वजन है जसवंत।" हरनामदास बोले।

"यह सवाल पहले से ही मेरे दिमाग में है डैडी।" जसवंत ने कहा–"आज दिन में किसी समय खरबंदा के पास जाकर आपको यह पता लगाना है कि जेल से कौन भागा है और पुलिस की रात की भाग-दौड़ से वह पकड़ा भी गया या नहीं?"

"ठीक है, हम ऐसा ही करेंगे।"

⅄

"अरे?" धीमे से चौंककर खरबंदा कुर्सी से खड़ा हो गया, हाथ बढ़ाकर बोला–"आइए कमिश्नर साहब कहिए, कैसे आना हुआ?"

हाथ मिलाने के बाद कुर्सी पर बैठते हुए हरनामदास से कहा–"बस यूं ही, इधर से गुजर रहे थे कि तुम्हारा थाना देखकर रात की घटना याद आ गई!"

"ओह अच्छा!" बैठते हुए खरबंदा ने कहा–"वह जेल से भागे कैदी वाली?"

"हां सोचा कि क्यों न मालूम करता चलूं कि वह कैदी पकड़ा गया या नहीं?"

"अभी नहीं पकड़ा जा सका। वास्तव में कमाल ही हो गया जेल से उसके फरार होते ही शहर के बाहर जाने वाले सभी रास्तों और माध्यमों पर नाकेबंदी कर ली गई थी। लगभग सारे ही पुलिस विभाग को सूचित कर दिया गया था और सारे शहर में पुलिस बड़ी तेजी से सक्रिय हो गई थी, फिर भी वह पकड़ में नहीं आ सका। सारा विभाग हैरत में है, समझ में नहीं आता कि उसे धरती निगल गई या आसमान खा गया?"

"कमाल है!"

"और सबसे ज्यादा हैरानी तो मुझे है!"

"तुम्हें-तुम्हें क्यों?"

"क्योंकि मैंने उसे देखा था और मेरे देखते-ही-देखते वह गायब हो गया!" खरबंदा ने कहा–"वायरलेस पर मुझे उसके भागने की सूचना मिली थी मैं जीप लेकर तुरंत ही अपने इलाके की सड़कों पर निकल पड़ा। संयोग की ही बात थी कि मैंने उसे देख लिया था। जीप से उसका पीछा भी किया और अंतिम बार मैंने उसे आपकी कोठी की बाउंड्री वॉल फलांगते देखा यह तो आप जानते ही हैं कि आपके लॉन की तलाशी के बाद भी वह कहीं नहीं मिल सका। उसके बाद मैंने सारा इलाका छान मारा, लेकिन उसकी एक झलक तक दिखाई नहीं दी!"

"ओह!" हरनामदास के मुंह से सिर्फ यही एक शब्द निकल सका। खरबंदा की बातों ने जाने क्यों उन्हें विचलित-सा कर दिया था, किंतु स्वयं को नियंत्रित करके शीघ्र ही बोले–"लेकिन ऐसा भी तो हो सकता

है खरबंदा कि तुम्हें कोई भ्रम हुआ हो?"

"भ्रम?"

"हां, हमारा मतलब है, जिसकी झलक तुमने देखी थी वह जेल से फरार होने वाला कैदी न रहा हो?"

"आप कैसी बात करते हैं कमिश्नर साहब! भला पुलिस वाले जेल की वर्दी पहचानने में भूल कर सकते हैं?"

"तुमने उसकी वर्दी देखी थी?"

"ऑफकोर्स?"

"तो फिर मुमकिन है फि तुम्हें यह भ्रम हुआ हो कि वह हमारे लॉन में कूदा था दरअसल वह किसी दूसरी तरफ निकला हो और तुम्हें यह लगा हो कि वह . . ."

"हरगिज नहीं कमिश्नर साहब अपनी आंखों पर अभी तक इतना भरोसा तो मुझे है?" खरबंदा ने पूरी दृढ़ता के साथ कहा–"यकीनन वह आपके लॉन में कूदा था।"

"तो फिर वहां मिला क्यों नही?"

"यही तो मेरे-लिए हैरत की बात है। आपके लॉन में से आखिर वह गायब कहां हो गया?"

कुछ देर के लिए हरनामदास चुप रह गए। ऐसी अवस्था में जैसे अचानक ही उन्हें कहने के लिए कुछ मिला न हो। जेब से सिगार केस निकाला उन्होंने, एक सिगार होठों सें लगाया और केस खरबंदा की तरफ बढ़ा दिया।

"नो थैंक्यू मैं अपना ब्रांड इस्तेमाल करता हूं?"

कहने के साथ ही खरबंदा ने मेज पर पड़े फोर स्क्वायर के पैकेट से एक सिगरेट निकालकर होठों पर लटकाई। गैस लाइटर से पहले हरनामदास का सिगार सुलगाया फिर अपनी सिगरेट।

एक लंबा कश लेने के बाद हरनामदास बोले–"जो भागा है, वह कोई शातिर ही रहा होगा?"

"अजी छटा हुआ है बहुत ही क्रूर और बेरहम तीन मासूम बच्चों की हत्या उसने गला घोंटकर कर दी थी। उसी के जुर्म में उम्रकैद की सजा काट रहा था!"

यह जानकर उन्हें संतोष हुआ कि फरार कैदी गोविंद नहीं है, फिर भी आश्चर्य प्रकट करते हुए बोले–"तीन मासूम बच्चों की हत्या और वह भी गला घोंटकर?"

"जी हां!"

"क्यों भला उन मासूस बच्चों ने उसका क्या बिगाड़ा था?"

"इन तीनों बच्चों ने उसे एक व्यक्ति का खून करते देख लिया था!"

"उफ!" हरनामदास ने अपने चेहरे पर नफरत के भावों को आमंत्रित कर लिया, बोले–"ऐसे जालिम और बेरहम हत्यारे को कानून फांसी की सजा न देकर भी जुल्म करता है!"

⅄

"अरे, तुमने सुना पांडे?"

"क्या हुआ?"

"वह कविता वाला केस पंडितजी ने अपने हाथ में ले लिया है?"

"क्या?" पांडे नामक युवक इस तरह उछल पड़ा मानो उसने कोई अनहोनी बात सुन ली हो, बोला–"क्या तुम उसी कविता के केस की बात कर रहे हो, जिसकी वल्दियत कुंजबिहारी है और भूतपूर्व इंकमटैक्स कमिश्नर की बहू के रूप में जिसने गंग नहर में डूबकर आत्महत्या की है?"

"पंडितजी का कहना है कि कविता की मौत संदेहास्पद है!"

"क्या मतलब?"

"सुना है डायेक्टर साहब कविता के बीमे का क्लेम देने के लिए तैयार थे। वे काग़ज़ी कार्यवाहियों में जुट भी चुके थे कि उस दिन अचानक ही पंडितजी उनके ऑफिस में पहुंच गए और बोले कि कुछ

दिनों के लिए क्लेम रोक दिया जाए उन्हें कवितादेवी की मृत्यु के बारे में संदेह है!"

"कैसा संदेह स्वयं अदालत मान चुकी है कि कविता ने गंग नहर में कूदकर आत्महत्या कर ली।"

"यही बात डायरेक्टर साहब ने पंडितजी से कही थी, लेकिन पंडितजी का कहना है कि पहले वे इस केस की छानबीन करना चाहते हैं। उनके संतुष्ट होने के बाद ही क्लेम दिया जाए!"

"तब तो मिल गया क्लेम!" एलआईसी विभाग के दो कर्मचारी मिश्रा और पांडे आपस में बातें कर रहे थे–"आज तक का रिकार्ड है जिस केस को पंडितजी ने अपने हाथ में ले लिया विभाग को कभी उसका क्लेम नहीं देना पड़ा!"

"मगर इस बार शायद पंडितजी का यह रिकार्ड टूट जाए!"

"मैं ऐसा नहीं मानता!"

"पंडितजी ने खुली घोषणा कर रखी है कि जिस दिन विभाग को उनके केस का क्लेम देना पड़ गया, उस दिन वे अपने पद से इस्तीफा दे देंगे!"

"तब तो मैं ये समझता हूं कि इस बार पंडितजी की छुट्टी हो गई है!"

"मैं ऐसा नहीं समझता, बल्कि मुझे तो लगता है कि इस केस में पंडितजी के कूदने पर जरूर नए धमाके होंगे उन्होंने स्वयं ही केस अपने हाथ में लिया–पंडितजी द्वारा स्वयं ही केस हाथ में लेने का अर्थ है कि उन्हें अपनी कामयाबी की पूरी उम्मीद है!"

"वह सब तो ठीक है, लेकिन . . ."

"लेकिन क्या?"

"केस बिल्कुल साफ है। पुलिस की छानबीन और अदालती कार्यवाही से स्पष्ट हो चुका है कि कविता ने गंग नहर में कूदकर आत्महत्या की। एलआईसी आत्महत्या का क्लेम देती है। पूरे केस में कहीं शक की गुंजाइश नहीं है और फिर पंडितजी ने खुद ही यह केस लिया है। पंडितजी की इस हरकत को तो मैं उनका ओवर कॉन्फीडेंस ही

कहूंगा। हालांकि मुझे उनके असफल होने पर दुःख होगा, परंतु लगता है कि इस बार पंडितजी अपने कैरियर पर धब्बा लगा ही बैठेंगे!"

"यह खबर सारे विभाग में फैल चुकी है और हरेक व्यक्ति पंडितजी द्वारा इस केस को हाथ में लेने के उनके निर्णय पर चकित है। कुछ का कहना है कि यदि पंडितजी को शक हुआ है, तो निःसंदेह इस केस में कहीं-न-कहीं जान है और कुछ का कहना है कि इस पर उंगली उठाकर पंडितजी ने अपना सारा कैरियर खत्म कर लिया है। देखना ये है कि इस केस में अब होता क्या है?"

⅄

"अरे?" खरबंदा एकदम चौंककर अपनी कुर्सी से उठ खड़ा हुआ, हाथ बढ़ाता हुआ बोला–"आप यहां पंडितजी?"

"इसमें इतना चौंकने की क्या बात है?" अधेड़ आयु के उस व्यक्ति ने खरबंदा से हाथ मिलाया। ये हाथ बड़ी गर्मजोशी के साथ मिले थे। खरबंदा ने सम्मानपूर्वक कहा–"बैठिए!"

अधेड़ आयु का वह व्यक्ति बैठ गया, जिसका पूरा नाम केशव पंडित था। उनसे परिचित हर व्यक्ति उन्हें पंडितजी कहा करता था। पंडितजी का व्यक्तित्व बेहद आकर्षक था। वे गोरे-चिट्टे थे सेब जैसे रंग वाले, लंबे और घने काले बाल, कानों के ऊपर सफेद बालों के गुच्छे। उनकी आंखें नीली व धारदार थी, जब वे किसी को ध्यान से देखा करते तो ऐसा लगता जैसे उन आंखों में ब्लेड की धार जैसा पैनापन उत्पन्न हो गया है। उनकी मोटी और गोरी उंगलियों में हमेशा हीरे की तीन अंगूठियां मौजूद रहती थी, इस वक्त वे शानदार सूट पहने हुए थे।

"सिगरेट!" कहने के साथ ही खरबंदा ने मेज से अपना पैकेट उठाकर उनकी तरफ बढ़ा दिया–"नो थैंक्यू कहकर पंडितजी ने अपनी जेब से चारमीनार का पैकेट निकाला। सिगरेट होंठों से लगाई ही थी कि खरबंदा ने लाइटर से उसे सुलगा दिया!"

कश के बाद पंडितजी ने ढेर सारा धुआं उगला!

जिस वक्त खरबंदा अपनी सिगरेट सुलगा रहा था उस वक्त पंडितजी ने अपनी नीली और धारधार आंखों से उसे घूरा, जबकि लाइटर मेज पर रखते हुए खरबंदा ने पूछा–"क्या लेंगे पंडितजी ठंडा या गर्म?"

"कुछ भी नहीं हम तुम्हारे पास एक केस के सिलसिले में बात करने आए हैं!"

"वह तो मैं सोच सकता हूं, लेकिन यह नहीं समझ पा रहा हूं कि ऐसा कौन-सा केस हो सकता है, जिसके सिलसिले में आपको मेरे पास आना पड़ा?"

"हम मिसेज कविता के केस के संबंध में आए हैं!"

"कविता?" खरबंदा उछल पड़ा!

"कविता के पिता ने पांच साल पहले अपनी बेटी के लिए एक लाख की पॉलिसी ली थी। पॉलिसी के मुताबिक कविता के अभिभावक अभी तक कुंजबिहारी ही हैं।"

"शादी के बाद तो कविता का पति . . ."

"वह कोई विशेष बात नहीं है कुंजबिहारी ने पॉलिसी कविता की शादी से पहले ली थी शादी के बाद वे अभिभावक का नाम चेंज भी नहीं करा पाए थे कि क्लाइंट को मृत मान लिया गया और कुंजबिहारी ने कंपनी पर एक लाख का कलेम कर दिया है।"

"क्या आप कविता को मृत नहीं मानते?"

पंडितजी ने बिल्कुल स्पष्ट स्वर में कहा–"नहीं!"

खरबंदा एकदम से कुछ बोल नहीं सका। पंडितजी के चेहरे को देखता रह गया वह। उसकी इस अवस्था पर पंडितजी धीमे से मुस्कुराए और बोले–"क्या हुआ तुम अवाक् से क्यों रह गए?"

"अवाक् रह जाने की बात कर रहे हैं आप!" खरबंदा ने कहा– "जिसे सारा शहर, पुलिस, अदालत और कानून ने मृत मान लिया है, आप उसी को मृत नहीं मान रहे हैं।"

पंडितजी की मुस्कुराहट गहरी हो गई, बोले–"शहर पुलिस,

अदालत या कानून का किसी मृत मान लेने में कुछ जाता नहीं है बेटे, मगर मेरी कंपनी का जाता है। इस केस में भी कविता को मृत मान लेने पर अपनी कंपनी का जासूस होने के नाते मैं एलआईसी को नुकसान से बचाना अपनी जिम्मेदारी समझता हूं।"

"यानी आप साबित करने निकले हैं कि कविता जीवित है?"

"ऑफकोर्स।"

"मैं आपका सम्मान करता हूं, आपकी सूझ-बूझ और योग्यताओं का लोहा भी मानता हूं यह भी जानता हूं कि आज तक एलआईसी को ऐसे किसी भी केस का क्लेम नहीं देना पड़ा है, जिसकी जांच आपके सुपुर्द की गई है। अपनी सर्विस के दौरान आप एलआईसी को करोड़ों का लाभ करा चुके हैं आपकी इन्हीं खूबियों की वजह से केंद्रीय खुफिया विभाग ने आपको ऑफर दिया था, परंतु आपने ठुकरा दिया। सुना है कि आपने यह घोषणा भी कर रखी है कि जिस दिन एलआईसी को आपके केस का क्लेम देना पड़ गया, उस दिन आप विभाग से इस्तीफा दे देंगे?"

"तुमने ठीक ही सुना है।"

"मुझे दुःख है कि आप कमयाब नहीं हो सकेंगे। मेरी तो समझ में नहीं आता है कि यह केस आपने क्या सोचकर ले लिया है?"

"सुना है कि कविता की लाश नहीं मिल सकी?"

"जी हां।"

"हमारा सिद्धांत है हम किसी भी व्यक्ति को उस वक्त तक जीवित मानते हैं जब तक कि उसकी लाश न मिल जाए। पुल से कविता की सैंडिल्स मिली हैं नदी से उसकी साड़ी और प्रेमी का पत्र। जब नदी में खोजबीन करने से पत्र जैसी छोटी चीज मिल गई तो लाश क्यों नहीं मिली?"

"पत्र बहुत हल्के होते हैं पंडितजी, पानी पर तैरते रह गए, जबकि लाश . . ."

"उसे हम समझते हैं, मगर फिलहाल मान नहीं रहे हैं। हरेक व्यक्ति

का तहकीकात करने का अपना एक अलग ही तरीका होता है खरबंदा और इस केस में हम यह मानकर चल रहे हैं कि नदी में लाश थी ही नहीं, इसलिए नहीं मिली पत्र और साड़ी थे सो मिल गए।"

"मगर कविता ने पुल पर कोयले से जो वाक्य लिख रखा था?"

"जरूर लिखा होगा लेकिन क्या तुमने यह जानने की कोशिश की खरबंदा कि वह कोयला कविता को कहां से मिला, जिससे उसने पुल की दीवार पर वाक्य लिखा था?"

"कोयला वह कहीं से भी उठा सकती है, सड़क पर बहुत पड़े रहते हैं।"

"इसके लिए हमें कुछ बारीकियों पर गौर करना पड़ेगा।" पंडितजी ने कहा–"तुम यह मानते हो न कि घर छोड़ने के बाद कविता सीधी गोविंद से मिलने उसके फ्लैट पर पहुंची?"

"जी हां!"

"क्यों मानते हो हमारा मतलब, यह मानने के पीछे कोई पक्का आधार?"

"गोविंद के फ्लैट से मिला उसका बिछुवा।"

"बिछुवा!" कहने के साथ ही पंडितजी के होंठों पर बड़ी-ही अजीब-सी मुस्कान दौड़ गई, बोले–दरअसल यह बिछुवा ही इस केस में बहुत महत्वपूर्ण स्थान रखता है तुम्हें या कानून की जहां इस बिछुवे ने स्पष्ट रूप से यह बताया है कि कविता वहां पहुंची, वहीं गोविंद को यह बताया है कि हो-न-हो कविता स्वयं नहीं, बल्कि किसी बहुत बड़े षड्यंत्र की शिकार है।"

"तो आप गोविंद के बयान को सच मानते हैं?"

"यदि हम गोविंद के बयान को झूठ मानकर एक तरफ रख दें, तब भी वह बिछुवा हमें बहुत कुछ सोचने के लिए विवश करता है।"

"क्या सोचने के लिए?"

जवाब देने से पहले पंडितजी ने चारमीनार की सिगरेट में एक जोरदार कश लगाया और बड़े ही आत्मविशवास भरे स्वर में सवाल

किया–"क्या तुम कविता के बिछुवे के गोविंद के फ्लैट पर रह जाने वाली घटना को स्वाभाविक मानते हो?"

"रह भी सकता है।"

"मानते हैं रह भी सकता है। हालांकि पैर की उंगली से बिछुवे निकलकर अक्सर गिरा नहीं करते फिर भी मान लेते हैं कि कविता के पैर में बिछुवा ढीला होगा, जिसके कारण वह कहीं भी गिर सकता था साकेत से शास्त्रीनगर के रास्ते में कहीं भी।"

"जी हां।"

"फिर वह गोविंद के फ्लैट में ही क्यों गिरा?"

"अजीब सवाल कर रहे हैं आप जब वह गिर सकता था तो कहीं भी गिर सकता था उसका गोविंद के फ्लैट में गिर जाना ही कौन-सी असंभव बात हो गई?"

"सोचने के नजरिए में फर्क है खरबंदा। तुम सोच रहे हो कि बिछुवा कहीं भी गिर सकता था, इसलिए गोविंद के फ्लैट में गिर गया, हम सोच रहे हैं कि यदि वह कहीं भी गिर सकता था तो फ्लैट में ही क्यों गिरा यदि वह कहीं अन्यत्र गिरा होता तो बिछुवे का कोई महत्व नहीं था यदि वह वहां गिरा है तो महत्व है बहुत बड़ा अर्थ है और यह अर्थ, यह महत्व किसी के द्वारा बनाया गया भी हो सकता है।"

"आपकी बात मुझे अटैक कर रही है।" खरबंदा थोड़ा प्रभावित-सा नजर आया।

"अब हम उस वाक्य पर आते हैं, जो पुल की दीवार पर लिखा पाया गया।" पंडितजी ने कहा–"तुम यह मानते हो न कि गोविंद के फ्लैट से सीधी कविता भोले की झाल पर पहुंची?"

"जी हां।"

"क्यों?"

"आत्महत्या करने।"

"किसलिए?"

"गोविंद के ठुकरा देने पर वह निराश हो गई कविता भावुक थी

और अमुक व्यक्ति चारों तरफ से निराश होने के बाद स्वाभाविक रूप से आत्महत्या कर लेना ही सब दुखों से छुटकारा पाने का एकमात्र रास्ता समझ लेता है।"

"मतलब ये कि कविता आत्महत्या का पक्का इरादा लेकर फ्लैट से निकली?"

"जी हां।"

"क्या वह सारे रास्ते कोई ऐसी चीज तलाश करते रहने की मानसिक स्थिति में थी, जिससे पुल की दीवार पर कुछ लिख सके।"

"जी नहीं बल्कि कुछ लिखने का विचार तो उसके दिमाग में नहर में कूदने से एक पल पहले ही आया होगा स्वाभाविक यही है। यह स्वाभाविक नहीं है कि वह पहले से ही कुछ लिखने की बात सोचे हुए थी।"

"ऐसा विचार दिमाग में आते ही उसने अपने इर्द-गिर्द किसी ऐसी वस्तु की तलाश में नजर दौड़ाई, जिससे वह दीवार पर आसानी से लिख सके तभी उसे पुल पर पड़ा वह कोयला नजर आ गया?"

"जी हां।"

"यदि उसे कोयला नजर नहीं आता हमारा मतलब, अगर उसे अपने इर्द-गिर्द कोई भी ऐसी वस्तु नजर नहीं आती, जिससे यह दीवार पर कुछ लिख सके तो क्या वह ऐसी चीज की तलाश में दूर तक निकल पड़ती?"

"नहीं।"

"तुम्हारे ख्याल से वह क्या करती?"

"जिस पर आत्महत्या की धुन सवार हो, वह किसी चीज की तलाश करने की स्थिति में नहीं होता कोयला उसे आसानी से मिल गया होगा न मिलता तो वह बिना लिखे ही . . ."

"वैरी गुड इसका मतलब ये कि कोयला उसे पुल पर से ही मिला?"

"जी हां।"

"क्या तुमने यह जानने की कोशिश की कि कोयला उसे कहां से

मिला? क्या उसकी सैंडिल्स के आसपास कहीं कोयला पड़ा था। यदि हां तो पुल पर कोयला कहां से आया और यदि नहीं तो कविता पर कोयला कहां से आ गया आखिर पुल पर कुछ लिखने का विचार करके वह कोयला कहां से लेकर चली होगी?"

"कहीं से लेकर चलना तो स्वाभाविक है ही नहीं हालांकि इस प्वाइंट पर ध्यान नहीं दिया गया, मगर स्वाभाविक यही है कि कोयला उसे अपने इर्द-गिर्द पुल पर ही कहीं पड़ा मिला।"

"पुल पर कोयला कहां से पहुंच गया?"

"कोयला कोई ऐसी चीज नहीं है सड़कों पर अक्सर पड़े रहते हैं इत्तिफाक से वहां भी पड़ा होगा।"

"दरअसल तुम गलत सोच रहे हो खरबंदा सड़कों पर जो कोयले के कण पड़े रहते हैं वे पत्थर के कोयले के होते हैं और पत्थर के कोयले से दीवार पर लिखा नहीं जा सकता। दीवार पर सिर्फ कच्चे कोयले से लिखा जा सकता है और कच्चे कोयले का प्रयोग आजकल बहुत कम है। किसी भी सड़क पर कच्चा कोयला तुम्हें बड़ी मुश्किल से मिलेगा। यह केस हाथ में लिए आज हमें पांचवां दिन है और लगभग हर रोज हमने भोले की झाल के पुल पर जाकर कच्चा कोयला तलाश करने की कोशिश की है। अभी तक कामयाबी नहीं मिल सकी।"

"आप कहना क्या चाहते हैं?"

"कोयला उसे पुल से नहीं मिल सकता जरूर वह कहीं और से उसे अपने साथ लाई थी।"

"यह एकदम अस्वाभाविक है।"

"यही वजह है कि हम यह मानकर चलें कि कविता पुल पर आत्महत्या करने नहीं, बल्कि सिर्फ वह वाक्य लिखने पहुंची। रात के वक्त पुल पर अंधेरा रहता है लिखा हुआ वाक्य स्पष्ट कहता है कि उसे रोशनी में लिखा गया। वह रोशनी कहां से आई? क्या कविता के पास कोई टॉर्च आदि थी?"

"आपके सोचने का ढंग अजीब है।"

"इस केस में कुछ भी स्वाभाविक नहीं है खरबंदा इसलिए हमें यह लगता है कि कविता का नहर में डूबकर मर जाना, हकीकत से बहुत दूर है सिर्फ एक कहानी वह जरूर जीवित है।"

"तब तो यह सवाल उठता है पंडितजी कि यह कहानी किसने गढ़ी?"

"यही तो पता लगाना है जब तक पता नहीं लगता तब तक मुझे हरेक पर शक करना पड़ेगा कविता के ससुराल वालों पर उसके पीहर वालों पर और स्वयं उस पर भी।"

"उस पर भी?"

"अगर हम यह मानकर चलें कि कविता की मृत्यु की कहानी गढ़ी गई है तो ऐसा कौन है, जो ऐसा कर सकता है?"

कुछ देर तक खरबंदा जाने क्या सोचता रहा, फिर बोला–"दरअसल मुझे इस सारे मामले में हरनामदास का कैरेक्टर हर स्थान पर थोड़ा अस्वाभाविक और रहस्यमय-सा लगा है।"

"क्या तुम वजह बता सकते हो?"

"परसों रात जेल से एक कैदी भाग निकला था उसे मैंने हरनामदास की कोठी के लॉन में कूदते देखा मैंने तभी उन्हें जगाया। दरवाज़ा खोलने में उन्हें असाधारण समय लगा जब दरवाज़ा खुला तब भी मुझे वे थोड़े असामान्य और विचलित से नजर आए वजह तो मैं नहीं बता सकता, परंतु उस वक्त का सारा वातावरण ही मुझे बड़ा अजीब-सा लगा बड़ा ही अटपटा-सा अस्वाभाविक।"

"ओह!"

"उसके बाद कल वे स्वयं ही मुझसे यहां मिलने आए जेल से भागे हुए उस कैदी के बारे में बातें करने लगे वे बातें भी अस्वाभाविक-सी ही थी। जाने क्यों, वे मेरे दिमाग में यह बात भरना चाहते थे कि मैंने कैदी को उनके लॉन में कूदते नहीं देखा है जो मैंने देखा, उसे वे एक वहम कहना चाहते हैं।"

"इस कैदी को तुम कविता के केस में कहां जोड़ रहे हो?"

"हरनामदास की मानसिक स्थिति पर कविता वाले केस से लेकर कल तक वे मुझे असामान्य रूप से सतर्क नजर आए सवाल यह है कि वे इतने ज्यादा सतर्क क्यों हैं?"

"गुड! यह एक महत्पपूर्ण सवाल है?" पंडितजी की आंखें चमक उठीं–"तुम हमें एक-एक बात बताओ, जब कैदी के पीछे उनकी कोठी पर पहुंचे तो क्या हुआ। यहां आकर कल उन्होंने तुमसे क्या बात की हम सबकुछ अक्षरश: विस्तारपूर्वक सुनना चाहते हैं।"

⅄

बाल संवारने के बाद ड्रेसिग टेबल के सामने खड़े जसवंत ने टाई की नॉट ठीक की अभी वह उसे सैट कर ही रहा था कि कमरे के बाहर से सुलक्षणादेवी ने उसे आवाज दी–"जसवंत!"

"बोलो मां।" कहकर वह घूमा।

"देर क्यों कर रहा है टाइम हो गया है।" कमरे में प्रविष्ट होती हुई सुलक्षणा ने कहा–"गाड़ी आने के बाद यदि तू स्टेशन पर पहुंचा तो जाना ही बेकार हो जाएगा।"

"बस जा रहा हूं मैं!"

"तूने उससे इसी गाड़ी से लौटने के लिए सख्ती से कह दिया था न?"

"हां मां तुम तो जानती हो, मधु मेरी इच्छा के विरूद्ध बिल्कुल नहीं चलती उसे मैंने अच्छी तरह समझा दिया था कि वह इसी गाड़ी से लौट आए उसे यह भी मालूम है कि इस गाड़ी के समय पर मैं आज स्टेशन पर उसका इंतजार करूंगा।"

"तो खड़ा क्यों है जल्दी जा।"

जसवंत तेजी से बाहर निकल गया।

सुलक्षणादेवी हाथ जोड़कर दुआ-सी कर उठीं–"मदद करना भगवान। मधु अच्छी खबर ही लाए यदि मोतीलाल इस शादी के लिए तैयार नहीं हुए तो मेरी सारी उम्मीदों पर पानी फिर जाएगा।"

“अरे-रे ये क्या कर रही हो मधु?” जसवंत एकदम बौखला गया।

उसके चरण स्पर्श करने के बाद मधु सीधी खड़ी होती हुई मोहक मुस्कान के साथ बोली–“क्यों क्या, मैंने कोई नई बात की! क्या हर दिन आपको देखते ही मैं आपके चरण स्पर्श नही करती?”

“वह तो ठीक है लेकिन यहां, स्टेशन पर ही?”

“पति के चरण स्पर्श करने में कैसी हिचक कहीं भी, लाखों आदमियों के सामने भी पत्नी ऐसा करने में भला क्यों हिचकेगी अपने इस अधिकार पर तो हम नारियों को गर्व है।”

“अच्छा-अच्छा, यहां से चलो देखो, सब लोग हमें ही देख रहे हैं।” कहने के साथ ही मधु को लिए वह निकासी द्वार की तरफ बढ़ गया। कुछ ही देर बाद वे कार में बैठे साकेत की तरफ जा रहे थे। कार जसवंत स्वयं ड्राइव कर रहा था।

मधु उसकी बगल में बैठी थी।

औपचारिक बातों के बाद जसवंत ने उससे अपने मतलब का सवाल किया–“क्या रहा मधु बाबूजी अमिता की शादी मनजीत से करने के लिए तैयार हुए या नहीं?”

“नहीं।”

मधु का यह संक्षिप्त-सा उत्तर बिजली बनकर जसवंत के दिलो-दिमाग पर गिरा एकाएक ही वह कुछ बोल नहीं सका। थोड़ा समय उसे स्वयं को सामान्य करने में लगा, फिर एक मोड़ काटने के बाद बोला–“क्या कहने लगे?”

“कहते हैं कि जहां अमिता का रिश्ता तय हुआ है वे डैडी के बचपन के दोस्त हैं। उनका लड़का कुछ ही दिन पहले जापान में इंजीनियरिंग का कोर्स करके लौटा है। स्वयं डैडी ने ही अनुरोध करके यह रिश्ता पक्का किया है। रोकने की रस्म के बाद अब भला खुद ही अपने दोस्त से क्या मुंह लेकर कहें कि वे यह शादी नहीं करना चाहते हैं?”

"इंकार के सैकड़ों बहाने हो सकते हैं!"

"डैडी उनसे कोई झूठ बोलना नहीं चाहते।"

"तुमने सारे हालात उन्हें ठीक से समझाए नहीं होंगे?"

"कैसी बात कर रहे हो जसवंत क्या तुम्हें मुझ पर यकीन नहीं! मैंने हर बात कही हर तरह से उन्हें यही जताना चाहा कि यदि यह शादी नहीं हुई तो इस घर की सारी खुशियां बिखर जाएंगी। यहां तक कह दिया कि यदि मैं ये निराशाजनक जवाब लेकर लौटी, तो तुम मुझसे नाराज हो जाओगे।"

"इस पर वे क्या बोले?"

"कहने लगे कि मैं प्यार से समझाने की कोशिश करूं दरअसल जुबान देकर लड़के को रोककर वे मजबूर हो गए हैं जसवंत मेरे ज्यादा दबाव डालने पर उन्होंने इतना ही कहा कि दो-चार दिन में समय निकालकर स्वयं ही यहां आकर तुमसे बाबूजी से बात करेंगे।"

जसवंत चुप रह गया।

मधु पुन: बोली–"उन्होंने यह भी कहा है कि अमिता से न सही मनजीत के लिए वे खुद ही रिश्ता तलाश करेंगे और किसी अच्छे घराने की लड़की को इस घराने की बहू बनाने का पूरा प्रयास करेंगे।"

जसवंत ने कोई जवाब न दिया जैसे मधु के शब्द उसने सुने ही न हों।

सारा परिवार डाइनिंग टेबल पर बैठा लंच ले रहा था।

सभी खामोश थे। कदाचित हरेक का दिमाग अपनी ही उखेड़-बुन में व्यस्त था। सुलक्षणादेवी के दिमाग पर तो अजीब-सी झुंझलाहट सवार थी। हरनामदास और जसवंत दिमाग को नियंत्रित रखने की कोशिश कर रहे थे। रेखा बेचैन-सी थी, मनजीत को लग रहा था कि कविता को मारकर उसने अपना जीवन बर्बाद कर लिया है। दरअसल

अब उसे कविता के गुण याद आ रहे थे।

मधु उन सबकी चुप्पी का कारण जानती थी। उसे मालूम था कि उसके असफल लौटने ने ही सारी कोठी में यह मातम का-सा वातावरण फैला दिया है।

बंसी निरंतर उन्हें खाना परोस रहा था।

अचानक बिल्कुल असामान्य अवस्था में मधु उस डोंगे पर झपट पड़ी, जिसमें बैगन का भुर्ता था फिर वह बेसब्री-सी किसी कुत्ते की तरह चप्प-चप्प करके बैंगन का भुर्ता खाने लगीं।

उसकी यह अजीब हरकत किसी को भी अच्छी नहीं लगी।

बैंगन के भुर्ते वाले डोंगे पर वह टूट-सी पड़ी थी। उसके दोनों हाथ और मुंह भुर्ते से सन गए। भुर्ते के अलावा उसका ध्यान किसी भी तरफ नहीं था।

जब न रहा गया तो जसवंत ने कहा–"ये क्या बदतमीजी है मधु?"

मधु के हाथ रुक गए।

एक झटके से उसने चेहरा उठाकर जसवंत की तरफ देखा।

उफ् मधु की आंखों में उसे लपलपाती आग नजर आई।

जसवंत बुरी तरह चौंक पड़ा। सारे जिस्म में ठंडी-सी लहर दौड़ गई, मुंह से बरबस ही चकित-सा सवर निकला–"क्या बात है मधु तुम्हें क्या हो गया है?"

मधु कुछ बोली नहीं।

किसी दहकती भट्टी के समान लाल आंखों से चिंगारियां-सी उबल पड़ी। ऐसा लग रहा था, जैसे वह बुरी तरह दांत पीस रही हो, चेहरे का गोरा रंग काला-सा पड़ने लगा विकृत-सी नजर आने लगी वह चेहरा सख्त होता चला गया ऐसा कि जिससे जसवंत जैसे व्यक्ति को डर लगने लगा!

"मधु!" वह चीख पड़ा–"क्या हुआ तुम्हें बोलती क्यों नहीं?"

"बको मत हरामजादे।" अचानक ही मधु के मुंह से गुर्राहट निकली

और यह गुर्राहट मधु की नहीं, बल्कि कविता की आवाज में थी।

सभी सहम गए, हरेक जिस्म का रोयां-रोयां खड़ा हो गया।

"मधु!"

"तूने पहचाना नहीं कमीने मैं मधु नहीं कविता हूं कविता।"

"कविता?" एक साथ सभी के मुंह से चीख-सी निकल गई।

"हां कविता–हा-हा-हा मैं कविता हूं वही जिसे तुमने मार डाला है तुमने–हा-हा-हा तुम सबने। तूने मेरे ऊपर मिट्टी का तेल छिड़का था तूने मैं तुझे जलाकर रख कर दूंगी।"

जसवंत की सिट्टी-पिट्टी गुम हो गई!

"बहू!" साहस करके हरनामदास कह उठे–"खुद को संभालो क्या हो गया है तुम्हें?"

"खामोश कुत्ते।" कविता की आवाज में चीखकर मधु उसकी तरफ पलटी, किसी नागिन के समान फुक्कारी–"तू मेरा ससुर है अब बहू कहता है मुझे गोली मारते वक्त नहीं सोचा कि मैं तेरी बहू हूं तूने हां तूने मुझे गोली मारी थी–हा-हा-हा अब डर रहा है। सूअर मैं तुझे गोलियों से छलनी कर दूंगी तेरा सारा जिस्म नोच खाऊंगी–हा-हा-हा!"

वह पागलों की तरह हंस रही थी बड़े ही वहशी अंदाज में।

सभी की सांसें तक रुक गई। वे हक्के-बक्के रह गए थे। जिस्म कांप रहे थे। चेहरों पर हवाइयां उड़ी हुई थीं। डरी हुई आंखों से मधु के विकृत चेहरे को देखते हुए वे अपनी कुर्सियों से उठ खड़े हुए।

मधु के मुंह से अजीब 'हूं-हैं' की आवाज निकल रही थी।

एक-एक को घूर रही थी वह . . .

मनजीत पर नजर पड़ते ही वह चीख पड़ी–"आह तू मेरा पति है नहीं, तू मेरा पति नहीं हो सकता तूने मेरे शरीर में आग लगाई थी मैं जिंदा ही थी मेरा शरीर जल, गया तू मुझे मारना चाहता था हरामखोर मगर मैं नहीं मरी मैं जिंदा हूं मेरा शरीर जल गया तो क्या, लेकिन मैं तेरा खून पिए बिना नहीं मरूंगी–हा-हा-हा मैं तेरा खून पियूंगी खून!"

मनजीत का रोम-रोम कांप उठा। पसीने से तर-ब-तर हो गया वह।

"कुछ करिए ना?" भय की अधिकता के कारण सुलक्षणादेवी हरनामदास को पकड़कर चीख पड़ी–"मधु को क्या हो गया है उसे संभालिए।"

"तू-तू?" उन पर नजर पड़ते ही मधु चीखी और एक झटके के साथ कुर्सी से खड़ी हो गई कुर्सी भड़ाक से फर्श पर गिरी, जबकि मधु गुर्रा रही थी–"सब कुछ तूने ही तो कराया है कुलक्षणी तुझे कार चाहिए हां, मैं तुझे कार दूंगी। यहां आ मेरे पास तुझे कार दूंगी।"

"नहीं!" रेखा चीखकर हरनामदास से लिपट गई।

"रेखा बहन–हा-हा-हा बहन तू मेरी ननद है थू ऐसी ननद होती हैं तूने गला घोंटा था मैं तेरा गला घोंट दूंगी।" कहने के साथ ही वह बाज की तरह झपटी।

हरनामदास हड़बड़ाकर हट गए।

चीख सभी के मुंह से निकल गई थी। रेखा ने चीखकर वहां से भाग जाना चाहा, परंतु मधु के हाथ उसकी गर्दन पर जम चुके थे। बंधनों में कैद रेखा बुरी तरह चीखी-छटपटाई, जबकि उसकी गर्दन पर मधु के हाथों का कसाव निरंतर बढ़ता गया, चेहरा वैसा ही विकृत था। दांत भींचे वह कविता की आवाज में गुर्रा रही थी–"मैं तुझे मार डालूंगी तूने मेरा गला दबाया था–हा-हा-हा?"

"बचाओ, मम्मी, डैडी, भइया, मुझे बचाओ!" घुटी-घुटी-सी आवाज में रेखा मधु के बंधनों में कैद छटपटा रही थी। सभी खड़े थे।

जड़वत्–अवाक् से किंकर्तव्यविमूढ़।

सभी के हाथ-पैर जैसे सुन्न पड़ गए थे। जिस्म ठंडा धड़कनें मानो रुक गई थीं अपनी आंखों से वे मधु को रेखा का गला घोंटते देख रहे थे। सुन रहे थे, मधु के मुंह से निकलने वाली कविता की आवाज साथ ही मदद के लिए चिल्लाती हुई रेखा की चीखें।

"जसवंत।" हरनामदास चीखे–"कुछ करो रेखा को बचाओ।"

जसवंत चौंका उसकी तंद्रा भंग हुई।

"मधु-मधु रेखा को छोड़ दो।" कहने के साथ ही वह मधु पर झपट

पड़ा। अभी वह मधु को खींचकर रेखा से अलग करने की कोशिश कर ही रहा था कि बिफरी हुई सी मधु घूमी गुर्राई और उसका एक घूंसा दनाक् से जसवंत के चेहरे पर पड़ा।

एक चीख के साथ जसवंत हवा में उछलकर दूर जा गिरा।

मुक्त होते ही रेखा बुरी तरह चीखती हुई वहां से भाग गई।

मधु का सारा ध्यान अब केवल जसवंत पर था। फर्श पर गिरने के तुरंत बाद ही जसवंत उछलकर खड़ा हो गया था निःसंदेह वह डरा हुआ था चकित उसने कभी स्वप्न में भी नहीं सोचा था कि मधु के जिस्म में इतनी ताकत है। मधु ने एक ही घूंसे में उसे हवा में उछाल दिया था। घूंसा इतना ज़ोरदार था कि उसे अभी तक अपना जबड़ा दुखता महसूस दे रहा था।

मधु अपने दोनों पंजे फैलाए उसकी तरफ बढ़ रही थी।

बाल बिखर से गए थे। चेहरा विकृत नाखून पॉलिस से रचे लंबे-लंबे लाल नाखूनों को दिखाती वह दांत पीसती हुई जसवंत की तरफ बढ़ रही थी।

भयभीत नजरों से उसे घूरता हुआ जसवंत बराबर पीछे हट रहा था, बोला–"ये क्या बदतमीजी है मधु। मैं कहता हूं रुको खुद को संभालो। मैं जसवंत हूं तुम्हारा पति।"

"हा-हा-हा खुद को मेरा पति बताता है मेरा कोई नहीं है। तू मेरा हत्यारा है। मेरी हत्या की योजना बनाने वाला, हरामजादे कुत्ते तूने मेरे गोविंद को फंसवा दिया। मेरे बेगुनाह गोविंद को मैं तुझे जिंदा नहीं छोडूंगी–हा-हा-हा आ मेरे पास आ।" कहने के साथ ही उसने जसवंत पर जम्प लगा दी, बड़ी फुर्ती से जसवंत किसी फिरकनी के समान घूमकर अपने स्थान से हट गया।

झोंक में मधु लड़खड़ाई।

हॉल के एक पथरीले थंब से उसका सिर टकराया। हलक से एक जोरदार चीख ने निकलकर सारी कोठी को बुरी तरह झनझना दिया। इस चीख के बाद मधु फर्श पर गिर गई।

थंब के पास, फर्श पर बेहोश पड़ी थी मधु।

वातावरण लगभग वैसा ही था जैसा तब था, जब तहखाने में उनके बीच कविता की लाश पड़ी थी सभी हक्के-बक्के अवाक् आतंकित और डरे हुए से चेहरे फीके, पसीने से भीगे, टांगें कांप रही थी।

आंखों में वीरानियां!

दिल किसी हथौड़े की शक्ल में पसलियों पर चोट कर रहे थे। सहमी-सी आंखें मधु पर स्थिर थी। मधु के सिर से खून बह रहा था। फर्श भीगता चला गया।

रेखा उन सबसे दूर खड़ी थी।

एक थंब के पीछे सहमी हिरनी के समान वह उधर ही देख रही थी। सबसे ज्यादा भाव बंसी के चेहरे पर थे। उसका बूढ़ा जिस्म पीपल के किसी सूखे पते के समान कांप रहा था।

हलक सूख गए थे।

कुछ देर बाद डरी-डरी-सी प्रश्नवाचक नजरों से उन्होंने एक-दूसरे को देखा, कांपते स्वर में हरनामदास ने जाने किससे सवाल किया–"ये क्या चक्कर है मधु को आखिर हो क्या गया था?"

"यह खुद को कविता क्यों कह रही थी?" जसवंत बड़बड़ाया।

सुलक्षणादेवी कह उठी–"इसके मुंह से तो उसी कलमुंही की आवाज निकल रही थी।"

"क . . . कविता को मारकर हमने बहुत बुरा किया अब वह किसी को नहीं छोड़ेगी!" बुरी तरह आतंकित मनजीत कह उठा–"कविता मरी नहीं है वह हम सबसे बदला लेगी।"

"बको मत मनजीत।" जसवंत चीख पड़ा–"ये सब बेकार की बातें हैं।"

"यदि से सब बेकार की बातें हैं बड़े सरकार तो क्या आप बता सकते हैं कि लंच लेते-लेते ही अचानक बड़ी बहू को क्या हो गया

था?" आगे बढ़कर बंसी कह उठा–"एकाएक वे इतनी डरावनी और पागल-सी क्यों हो गई? बैंगन का भुर्ता क्यों खाने लगी उनके मुंह से छोटी बहू की आवाज कैसे निकलने लगी?"

"ये सब बीमारी हो सकती है क्यों मनजीत, क्या इस किस्म की कोई बीमारी नहीं हो सकती?"

"हो भी सकती है, लेकिन मैंने आज तक ऐसा कोई मरीज नहीं देखा।"

"आप मानते क्यों नहीं बड़े सरकार!" बंसी झुंझला-सा गया–"छोटी बहू की रूह अपने कत्ल का बदला लेने के लिए भटक रही है बदला लेने के लिए रूह को जिस्म की जरूरत पड़ती है, उसे जिस्म मिल गया है बड़ी बहू का जिस्म!"

"मैं पूछता हूं कि आखिर रूह ने मधु को ही क्यों चुना। हममें से किसी को क्यों नहीं?"

"बड़े सरकार एक बार ठंडे दिमाग से शांति के साथ मेरी बात सुनिए तो सही यह जरूरी तो नहीं है कि जिन बातों पर आप विश्वास नहीं करते, उनका अस्तित्व हो ही नहीं यह भी तो हो सकता है कि आपके ज्ञान, आपकी समझ में कोई कमी हो?"

"खैर कहो क्या कहना चाहते हो?"

"प्रेत उस जिस्म को कभी पसंद नहीं करते, जिनसे उन्हें बदला लेना हो वे ऐसे व्यक्ति के जिस्म ही से नहीं, बल्कि उनमें रहने वाली आत्माओं तक से नफरत करते हैं।"

"इसलिए कविता ने हममें से किसी को नहीं चुना?"

"जी हां इसके अलावा प्रेत उन व्यक्तियों के जिस्म पर कब्जा नहीं कर सकते जिनकी इच्छाशक्ति दृढ़ हो। कमजोर इच्छाशक्ति वाले व्यक्तियों पर ही प्रेत कब्जा करते हैं।"

"यानी मधु कमजोर इच्छाशक्ति वाली है?"

"छोटी बहू के प्रेत द्वारा उनके जिस्म, पर कब्जा कर लेने से ही जाहिर है।"

जसवंत एकदम गुस्से से बोला–"मैं नहीं मानता।"

"तुमने झुंझलाकर अपना वाक्य बिना किसी तर्क से बोला है जसवंत इसी से जाहिर है कि तुम तर्कों के युद्ध में बंसी से हार गए हो यदि किसी वस्तु का अस्तित्व है तो किसी के स्वीकार न करने से वह अस्तित्व खत्म नहीं हो जाएगा।"

जसवंत चुप रह गया। कहने के लिए सचमुच उसके पास इसके अलावा कुछ नहीं था कि वह "भूत-प्रेतों" के अस्तित्व पर विश्वास नहीं करता, जबकि सिर्फ इतना कह देने से वह किसी अन्य को अपने विचारों से प्रभावित कर पाने में स्वयं को सक्षम नहीं पा रहा था।

मनजीत ने कहा–"खैर इस बात पर विचार करने के लिए हमारे पास काफी समय है फिलहाल हमें भाभी को यहां से उठाकर इनके कमरे में ले जाना चाहिए। मैं देखना चाहता हूं कि आखिर इन्हें हुआ क्या है?"

"मनजीत ठीक कह रहा है।" हरनामदास ने समर्थन किया।

⅄

मधु अभी भी बेहोश अवस्था में बेड पर लेटी थी। मनजीत स्टेथस्कोप से मधु की धड़कनें चैक कर रहा था। बंसी सहित बाकी सभी बेड को घेरे खड़े थे। उनके चेहरों पर अभी तक सन्नाटा-सा था।

दिल धड़क रहे थे।

"धड़कनें तो एकदम सामान्य गति से चल रही हैं।" मनजीत ने कहा।

अभी कोई कुछ बोला नहीं था कि अचानक ही कॉलबेल ने जोर से घन-घनाकर उन सभी को उछाल दिया। एक ही क्षण में सबके चेहरे पसीने से भीग गए। संभलकर हरनामदास बोले–"उफ् लगता है कि हम सब बिना वजह ही जरा-जरा-सी बातों से डर रहे हैं जरा जाकर देखो बंसी कौन है?"

बंसी चला गया।

हरनामदास ने मनजीत से सवाल किया–"क्या मधु के बेहोश होने की वजह पता लगी?"

"सिर्फ यह कि ज़बरदस्त शॉक के कारण भाभी बेहोश हो गई हैं।"

अभी उनके बीच ज्यादा बातें नहीं हो पाई थीं कि बंसी कमरे में दाखिल हुआ। उसने हरनामदास को एक विजिटिंग कार्ड देते हुए कहा–"ये साहब आपसे मिलने आए हैं?"

"कहां हैं?" कार्ड देखते हुए हरनामदास ने पूछा।

"मैंने उन्हें हॉल में . . ."

"अरे?" बंसी का वाक्य पूरा होने से पहले ही हरनामदास के मुंह से शब्द निकला। दरअसल वे विजिटिंग कार्ड पर लिखे नाम को देखते ही बुरी तरह चौंक पड़े थे।

सभी ने चकित दृष्टि से उन्हें देखा।

हरनामदास का चेहरा अजीब ढंग से फीका पड़ता चला गया, उनकी ऐसी अवस्था देखकर जसवंत ने पूछा–"क्या बात है डैडी?"

"केशव पंडित पता नहीं हमसे मिलने क्यों आया है?"

मनजीत ने पूछा–"कौन केशव पंडित?"

"वही एलआईसी का जासूस।"

"ओह कहीं ये वही केशव पंडित तो नहीं, जिसके बारे में प्रसिद्ध है कि एलआईसी को कभी ऐसे किसी क्लेम का पैसा नहीं देना पड़ा, जिस पर इन्होंने काम किया हो सब लोग उन्हें पंडितजी कहते हैं।"

"हां मैं उसे अच्छी तरह जानता हूं, लेकिन समझ में नहीं आया कि अचानक ही आज वह हमसे मिलने क्यों आया है। सुना है कि वह, बिना किसी वजह के किसी से नहीं मिलता।"

"मुमकिन है कि वह हममें से किसी के बीमे के सिलसिले में . . . उफ्फ हे गॉड।" कहते-कहते ही जसवंत जैसे कुछ ध्यान आने की वजह से चौंक पड़ा, बोला–"कहीं कविता के नाम से कोई पॉलिसी तो नहीं थी?"

"नहीं।" मनजीत जल्दी से बोला।

"शुक्र है मैं तो डर ही गया था। पंडितजी बहुत काइयां जासूस हैं बाल की खाल निकालने वाले।" जसवंत शांति की लंबी सांस लेता हुआ बोला–"खैर आप उन्हें देखिए डैडी।"

⅄

कुछ देर तक उनके बीच औपचारिक बातें होती रहीं फिर, हरनामदास ने अपना सिगार और पंडितजी की चारमीनार की सुलगाने के बाद पूछा–"कहिए पंडितजी कैसे कष्ट किया?"

"मैं यहां कवितादेवी के केस के बारे में आप से कुछ बातें करने आया था।"

"कविता के केस के बारे में?" हरनामदास हकला से गए–"उस केस के बारे में बातें करने के लिए अब रह ही क्या गया है सबकुछ तो अखबारों में छप चुका है। किस्मत को इस बुढ़ापे में हमारी पगड़ी उछालनी थी, सो उछल गई शहर में लोग आज भी दबी जुबान में कहते हैं कि दहेज की खातिर हमने . . ."

"कम-से-कम मैं ऐसा नहीं मानता।"

"शुक्रिया लेकिन आप उस केस के बारे में क्या और क्यों जानना चाहते हैं?"

"क्या आप नहीं जानते कि कुंजबिहारी ने कविता के नाम से एक पॉलिसी ले रखी थी?"

"क्या?" हरनामदास का मुंह भाड़ के समान खुला रह गया।

हल्की-सी और बहुत ही मोहक मुस्कान के साथ पंडितजी ने कहा–"आपके इस तरह चकित और अवाक् रह जाने से जाहिर है कि आपको उस पालिसी के बारे में कुछ भी मालूम नहीं है।"

"जी हां कमाल है, हमारी बहू की पॉलिसी और हम ही को नहीं मालूम।"

"इसमें ज्यादा चकित रह जाने जैसी कोई बात नहीं है ऐसा अक्सर

हो जाता है। लोग अपनी बेटियों के नाम से पॉलिसी ले लेते हैं। शादी के बाद वे अभिभावकों का नाम बदलने की या तो जरूरत महसूस नहीं करते या इसे अपशगुन मानते हैं। कुंजबिहारी ने भी कविता के नाम से एक लाख की पॉलिसी ले रखी थी।"

"एक लाख की?"

"जी हां।" पंडितजी ने हरनामदास के चेहरे पर बदल रहे रंगों का बड़ी ही तीक्ष्ण दृष्टि से अध्ययन किया, बोले–"कविता की मृत्यु के बाद अब उन्होंने एलआईसी पर एक लाख का क्लेम किया है।"

"ओह!" हरनामदास ने बड़ी मुश्किल से स्वयं को संभाला, बोले–"लेकिन उसके बारे में आप हमसे क्या चाहते हैं? हमारा उस पॉलिसी से मतलब ही क्या है और सच्ची बात तो ये है कि हम अपनी उस चरित्रहीन बहू की किसी चीज से मतलब रखना भी नहीं चाहते। उसके बाप ने क्लेम किया है आप अपनी कंपनी से सिफारिश कीजिए कि एक लाख रुपए कुंजबिहारी को ही दे दिया जाए।"

"वह तो हम करेंगे ही, लेकिन . . ."

"लेकिन क्या?"

"दरअसल मेरी कंपनी नहीं मानती कि कवितादेवी मर गई हैं!"

"क्या?" इस बार तो हरनामदास न चाहते हुए भी सोफे से उछल पड़े।

एक कश के बाद पंडितजी ने बड़े ही प्यार से कहा–"जी हां।"

"मगर क्यों बात कुछ समझ में नहीं आई अदालत के फैसले के बाद आपका ऐसा कहना बड़ा अजीब-सा लग रहा है। हमारे ख्याल से अदालत से बड़ी हमारे समाज की व्यवस्था में कम-से-कम आज तक तो कोई संस्था बनी नहीं है। अदालत का फैसला ही उसकी मृत्यु का सबसे बड़ा प्रमाण है।"

"अदालत ने सिर्फ इस बात पर गौर किया था कि गंग नहर में कूदकर कविता ने आत्महत्या की या किसी ने नहर में डुबोकर उसकी हत्या की यानी अदालत यह मानकर चली थी कि कविता गंग नहर

में डूबकर मर चुकी है। मेरी कंपनी पर इससे कोई फर्क नहीं पड़ता कि उसकी हत्या हुई या वह आत्महत्या थी, क्योंकि कंपनी को दोनों ही सूरतों में क्लेम देना होगा। अत: मैं सिर्फ यह तफ्तीश करने निकला हूं कि कविता मरी भी है या नहीं?"

"बड़े अजीब आदमी हैं आप?"

"जी हां मेरी बातें सुनकर अक्सर लोग यही कहा करते हैं खैर, मैं आपसे उस केस के बारे में कुछ सवाल करना चाहता हूं। क्या आप सवाल देने के लिए तैयार हैं?"

"सबकुछ अखबारों में छपा है आपको पढ़ लेना चाहिए।"

"वह सब हमने पढ़ा है, मगर अपने लिए हम उसे काफी नहीं समझते।"

"खैर पूछिए पता तो लगे कि आप मुझसे क्या जानना चाहते हैं?"

पंडितजी ने बड़ी ही गहरी नजरों से उन्हें देखा, बोले–"मान लीजिए मैं आपके सामने जीवित कविता को लाकर खड़ी कर दूं तब आप क्या करेंगे?"

"कमाल है पता नहीं आप कैसी बहकी-बहकी बात कर रहे हैं जो बात हो ही नहीं सकती, उसे भला सोचने से क्या लाभ?"

"क्या नहीं हो सकता?"

"आप कविता को मेरे सामने लाकर खड़ी नहीं कर सकते।"

"क्यों?" पंडितजी ने थोड़े कठोर स्वर में पूछा–"आप ऐसा इतने विश्वासपूर्वक कैसे कह सकते हैं?"

"क्योंकि वह मर चुकी है।"

"क्या सुबूत है आपके पास?"

"सुबूत बड़े अजीब आदमी हैं आप अदालत के फैसले के बाद भी आप सुबूत मांग रहे हैं क्या वे सब सुबूत कम हैं, जिनकी मौजूदगी में अदालत ने . . ."

"उन सुबूतों को छोड़िए!"

"वाह साहब आपने तो अदालत और उसके फैसले की सारी गरिमा एक मिनट में खत्म कर दी?"

"क्षमा करें–मेरी भावना अदालत या उसके फैसले की गरिमा को अस्वीकार करने जैसी बिल्कुल नहीं है, फिर भी ऐसा हो जाता है कि सुबूतों के अभाव में कभी-कभी अदालतों में वे फैसले नहीं हो पाते, जो होने चाहिए।"

"पता नहीं आप क्या कह रहे हैं?" हरनामदास परेशान से हो गए।

"मैंने आपकी बात मान ली है। कविता मर चुकी है फिर भी मेरे कहने से आप सिर्फ कल्पना कीजिए कि वह जीवित है मैं उसे आपके सामने . . ."

"उफ्फ जो हो ही नहीं सकता मैं उसकी कल्पना भी कैसे करूं?"

एक सेकेंड के लिए चुप हो गए पंडितजी बड़े ही ध्यान से वे हरनामदास का चेहरा देखते रहे, फिर बोले–"समझ में नहीं आता कि आपको कविता की मृत्यु में ही क्या दिलचस्पी है?"

"हमें भला क्या दिलचस्पी होगी? हरनामदास बुरी तरह बौखला गए।"

"यही तो मैं सोच रहा हूं यदि इतनी जिद कुंजबिहारी ने की होती तो मैं ये मान लेता कि वे यह जिद कंपनी से मिलने वाले एक लाख के लिए कर रहे हैं अपने लाभ के लिए हर आदमी अपने पक्ष की बात पर जोर दे सकता है, किंतु आश्चर्य है कि आप बिना किसी लाभ के ही बार-बार यह साबित करना चाह रहे हैं कि कविता जीवित नहीं है, मर चुकी है।"

"साबित करने की जरूरत ही क्या है अदालत का फैसला।"

"फैसला अपनी जगह है मैं उसे मानने से कब इंकार कर रहा हूं मैं तो सिर्फ आपसे कल्पना करने की गुजारिश कर रहा हूं कल्पना करने से मरे हुए आदमी जीवित नहीं हो जाते।"

"मैं ऐसी कल्पना ही क्यों करूं, जो बिल्कुल असंभव हो।"

"लगता है कि इस वक्त आप अपनी सामान्य अवस्था में नहीं हैं।" कहने के साथ ही उन्होंने शेष सिगरेट ऐश ट्रे में मसली और उठकर खड़े हो गए, बोले–"इस बारे में मैं आपसे फिर कभी बातें करने आऊंगा

तब, जबकि आप सामान्य होंगे, शायद तब आप मेरी बातों का अर्थ समझ सकें!" कहने के तुरंत वाद वह जाने के लिए तेजी से हॉल पार करने लगे।

चेहरे पर ढेर सारा पसीना लिए हरनामदास हक्के-बक्के खड़े थे।

थंब के समीप से गुजरते हुए पंडितजी एकाएक ठिठक गए। उनकी नीली और ब्लेड की धार जैसी पैनी आंखें थंब के पास फर्श पर पड़े खून पर स्थिर थीं!

हरनामदास का दिल बैठने लगा।

पंडितजी ने गर्दन घुमाकर उनकी तरफ देखा, बोले–"ये खून कैसा है मिस्टर हरनामदास?"

"शायद हमारी बड़ी बहू का!"

"बड़ी बहू का?" पंडितजी के नेत्र सिकड़ गए।

"जी हां उसके सिर में चोट लगी है।"

"क्या मैं पूछ सकता हूं कैसे?"

"वह विशेष कुछ नहीं दरअसल बड़ी बहू को मिर्गी के दौरे उठते हैं इन दौरों के दौरान वह बड़ी अजीब-अजीब सी बातें और हरकतें करती है। अभी कुछ देर पहले हम यहां, डाइनिंग टेबल पर बैठे लंच ले रहे थे कि बहू को दौरा उठा। पागलपन में वह अपनी कुर्सी से उठकर भागने लगी कि इस थंब से टकराकर गिर पड़ी वह यहीं बेहोश हो गई थी!"

"ओह अब वह कहां है?"

"अपने कमरे में, अभी तक बेहोश पड़ी है।"

"शायद उसी वजह से आप इस वक्त अपसेट थे?"

"जी हां-जी हां बिल्कुल यही बात है बहू के बेहोश होने की वजह से . . ."

"यदि आपने बैठते ही मुझे यह बात बता दी होती तो मैं आपको इतना कष्ट क्यों देता खैर फिलहाल मैं चाहता हूं किसी उचित समय पर आपसे बात करने आऊंगा लेकिन . . ."

"लेकिन?" हरनामदास का दिल एक बार फिर बुरी तरह धड़क उठा।

"मिर्गी के दौरे बड़े खतरनाक होते हैं आप किस डॉक्टर का इलाज चला रहे हैं?"

"फिलहाल तो हमारा बेटा ही देख रहा है मनजीत।"

"लापरवाही ठीक नहीं हरनामदास जी ये ठीक है कि मनजीत एक अच्छी डिग्री प्राप्त डॉक्टर है मगर बहू को किसी अनुभवी और एक्सपर्ट डॉक्टर को दिखाइए। डॉक्टर गुप्ता मिर्गी के दौरे का अच्छा इलाज करते हैं। मेरे परिचित भी हैं कहिए तो मैं उनसे बात करूं?"

"नहीं हम खुद ही कर लेंगे हमारा उनसे परिचय है!"

"आपकी मर्जी?" कहने के बाद पंडितजी लंबे-लंबे कदमों के साथ हॉल पार कर गए।

हरनामदास हक्के-बक्के से खड़े रह गए थे। दिल के धड़कने की आवाज वे बिल्कुल स्पष्ट सुन रहे थे। वे घूमे सामने आदमकद शीशा लगा था। उसमें अपने ही प्रतिबिम्ब को देखकर वे चकित-से रह गए। उन्हें प्रतिबिम्ब नितांत किसी अपरिचित का लगा था।

निस्तेज, पसीने से भीगा चेहरा।

घबराकर उन्होंने हथेलियों से चेहरा पोंछा। हथेलियां खुद भीगी हुई थी।

हरनामदास धम्म से सोफे पर गिर पड़े। लंबी-लंबी सांसें लेने लगे थे। वैसी ही जैसी मैराथन की दौड़ के विजेता ने तब ली होगी, जब वह जीत गया था।

⅄

"क्या डैडी आप वहां इस तरह अकेले क्यों पड़े हैं?"

सोफे पर निढाल से आंखें बंद किए पड़े हरनामदास ने जब जसवंत की यह आवाज सुनी तो उन्होंने आंखें खोल दीं। जसवंत सोफे के

समीप ही खड़ा था। वे उठकर बैठते हुए बड़े ही निराशाजनक अंदाज में बोले–"अब कुछ नहीं हो सकता जसवंत हम समझ चुके हैं कि अंतत: हम सब कविता की हत्या के जुर्म में जेल में पड़े चक्की पीस रहे होंगे!"

"ओफ्फो आखिर हुआ क्या है आप इतने नर्वस क्यों हो गए हैं?"

"पंडितजी आए थे।"

"फिर?"

"उनका कहना है कि कुंजबिहारी ने कविता के नाम से एक लाख की पॉलिसी ले रखी थी और अब उसी पॉलिसी के आधार पर उन्होंने एलआईसी से एक लाख मांगे हैं।"

"ओह!" जसवंत के मस्तिष्क पर चिंता की लकीरें उभर आई –"खैर, फिर क्या हुआ?"

"एलआईसी कुंजबिहारी को क्लेम देने के लिए तैयार नहीं है।"

"क्यों?"

"क्योंकि पंडितजी नहीं मानते कि कविता मर गई।"

"क्या मतलब?" जसवंत चिंहुक-सा उठा–"ये क्या बात हुई उनके न मानने से भला क्या होता है क्या उनकी कलम किसी अदालत के जज से भी आगे हो गई है?"

"दूसरे शब्दों में यही बात तो हमने कही थी।"

"फिर?"

"वे कहने लगे कि यदि वे कविता को जीवित अवस्था में लाकर हमारे सामने खड़ी कर दें तो हम क्या करेंगे?"

"कमाल है कैसे हो सकता है?" जसवंत बौखला गया।

"उनकी यह अटपटी बात सुनकर ऐसी ही बौखलाहट हम पर भी हावी हुई थी। उसी बौखलाहट में हम न जाने क्या-क्या कहते चले गए। वह हर बार हमसे कविता के जीवित होने की कल्पना करने के लिए कह रहे थे, जबकि हमने यह असंभव कल्पना करने से ही इंकार कर दिया। कहने लगे कि हम बिना किसी इंट्रेस्ट के ही आखिर क्यों यह साबित करना चाहते हैं कि कविता मर गई है।"

"ओह!" जसवंत के चेहरे पर पसीना उभरने लगा था।

"बातों ही बातों में वह काइयां जासूस न सिर्फ हम पर कई व्यंग्य कस गया, बल्कि छुपे शब्दों में आरोप भी लगा गया। यहां से यह कहकर जाने लगा कि इस वक्त हम अपनी सामान्य अवस्था में नहीं हैं। हम अवाक् से खड़े रह गए दिमाग को उसने इस कदर ठस्स कर दिया था कि उस वक्त उसके आरोप को समझ भी न पाए। अभी वह धूर्त जासूस उस थंब के करीब पहुंचा ही था कि।"

"कि . . . ?" दिल बड़ी जोर से धड़कने लगा।

"वहां पड़े मधु के खून को देखकर ठिठक गया।"

"खून के बारे में पूछने लगा हम तो पहले ही बौखलाए हुए थे। खून से संबंधित सवालों ने हमें चकरा दिया। उसके सवालों के जवाब में हम एक के बाद दूसरा झूठ बोलते ही चले गए। क्या करते, उस कम्बख्त के सवाल ही ऐसे थे। कई झूठ ऐसे भी बोले हम, जिनके बारे में वह भविष्य में बड़ी आसानी से पता लगा सकता है सच, वह बहुत ही खतरनाक जासूस है!"

"मै उसकी तारीफ नहीं सुनना चाहता डैडी।" जसवंत खिसियाकर चीख-सा पड़ा–"प्लीज, मुझे विस्तारपूर्वक बताइए कि आपसे उसकी क्या बातें हुई प्लीज जल्दी कीजिए।"

हरनामदास शुरू हो गए।

एक ही सांस में सबकुछ बता गए वे, बोले–इसमें शक नहीं कि जब हम उससे बात कर रहे थे, तब हमारा अपना दिमाग बिल्कुल काम नहीं कर रहा था। उसके सवालों के जवाब में हमें अंटशंट जो भी सूझा कहते चले गए। उसके जाने के बाद जब हमने सोचा कि हमने उसके कौन से सवाल के जवाब में क्या कहा था और वह किन शब्दों में हम पर क्या व्यंग्य कस गया, तो हम पस्त हो गए!"

सुनने के बाद पस्त तो जसवंत भी हो गया था।

दिमाग की हर नस बुरी तरह झनझना उठी, फिर भी बोला–"इस तरह नर्वस, बेउम्मीद या पस्त हो जाने से काम नहीं चलेगा डैडी हमें

सोचना चाहिए बचाव के सैकड़ों रास्ते हैं।"

"कोई रास्ता नहीं है यदि होगा भी तो उसे वह धूर्त जासूस बंद कर देगा।"

"ओफ्फो कुछ नहीं होगा आप तो व्यर्थ ही जरूरत से ज्यादा आतंकित हो गए हैं। वह भी आदमी है डैडी, कोई हव्वा नहीं।"

"वह आदमी नहीं हो सकता वह जिन्न है जसवंत, सचमुच का जिन्न।"

"प्लीज डैडी आप इस तरह हिम्मत मत हारिए। यूं हिम्मत हारने का मतलब तो ये हुआ कि हम अभी जाकर स्वयं को कानून के हवाले कर दें।"

"यदि हम ऐसा करें तो शायद कानून हमारे साथ कुछ रियायत करे।"

"बकवास मत करो डैडी।" जसवंत गुस्से में एकदम चीख पड़ा–"आपके दिमाग पर पंडितजी का आतंक हावी है किसी व्यक्ति से इतना ज्यादा प्रभावित हो जाना या डर जाना सबसे बड़ी कमजोरी है।"

"इसमें शक नहीं जसवंत कि उसने हमें बहुत ज्यादा डरा दिया है कम्बख्त फिर आने को कह गया है–नहीं, हमें उससे बचाकर रखना जसवंत हम उससे बातें नहीं कर सकते। वह बहुत काइयां है। जाने हमें ऐसा क्यों महसूस होता है कि उसकी आंखों में धारदार ब्लेड लगे हैं ऐसे ब्लेड, जिनसे वह हमारी छाती चीरकर दिल में छुपी समस्त भावनाओं को देख लेता है।"

"ठीक है इस बार पंडितजी आएंगे, तो मैं उनसे बात करूंगा।"

"संभलकर उसके सवाल बड़े गहरे और अर्थपूर्ण होते हैं।"

"मैं आपकी तरह पस्त या आतंकित होने वाला नहीं हूं। दरअसल नाम का हव्वा किसी भी व्यक्ति को जल्दी पस्त कर देता हैं–पंडितजी का नाम है–अपने नाम के इसी हव्वे की वजह से दरअसल वे किसी भी केस को किसी अन्य से बेहतर डील कर लेते हैं, क्योंकि जिसके सामने वे बैठे सवाल कर रहे होते हैं, वह तो पहले ही उनके नाम के हव्वे से

त्रस्त और नर्वस होता है।"

"शायद ऐसा ही है।"

"मगर मैं उनसे बिल्कुल प्रभावित होने वाला नहीं हूं वे कितने भी काइयां जासूस सही, लेकिन किसी भी ऐसी वस्तु का अस्तित्व सिद्ध नहीं कर सकते, जो दरअसल है ही नहीं।"

"क्या मतलब?"

"उन्हें इस बात से मतलब नहीं है कि कविता ने स्वयं आत्महत्या की या किसी ने नहर में डूबोकर मार डाला उन्हें सिर्फ इस बात से मतलब है कविता मरी है या नहीं। हम अच्छी तरह जानते हैं कि कविता मर चुकी है और इसीलिए हमें अपने दिलो-दिमाग में यह दृढ़ विश्वास रखना चाहिए कि वे उसे जीवित साबित नहीं कर सकते, बस यहीं वे पस्त हो जाते हैं।"

"मगर यदि वह ये साबित कर दें कि कविता गंग नहर में डूबकर नहीं मरी तो क्या सारा शहर चौंक नहीं पड़ेगा और उस स्थिति में क्या सीबीआई के लेवल पर यह खोज शुरू नहीं हो जाएगी कि यदि वह मरी नहीं थी तो गुम कहां हो गई। वह सारा षड्यंत्र किसने फैलाया इन सवालों की बखिया उधेड़ते हुए पंडितजी और सीबीआई के जासूस हम तक पहुंच सकते हैं।"

इसमें शक नहीं कि हरनामदास के शब्दों ने भीतर-ही-भीतर जसवंत को भी थरथराकर रख दिया था, किंतु प्रत्यक्ष में वह बोला–"हमें इतनी दूर की बात सोचकर आतंकित नहीं होना चाहिए। ऐसा कुछ नहीं होगा और यदि होगा भी तो तब देखा जाएगा, फिलहाल हमारे सामने मधु पंडितजी से ज्यादा समस्या बनकर उभर रही है। हमें उस तरफ ध्यान देना चाहिए।"

"कह तो तुम ठीक रहे हो!" हरनामदास सचेत से होकर बैठ गए।

⚠

मधु की पलकों में हल्का-सा कंपन हुआ और इस कंपन को देखते

ही बेड के चारों तरफ खड़े बंसी, मनजीत, सुलक्षणादेवी और रेखा के जिस्म में तनाव-सा उत्पन्न हो गया।

सुलक्षणादेवी जल्दी से कह उठी–"बंसी, जल्दी से उन्हें बुलाकर ला ये होश में आ रही है!"

बंसी भागता चला गया।

रेखा सहमकर सुलक्षणादेवी के पीछे सिमट गई, जबकि स्वयं सुलक्षणादेवी भरपूर कोशिश के बावजूद अपने समूचे जिस्म में होने वाले कंपन को नहीं रोक पा रही थी। खुद मनजीत रह-रहकर अपने शुष्क होंठों पर जीभ फेर रहा था।

मधु के मुंह से कराह-सी निकली।

तीनों थरथरा गए।

फिर मधु निरंतर कराहने लगी। उसके जिस्म में हरकत थी। वे देख रहे थे, सुन रहे थे और समझ रहे थे कि कराहों के रूप में मधु के मुंह से निकलने वाली आवाज कविता की नहीं, बल्कि मधु की ही थी।

तभी कमरे में भागते हुए हरनामदास, जसवंत और बंसी प्रविष्ट हुए!

मधु ने आंखें खोल दी। अजनबी की तरह वह उन सबको देखने लगी। कोई भी उसके पलंग की तरफ बढ़ने का साहस नहीं जुटा सका। धड़कते दिल से सभी उसकी अगली प्रतिक्रिया की प्रतीक्षा कर रहे थे।

कराहने के साथ ही मधु अपना दायां हाथ सिर की तरफ ले गई। उंगलियां पट्टी से स्पर्श हुई तो कह उठी–"ये क्या हुआ मुझे, मुझे क्या हो गया था?"

आवाज मधु की ही थी इसलिए जसवंत एकदम आगे बढ़ गया। बेड के समीप पहुंचा। सिरहाने बैठता हुआ प्यार से बोला–"कुछ नहीं मधु सिर में हल्की-सी चोट लगी है।"

"चोट लेकिन कैसे, क्यों?"

जसवंत ने अजीब सवाल किया–"क्या तुम्हें कुछ नहीं मालूम?"

"नहीं मुझे तो सिर्फ इतना याद है कि डाइनिंग टेबल पर बैठी मैं खाना खा रही थी, अचानक ही जाने क्यों मेरी इच्छा बैंगन का भुर्ता

खाने की हुई मैं भुर्ते के डोंगे पर झपट पड़ी, उसे खाने लगी बस, भुर्ता खाते ही खाते ही मैं बेहोश हो गई, उसके बाद यहां। मगर मुझे यह चोट कैसे लग गई?"

"कमाल है क्या तुम्हें सचमुच कुछ भी याद नहीं है मधु?"

"क्या याद नहीं है?"

कमरे में सन्नाटा छा गया। जसवंत ने प्रश्नवाचक दृष्टि से हरनामदास की तरफ देखा, वे सब तो पहले ही आंखों में ढेर सारे सवाल लिए उसकी तरफ देख रहे थे। सांसें अभी तक रुकी हुई थी। रेखा अभी तक सुलक्षणादेवी के पीछे सिमटी डरी हुई-सी नजरों से मधु की तरफ देख रही थी। एकदम से कोई निश्चय नहीं कर पाया कि वे मधु से क्या कहें? उसके सवालों का क्या जवाब दें?

मधु उठकर बैठती हुई बोली–"आप सब चुप क्यों हैं? मुझे इस तरह क्यों देख रहे हैं?"

". . ."

"रेखा दीदी मुझसे डरी हुई-सी क्यों है कोई कुछ बोलिए!" मधु परेशान-सी होकर चीख पड़ी फिर जसवंत को झंझोड़ते हुए बोली– आप ही कुछ बोलिए न प्लीज, क्या हुआ है?"

"क्या तुम्हें सचमुच कुछ भी याद नहीं है मधु?"

"ओफ्फो आप मुझे पागल कर देंगे क्या कहना चाहते हैं आप लोग?"

"अजीब बात है तुम्हें कुछ भी याद नहीं। बैंगन के भुर्ते पर झपटने के बाद तुम अचानक ही जाने क्या-क्या बड़बड़ाने लगीं। हम सब चकित रह गए। तुमसे पूछने लगे कि अचानक ही तुम्हें क्या हो गया है, मगर तुमने हमारे किसी भी सवाल का जवाब नहीं दिया, उल्टे हमें इस तरह देखने लगीं जैसे हममें से किसी को पहचानती ही न हो, फिर तुम हम सबको गाली देने लगी!"

"नहीं!" मधु कानों पर हाथ रखकर चीख पड़ी!

जसवंत कहता ही चला गया–"चीखने-चिल्लाने लगीं और कहने

लगी कि हम सब तुम्हारे दुश्मन हैं और तुम हम सबको मार डालोगी झपटकर तुमने रेखा का गला दबाने की कोशिश की थी, इसलिए वह तुमसे अभी तक डरी हुई है उसके बाद तुम हॉल के एक थंब से टकराकर बेहोश हो गई!"

"ओह भगवान ये सब आप क्या कह रहे हैं?"

"सच्चाई यही है, मगर सच बताओ मधु क्या तुम्हें कुछ भी याद नहीं?"

"आपकी कसम, मैं कुछ नहीं जानती मुझे तो बस भुर्ता खाते-खाते अपना बेहोश हो जाना और उसके बाद यहां होश में आना याद है इस बीच क्या सचमुच वही हुआ जो आप कह रहे हैं?"

"दुःख के साथ कहना पड़ता है कि हां।"

"उफ्फ मैंने आप लोगों को गालियां दी अपना दुश्मन कहा नहीं मैं ऐसा नहीं कर सकती ऐसा भला मैं कैसे कर सकती हूं?"

"इसका मतलब तुम्हें कोई दौरा पड़ा था!" हरनामदास बोले।

"दौरा?"

"हां ऐसा अक्सर दौरे में ही होता है दौरे के दौरान की गई कोई भी बात व्यक्ति को अपनी साधारण अवस्था में ध्यान नहीं रहती। हम तो पहली ही बार इस बीमारी से परिचित हुए हैं क्या शादी से पहले या शादी के बाद तुम्हें सहारनपुर में भी ऐसा दौरा पड़ा था?"

"जी नहीं कभी भी नहीं।"

"तब तो हैरत को बात है खैर, तुम फिक्र मत करो दुनिया में अब ऐसी कोई बीमारी नहीं है, जिसका इलाज न हो! यदि केस मनजीत से नहीं संभाला तो हम बड़े-बड़े डॉक्टरों की लाइन लगा देंगे।"

मधु उनका चेहरा इस तरह ताक रही थी जैसे समझ न पा रही हो वे क्या कह रहे हैं।

▲

"अजीब बात है अब उसे अपना किया बिल्कुल याद नहीं है!" एक

अन्य कमरे में बैठे हरनामदास ने बड़बड़ाने के से अंदाज में कहा–“उसे इतना तक याद नहीं है कि उसे चोट कैसे लगी?”

“मेरी बात मान लीजिए मालिक, यह आत्मा का ही चक्कर है!” बंसी कह उठा –“ऐसे केसों में यही होता है इसे भी एक किस्म का दौरा ही समझना चाहिए जब व्यक्ति आत्मा के प्रभुत्व से मुक्त हो जाता है, तो उसे कुछ भी ध्यान नहीं रहता।”

“क्यों?”

“क्योंकि वह सबकुछ उसने किया ही नहीं होता, करने वाला तो वह होता है जिसकी आत्मा ने उसके जिस्म पर अपना कब्जा जमाया होता है।”

“क्या ऐसा फिर कभी भी हो सकता है?” सवाल सुलक्षणादेवी ने किया।

“जी हां, ऐसे केसों में अक्सर यही देखा गया है जिस व्यक्ति की इच्छाशक्ति कमजोर होती है, आत्मा जब चाहे उसके जिस्म पर कब्जा कर लेती है और जब चाहे मुक्त कर देती है। ऐसा व्यक्ति बीमार-सा रहने लगता है अपनी बीमारी की वजह उसे खुद पता नहीं लगती अंदर ही अंदर खोखला-सा होने लगता है वह और आत्मा तब तक उसका पीछा नहीं छोड़ती जब तक कि वह शरीर बिल्कुल बेकार न हो जाए!”

“यह तो बहुत खतरनाक बात है भाभी को किसी के भी सामने दौरा पड़ सकता है!” मनजीत कह उठा।

हरनामदास चिंतित स्वर में बोले–“दौरे के दौरान मधु वह सबकुछ साफ-साफ कहती है, जो हुआ है। यदि यह दौरा उसे किसी के सामने पड़ गया तो सारा खेल ही खत्म हो जाएगा। अगले ही मिनट हम सबके हाथों में हथकड़ियां पड़ी होंगी, क्योंकि उसके बताए अनुसार लॉन में से लाश बरामद हो जाएगी।”

बहुत कुछ सोचने के बाद मनजीत ने कहा–“अब इसका एक ही इलाज है!”

“क्या?” कमरे में मौजूद रेखा सहित सभी ने पूछा।

"हम सब मिलकर मधु भाभी का भी कत्ल कर दें।" सभी की सिट्टी-पिट्टी गुम अंदर तक हिल उठे वे!

"तुम्हारा दिमाग खराब हो गया है मनजीत!" कमरे में दाखिल होते हुए जसवंत ने तेज स्वर में कहा।

पलटकर सभी ने जसवंत की तरफ देखा। मनजीत के होंठों पर व्यंग्य भरी, बड़ी ही जहरीली मुस्कान नाच उठी, बोला–"मेरी पत्नी का कत्ल करते वक्त तो आप इतने उत्तेजित नहीं हुए थे भइया?"

"क्या मतलब?" जसवंत गुर्रा उठा।

"मतलब साफ है, कविता मेरी पत्नी थी उसके मरने से आपकी जिंदगी में कोई अभाव उत्पन्न होने वाला नहीं था, इसलिए आप उसका कत्ल करने में जरा भी नहीं हिचके, लेकिन अब जबकि भाभी के कत्ल की बात है तो आप भड़क रहे हैं, क्योंकि उनकी मौत आपकी जिंदगी में वैसा ही अभाव पैदा कर देगी जैसा कविता की मौत से मेरी जिंदगी में हुआ है। किसी दूसरे की जिंदगी से खेलना आसान है भइया, लेकिन अपनी जिंदगी . . ."

"बकवास मत करो मनजीत मधु को कत्ल करने जैसी कोई वजह सामने नहीं है।"

"वजह तो साफ है यदि किसी दूसरे के सामने उन्हें दौरा पड़ गया तो हम सब फंस जाएंगे। कविता से संबंधित ऐसी कोई वजह नहीं थी, फिर उसका कत्ल किया गया!"

"उस कत्ल में मैं अकेला दोषी नहीं हूं . . . हम सब दोषी हैं। सबकी सहमति से कत्ल हुआ था। सहमति देने वालों में तुम भी थे मनजीत उसके कत्ल का एक मकसद था। ज्यादा दहेज हासिल करना, तुम्हारी आंखों के सामने उस वक्त अमिता का चेहरा नाच रहा था!"

"सच यही तो बेवकूफी हो गई मुझसे पता नहीं मेरे दिमाग को क्या हो गया था?"

"अब तुम इस तरह रोकर या अफसोस प्रकट करके उस दोष से मुक्त नहीं हो सकते मनजीत!" हरनामदास ने कहा–"सब बराबर के

दोषी हैं हममें से किसी को भी दूसरे पर दोष मढ़ने का अधिकार नहीं है।"

"मैं तो किसी को भी दोष नहीं दे रहा सिर्फ यह कह रहा हूं कि ऐसा बेवकूफ मैं ही था, जिसने सारे परिवार के सुख के लिए न सिर्फ अपनी पत्नी की हत्या कर देने की अनुमति दी, बल्कि हर कदम पर साथ भी रहा और इस बेवकूफी का अहसास मुझे अब हो रहा है, अब जबकि भाभी के कत्ल की बात चलने पर भइया का भड़कना देख रहा हूं। काश मैं भी इसी तरह भड़का होता, तो आज मुझे यह दिन न देखना पड़ता!"

"उफ्फ मेरे भड़कने का अर्थ तुम गलत लगा रहे हो मनजीत।"

"हर बात का सही अर्थ तो केवल आप ही निकाल सकते हैं।" मनजीत ने व्यंग्य किया।

"तुम समझते क्यों नहीं?" अजीब-सी झुंझलाहट में उसने दांत भींचकर अपने दाएं हाथ का घूंसा बाईं हथेली पर मारा–"तुम-तुम आखिर यह समझने की कोशिश क्यों नहीं कर रहे हो कि कविता की हत्या करने के बाद से अभी तक हम सुकून का एक क्षण भी नहीं गुजार सके हैं। उस जुर्म की परछाई नए-नए रूपों में उभरकर हमें त्रस्त किए दे रही है हमारे दिलोदिमाग पर हर समय एक डर एक भय-सा विराजमान है, ऐसे हालातों में हम दूसरी हत्या कैसे कर सकते हैं?"

"यदि यह हत्या नहीं की गई तो हम सब जेल में चक्की पीस रहे होंगे।"

"मैं जानता हूं कि खतरा है। मधु को किसी के भी सामने दौरा पड़ सकता है। दो-चार दिन में मधु के पिता ने भी यहां आने के लिए कहलवाया है। हमें सांत्वना देने या अपनी मजबूरी समझाने वे जरूर आएंगे, फिलहाल तो उनका यहां आना ही एक बड़ा खतरा है। यदि मधु को उन्हीं के सामने दौरा पड़ . . ."

जसवंत ने वाक्य अधूरा ही छोड़ दिया।

परंतु वे सभी उस अधूरे वाक्य के पूरे अर्थ को अच्छी तरह समझ सकते थे। समझने के परिणामस्वरूप ही तो एकबार फिर उनके चेहरे

फक्क पड़ गए, जसवंत आगे बोला–"मैं कसम खाकर कह सकता हूं मनजीत कि वैसी कोई बात नहीं है जैसी तुम सोच रहे हो। मेरे लिए किसी भी रूप में मधु कविता से ज्यादा महत्वपूर्ण नहीं है। हम सबकी भलाई के लिए यदि उसका कत्ल करना जरूरी हो गया तो मैं पीछे नहीं हटूंगा।"

"जबकि आप पीछे हट रहे हैं।"

"इसलिए नहीं कि वह मेरी पत्नी है।"

"फिर किसलिए?"

"सिर्फ इसलिए कि उसकी हत्या करने के बाद भी हम सुरक्षित नहीं रहेंगे, बल्कि इससे भी कहीं बड़े झमेले में फंस जाएंगे। कुछ ही दिन पहले संदिग्ध अवस्था में हमारे परिवार की एक बहू मरी है, यदि इतनी जल्दी दूसरी भी मर गई तो सारा शहर चौंक पड़ेगा। अदालत और कानून की गिरफ्त से हम बच नहीं सकेंगे।"

"जसवंत ठीक कह रहा है।" हरनामदास ने समर्थन किया।

मनजीत बोला–"और यदि भाभी को किसी के भी सामने दौरा . . ."

"उसका हमें कोई और इलाज सोचना है।"

"सोचिए वर्ना हम सब तो बेभाव के ही गए।"

"क्यों बंसी ?" जसवंत ने पूछा–"क्या तुम्हारी नजर में इस किस्म की बीमारी का कोई इलाज है?"

"क्या अब आप भी मेरे विचारों से सहमत हैं बड़े सरकार?"

जसवंत ने थोड़े झुंझलाए से स्वर में पूछा–"मैंने इलाज पूछा है।"

"हां इलाज है तो झाड़ने वाले।"

"क्या तुम ऐसे किसी व्यक्ति को जानते हो?"

"हां हमारे गांव में बाबा भूतनाथ हैं बड़ी-बड़ी दुष्ट आत्माएं उनसे कांपती हैं। आप तो जानते ही हैं कि मेरे गांव के लोग अक्सर मुझसे मिलने यहां आते रहते हैं। बाबा भूतनाथ के बारे में उनमें से कई से मेरी बात होती रहती थी। उनका कहना है ही बाबा भूतनाथ चुटकी बजाते

ही प्रेत बाधाओं से ग्रस्त व्यक्ति को ठीक कर देते हैं। प्रेत उनके सामने रोने गिड़गिड़ाने लगते हैं।"

"तुम अभी अपने गांव चले जाओ और बाबा भूतनाथ को यहीं ले आओ।"

"ठीक है, मैं चला जाता हूं।"

"लेकिन . . .?" हरनामदास कह उठे।

जसवंत ने पूछा–"लेकिन क्या?"

"बाबा भूतनाथ जब मधु को कविता की आत्मा से मुक्त करेंगे उस वक्त वे बाकायदा कविता की आत्मा से सवाल-जवाब करेंगे और कविता की आत्मा उन्हें सबकुछ बता देगी।"

चेहरे एक बार पुन: फीके पड़े गए।

सुलक्षणादेवी कह उठी–"यह तो वही बात हुई, जिसके डर की वजह से हम इलाज कर रहे हैं। कविता की रूह के जरिए बाबा भूतनाथ को सारा रहस्य पता लग जाएगा और वे सबकुछ पुलिस को . . ."

"नहीं ऐसा नहीं होगा।" बंसी कह उठा।

सबने एक साथ पूछा–"क्यों नहीं होगा?"

"क्योंकि ऐसे व्यक्तियों का सिद्धांत किसी का रहस्य किसी पर प्रकट करना नहीं होता। यह उनके पेशे के खिलाफ है। ठीक उसी तरह जैसे वकील या डॉक्टर अपने क्लाइंट का मर्ज या रहस्य किसी को नहीं बताता। लोग दुनिया के न जाने कितने लोगों के रहस्य जानते हैं, मगर कभी किसी का जिक्र किसी अन्य के सामने नहीं करते, क्योंकि ऐसा करना अपनी विद्या और कला का दुरुपयोग करना माना जाता है।"

"क्या तुम्हें यकीन है बंसी कि बाबा भूतनाथ किसी से कुछ नहीं कहेंगे?" हरनामदास ने पूछा।

"मैं बाबा से मिला तो नहीं हूं, मगर इतना जानता हूं कि जो इस काम के सच्चे करने वाले होते हैं, वे कभी कच्ची बात नहीं करते। बाबा के बारे में जैसा सुना है, उसके आधार पर वे ऐसे नहीं होने चाहिए।"

हरनामदास ने पलटकर जसवंत से पूछा–"क्या विचार है जसवंत?"

जसवंत के चेहरे पर सोचने के भाव थे, कुछ देर तक बड़ी गहनता से जाने वह क्या सोचता रहा, फिर बोला–"मामला यहां भी उलझ ही गया है खैर, मजबूरी है यह खतरा तो हमें उठाना ही होगा। तुम जाओ बंसी, गाव में जाकर पहले गांव के लोगों से बातचीत करके पता लगाने की कोशिश करना कि बाबा भूतनाथ लोगों के रहस्य को रहस्य ही रखते हैं या नहीं . . . यदि न रखते हों तो उन्हें मत लाना और यदि रखते हों तो . . ."

"मधु बाबा भूतनाथ के बारे पूछेगी तो क्या कहेंगे?" सवाल सुलक्षणा ने उठाया।

निवारण हरनामदास ने किया–"कह देंगे कि जिस किस्म का दौरा उसे पड़ता है, उस किस्म के दौरे का इलाज यही है।"

"ठीक है तुम फौरन निकल जाओ बंसी।"

बंसी कमरे से निकल गया।

कुछ देर तक वहां खामोशी छाई रही, फिर हरनामदास ने पूछा–"क्यों जसवंत तुम्हें किस क्षण विश्वास हुआ कि इस मामले में बंसी की थ्यौरी ही ठीक है।"

"यदि आप सच पूछें तो मुझे अभी तक ठीक से विश्वास नहीं हुआ है।"

"फिर तुमने बंसी को किस वजह से भेज दिया?"

"मुझे आपकी बात अटैक कर गई। आपने कहा था कि भले ही हम यकीन न करते हों, किंतु बिना किसी तर्क के दूसरों के ज्ञान को भी नकारा जा सकता। भले ही हम नहीं मानते, फिर भी उस रास्ते को आजमाने में हर्ज क्या है। मुमकिन है हम ही गलत हों और सचमुच हमें उस रास्ते से सुकून मिल सके।"

" गुड अब तुम्हारे सोचने का अंदाज बिल्कुल सही है।"

"सोचने के अंदाज में परिवर्तन की दो वजह और भी हैं।"

"वे क्या?"

"पहली तो मधु का वह घूंसा जो उसने दौरे के दौरान मुझे मारा था मैं विश्वासपूर्वक कह सकता हूं कि वह घूंसा मधु का नहीं था। मधु इतनी ताकतवर नहीं है। घूंसा बहुत ही शक्तिशाली था। दूसरी वजह है होश में आने के बाद मधु की बातें और उसका व्यवहार।"

"अब वह कैसी है?"

"फिलहाल तो ठीक है। उसे सुलाने के बाद ही मैं यहां आया था।"

⋏

उसके जिस्म पर चुस्त स्याह पतलून और साटन का काला, ढीला-ढीला एक लबादा था। पैरों में क्रेपसोल के काले जूते और चेहरे पर काला नकाब दोनों हाथों में भी काले दस्ताने थे।

नकाब में से झांक रही उसकी आंखें बड़ी तेजी से और सतर्कता के साथ अपने आस-पास की स्थिति का जायजा ले रही थी। तेजी से किंतु दबे पांव वह रिटायर्ड इंकमटैक्स कमिश्नर मिस्टर हरनामदास की का लॉन पार एक खिड़की निकट पहुंच गया।

खिड़की पर शीशे वाले किवाड़ लगे थे, जो इस वक्त बंद थे। खिड़की के दूसरी तरफ यानी कमरे में शायद पर्दा पड़ा हुआ था, क्योंकि कमरे के अंदर से उसे किसी किस्म की रोशनी का आभास नहीं मिला।

एक बार पुन: उसने अपने चारों तरफ छाए अंधकार और वीराने का जायजा लिया और फिर लबादे की जेब से शीशा काटने वाला हीरा निकाला।

बड़ी सावधानी से उसने खिड़की से एक वर्गाकार शीशा काट लिया। हीरा जेब में रखा और कटे भाग से हाथ अंदर डालकर धीरे से चटखनी खोल दी।

दूसरी तरफ पड़ा झूलता हुआ पर्दा अब उसे स्पष्ट नजर आ रहा था। कुछ देर तक वह इसी तरह सांस रोके दीवार से चिपका खड़ा रहा। कान अंदर से उभरने वाली चींटी के सरसराने तक की आवाज को सुनने के

लिए सजग थे। निश्चित होने के बाद उसने खिड़की में हाथ डालकर पर्दे का एक कोना पकड़कर सरकाया और उसके पार देखा।

कमरे में हरे रंग के नाइट बल्ब का मद्धिम प्रकाश था।

एक बेड और उस पर निद्रामग्न पड़ा मनजीत उसे साफ नजर आया। उसे देखते ही नकाबपोश की आंखों में खून-सा उभर आया। वह खिड़की पर चढ़ा।

निःशब्द कमरे के फर्श पर पहुंच गया।

जेब में हाथ डालकर उसने एक चाकू निकाल लिया। लाल आंखें सोते हुए मनजीत पर जमाए उसने आहिस्ता से चाकू खोल लिया।

मद्धिम रोशनी के बावजूद चाकू का फल चमचमा रहा था।

चाकू वाला हाथ हवा में उठाए वह आहिस्ता-आहिस्ता बेड की तरफ बढ़ा। कमरे में या तो मनजीत की सांसें सरसरा रही थीं या मेज पर रखी घड़ी की टिक्-टिक्।

नकाबपोश के कदमों की आवाज तो बहुत दूर की बात है उसके तो सांस लेने तक की आवाज नहीं निकल रही थी। बेड के समीप पहुंचते-पहुंचते उसकी आंखों में मनजीत के प्रति असीम घृणा नजर आने लगी। वार करने के लिए उसने चाकू वाला हाथ हवा में उछाला ही था कि

"टर्न . . . टर्न . . . र्न...र्न...दर्न . . . न . . . न . . ."

मेज पर रखी घड़ी का अलार्म चीख पड़ा।

नकाबपोश एकदम बौखला गया। घूमकर उसने घड़ी की तरफ देखा अभी शायद वह ठीक से कुछ समझ भी नहीं पाया था कि बिस्तर पर पड़ा मनजीत हड़बड़ाकर चीख पड़ा–"नहीं-नहीं।"

नकाबपोश ने पलटकर जल्दी से वार किया, परंतु चाकू सिर्फ बेड के गद्दे में धंसकर रह गया, क्योंकि मनजीत बेड के उस तरफ फर्श पर खड़ा चीख रहा था–"बचाओ-बचाओ।"

"हरामजादे।" नकाबपोश गुर्राया–"मैं तुझे जिंदा नहीं छोड़ूंगा। जान से मार डालूंगा।" कहने के साथ ही वह पलंग पर चढ़ा और चाकू संभाले मनजीत पर लपका।

"बचाओ-बचाओ।" चिल्लाता हुआ मनजीत भागा।

अलार्म की कर्कश आवाज निरंतर गूंज रही थी।

चाकू संभाले नकाबपोश रह-रहकर मनजीत पर झपट रहा था, जबकि बुरी तरह हड़बड़ाया-सा मनजीत सारे कमरे में भागता फिर रहा "बचाओ-बचाओ" चिल्ला रहा था।

सारी कोठी में जाग हो गई।

एकदम हंगामा-सा मच गया। उस वक्त नकाबपोश बौखला गया, जब अचानक ही बुरी तरह कमरे का दरवाज़ा पीटा गया। मनजीत दरवाज़े की तरफ लपका।

नकाबपोश खिड़की की तरफ।

दरवाज़ा खुलने तक नकाबपोश खिड़की पार करके लॉन में छाए अंधकार में विलीन हो चुका था।

"क्या हुआ?" दरवाज़ा खुलते ही गद-गद हरनामदास, सुलक्षणा, जसवंत, रेखा और मधु हड़बड़ाए से कमरे में प्रविष्ट हुए।

"वह।" मनजीत अब भी कांप रहा था।

"क्या बात है कौन था?"

"काला नकाबपोश मुझे मारना चाहता था उधर, खिड़की के रास्ते लॉन में भाग गया।" सुनते ही जसवंत ने खिड़की पर जम्प लगा दी।

⅄

"समझ में नहीं आता कि वह कौन था, क्यों मनजीत की जान लेना चाहता था?" जसवंत उलझन-सी में फंसा बोला–"इतनी हिम्मत किसकी हो सकती है कि शीशा काटकर यहां . . ."

"वह विजय हो सकता है।" मधु कह उठी।

"विजय!" वे सभी उछल पड़े।

"हां कविता का भाई वह समझता है कि कविता की हत्या हमने की है। विजय हमसे बदला लेने की कोशिश जरूर करेगा। मैंने उसे जब भी

देखा, इस परिवार के प्रति उसकी आंखों में हमेशा ढेर सारी नफरत रही है। मैं वह क्षण नहीं भूल सकती बाबूजी, जब उसने वकीलों की बहस के बाद अदालत की गैलरी में हम सबको रोककर धमकी दी थी। मुझे उसी समय लगा था कि वह खतरनाक है।"

मनजीत के चेहरे पर अभी तक हर तरफ खौफ ही खौफ नाच रहा था।

हरनामदास बोले–"मधु ठीक कह रही है जसवंत उसे यह भ्रम है कि उसकी बहन को हमने मारा है–लड़का नादान है, भावुक है और ऐसे नादान तथा भावुक लड़के से ही, ऐसे फिल्मी अंदाज में इस हरकत की उम्मीद की जा सकती है।"

"भावुक लड़का जज्बातों में बहकर जो कर जाए कम है।" रेखा कह उठी।

"उसने उस दिन अदालत में कहा था कि यदि उसे अदालत से न्याय नहीं मिला तो फिर न्याय उसके हाथ करेंगे। दोनों हाथों से वह अपनी बहन की मौत का बदला लेगा।" सुलक्षणादेवी ने कहा।

"शायद वह वही था।"

"मुमकिन है वही हो।" जसवंत बोला–"मगर मुझे उसके चांस कम ही लगते हैं।"

"क्यों?"

"विजय भावुक और नादान है। माना कि घटिया किस्म के गुंडों में उठने-बैठने लगा है, मगर मैं उसमें इतना साहस नहीं समझता कि किसी का खून तक करने के विचार पर अमल कर ले।"

"यहां तुम गलत हो जसवंत। भावुक लड़का बहन के लिए जोश में खून तो क्या यदि जरूरत पड़े सारे शहर में आग लगा सकता है। ऐसा एक समझदार, जीवट और पेशेवर मुजरिम नहीं कर सकता, क्योंकि वह इसका अंजाम जानता है। भावुक मुजरिम अंजाम के बारे में सोच ही नहीं पाता, वह पागलपन की स्थिति में होता है, इसलिए कुछ भी कर सकता है।"

"यहां मेरी जान पर बनी है और आप लोग हैं कि बहस में ही उलझे हुए हैं। यदि सही समय पर उस घड़ी का अलार्म न बज उठता, तो इस वक्त आप सबके सामने मेरी लाश पड़ी होती।"

"अलार्म?" हरनामदास ने टोका।

"जी हां, ऐन वक्त पर बजकर उसी ने मेरी जान बचाई। यदि अलार्म . . ."

"ये तुमने घड़ी में रात के दो बजे का अलार्म क्यों भरा था?" जसवंत ने पूछा।

"अलार्म, मैंने तो कोई अलार्म नहीं भरा।"

"आप भी कमाल कर रहे हैं मनजीत भइया।" मधु ने कहा–"बिना अलार्म भरे भला यह कैसे बज गया।"

वे सभी एक-दूसरे का चेहरा देखने लगे। एक बार पुन: मधु के अलावा उन सभी के चेहरों पर हवाइयां उड़ने लगी थी। जसवंत ने जल्दी से बात संभाली। गधा है साला घबराहट में यह भी भूल गया कि उसने अलार्म भरा था। तूने कहा तो था कि दो बजे उठकर तुझे मधु को इंजेक्शन लगाना है।

कुछ कहने के लिए मनजीत ने अभी मुंह खोला ही था कि समीप खड़े हरनामदास ने उसका हाथ दबा लिया। बौखलाया-सा मनजीत एकदम उनका अभिप्राय समझ गया, बोला–"ओह हां ये बात तो मेरे दिमाग से ही उतर गई।"

"किस चीज का इंजेक्शन लगाना था तुझे?" जसवंत ने पूछा।

"घबराहट कम करने का। मैंने कहा था कि भाभी को घबराहट की वजह से ही वह दौरा उठा था। दौरा दुबारा न उठे, इसलिए वह इंजेक्शन लगाना जरूरी है।"

"तो चल पहले इंजेक्शन लगा?"

"आप कैसी बात कर रहे हैं?" मधु ने जसवंत से कहा–"बेचारे मनजीत भइया की जान पर बनी है और आपको इंजेक्शन की पड़ी है। इतनी बड़ी घटना हो गई यदि सही समय पर अलार्म न बोल जाता तो

. . . हे भगवान, अभी पुलिस को फोन कीजिए खतरा अभी टला नहीं है। इस बार तो किस्मत से बच गए। पुलिस अपने आप पता लगाएगी कि वह कौन था। यदि पुलिस में रिपोर्ट न की गई और वह न पकड़ा गया तो उसके हौंसले और बढ़ जाएंगे वह फिर कोठी में दाखिल हो सकता है।"

"पुलिस में रिपोर्ट तो करेंगे ही, लेकिन इस वक्त नहीं रात के दो बजे व्यर्थ ही इस वक्त पुलिस को परेशान करने से क्या लाभ सुबह को रिपोर्ट कर देंगे।"

"आप इसे व्यर्थ की बात कह रहे हैं, यदि मनजीत भइया को कुछ हो जाता तो?"

"आफ्फो भाभी।" मनजीत कह उठा–"मुझसे ज्यादा तो तुम डर गई हो हम सब जाग चुके हैं, कम-से-कम आज की रात वह दुबारा यहां आने की बेवकूफी नहीं करेगा और सुबह हम रिपोर्ट कर ही देंगे।"

मधु चकित-सी उन सबका चेहरा देखती रह गई।

⅄

"मधु सो गई?"

"हां।" कमरे में दाखिल होते हुए मनजीत ने कहा–"मैंने उन्हें नींद का इंजेक्शन दे दिया है और अब वे सुबह के सात बजे से पहले नहीं उठेंगी।"

"ठीक किया उसके सामने खुलकर बात भी तो नहीं कर सकते।"

"पता नहीं ये सब क्या हो रहा है?" कमरे में पड़ी एक खाली कुर्सी पर बैठते हुए मनजीत ने कहा–"वह कौन था जो मुझे मारने आया और फिर अलार्म खुद ही क्यों बज उठा। मैं तो पस्त हो चुका हूं डैडी कविता की मौत के बाद से एक के बाद एक ऐसी खतरनाक, रहस्यमय और अजीब-अजीब-सी घटनाएं हो रही हैं कि दिमाग काबू में नहीं रहा है।"

"सच, ऐसा लग रहा है जैसे कविता की हत्या करके हमने कोई बहुत बड़ी भूल की है।"

"जो हो चुका है, अब वह वापस नहीं आ सकता।" जसवंत बोला–"अब तो हमें आगे की बात सोचनी है यह कि अपने चारों तरफ बिखरी परिस्थितियों का मुकाबला कैसे करें?"

"फिलहाल सबसे पहले हमें उस नकाबपोश के बारे में सोचना चाहिए।"

हरनामदास ने कहा–"हमारे ख्याल से वह विजय ही होना चाहिए उसके अलावा ऐसा कोई नहीं है, जो कोठी में घुसकर मनजीत की हत्या करने का प्रयास और साहस कर सके।"

"यदि वह विजय भी है, तब भी उसका इलाज होना जरूरी है।" सुलक्षणादेवी बोली–"क्योंकि आज तो नसीब ने मनजीत को बचा लिया, जरूरी नहीं कि उसके दूसरे आक्रमण पर भी नसीब साथ दे ही।"

"यदि हमने उसके खिलाफ कोई एक्शन नहीं लिया तो उसके हौंसले और बढ़ जाएंगे।" मनजीत ने कहा–"अगली बार वह इस बार से कहीं ज्यादा ढिठाई के साथ कोठी में प्रविष्ट होगा।"

"बात तो ठीक है मगर ये समझ में नहीं आ रहा है कि उसके खिलाफ एक्शन क्या लें?"

मनजीत ने राय दी–"पुलिस में रिपोर्ट करनी चाहिए।"

"करनी तो चाहिए और एकमात्र यही एक्शन हम ले भी सकते हैं, परंतु सोचना यह है कि हम यह एक्शन लें या नहीं। हमारे द्वारा एक्शन लिए जाने पर यहां खरबंदा आएगा। हम सब जानते हैं कि खरबंदा कितना धूर्त है। वह तरह-तरह के सवाल करेगा। मधु से संबंधित प्रश्न भी कर सकता है मुमकिन है कि उसके किसी सवाल का जवाब देने में हम गड़बड़ा जाएं ऐसी अवस्था में पुलिस को यहां बुलाने पर लाभ से कहीं ज्यादा नुकसान भी हो सकता है इसलिए सोचना पड़ रहा है।"

"अगर हमने यह रिपोर्ट पुलिस में न की तो उस नकाबपोश का हौसला . . ."

"यही तो मुसीबत है बड़ी अजीब सुविधा में फंस गए हैं। पुलिस की मदद न लें तो मुसीबत और यदि लें तो हजार खतरे हैं। समझ में नहीं आता क्या करें।"

"हमारी एक राय है।" हरनामदास ने कहा।

"बोलिए।"

"क्यों न हम पहले ही उन प्रश्नों के जवाब सोच लें जिन्हें यहां आने पर खरबंदा हमसे पूछ सकता है। वैसी स्थिति में हम सुरक्षित भी रहेंगे और नकाबपोश को भी सबक मिल जाएगा।"

"यही ठीक है।" जसवंत ने सहमति दी।

खरबंदा ने अपनी छोटी-छोटी चमकीली आंखों से मनजीत के कमरे में मौजूद क्रेपसोल वाले जूतों के निशान देखे। निशान बिल्कुल स्पष्ट थे, क्योंकि आगन्तुक के जूते के तले में, कहीं से पीली मिट्टी लग गई थी अत: वे निशान पीली मिट्टी के ही थे, जिनका पीछा करता हुआ वह लॉन की तरफ खुलने वाली खिड़की तक पहुंच गया। कुछ देर तक वहीं खड़ा लॉन में छाए अंधेरे को घूरता रहा।

हरनामदास, सुलक्षणादेवी, जसवंत, मनजीत और रेखा धड़कते दिल से उसकी कार्यवाही देख रहे थे और अनुमान लगाने की चेष्टा कर रहे थे कि उस कर्मठ इंस्पेक्टर के खतरनाक दिमाग में क्या-क्या विचार उठ रहे हैं। उनके अतिरिक्त कमरे में खरबंदा के साथ और दो कांस्टेबल भी थे।

"टॉर्च।" एकाएक खरबंदा ने घूमकर कहा।

कांस्टेबल एक शक्तिशाली टॉर्च लिए उसकी तरफ बढ़ गया।

टॉर्च हाथ में लेते हुए खरबंदा ने हरनामदास से कहा–"मेरे ख्याल से आपके सारे लॉन में मुलायम और हरी घास है?"

"जी हां," जसवंत ने कहा–"बिल्कुल ऐसी जैसे हरा कालीन बिछा हो।"

"फिर आगुंतक के जूतों के तले में यह पीली मिट्टी कहां से लगी?"

"क्या कहा जा सकता है?"

"जांच से पहले कुछ भी नहीं कहा जा सकता।" अजीब से स्वर में कहने के बाद खरबंदा ने होंठ भींच लिए। उसके होंठ अत्यंत पतले थे जब वह गुम रहता था तो ऐसा लगता था जैसे जबड़े भींचे हुए हों।

उसकी मुद्रा देखकर जसवंत के जिस्म में ठंडी-सी लहर दौड़ गई।

टॉर्च लिए वह खिड़की की तरफ घूमा कमरे में खड़ा वह टॉर्च से खिड़की के पार लॉन की जमीन को देखने लगा और ऐसा करते वक्त उसके मुंह से अचानक ही निकल पड़ा–"गुड।"

"क्या हुआ इंस्पेक्टर?" जसवंत ने धड़कते दिल से पूछा।

"लॉन में चाकू पड़ा है कदाचित यह वही चाकू है, जिससे वह मनजीत पर हमला करने वाला था।" कहने के साथ ही वह टॉर्च हाथ में लिए खिड़की के पार लॉन में कूद गया। जसवंत, हरनाम और मननीत खिड़की पर लपके। खरबंदा के हाथ में दबी टॉर्च का प्रकाश घास पर पड़े चाकू पर ही स्थिर था।

"हां।" मनजीत कह उठा–"उसके हाथ में यही चाकू था।"

"भागते समय हड़बड़ाहट में यह उसके हाथ से छूट गया होगा।" कहने के साथ ही खरबंदा ने रुमाल से उसे उठा लिया, जेब में रखता हुआ बोला–"दरअसल जुर्म करने से पहले और जुर्म करने तक हर मुजरिम के सीने में शेर का दिल होता है, परन्तु जुर्म करने के बाद उसका यही दिल चूहे के दिल में बदल जाता है। वह हल्की-सी आहट, छोटी-से-छोटी घटना और किसी के सीधे-सादे सवालों से भी डरने लगता है। पकड़े जाने का डर तो उसे अंदर तक हिला ही डालता है।"

जसवंत सोच रहा था कि खरबंदा कितनी बड़ी सच्चाई बयान कर रहा है?"

पद चिह्नों का पीछा करता हुआ खरबंदा लॉन के पिछले हिस्से की

तरफ बढ़ता हुआ कहता ही चला गया–"उसी घबराहट में उसके हाथ से चाकू छूटकर यहां गिरा होगा।"

हरनाम, मनजीत और जसवंत उसके पीछे थे।

खरबंदा को लॉन के पिछले हिस्से की तरफ बढ़ता देखकर एक साथ उन तीनों के पसीने छूटने लगे। दिल अनायास ही धड़कने लगा। अंधेरे में ही डरे हुए से नेत्रों से वे एक-दूसरे को देखने लगे।

उस वक्त तो उनके होशों-हवाश ही उड़ गए, जब उन्होंने खरबंदा को सीधे उस तरफ बढ़ते देखा, जिधर कविता की कब्र थी और इसमें शक नहीं कि कविता की कब्र तक पहुंचते-पहुंचते उनके हाथ-पैर बिल्कूल ठंडे और सुन्न पड़ गए। धक्क-धक्क करता हुआ दिल पसलियों से टकराने लगा।

खरबंदा ठीक कब्र पर ठिठका।

तीनों के छक्के छूट गए।

दरअसल इस वक्त खरबंदा के हाथ में दबी टॉर्च का प्रकाश दायरा ठीक उसी स्थान पर थिरक रहा था, जहां उन्होंने एक संदूक में बंद करके कविता की लाश दफनाई थी।

आम का पौधा टूटा पड़ा था।

जड़ ही से चटक गया था वह।

खरबंदा ने बड़ा विस्पोटक सवाल किया–"ये क्या है?"

"ये क्या मतलब?" हरनामदास कह उठे।

काश इस वक्त लॉन में प्रकाश होता या खरबंदा टॉर्च की रोशनी उनके चेहरे पर डाले हुए होता। गर्ज ये कि यदि खरबंदा उन भावों को देख लेता, जो इस वक्त हरनामदास के चेहरे पर थे तो वह चालाक इंस्पेक्टर सारी कहानी जान चुका होता और उन्हें गिरफ्तार करने में एक क्षण भी न हिचकता वही, जिसने फिलहाल हंसते हुए सिर्फ इतना ही कहा–"कमाल कर रहे हैं आप मैं इसके बारे में पूछ रहा है यहां घास नहीं है, शायद खुदाई हुई है ये खुदाई आपने क्यों कराई?"

"वह बंसी ने यहां आम का पौधा लगाया था।" जसवंत जल्दी से बोला।

"शायद ऐसा ही है।" टॉर्च का प्रकाश टूटकर मुर्झाए से पौधे पर स्थिर करके खरबंदा बोला–"वह कम्बख्त नकाबपोश आपका नया पौधा भी तोड़ गया देखिए इस पौधे की जड़ पर उसी के जूते के निशान हैं और यहीं से उसके जूते के तले में पीली मिट्टी लगी थी। वह पिछली दीवार फांदकर लॉन में आया और इधर से गुजरा, आपके इस पौधे को कुचलता हुआ खिड़की की तरफ गया।"

वे तीनों अभी तक हांफ रहे थे।

▲

तीस मिनट बाद मनजीत के कमरे में खड़ा खरबंदा कह रहा था–"मैं जूते के निशानों का माप ले चका हूं। मेरे ख्याल से आगंतुक के पैर में नौ नंबर का आ जूता है वह आपके लॉन की पिछली बाउंड्री वॉल लांघकर लॉन में आया। आम के पौधे पर से गुजरता हुआ कमरे में, यदि वह वहां से न गुजरा होता तो उसके जूतों में पीली मिट्टी न लगती और ये पदचिह्न भी न मिलते यहां से भागकर वह लॉन की दाईं बाउंड्री वॉल लांघकर भागा है इसके बाद उसके पदचिह्न नहीं हैं, कदाचित उसके जूते के तलों में लगी मिट्टी पुछ चुकी थी। खिड़की की चौखट पर चढ़ने के निशान से लगता है कि उसका कद छः फिट के आसपास होना चाहिए। बाकी जानकारी शायद उसके चाकू के जरिए मिले।"

"जी।" जसवंत सिर्फ इतना ही कह सका।

"वैसे क्या आपको किसी पर शक है?"

हरनामदास ने कहा–"जी हां।"

"किस पर?" खरबंदा की आंखें चमक उठीं।

"रणविजय पर।"

"रणविजय क्या आप उसी गुंडे की बात कर रहे हैं, यानि कविता का भाई?"

"जी हां।"

"क्या मैं आपके इस शक की वजह जान सकता हूं?"

"दरअसल वह अदालत के फैसले को गलत मानता है। उसकी नजर में उस फैसले का कोई महत्व नहीं है और वह अब भी यही समझता है कि उसकी बहन को गंग नहर में डुबोकर हमने मार डाला है। अदालत से अपने पक्ष में फैसला न होने की सूरत में उसने मुकदमे के दौरान ही हम सबको मार डालने की धमकी दी थी।"

"ओह!" खरबंदा के मस्तक पर बल पड़ गाए। वे सभी चुप रहे।

"मैं उसे अभी जाकर चैक करता हूं।" कहने के साथ ही वह दरवाज़े की तरफ बढ़ गया, परंतु स्वयं ही ठीक दरवाज़े के बीच में ठिठका, जेब से निकालकर एक सिगरेट सुलगाई उसने और घूमकर प्रश्न किया–"आपका वह नौकर नजर नहीं आ रहा है, जिसके बारे में आपने कहा था कि . . ."

"बंसी अपने गांव गया है।"

"गांव ओह, अच्छा अपने किसी रिश्तेदार से मिलने गया होगा?"

जसवंत ने जल्दी से, आगे बढ़कर कहा–"जी नहीं रिश्तेदार तो उसका कोई है ही नहीं।"

"ओह हां याद आया, आपने पहले भी कहा था कि इस दुनिया में अब उसका कोई भी रिश्तेदार जीवित नहीं है, इसीलिए वह चौबीस घंटे के सदस्य की तरह यहां रहता है, लेकिन जब गांव में उसका अपना कोई है ही नहीं तो वह वहां गया ही क्यों है?"

"गांव उसकी जन्मभूमि है शायद इसलिए गांव से उसे अभी तक मोह है बचपन के संगी-साथी भी अभी जिंदा हैं। उन्हीं से मिलने बंसी कभी-कभी गांव चला जाता है।"

"आपकी बड़ी बहू भी नजर नहीं आ रही हैं।"

"आपसे कहा तो था उसकी तबीयत ठीक नहीं है। उसे सही समय

पर इंजेक्शन देने के लिए ही तो मनजीत ने घड़ी में अलार्म भरा था, जिसने ऐन वक्त पर बजकर उसकी जान बचा ली। इंजेक्शन के बाद मधु गहरी नींद में सो रही है। यदि आप कहें तो जगाएं?"

"नहीं उसकी कोई जरूरत नहीं है।" कहने के बाद खरबंदा दरवाज़ा पार कर गया।

⅄

"ये कम्बख्त खरबंदा भी पंडितजी से कम काइयां नहीं है।" कमरे में पड़े सोफे पर बैठते ही जसवंत ने कहा–"कितना धूर्त है, हमारे मुंह से कच्ची बात निकलवाना चाहता था। उसे अच्छी तरह याद था कि हम ही ने उससे कहा था कि बंसी का दुनिया में कोई भी रिश्तेदार नहीं है।"

"हमने इसलिए पहले ही कहा था कि पुलिस में सोच-समझकर रिपोर्ट करनी चाहिए।" सिगार सुलगाते हुए हरनामदास बोले–"उस वक्त, वहां के बारे में सवाल करके तो उसने हाथ-पैर ही फुला दिए थे, जहां कविता की लाश दफन है। हमें तो उस वक्त ऐसा लगा कि बस, खुल गई पोल।"

"सच।" मनजीत के मस्तक पर भी सोचकर पसीना उभर आया–"उस वक्त मैंने स्वयं को लड़खड़ाकर गिरने से बहुत मुश्किल से रोका था।"

"खैर थोड़ा खतरा तो जरूर महसूस किया, परंतु कम-से कम विजय को सबक तो मिल जाएगा।" सुलक्षणादेवी बोलीं–"अब वह कभी इस तरफ आने के बारे में ख्वाब में भी नहीं सोचेगा।"

"यदि वह सचमुच विजय ही हुआ तो।" जसवंत ने कहा।

हरनामदास ने हल्के से चौंककर पूछा–"क्या मतलब?"

"अभी हम यह दावा पेश कैसे कर सकते हैं कि वह विजय ही था। उस पर हमारा शक ही तो है, वही शक हमने खरबंदा पर जाहिर कर

दिया है स्वाभाविक बात है कि अब खरबंदा थापर नगर जाकर उसे हड़काएगा, डांटेगा और तरह-तरह के सवाल करेगा यदि हमारा शक सही हुआ तो निःसंदेह विजय सीधा हो जाएगा और यदि शक गलत हुआ तो खरबंदा द्वारा उसे हड़काए जाने का असर बिल्कुल विपरीत होगा।"

"हम समझे नहीं।"

"यदि वह नकाबपोश विजय नहीं था तो खरबंदा के हड़काए जाने पर वह यह सोचकर भड़क भी तो सकता है कि वह चुप बैठा है और हम जबरदस्ती उसे फंसाने की कोशिश कर रहे हैं यह बात सोए हुए सांप को छेड़ने जैसी हो जाएगी। ऐसी स्थिति में अक्सर गुंडा यह सोचता है कि जब बिना कुछ भी किए वह बदनाम है और परेशान किया जा रहा है, तो फिर क्यों न कुछ करे ही।"

जसवंत द्वारा प्रकट की गई इस नई संभावना ने एक बार फिर उन सभी के दिमाग में अजीब-सी हलचल मचा दी। एक ही पल में उन्हें ऐसा लगने लगा कि जैसे अपना शक खरबंदा पर जाहिर करके उन्होंने कोई गलती की है, फिर भी अपने दिल को समझाने की-सी स्थिति में हरनामदास बोले–"लेकिन हमारा ख्याल है कि वह विजय के अलावा कोई नहीं था। कोई अन्य भला ऐसा है ही कौन जो मनजीत का कत्ल करने की बात सोचे किसी अन्य से भला हमारी दुश्मनी ही क्या है?"

जसवंत ने कुछ कहने के लिए मुंह खोला ही था कि न सिर्फ वही, बल्कि एक साथ सभी चौंक पड़े। कमरे के बाहर गैलरी से आवाज आ रही थी–"छाय-छम्म-छम्म-छम्म।"

वे सभी सुन रहे थे। बिल्कुल स्पष्ट आवाज!

दिल धक्-धक् करने लगे। कान खड़े हो गए। चेहरों पर तनाव आंखों में खौफ और प्रश्नवाचक चिह्न घबराकर जल्दी से एक-दूसरे की ओर देखा, उन्होंने मस्तक पर पसीना उभरने लगा था।

आवाज बिल्कुल स्पष्ट थी–"छम्म-छम्म-छम्म-छम्म।"

जैसे कोई पैरों में घुंघरुओं वाली पाजेब डाले चल रहा हो।

"तुम कुछ सुन रहे हो जसवंत?" हरनामदास की आवाज कांप रही थी।

"हां।"

मनजीत डरे स्वर में चीख पड़ा—"ये तो कविता की पाजेब की आवाज हैं।"

"बको मत।"

"सच भाई।" रेखा कह उठी—"भाभी जब चलती थी तो ऐसी ही आवाज।"

"छम्म-छम्म-छम्म-छम्म।"

"आओ मेरे साथ।" कहने के साथ ही हरनामदास ने जेब से रिवॉल्वर निकालकर कमरे से बाहर जम्प लगा दी। शेष चारों भी उनके पीछे झपट पड़े। वे गैलरी में पहुंचे।

सन्नाटा दोनों तरफ पूरी खामोशी।

हवा सांय-सांय करती महसूस दी।

"छम्म-छम्म-छम्म-छम्म।"

"ह . . . हॉल में . . . हॉल में कोई है।" जसवंत चिल्लाया।

वे सभी हॉल की तरफ भागे। सबसे आगे हाथ में रिवॉत्वर लिए हरनामदास थे। घबराए और बौखलाए से वे दौड़कर हॉल में पहुंचे वहां कोई नहीं था। सारा हॉल रिक्त पड़ा था, पूरी तरह खामोश।

हॉल का वातावरण उन्होंने बड़ा-ही डरावना-सा और रहस्यमय महसूस किया।

पसीने में लथपथ उन्होंने प्रश्नवाचक नजरों से एक-दूसरे को देखा, तभी पाजेब की आवाज दूसरी मंजिल की गैलरी से उभरी। जसवंत गौरिल्ले की तरह झपटकर सीढ़ियों के समीप पहुंचा। अभी पहुंचा ही था कि हॉल में लगे सभी बल्ब रह-रहकर जलने-बुझने लगे।

जसवंत ठिटक गया। सभी ठिठक गए। अवाक् से खड़े रह गए थे वे। अभी कुछ समझ भी नहीं पाए थे कि हॉल में एक तरफ रखी घड़ी का

अलार्म चीख पड़ा–"टर्न . . . टर्न . . . टर्न . . ."

साथ ही क्रमबद्ध लाइट जल-बुझ रही थी।

सभी अवाक् जहां के तहां खड़े रह गए जैसे पत्थर की शिला बन गए हों।

लगातार घनघनाकर गूंजने वाली अलार्म की आवाज और उसके साथ ही लपलपाती लाइट ने उन्हें बुरी तरह आतंकित और त्रस्त कर दिया था। सबसे पहले जसवंत भागा उसका रुख मेन स्विच की तरफ था। कदाचित उसके दिमाग में यह बात आई थी कि सारे घर की लाइट इस तरीके से सिर्फ मेन स्विच से ही ऑन-ऑफ हो सकती है।

अभी वह हॉल पार भी नहीं कर पाया था कि एकदम अंधेरा छा गया।

घुप्प अंधेरा।

इस बार बुझकर लाइट जली नहीं और शायद इसलिए जसवंत एक सोफे से उछला हॉल में एक चीख गूंजी और ठंडे फर्श पर वह दूर तक लुढ़कता चला गया।

"क्या हुआ तुम कहां हो जसवंत?" अंधेरे में हरनामदास की डरी हुई आवाज गूंजी।

अलार्म बंद हो चुका था।

अंधेरे में संभलकर फर्श पर खड़े होते हुए जसवंत ने कहा–"मैं ठीक हूं डैडी।"

"किधर हो तुम . . . ये अंधेरा . . ."

"यदि आपके पास टॉर्च हो तो उसे जलाओ डैडी।"

"हा-हा-हा!" इस बार जवाब में हरनामदास की आवाज के स्थान पर एक खनखनाता अट्टहास सारी कोठी में छाए काजल से अंधकार के बीच गूंज उठा। हंसी की वह आवाज देर तक गूंजती ही चली गई। फिर कहकहा स्वयं ही खिलखिलाहट में बदल गया। वे इस खिलखिलाहट को पहचान गए।

आवाज शत-प्रतिशत कविता की थी।

खिलखिलाकर हंस रही थी वह अंधेरा तो था ही, साथ ही आवाज भी गूंज रही थी, इसलिए कोई अनुमान नहीं लगा पाया कि आवाज किस दिशा से आ रही है। वैसे भी इस प्रेत लीला ने उनकी हवा उड़ा दी थी।

अपने ही स्थान पर कांपते हुए वे चारों तरफ देखने का प्रयास कर रहे थे।

कविता की खिलखिलाहट गूंजती रही और फिर वह खिलखिलाहट रोने की आवाज में बदल गई। फूट-फूटकर, जार-जार रोने की आवाज में उस आवाज में हड्डियों तक को कंपकंपा देने वाली भयानकता थी।

फिर एक झटके के साथ लाइट ऑन हो गई।

एक साथ सभी की आंखें चुंधिया गई। हड़बड़ाकर अभी वे संभल भी न पाए थे कि सारी कोठी में कविता की कर्कश आवाज गूंजी–"मैं बदला लूंगी हरनामदास तेरे के परिवार से अपनी मौत का बदला लिए बगैर मुझे चैन नहीं पड़ेगा। याद रखना मैं एक-एक करके तुम सबको मार डालूंगी। इसी कोठी में एक के बाद एक तुम सबका खून होगा। कानून मुझे इंसाफ नहीं दे सका जसवंत इंसाफ मैं खुद करूंगी, अंधा कानून इंसाफ नहीं कर सकता मैं इंसाफ नहीं मागूंगी खुद बदला लूंगी खुद।"

आवाज ने जैसे सांस लिया।

जसवंत सहित सभी पसीने-पसीने हुए बौखलाए-से चारों तरफ देख रहे थे। आवाज के गूंजने की वजह से वे यह पता नहीं लगा पा रहे थे कि यह आ किधर से रही है?

जबकि आवाज ने आगे कहा–"एक रूह की आवाज इस मुल्क का कानून और अदालत सुन भी नहीं सकेगी। हमारी अपनी दुनिया है मनजीत हमारे अपने कानून हैं और एक सताई बहू ने दुनिया की सुप्रीम पावर से इंसाफ मांगा था। हमारे खून का बदला खून तुम सबने मिलकर मुझे मार डाला। मैं तुम्हें मार डालूंगी। इसी कोठी में, इसी घर में तुम्हारी हत्याएं होंगी एक-एक करके मैं नहीं बता सकती कि सबसे पहले तुम

में से कौन मरेगा, लेकिन मरने सभी हैं–हा-हा-हा मरने सभी हैं एक भी नहीं बचेगा एक भी नहीं–हा हा-हा।"

उस भयानक हंसी के बाद आवाज बंद!

⅄

वे पांचों काफी देर तक फर्श से चिपके जहां के तहां खड़े रहे।

मनजीत सुलक्षणादेवी और रेखा के जिस्म तो इस कदर कांप रहे थे जैसे अचानक ही उन्हें निमोनिया हो गया हो। हरनामदास को काटो तो खून नहीं और जसवंत के चेहरे पर पसीने की ढेर सारी नन्हीं-नन्हीं बूंदें झिलमिला रही थी। काफी देर तक वे एक-दूसरे से बोल तक नहीं सके।

बोलते भी कैसे डरी-सी जीभ तो तालू में जा चिपकी थी।

इस बार भी सबसे पहले स्वयं को जसवंत ने ही संभाला। वह शेष चारों की तरफ बढ़ा किंकर्तव्यविमूढ़ से हरनामदास अभी तक हाथ में रिवॉल्वर लिए खड़े थे।

उनकी तंद्रा टूटी, बोले–"यह सब क्या चक्कर था जसवंत?"

"मुझे तो किसी की शरारत लगती है।"

"शरारत?"

"शायद कोई हमें डराना चाहता है आतंकित करना चाहता है।"

"कौन?"

"यही तो समझ में नहीं आ रहा है।"

"अपनी ये बेवकूफी भरी बातें छोड़ो जसवंत।" कांपती हुई सुलक्षणादेवी कह उठीं–"सीधी-सी बात ये है कि उस कम्बख्त की रूह, बदले की आग में सुलगती हुई अभी तक इसी कोठी में भटक रही है। मुझे पहले ही डर था कि वह कुलक्षणी मरने के बाद भी हमारा पीछा नहीं छोड़ेगी।"

"वह जरूर हम सबको एक-एक करके, चुन-चुनकर मार डालेगी।" रेखा बोली।

मनजीत ने कहा–"हम सबको यह कोठी छोड़ देनी चाहिए।"

"तुम्हारा दिमाग खराब हो गया है, कोठी छोड़कर भला हम कहां जा सकते हैं?"

"कहीं भी, लेकिन अब हमें यहां एक पल भी नहीं रहना चाहिए वर्ना वही होगा, जैसा रूह ने कहा है हम सब मारे जाएंगे यह कोठी अभिशप्त हो चुकी है मैं यहां नहीं रह सकता।"

"होश की बात करो मनजीत पहली बात तो यह कि इस कोठी के अलावा, हमारे पास ऐसी कोई जगह नहीं है जहां सब रह सकें दूसरी ये कि इस तरह अचानक कोठी छोड़ देने पर खरबंदा, पंडितजी और दूसरे लोगों के दिमाग में ढेर सारे सवाल उभरेंगे। मधु को दौरे पड़ते हैं। हम उसे लेकर कोठी से बाहर कहीं नहीं जा सकते। बौखलाहट में हमें कोई गलत कदम नहीं उठाना चाहिए।"

"यदि यहां रहे तो सब मारे जाएंगे।"

"फिर भी, धैर्य से काम लो मनजीत। ठंडे दिमाग से सोचो। बंसी बाबा भूतनाथ को लेने गया है यदि वह उन्हें ले आया और सचमुच यह कोठी अभिशप्त हो गई है तो बाबा भूतनाथ कविता की रूह को यहां से भगा देंगे। उसके बाद कम-से-कम रूह से हमें इस किस्म का कोई खतरा नहीं रह जाएगा।"

⅄

"आपने ले ली तलाशी?" विजय ने लगभग गुर्राते हुए पूछा।

हल्की-सी मुस्कान के साथ खरबंदा ने कहा–"जी हां।"

"क्या मिला?"

"फिलहाल कुछ भी नहीं।"

"तो क्या अब मैं जान सकता हूं कि रात के इस वक्त आपने हमें कष्ट क्यों दिया? ऐसा क्या खो गया था आपका, जिसे आप हमारे घर में तलाश करने आए?"

"विजय!" खरबंदा के कुछ कहने से पहले ही समीप खड़े कुंजबिहारी बोले–"अपने बोलने के ढंग में सुधार करो बेटे इंस्पेक्टर साहब से इस तरह बात नहीं करते प्लीज इंस्पेक्टर साहब इसकी बातों पर ध्यान न दीजिएगा आप जानते हैं कि . . ."

"आप फिक्र न करें।" खरबंदा ने बड़ी ही जानदार मुस्कुराहट के साथ कहा–"मैं विजय की मानसिक स्थिति से परिचित हूं और मेरे अंदर एक सबसे बड़ी खूबी ये है कि किसी भी ऐसे व्यक्ति की बात का कभी बुरा नहीं मानता जिसे अपराधी न समझ लूं दूसरे पुलिस वालों की तरह मैं अपनी इस वर्दी का दुरुपयोग कभी नहीं करता। दरअसल ऐसे लहजे-में इंस्पेक्टर से बात करने वाले अक्सर बेगुनाह होते हैं।"

"आपने मेरे सवाल का जवाब नहीं दिया इंस्पेक्टर साहब?" विजय ने अक्खड़ स्वर में पूछा!

"दरअसल हम यह देखने आए थे कि तुम्हारे पैर में किस नंबर का जूता आता है?"

"देख लिया आपने?"

"जी हां सात नंबर का!"

"उसके लिए तलाशी लेने की क्या जरूरत थी, मुझसे मेरे पैर का नंबर पूछ लिया होता!"

"लोगों के बयान पर हम पुलिस वाले जरा कम ही यकीन करते हैं प्रत्यक्ष देखने में हमारा विश्वास कुछ ज्यादा ही होता है।" खरबंदा ने दिलचस्प मुस्कुराहट के साथ कहा–"वैसे हम यह भी देखना चाहते थे कि तुम्हारे पास कोई काली पतलून साटन का काला लबादा और चेहरा ढकने के लिए नकाब तो नहीं है?"

"किस निष्कर्ष पर पहुंचे?"

"कम से-कम यहां से तो ऐसा कोई लिबास नहीं मिला।"

विजय ने व्यंग्य-सा किया–"यानी आप पूरी तरह निराश हुए हैं?"

"जी नहीं, दरअसल मुझे खुशी हुई है यदि ये सब चीजें यहां मिल

जाती तो मैं तुम्हें गिरफ्तार करके अपने साथ ले जाने पर विवश हो जाता और जब मैं किसी को गिरफ्तार करता हूं तो इसमें कोई शक नहीं कि मुझे बहुत दुख होता है।"

"वैसे क्या मैं जान सकता हूं कि आप मुझे किस खुशी में गिरफ्तार करने वाले थे?"

खरबंदा ने संक्षेप में उन्हें बता दिया यह भी कि उन्हीं लोगों ने विजय के नाम पर शक जाहिर किया था। सुनकर विजय के चेहरे पर अजीब-सा तनाव उत्पन्न हो गया, बोला–"उन्होंने शक जाहिर किया और उसके तुरंत बाद ही आप रात के वक्त आकर हमें परेशान करने लगे!"

"रिपोर्ट करने वाला जिस पर शक जाहिर करे उसे चैक करना हमारी ड्यूटी है।"

विजय की आंखें शून्य में टिक गई, चेहरे पर दृढ़ता उभरती चली गई, बड़े ही सख्त स्वर में वह कहता चला गया–"बेशक वह नकाबपोश मैं नहीं था इंस्पेक्टर, लेकिन इसमें शक नहीं कि उनका मुझ पर शक करना गलत नहीं है। मैं हर हालत में अपनी बहन के हत्यारों से बदला लूंगा। मैं किसी अलार्म के बजने पर वहां से भागने वाला नहीं हूं।"

"विजय!" खरबंदा का गंभीर स्वर–"मत भूलो कि तुम एक पुलिस इंस्पेक्टर के सामने . . ."

"मुझे गिरफ्तार कर लो इंस्पेक्टर।" विजय बड़ी तेजी से घूमकर दांत भींचे गुर्रा उठा–"यदि सच्चाई कहना भी कोई जुर्म है तो मुझे गिरफ्तार कर लो मैं पुलिस से नहीं डरता किसी कानून या किसी अंधी अदालत से नहीं डरता जो मुझे करना है उसे करके रहूंगा अगर विजय अपनी बहन की हत्या का बदला भी नहीं ले सका तो धिक्कार है विजय पर बहन से इतने वर्षों तक इस कलाई पर राखी बंधवाकर बहन-भाई के पवित्र रिश्ते को नापाक किया है विजय ने!"

खरबंदा जैसे व्यक्ति के रोएं खड़े हो गए। आंखें भरती चली गई।

"अरे-रे ये आप क्या कर रहे हैं आप चाय लाए हैं मेरे लिए?" चीखती हुई मधु ने कहने के साथ ही बेड से उठने की कोशिश की, लेकिन जसवंत ने उसे रोकते हुए जल्दी से कहा–"मनजीत ने तुम्हें कम-से-कम चौबीस घंटे तक बिस्तर से उठने से मना किया है।"

"मगर आप चाय . . . बंसी काका कहां गए?"

"ओफ्फो मैं ही चाय ले आया तो कौन-सा गजब हो गया है।"

मधुर मुस्कान के साथ मधु ने कप प्लेट पकड़ लिए। वह बेड की पुश्त से पीठ टिकाए बैठी थी। चाय हाथ में लिए ही वह उसमें से उठती भांप को देखने लगी और फिर उसे देखते-ही-देखते जाने किन ख्यालों में गुम हो गई। जसवंत उसके सामने बेड पर ही बैठ गया था।

काफी देर की खामोशी के बाद जसवंत ने प्यार से पूछा–"क्या सोचने लगी मधु?"

"हरामजादे।" गुर्राने के साथ ही मधु ने अचानक एक झटके से चेहरा ऊपर उठाया और गुर्रा उठी–"अब तू मुझे चाय लाकर पिलाता है?"

"मधु?" जसवंत बुरी तरह चौंका।

"कमीने-कुत्ते।" कहने के साथ ही उसने भक्क से सारी चाय जसवंत के चेहरे पर फेंक मारी। जसवंत के कंठ से हृदयविदारक चीख निकल गई। दोनों हाथों से चेहरा ढांपकर वह बिलबिलाता हुआ उठा, जबकि मधु एकदम खिलखिलाकर हंस पड़ी।

कूदकर वह एकदम पलंग से नीचे खड़ी हो गई और गुर्राई–"मुझे चाय पिलाकर तू ये समझता है सूअर के बच्चे कि तुझे माफ कर दूंगी नहीं, तूने मेरे ऊपर तेल छिड़का था मैं तुझे मार डालूंगी–हा-हा-हा मेरे रात के शब्द भूल गया मैं एक-एक को मार डालूंगी–हा-हा-हा।"

वह पागलों की तरह कहकहे लगाए चली जा रही थी, जबकि चीखता-चिल्लाता जसवंत कमरे के दरवाज़े की तरफ भागने की

सोच रहा था। लड़खड़ाता हुआ अभी वह दरवाज़े के समीप पहुंचा ही था कि हड़बड़ाए हरनामदास, सुलक्षणा, मनजीत और रेखा अंदर प्रविष्ट हुए।

कमरे का दृश्य देखते ही वे भौंचक्के रह गए।

"क्या हुआ जसवंत?" हरनामदास ने लगभग चीखते हुए पूछा।

"सुअर हरामखोर उससे क्या पूछता है, मुझसे पूछ।" विकृत चेहरे वाली मधु के, मुंह से कविता की आवाज निकल रही थी–"मुझे तुमने संदूक में बंद करके लॉन में दफना दिया लेकिन मैं वहां से निकल आई हूं-हा-हा कानून को धोखा देकर तुमने सोचा था कि तुमसे बदला लेने वाला कोई है ही नहीं मैं तुम सबको जलाकर राख कर दूंगी–हा-हा-हा।"

थर-थर कांपते हुए वे सभी उसे देखते रह गए।

रेखा दरवाज़े की आड़ में छुप गई।

गुस्से में भभकते हुए हरनामदास ने रिवाल्वर निकाल लिया और उस पर तानकर गरजे–"अगर तूने आगे बढ़ने की कोशिश की तो हम तुझे गोली मार देंगे।"

"गोली–हा-हा-हा चला सूअर, गोली चला तुमने मुझे गोली भी मारी थी। मिट्टी का तेल छिड़कर जला भी दिया था–मुझे मैं फिर भी नहीं मरी अब तू मुझे क्या मारेगा चला गोली मेरा तू क्या बिगाड़ेगा मैं मर नहीं सकती।"

"हम उस जिस्म को ही खत्म कर देंगे जिस पर तू कब्जा।"

"हा-हा-हा।" मधु के मुंह से एक बार फिर कविता का जोरदार कहकहा निकला, बोली–"मार दे गोली सारी दुनिया को पता तो चलेगा कि इस घर का काम ही बहुओं को मारना है अगर मधु दीदी को तुम्हारी करतूत का पता लग जाए तो ये भी मरना ही पसद करेंगी।"

"वहीं रुक जाओ कविता वर्ना हम . . ."

मधु आगे बढ़ती हुई बोली–"चला हरामखोर हिम्मत है तो गोली चला।"

रिवॉल्वर हाथ में होने के बावजूद हरनामदास बौखलाए हुए से थे। उनकी समझ में नहीं आ रहा था कि क्या करें विकृत चेहरे वाली मधु अपने दोनों हाथ फैलाए उनकी तरफ बढ़ रही थी हाथ की उंगलियों को उसने मोड़ रखा था। हरनामदास पीछे हटते जा रहे थे।

"गोली मार दीजिए डैडी इसे गोली मार दीजिए!" घबराहट में जल्दी से मनजीत चीखा।

"नहीं।" जसवंत ने झटपट हरनामदास से रिवॉल्वर छीन लिया। बोला–"ऐसी बेवकूफी भूलकर भी मत करना कविता का कुछ नहीं बिगड़ेगा। मधु मर जाएगी और मधु के मरते ही हम ऐसी मुसीबत में फंस जाएंगे कि सबको होश जेल की चारदीवारी में ही आएगा।"

मधु उसी खतरनाक अंदाज में उनकी तरफ बढ़ रही थी।

"फिर इसका क्या करें?" पीछे हटते हुए हरनामदास ने पूछा।

अभी जसवंत उनकी बात का कोई जवाब दे भी नहीं पाया था कि मधु ने चीते की फुर्ती के साथ उस पर जम्प लगा दी। जबरदस्त फुर्ती से झुकाई देकर जसवंत न केवल खुद को बचा गया, बल्कि पलटकर उसने मधु के संभलने से पहले ही रिवॉल्वर के दस्ते का भरपूर वार उसकी कनपटी पर किया।

एक चीख के साथ मधु लहराकर फर्श पर गिर गई।

⅄

मधु बेहोश हो चुकी थी और जसवंत हाथ में रिवॉल्वर लिए उसके समीप ही खड़ा हांफ रहा था शेष चारों भी कमरे के दरवाज़े में खड़े अवाक् से, भय मिश्रित आश्चर्य के साथ कभी बेहोश पड़ी मधु को देख रहे थे और कभी हांफ रहे जसवंत को। जसवंत का चेहरा अभी तक चाय से भीगा हुआ था। चेहरे पर कई जगह जलने के हल्के-हल्के निशान थे। साहस करके सुलक्षणादेवी आगे बढ़ती हुई कह

उठीं–"कम्बख्त ने मेरे बेटे को जला दिया। चेहरे पर चाय फेंकते समय यह भी नहीं सोचा कि वह कितनी गरम थी?"

उनके कहने पर जसवंत को अपने चेहरे पर जलन का अहसास हुआ।

"मगर यह सब हुआ कैसे जसवंत?" हरनामदास ने पूछा।

एक ही सांस में जसवंत बता गया!

सुनने के बाद हरनामदास के मस्तिष्क पर चिंता की लकीरें उभर आई, बोले–"ये तो बड़ी खतरनाक स्थिति है। जसवंत इस तरह क्या पता लगेगा कि अचानक ही ठीक-ठाक बैठी मधु कब कविता में बदल जाए उस वक्त तो इसके हाथ में चाय थी अगर ऐसे किसी क्षण इसके हाथ में रिवॉल्वर आ जाए तो यह गोली भी मार सकती है। इसे दौरे पड़ने का कोई सिम्बल भी तो नहीं है।"

"मेरे ख्याल से सिम्बल है।"

"क्या?"

"कविता के कब्जे में आने से पहले मधु चुप हो जाती है। कुछ सोचने लगती है और चेहरा विकृत होने लगता है अगले ही पल यह कविता की आवाज में चीखने-चिल्लाने लगती है।"

"ऐसा मुश्किल से एक-दो क्षण पहले ही होता है भइया।" मनजीत बोला–"इतनी जल्दी कि सोचने-समझने का मौका नहीं मिल पाता। यह स्थिति बहुत खतरनाक है। भाभी किसी भी क्षण हममें से किसी को भी बहुत नुकसान पहुंचा सकती हैं ऐसी स्थिति आने से पहले ही . . ."

"ओफ्फो तुम समझते क्यों नहीं मनजीत हम मधु को नहीं मार सकते। एक ही को मारकर अभी तक इस झमेले से पीछा नहीं छुड़ा सके हैं दूसरी के मरते ही हम सबके हाथों में हथकड़ियां होंगी।"

"तो फिर इसका इलाज क्या है?"

"बाबा भूतनाथ!"

सभी चुप रह गए जैसे संतुष्ट हो गए हों।

कुछ देर बाद रिवॉल्वर जेब में रखता हुआ जसवंत ही बोला–"मधु को उठवाकर बेड पर लिटवाओ।"

⅄

ग्यारह के लगभग का समय था। लॉन में कुछ बेंत की कुर्सियां एक दायरे की शक्ल में पड़ी थी और उनमें से पांच पर वे पांचों बैठे सुहानी-सी धूप सेंक रहे थे। मनजीत ने जसवंत के चेहरे पर कोई दवा लगा दी थी। मधु अभी तक बेहोश थी और जिस कमरे में वह थी, उसे बाहर से बंद कर दिया गया था।

अचानक, लोहे के दरवाज़े की कैंची हटाकर धड़धड़ाता हुआ-सा विजय कोठी की सीमा में दाखिल हुआ उसे देखते ही वे सब चौंक पड़े, जबकि उन्हें लॉन में मौजूद देखकर विजय ठिठक गया।

गुस्से में कांपता हुआ वह आग्नेय नेत्रों से उन्हें घूर रहा था।

"तुम?" कुर्सी से खड़े होते हुए हरनामदास चीखे–"तुम यहां क्यों आए हो?"

जवाब में एक जम्प-सी ली उसने और क्यारी पार करके लोन में आ गया तेज और लंबे-लंबे कदमों के साथ वह कुछ ऐसे अंदाज में उनकी तरफ बढ़ा था कि वे सभी एक साथ सहमकर खड़े हो गए।

"वहीं रुक जाओ।" हरनामदास चीखे।

विजय रुका नहीं उनकी तरफ बढ़ता ही रहा, जबकि वे सब कांप से गए थे। बौखलाए से स्वर में हरनामदास ने एक बार फिर चेतावनी दी। विजय उनसे सिर्फ एक कदम दूर रुका।

दांत पीस रहा था वह। सारा चेहरा भभक रहा था। आंखें मानो आग उगल रही थीं। उसे ऐसी मुद्रा में देखकर उन सभी के जिस्मों में सिहरन-सी दौड़ गई, फिर भी हिम्मत करके हरनामदास ने अपने लहजे को कठोर बनाने की भरपूर कोशिश करते हुए पूछा–"इस घर में घुसने की तुम्हारी हिम्मत कैसे हुई?"

"तुम्हें चेतावनी आया हूं कुत्तों।" विजय गुर्राया।

"जुबान संभालकर बात करो!"

"शुक्र करो कि अभी तक बात जुबान से ही कर रहा हूं। बहुत जल्दी मेरे ये हाथ-पैर हरकत में आने वाले हैं। हरनामदास अगर ये समझा है कि तुम्हारी खरीदी हुई पुलिस से विजय डर जाएगा तो वह तुम्हारी सबसे बड़ी भूल है मैं नहीं जानता कि इस कोठी में रात कोई नकाबपोश आया भी था या नहीं यदि आया था तो शुक्र मनाओ कि वह मैं नहीं था। यकीन रखो, जब मैं आऊंगा तो अलार्म की आवाज तो क्या पुलिस सायरन की आवाज भी मुझे भगा नहीं सकेगी।"

"होश में बात करो।"

"होश में हूं बेटे तुम सबसे कहीं ज्यादा होश में हूं और उसी होशो-हवास में तुम्हें यह बताने आया हूं कि कल का सूरज मेरी बहन के कम-से-कम एक हत्यारे की लाश जरूर देखेगा।"

"तुम हमें धमकी दे रहे हो?"

"धमकी नहीं हरामजादे ये चेतावनी है और ये चेतावनी तुम्हें यह बताने के लिए दे रहा हूं कि विजय बुजदिल नहीं है विजय जब आएगा तब वह अपना चेहरा नहीं छुपाएगा।" कहने के साथ ही वह घूमा और जिस तेजी के साथ आया था, उसी तेजी से लौट भी गया।

जसवंत उसे पकड़ने के लिए लपका ही था कि हरनामदास ने उसे रोक दिया, बोले–"यह बेवकूफी होगी जसवंत, वह गुंडा है और कोई भी शरीफ आदमी गुंडे से लड़कर नहीं जीत सकता।"

"क्या मतलब?"

"गुंडों को काबू करने के लिए सबसे अचूक शस्त्र शराफत है।"

"लेकिन वह साफ-साफ शब्दों में हमें कत्ल करने की धमकी देकर गया है।"

"गुंडों का काम ही क्या है इस तरह बकते रहना।"

"मेरे ख्याल से वह सिर्फ बक नहीं रहा था डैडी।" मनजीत ने कहा।

हरनामदास बोले–"संभव है कि वह जो कह रहा था, उसे करने

की कोशिश भी करे, सिर्फ इसलिए क्योंकि मामला उसकी बहन से संबंधित है वैसे आमतौर पर ऐसे गुंडे सिर्फ लोगों को डराया-थमकाया करते हैं।"

"फिर भी वह खतरनाक है डैडी।"

"बिल्कुल खतरनाक नहीं है।"

"आप कैसी बात कर रहे हैं डैडी?" रेखा बोली–"उसकी आंखें किस तरह जल रही थीं, चेहरा भभक रहा था। उसके मुंह से निकलने वाला एक-एक लफ्ज जैसे आग में झुलसा हुआ था। मेरा दिल तो अभी तक कांप रहा है डैडी और आप कह रहे हैं कि वह खतरनाक नहीं है।"

"दरअसल वह बेवकूफ है उसका यहां आना खैर फिर जो कुछ कह गया है यदि उसे वह करता है तो निःसंदेह वह बेवकूफ है अगर वह खतरनाक होता तो कहता कुछ नहीं, सिर्फ करता।"

"कभी-कभी कहकर करने वाले ज्यादा खतरनाक होते हैं डैडी।" जसवंत बोला।

"तुम्हारी भूल है जसवंत अक्लमंद और खतरनाक सिर्फ वे होते हैं, जो बोलते कभी नहीं हैं गूंगे की तरह रहते हैं हम उन्हीं में से हैं जो बकते हैं वे कुछ करने से पहले ही जेल की चारदीवारी में पहुंच जाते हैं।"

"फिर भी हमें विजय का कोई-न-कोई इलाज जरूर करना चाहिए।"

"उसका इलाज खरबंदा है कभी न बिकने वाले खरबंदा से इतना कहना है कि विजय नाम का गुंडा यहां आकर हमें मारने की धमकी के साथ ही यह कहा गया है कि खरबंदा को हमने खरीद लिया है।"

"गुड।" जसवंत शायद अभी आगे भी कुछ कहना चाहता था, किंतु रुक गया। खुले पड़े लोहे के द्वार से एक चमकती कार कोठी में दाखिल हुई थी। तेजी से सरसराती हुई वह पोर्च की तरफ बढ़ गई।

⅄

उन सबकी दृष्टि कार ही पर स्थिर थी।

कार के दरवाज़े खुले, बंसी पर नजर पड़ते ही वे सब उछल पड़े। हरनामदास और जसवंत लपकते से अभी कार की तरफ बढ रहे थे कि ठिठक गए बल्कि अगर यूं कहा जाए कि वे सहम गए तो ज्यादा उचित होगा।

दरअसल कार से निकली दूसरी शख्सियत ही ऐसी थी, जिसे पहली बार देखकर कोई भी सहम जाए।

वह एक भारी-भरकम शरीर वाला करीब सात फुट लंबा दानव के आकार का व्यक्ति था। गोरा-चिट्टा रंग, लंबे-लंबे घने काले बाल, मेहंदी से रची लंबी दाढ़ी, जिस्म पर छींटदार चोगा, पैरों में खड़ा, हाथ में चंदन की एक टेढ़ी-मेढ़ी लकड़ी, गले में रुद्राक्ष और मोटे मनकों की माला, उस माला में लटकी थी विकराल महाकाली की मूर्ति, मस्तिष्क पर दाएं सिंदूर की तीन मोटी रेखाएं, उन रेखाओं के बीच चंदन की एक चौड़ी बिंदी लगी थी।

"आइए महाराज।" बंसी ने उनके हाथ जोड़े।

फिर वह लॉन में पहुंचा। वे सब अभी तक अवाक् से खड़े थे।

"ये मेरे मालिक हैं।" बंसी ने कहा–"और मालिक ये हैं बाबा भूतनाथ।"

हरनामदास हाथ जोड़कर उन्हें नमस्कार करने ही वाले थे कि बंसी ने इशारा किया। संकेत समझकर हरनामदास झट बाबा भूतनाथ के पैरों में झुक गए।

सभी ने चरण स्पर्श किए।

बाबा भूतनाथ की बड़ी और सुर्ख आंखों से मनजीत, रेखा और सुलक्षणादेवी अंदर-ही-अंदर कांप रही थीं। बाबा भूतनाथ का व्यक्तित्व अत्यंत ही प्रभावशाली और डरावना था।

"बैठिए महाराज।" हरनामदास ने कहा।

"बैठने का समय नहीं है। हमें उस मरीज के पास ले चलो।

"बोल कौन है तू?"

"कविता।"

"कौन कविता।"

"इस घर की बहू।"

"बार-बार क्यों आती है यहां?"

"इन हत्यारों से बदली लेने।"

"बदला कैसा बदला?"

"इन सबने मिलकर मार डाला था दहेज के लिए। इस घर के तहखाने में इन सबने ऊपर मिट्टी का तेल छिड़ककर आग लगा दी। मेरा जला हुआ शव एक संदूक में बंद करके लॉन में गाड़ दिया।"

"तू झूठ बोलती है।" बाबा नें डांटा।

"नहीं-नहीं।" मधु के मुंह से कविता की आवाज निकल रही थी–"मैं झूठ नहीं बोल रही हूं बाबा भूतनाथ। आप इन्हीं से पूछ लें लॉन को खोदकर देख लें।"

"इसे क्यों पकड़ा है तूने?"

"इनसे बदला लेने के लिए मुझे एक शरीर की जरूरत थी।"

"ठीक है, मगर तूने इसी को क्यों पकड़ा है?"

"इन सबके शरीरों से मैं नफरत करती हूं मधु दीदी मुझे प्यार करती थी इसलिए इन्हीं का सहारा लेकर मैं इन सबसे बदला लूंगी, बहू की मौत का बदला बहू को ही लेना चाहिए न?"

"इसे क्यों दुःख दे रही है, तेरा इसने क्या बिगाड़ा है?"

"मैं इन्हें कोई दुःख नहीं दे रही, बल्कि जो दुःख देगा मैं उसे खा जाऊंगी खून पी जाऊंगी उसका इन्होंने मेरा कुछ नहीं बिगाड़ा है।"

"तो इसे छोड़ दे।"

"नहीं मैं इन्हें नहीं छोड़ूंगी।"

बाबा भूतनाथ गुर्रा उठे–"तुझे छोड़ना होगा।"

"इन्हें छोड़कर कहां जाऊंगी अपने हत्यारों से बदला कैसे लूंगी?"

"हम नहीं जानते अंधे कुएं में चली जा।"

"नहीं-नहीं मुझे अंधे कुएं में मत लटकाओ।" छटपटाती हुई-सी मधु गिड़गिड़ा उठी।

इस रोमांचक, आश्चर्यजनक और भयानक दृश्य को वे सब देख रहे थे।

एकटक-अपलक।

सांस रुकी हुई थी। दिल बुरी तरह धड़क रहे थे।

कमरे का वातावरण बड़ा ही विचित्र, रहस्यमय और डरावना-सा था सभी खिड़कियां और दरवाज़े बंद कमरे के बीचोंबीच हवन कुंड के चारों तरफ चार नींबू रखे थे। नींबुओं में गड़ी अगरबत्तियां सुलग रही थी एक थाली में धूप जल रही थी सिंदूर रखा था।

हवनकुंड के एक तरफ पालथी मारे मधु बैठी थी।

दूसरी तरफ दोनों घुटने जमीन पर टेक बाबा भूतनाथ।

उनके इर्द-गिर्द हरनामदास, जसवंत, सुलक्षणादेवी, मनजीत, रेखा और बंसी बैठे कांप रहे थे, डर रहे थे। सारे कमरे में बदबूदार धुआं भरा हुआ था। विकृत चेहरे वाली मधु आंखें फाड़े बाबा भूतनाथ की आंखों में देख रही थी उसके मुंह से अजीब गूं-गूं की आवाज निकलकर सारे कमरे में गूंज रही थी।

बाबा भूतनाथ टेढ़ी-मेढ़ी लकड़ी हवा में उछालते हुए बोले–"तुझे इसको छोड़ना होगा। इस घर से हमेशा के लिए चले जाना होगा, वर्ना हम तुझे सात जन्मों के लिए अंधे कुए में लटका देंगे।"

"मैं बदला लिए बिना यहां से नहीं जाऊंगी।"

"नहीं जाएगी?" बाबा ने चेतावनी-सी दी।

मधु ने दृढ़तापूर्वक कहा–"नहीं।"

बाबा ने झपटकर एक नींबू उठा लिया। नींबू में टेढ़ी-मेढ़ी लकड़ी की नोक चुभोते हुए बोले–"बोल जाएगी कि नहीं?"

मधु दर्द से छटपटाने लगी। इस तरह जैसे कोई बल्लम उसकी गर्दन

में चुभा जा रहा हो। वे सभी उस हैरतअंगेज दृश्य को देख रहे थे। छटपटाती-सी मधु कहती चली जा रही थी–"नहीं-नहीं।"

"हमसे जिद करती है?" कहने के साथ ही बाबा ने लकड़ी नींबू में घुसेड़ दीं।

"आह-आह नहीं।" मधु किसी जख्मी की तरह चीखकर कह उठी–"तुम अपनी विद्या का दुरुपयोग कर रहे हो बाबा भूतनाथ। हत्यारों की मदद कर रहे हो तुम। इन्होंने दहेज के लिए मुझे मारा है मुझे तो खत्म कर सकते हो, लेकिन ऐसा करने से तुम्हारी विद्या भी खत्म हो जाएगी।"

बाबा भूतनाथ की बड़ी-बड़ी लाल आंखों में हैरानी के भाव उभरे, बड़े ही ध्यान से उन्होंने मधु को देखा और फिर एक झटके से नीबू के अंदर से लकड़ी निकाल ली।

"आह।" मधु के गले से जैसे बल्लम निकल गया।

उसे बहुत ही ध्यान से देखते हुए बाबा भूतनाथ ने कहा–"सो जाओ-सो जाओ।"

मधु की आंखें बंद होती चली गई। बैठी-ही-बैठी, पालथी मारे वह गहरी निद्रा में सो गई। हरनामदास आदि अभी कुछ समझ भी न पाए थे कि नींबू हाथ में लिए बाबा भूतनाथ एक झटके से खड़े हो गए।

वे सब भी खड़े हो गए।

"क्या हुआ महाराज?" बंसी ने पूछा।

बाबा भूतनाथ तेजी से उसकी तरफ घूमे गुस्से की ज्यादती के कारण उनका चेहरा आग-बबूला हो रहा था। दांत भींचकर बोले–"धोखेबाज, हत्यारे तू एक पाप कराने हमें यहां लाया था?"

"क्या मतलब महाराज?" हाथ जोड़े बंसी कांप गया।

"महाराज के बच्चे!" बाबा भूतनाथ ने झपटकर उसके बाल पकड़ लिए और गरजे–"वह यहां से कभी नहीं जाएगी। अपने हत्यारों से बदला लेने के बाद भी नहीं वह यहीं इसी कोठी में भटकती रहेगी।"

"ये आप क्या कह रहे हैं महाराज?" हरनामदास गिड़गिड़ा उठे।

"पहले हत्या करते हो फिर बाबा की मदद लेते हो हटो हम ये काम

नहीं कर सकते, अगर हमने ऐसा पाप किया तो हमारी विद्या जलकर भस्म हो जाएगी। हम पागल हो जाएंगे हम यह काम नहीं करेंगे कोई भी तांत्रिक नहीं करेगा। उसे बदला लेना है, लेकर रहेगी।"

"ऐसा मत कहिए महाराज, हम सब आपके पैर पड़ते हैं।" हरनामदास बाबा की टांगों से लिपट गए।

"पीछे हट धूर्त।" कहकर बाबा ने पूरी बेरहमी से हरनामदास को ठोकर मारी। उछलकर हरनामदास दूर जा गिरे, जबकि बाबा कह रहे थे-"यदि हमारे सिद्धांतों के खिलाफ न होता तो हम अभी पुलिस स्टेशन में जाकर तुम्हारी सब करतूतें उन्हें बता देते। अच्छा यही है कि हमें यहां से खामोशी के साथ जाने दो।"

जसवंत तक कांप उठा।

सुलक्षणादेवी आगे बढ़कर गिड़गिड़ा उठीं-"अच्छा महाराज यदि आप इसे यहां से भगा नहीं सकते तो हमें कोई ऐसी विधि ही बता दीजिए, जिससे हम इससे अपनी मदद कर सकें।"

"हालांकि हमें तुम्हारी कोई मदद नहीं करनी चाहिए, फिर भी तुम सबको 'गायत्री-मंत्र' का उच्चारण करते रहना चाहिए। मधु से भी कहना कि वह इस मंत्र का ज़ाप करती रहे। ऐसा करने से कविता की रूह उसके जिस्म पर कब्जा नहीं कर सकेगी।"

"गायत्री मंत्र क्या होता है महाराज?"

"हम तुम्हें लिखकर दे देंगे।"

"धन्यवाद महाराज बहुत-बहुत धन्यवाद।" कहने के साथ ही सुलक्षणादेवी बाबा भूतनाथ के पैरों में गिर पड़ीं। बाबा भूतनाथ के चेहरे पर नफरत उभर आई, बोले-"अब हम एक पल भी यहां नहीं रह सकते तुम सब दहेज के लोभी हो अपनी बहू के हत्यारे।"

⅄

"हे भगवान।" सुलक्षणादेवी की आवाज कांप रही थी-"अब क्या होगा?"

मनजीत ने काग़ज़ पर लिखी पंक्तियों को पढ़ा।

ओ३म् भूर्भुवः स्वः तत्सवितुर्वरेण्यम्ः।

भर्गो देवस्य धीमहि, धियो योनः प्रचोदयात्।।

सभी ने उसकी तरफ देखा।

"अब तो यह गायत्री मंत्र ही हमारा सहारा है।"

"पता नहीं, इससे भी कुछ होगा या नहीं?" जसवंत बोला।

"ऐसा नहीं बोलते बड़े सरकार।" बंसी ने कहा–"ये गायत्री मंत्र है हमें इस पर यकीन करना चाहिए। इसका जाप करने वाले व्यक्ति से प्रेत बाधाएं दूर भागती हैं।"

"बस-बस बंसी काका अब रहने दो इस बकवास को। तुम्हारे बाबा भूतनाथ को भी देख लिया कह रहे थे कि चुटकी बजाते ही बड़े-से-बड़े प्रेत को वश में कर लेते हैं, कविता के प्रेत से डरकर भाग गए।"

"डरकर नहीं बड़े सरकार, बल्कि हमसे क्रुद्ध होकर।"

"हमसे क्रुद्ध होने का तो उन्होंने बहाना किया था दरअसल वे कविता के प्रेत के यह कहने से डर गए कि यदि उन्होंने यह काम किया तो उनकी विद्या खत्म हो जाएगी, इसे डरना नहीं तो और क्या कहें?"

"बाबा भूतनाथ कभी किसी प्रेत से नहीं डर सकते।"

"अब उसकी बात छोड़ो जसवंत।" हरनामदास ने कहा–"हमारे सामने बहुत-सी समस्याएं हैं भूतनाथ की नाकामी से वे और भी ज्यादा बढ़ गई हैं।"

"मुझे तो यही डर खाए जा रहा है कि एक अन्य व्यक्ति हमारा सारा रहस्य जान गया है।"

"कौन-क्या तुम्हारा संकेत बाबा भूतनाथ की तरफ है?"

"हां?"

"उससे कोई फर्क नहीं पड़ता। इस बारे मे अब बह किसी से कोई जिक्र नहीं करेगा, क्याकि ऐसा करना उसके पेशे और सिद्धांत के खिलाफ है। हमें व्यर्थ ही उसके बारे में सोचकर अपना दिमाग खराब नहीं करना चाहिए।"

"पता नहीं भगवान ने हमें किस मुसीबत में फंसा दिया है?" सुलक्षणादेवी बड़बड़ाई।

"सच अगर हमें पहले पता होता कि कविता भाभी का मर्डर करने के बाद हम मुसीबतों से इस कदर घिर जाएंगे तो कभी मर्डर न करते।" रेखा ने पश्चाताप-सा किया।

"अब पुरानी बातों को सोचने या अपने किए पर अफसोस करने से कुछ नहीं होगा!" हरनामदास बोले–"अब तो हमें सिर्फ सामने खड़ी मुसीबतों से निपटने तथा कानून और कविता की रूह से बचने की तरकीब सोचनी चाहिए।"

"फिलहाल हमारे सामने मधु सबसे बड़ी प्रॉब्लम बनकर उभरी है मार भी नहीं सकते पता नहीं इस बार होश में आने के बाद उसका व्यवहार कैसा होगा? सबसे खतरनाक बात तो ये है कि वह पता नहीं कौन से क्षण अचानक ही कविता में बदल जाए?"

"यह भी याद रखने वाली बात है कि एकाध दिन में उसके पिता यहां आने वाले हैं।"

"यदि उनके सामने ऐसा कुछ हो गया तो . . ."

बंसी ने कहा–"रूह का तो फिलहाल हम पर सिर्फ एक ही इलाज रह गया है ये गायत्री मंत्र, इस मंत्र को हमें कई काग़ज़ों पर उतार लेना चाहिए और जप करते रहना चाहिए। बड़ी बहू जैसे ही छोटी बहू से मुक्त हो, उन्हें भी मंत्र देकर जाप करने के लिए कहना चाहिए।"

"ठीक है, इसके अलावा फिलहाल हमारे पास रास्ता भी कुछ नहीं है।"

जसवंत ने पूछा–"और डैडी आपने विजय के बारे में क्या सोचा?"

"उसकी रिपोर्ट हमें खरबंदा से कर देनी चाहिए।"

"लेकिन संभलकर खरबंदा बहुत काइयां है वहीं एक बात के कई अर्थ बड़ी आसानी से निकाल लेता है, कहीं ऐसा न हो कि बार-बार रिपोर्ट करने पर वह हमारी मेंटेलिटी भांप जाए?"

"हमें उससे तो इतना डर नहीं है जितना डर पंडितजी से है, पता

नहीं अपनी तफ्तीश में वह किस-किससे क्या-क्या सवाल-जवाब करता फिर रहा होगा अभी उसे यहां भी आना है?"

"उसे मैं संभाल लूंगा डैडी।" जसवंत का वाक्य अभी पूरा हुआ ही था कि कॉलबेल की आवाज ने उन सबको चौंका दिया, हरनामदास बड़बड़ा उठे–"इस वक्त कौन हो सका है?"

"तुम देखो बंसी।" जसवंत बोला।

बंसी दरवाज़े की तरफ बढ़ा ही था कि हरनामदास ने कहा–"यदि पंडितजी हों और हमें पूछें तो कह देना कि हम घर पर नहीं हैं, जो बातें उन्हें करनी हैं जसवंत से कर लें।"

स्वीकृति में गर्दन हिलाकर बंसी चला गया।

थोड़ा हंसते हुए जसवंत ने कहा–"कमाल है डैडी का जो पंडितजी से बुरी तरह डर गए हैं।"

"वह चीज ही ऐसी है जसवंत कम्बख्त, जब देखता है तो लगता है कि उसंकी आंखों में एक्सरे मशीन वाले लेंस फिक्स हैं, जैसे वह हमारे मनो-मस्तिष्क में चकराने वाले विचारों को पढ़ रहा है।"

जसवंत ठहाका-सा लगाकर हंस पड़ा।

अभी वह हंस ही रहा था कि बंसी ने आकर सूचना दी–"पंडितजी आए हैं।"

सभी के जिस्मों में एक ठंडी-सी लहर दौड़ गई। हंसते हुए मनजीत का मुंह खुला का खुला रह गया। अपनी रीढ़ की हड्डी में बड़ी तेजी से दौड़ने वाली अजीब-सी सिहरन का अहसान उसने भी किया था।

⅄

"हैलो मिस्टर जसवंत!" पंडितजी ने सोफे से खड़े होकर हाथ बढ़ा दिया।

जसवंत ने हाथ मिलाया 'हैलो' कहने के बाद बोला–"आपसे मिलकर बड़ी खुशी हुई, काफी नाम सुना है आपका बैठिए।"

"किससे सुना नाम क्या अपने डैडी से?" बैठते हुए पंडितजी ने पूछा।

"जी नहीं।" जसवंत पंडितजी के पहले ही कटाक्ष पर बौखला-सा गया, शीघ्र ही संभला और उनके सामने वाले सोफे पर बैठता हुआ बोला–"शहर में ऐसा कौन है, जो आपकी प्रशंसा न करता हो।"

"क्या तुम्हारे डैडी ने हमारे बारे में कुछ नहीं कहा?"

"जी कहा था।"

"क्या?"

"यही कि कविता के नाम एक पालिसी थी, जिसका क्लेम देने से पहले आज जांच कर रहे हैं कि कविता सचमुच मरी भी है या नहीं?"

"तम्हें यह सुनकर कैसा लगा था।"

"कैसा भी नहीं?"

"क्या मतलब?" पंडितजी के चेहरे पर चौंकने के भाव उभरे, बहुत ही ध्यान से उन्होंने जसवंत को देखा और बोले–"क्या यह जानकर तुम्हें आश्चर्य नहीं हुआ कि हम कैसी अजीब तफ्तीश कर रहे हैं?"

"जी नहीं।" मन-ही-मन पंडितजी को चौंकाकर जसवंत खुश था बोला–"मुझे उसमें आश्चर्य जैसी कोई बात महसूस नहीं हुई।"

"क्यों?"

"आप एलआईसी के जासूस हैं। कविता को मृत मान लेने पर आपकी कंपनी, को एक लाख देने होंगे। इसलिए बिना तफ्तीश के आपको उसकी मृत्यु पर यकीन नहीं करना चाहिए और यकीन न करने की एक बड़ी वजह आपको कविता की लाश बरामद न होना कहनी चाहिए।"

"वैरी गुड। लगता है हुम वाकई जीनियस हो।"

"थैंक्यू।"

"मगर उतने भी नहीं जितना स्वयं को दर्शा रहे हैं!"

"क्या मतलब?" इस बार जसवंत उछल पड़ा।

पूरी संजीदगी से भरी मुस्कान के साथ पंडितजी बोले–"दरअसल

तुम्हारे बैठने के अंदाज से ऐसा लग रहा है मिस्टर जसवंत कि मेरे सवाल का जवाब पूरी तरह देने के लिए आप अपने कमरे से ही तैयार होकर आए हो।"

सोफे पर तना बैठा जसवंत एकदम ढीला पड़ गया। पंडितजी के वाक्य ने उसके चेहरे के रंग को फीका कर दिया। वजह शायद यह थी कि पंडितजी ने उसके मनो-मस्तिष्क में छाए भाव कहे थे, फिर भी उरसने शीघ्र ही स्वयं को संभालने का प्रयास करते हुए कहा–"जी नहीं ऐसी तो कोई बात नहीं।"

"जबकि तुम्हारे चेहरे का बदला हुआ रंग कह रहा है कि बात ऐसी ही है।"

चेहरा कुछ और उतर गया, बोला–"आपको वहम हुआ है ऐसी कोई बात नहीं है!"

"आपके मुंह से निकलने वाले शब्दों और चेहरे पर उभरने वाले भावों में साम्य नहीं है। मिस्टर जसवंत इससे मैं ये अंदाजा लगाता हूं कि आप में दिमाग है आप कोई अच्छी स्कीम बना सकते हैं यदि आप चाहें तो अपनी स्कीम से कानून को धोखा भी दे सकते हैं, लेकिन बहुत अच्छी एक्टिंग नहीं कर सकते!"

"क्या आप मुझ पर कविता की हत्या करने का आरोप लगा रहे हैं?"

"हम यह मानते ही नहीं कि वह मरी है, तो ऐसा आरोप कैसे लगा सकते हैं?"

"तो फिर कहीं आप यह तो नहीं कहना चाहते कि मैंने कविता को कहीं छुपाकर कानून को धोखा दिया है।"

"ऐसा हमने कब कहा?"

"तो फिर मुझे स्कीम मास्टर कहने या कानून को धोखा देने में सक्षम कहने का अर्थ?"

"आप वकील हैं न हमने तो इसी नाते कहा था कि आप जज को चकरा सकते हैं!"

"ओह!" जसवंत ने एक ठंडी सांस ली। वह महसूस कर रहा था कि उसके चेहरे पर पसीने की बूंदें उभर आई हैं और यह भी पंडितजी उन्हीं बूंदों को घूर रहे हैं। जसवंत की भीतरी स्थिति बड़ी अजीब हो गई, लाख चेष्टाओं के बावजूद वह स्वयं को बेचैन होने से नहीं रोक पा रहा था। इसमें शक नहीं कि पंडितजी एक हव्वा-सा बनकर उसके दिलो-दिमाग पर सवार होते जा रहे थे अभी वह कुछ बोल भी नहीं पाया था कि पंडितजी ने कहा–"आपके चेहरे पर पसीना उभर आया है कृपया उसे साफ कर लें।"

जसवंत ने जल्दी से जेब से रुमाल निकाला। पसीना पोंछते वक्त उसने महसूस किया कि उसके हाथ उसके काबू से बाहर होकर कांप रहे हैं यह भी वह नहीं देख पाया था कि रुमाल निकलते वक्त उसकी जेब से वह काग़ज़ निकलकर फर्श पर गिर गया है, जिस पर गायत्री मंत्र लिखा था, जबकि पंडितजी ने उस काग़ज़ को देख लिया था, जिस वक्त जसवंत रुमाल जेब में वापस रख रहा था, उस वक्त पंडितजी ने सवाल किया–"क्या हम अचानक ही आपके चेहरे पर उभर आने वाले इस पसीने की वजह जान सकते हैं?"

"शायद यह पसीना मेरे यह सोचने की वजह से उभरा था कि आप मुझ पर कोई आरोप लगा रहे हैं?"

"आपने ऐसा क्यों सोचा?"

"आप जासूस लोगों का क्या भरोसा?"

"सच बात है।" पंडितजी मुस्कुराए–"हम लोगों का भरोसा तो दरअसल हमारी पत्नियां और बच्चे तक नहीं करते, खैर क्या आप कल्पना कर सकते हैं कि कविता आपके सामने जीवित खड़ी है?"

"कल्पना कैसे की जा सकती है।"

"गुड अब आप यह बताइए कि अचानक कविता को सामने देखें तो क्या करेंगे?"

"मैं!" कहने के साथ ही उसने कुछ सोचने का उपक्रम किया, जबकि जवाब उसके पास पहले से ही था, बोला–"मैं उससे पूछूंगा कि

जब वह अपने प्रेमी से इतना प्यार करती थी, तो उसने मनजीत से शादी ही क्यों की। हमारे घर की मान-मर्यादा, इज़्ज़त-सम्मान के परखच्चे क्यों उड़ाए? उसने क्यों सारे शहर को यह कहने का मौका दिया कि हरनामदास के परिवार में दहेज के लिए बहू को मार डाला गया है!"

"ठीक है, यह सवाल आपको उससे करना ही चाहिए खैर, क्या आप कविता की मृत्यु पर अपने विचार प्रकट करेंगे?"

"मेरे विचार से तो वह मर चुकी है।"

"मेरे ख्याल से जितने भी सुबूत मिले हैं, वे सब चीख-चीखकर यही कहते हैं कि कविता मर चुकी है और उन सुबूतों की मौजूदगी में उसे मृत स्वीकार करने के लिए मैं लाश की बरामदगी बहुत जरूरी नहीं समझता।"

"क्या आप उन सुबूतों का हवाला देंगे?"

"आपको कष्ट तो जरूर होगा, लेकिन यदि आप अदालत से इस केस की फाइल निकालकर पढ़ लें, तो आपको हर सवाल का जवाब मिल जाएगा!"

"हम सिर्फ आपकी राय जानना चाहते हैं।"

"मेरी राय वही है, जो इस केस का फैसला करने वाले जज की थी।"

पंडितजी चुप हो गए। दोनों के बीच हल्का-सा तनाव छा गया था। कदाचित इस तनाव को दूर करने के लिए ही पंडितजी ने जेब से एक सिगरेट निकालकर सुलगाई, गहरे कश के बाद गाढ़ा और कड़वा धुआं उगलते हुए बोले–"क्या आपकी माताजी कविता को दहेज के लिए ताने देती थी?"

"जी हां।" जसवंत ने सतर्कतापूर्वक जवाब दिया।

"क्या यह बात कुंजबिहारी को मालूम थी?"

"जी हां।"

"कविता और उसके पीहर वाले आपकी इस मांग से परेशान रहते होंगे?"

"संभव है कि रहते हों, लेकिन मेरे ख्याल से मां कविता से कम दहेज लाने की सिर्फ शिकायत किया करती थी। प्रताड़ित करने जैसी कोई बात नहीं थी, दरअसल प्रताड़ित वे कर ही नहीं सकती थीं, क्योंकि मनजीत से लेकर डैडी तक घर का कोई भी अन्य सदस्य इस मामले में उनका पक्ष नहीं लेता था।"

"फिर भी कविता और उसके पीहर वाले तो परेशान रहते ही होंगे?"

"मैं समझ नहीं पा रहा हूं कि आपके इन सवालों का कविता के मरने या जीवित होने से क्या संबंध है?"

"दरअसल इस केस के संबंध में मैं कुंजबिहारी से मिल चुका हूं वे आज भी हर तरह से यही मानते और कहते हैं कि कविता की हत्या आप लोगों ने दहेज के लिए की है।"

"कोर्ट के जजमेंट के बाद हम उनके बकने की परवाह नहीं करते।"

"फिर भी उसके यह कहने से इतना तो जाहिर है ही कि वे आपकी तरफ से मांगे जाने वाले दहेज को अहम् मसला समझते थे।"

"फिर ?"

"कुंजबिहारी के पास उस मांग को पूरी करने के लिए पैसे नहीं थे। वे परेशान रहते थे तभी उनके दिमाग में कविता की यह पॉलिसी वाली बात अटैक की। उन्होंने सोचा कि यदि कविता मर जाए तो उन्हें एलआईसी से एक लाख मिलेगा। इस एक लाख से वे आपकी सभी मांगें पूरी कर सकते हैं।"

"आप कैसी बात कर रहे हैं, भला कोई बाप उसी को मारने की बात कैसे सोच सकता है, जिसका उसे दहेज देना है। उसकी मौत के बाद दहेज का जिक्र ही कहां रह जाता है। बड़ी अजीब बात कर रहे हैं आप?"

"यह बात कुंजबिहारी ने अपनी बेटी को समझाई कि उसकी मौत उन्हें एक लाख दे सकती है। कविता तो आपकी माताजी को मांग पूरी करने के लिए बेचैन थी ही, सो वह अपने पिता की प्लानिंग पर काम करने के लिए तैयार हो गई।"

"कैसी प्लानिंग?" जसवंत के माथे पर बल पड़ गए थे।

"उन्होंने कविता से चार पत्र लिखवाए, पहले तीन पत्र बंसी के हाथ कविता ने गोविद को भेजे। इस घर से भागने की नकली पृष्ठभूमि तैयार–चौथा पत्र यहीं छुड़वाया, जिससे आप लोगों को पता लगा कि कविता घर से भाग गई है। कविता की सैंडिल्स पुल पर रखवा दी गई। पुल पर वह वाक्य लिखवा दिया गया। साड़ी और गोविंद के पत्र नहर में डाल दिए गए, बिछुवा गोविंद के फ्लैट में, आत्महत्या की कहानी तैयार।"

अंदर-ही-अंदर कांप गया जसवंत शायद यह सोचकर कि यह काइयां जासूस हर कदम पर वही कह रहा है, जो उन्होंने किया है, फर्क सिर्फ इतना है कि यह मुजरिम कुंजबिहारी को मान रहा है और सोचकर चल रहा है कि कविता सब कुछ अपने पिता के कहने पर स्वेच्छा से करती चली गई। अपने मनोभावों को छुपाकर वह आश्चर्य प्रकट करता हुआ बोला–"ओह गॉड, ये आप क्या कह रहे हैं?"

"किसी को शक न हो इसलिए उन्होंने आप पर हत्या का मुकदमा ठोंक दिया। जरा गौर कीजिए, उनके पास ऐसा कोई पुख्ता सुबूत नहीं था, जिससे वे अपने दावे को साबित करते मजे की बात यह है कि वे अपना दावा सिद्ध करना भी नहीं चाहते थे। मुकदमा तो एक दिखावा मात्र था असली मकसद तो अदालत से कविता की आत्महत्या का सर्टिफिकेट प्राप्त करना था, सो उन्होंने कर लिया। उसी आधार पर एलआईसी पर एक लाख का क्लेम किया। कोर्ट के फैसले के बाद कुंजबिहारी के दिमागानुसार कंपनी को एक लाख देने ही होंगे। अब जरा उन्हीं के दिमाग से सोचिए उन्हें एक लाख मिल जाते हैं। इस एक लाख को वे दो-चार महीने में खर्च नहीं करते। छः महीने बाद एकाएक रहस्य खुलता है कि कविता जीवित है। किसी अनपढ़ मछेरे ने उसे नहर से बचा लिया था। कविता कुंजनबिहारी को मिल जाती है। कविता के जीवित होने की खबर सुनते ही कंपनी अपने एक लाख के लिए दौड़ती है। कुंजबिहारी कहते हैं कि वे एक लाख कहां से दें, उनके पास नहीं हैं

खर्च कर चुके हैं किस्तों में दे सकते हैं। कोर्ट भी किश्त बाँधने से ज्यादा कुछ नहीं कर सकेगी। कुंजबिहारी वह एक लाख रुपया आराम से सारी जिंदगी देते रहेंगे। प्रत्यक्ष में कविता का बयान यही होगा कि वह गोविंद से निराश होकर नदी में कूदी थी, जबकि कुंजबिहारी आपको सारी हकीकत बताकर कविता के साथ एक लाख भी दे देंगे।"

"ओह गॉड आपका दिमाग है या...!"

"सबकुछ अपनी जगह है, कविता भी कुंजबिहारी भी आप भी आपकी मांग पूरी हो गई। कुंजबिहारी की समस्या खत्म किसी का कुछ नहीं बिगड़ा सिर्फ कंपनी मारी गई। उसकी एक लाख की मोटी रकम टूट-टूटकर किश्तों में मिल रही है।"

"आप कमाल कर रहे हैं।"

जसवंत की आंखों में झांकने के बाद पंडितजी ने सवाल किया– "क्या ऐसा नहीं हो सकता?"

"नहीं ऐसा नहीं हो सकता?"

"क्यों?"

"आप बहुत सुलझे हुए दिमाग से सोच रहे हैं। कुंजबिहारी में इतना दिमाग नहीं हो सकता।"

"इस बात को छोड़िए मिस्टर जसवंत, सिर्फ इस बात का जवाब दीजिए कि प्रस्तुत परिस्थितियों नें यदि किसी लड़की का पिता इस योजना पर काम करे तो वह कहां पकड़ा जा सकता?"

"कहीं नहीं।"

"यानी एलआईसी को ठगने का यह एक सुदृढ़ प्लान है?"

"जी हां मगर, दरअसल ऐसे प्लान सोच भी आप ही सकते हैं, कुंजबिहारी जैसे साधारण व्यक्ति इतनी दूर तक नहीं सोच सकते उनके साथ ऐसी सुलझी हुई योजना जोड़कर आप भूल कर रहे हैं।"

"जरूरत मूर्ख से मूर्ख व्यक्ति को भी बुद्धिमान बना देती है मिस्टर जसवंत और फिर शरीर को देखकर किसी भी व्यक्ति की शारीरिक शक्ति का अनुमान आसानी से लगाया जा सकता है, जबकि किसी

व्यक्ति की बौद्धिक शक्ति का पता लगाने के लिए, आज तक कोई यंत्र भी नहीं बना है। हम सबसे बड़ी मूर्खता तब कर रहे होते हैं, जब सामने वालों की बुद्धि के बारे में कोई कुछ कह रहे होते हैं दरअसल किसी की बुद्धि के बारे में कोई कुछ नहीं कह सकता।"

न चाहते हुए भी जसवंत के चेहरे पर चकित रह जाने वाले लक्षण उभर आए थे। सामने बैठा अधेड़ व्यक्ति उसे व्यक्ति नहीं जिन्न-सा लगा उससे हजार गुना खतरनाक, जितना डैडी ने बयान किया था। जसवंत को लगा कि यह व्यक्ति कभी भी रहस्य की किसी भी पर्त में घुस सकता है वह अभी अपने विचारों में ही गुम था कि पंडितजी ने पूछा–"क्या सोच रहे हैं मिस्टर जसवंत?"

"आं।" जसवंत चौंका–"कुछ नहीं।"

"कुछ तो?" जिन्न मुस्कुराया।

"आपके दिमाग के बारे में सोच रहा था।"

पंडितजी की मुस्कुराहट गहरी हो गई, बोले–"दुनिया की सबसे बड़ी मूर्खता करना छोड़ो और यह मानो कि कुंजबिहारी उसी योजना पर अमल कर रहा है, तब बताओ कि वह क्या गलत कर रहा है?"

"यदि ऐसा हुआ तो हम न कविता को स्वीकार करेंगे न ही उस पर एक लाख को, बल्कि सारी दुनिया के सामने उसकी हकीकत खोल देंगे। इतने बड़े ठग से हम कोई संबंध नहीं रखना चाहेंगे।"

"यानी आप मान रहे हैं कि कविता जीवित हो सकती है?"

"बशर्ते कि कुंजबिहारी ने ऐसा किया हो मुझे उम्मीद नहीं है।"

"यानी इस कहानी की मौजूदगी में कोर्ट के फैसले पर आपको भी शक होने लगा है?"

"जी हां आपने बात ही ऐसे ढंग से कही है।"

"थैंक्यू।" कहने के साथ ही पंडितजी उठ खड़े हुए, फिर स्वयं ही ठिठके, बोले–"शायद पसीना पोंछने के लिए रुमाल निकालते वक्त आपकी जेब से कुछ गिर गया था।"

जसवंत ने चेहरा झुकाकर उस तरफ देखा, जिधर पंडितजी इशारा

कर रहे थे काग़ज़ को देखते ही जसवंत के पसीने से छूट गए। फिर भी उसने सामान्य स्वर में कहा–ओह।"

"थैंक्यू।" कहते हुए जसवंत ने झुककर काग़ज़ उठा लिया और अभी वह उसे जेब में रखने ही वाला था कि हाथ फैलाकर पंडितजी ने कहा–"क्या हम इस काग़ज़ को देख सकते हैं मिस्टर जसवंत?"

"क्यों नहीं?" बौखलाए से जसवंत को काग़ज़ उन्हें देना ही पड़ा।

पंडितजी ने काग़ज़ खोला, पढ़ा और बोले–"ये तो गायत्री मंत्र है?"

"जी हां।"

"आप इसे जेब में क्यों रखते हैं?"

"बस यूं ही।"

"कमाल है हमारे ख्याल से यह मंत्र प्रेत बाधाओं को अपने से दूर रखने के लिए काम आता है। आप किसके प्रेत को अपने से दूर रखना चाहते हैं?"

"किसी के प्रेत को नहीं?"

"फिर यह मंत्र?"

"वैसे ही आप तो छोटी-से-छोटी बात की वजह खोजने लगते हैं मुझे रात को सोते वक्त बुरे-बुरे सपने दिखाई देते हैं। कभी-कभी डर भी जाता हूं। यही बात जब मैंने एक ज्योतिषी को बताई तो उसने यह मंत्र लिखकर दे दिया।"

"कोई मूर्ख पंडित रहा होगा। रात में डरने वाले को इससे ज्यादा लाभ हनुमान चालीसा पहुंचा सकती है।" कहने के साथ ही पंडितजी ने काग़ज़ उसे दे दिया और बोले–"खैर, फिलहाल चलते हैं अगर इस केस में जरूरत पड़ी तो आप लोगों को फिर कष्ट देने आएंगे।"

"कष्ट कैसा पंडितजी, आपका घर है।" जसवंत ने हाथ बढ़ा दिया।

⅄

"हद हो गई इस आदमी की कम्बख्त की खोपड़ी में दिमाग है या

सोचने का काम करने वाली कोई आधुनिक मशीन?" पंडितजी के चले जाने के बाद जसवंत ने बड़बड़ाकर स्वयं से ही कहा।"

"क्यों मान गए न?" हरनामदास उसके निकट आते हुए बोले–"वहां छुपे हम सब भी तुम्हारी बातें सुन रहे थे। हमने महसूस किया कि शुरू-शुरू में तुमने उस पर हावी होने की कोशिश की ऐसा हमें लगा भी था कि तुम उस पर हावी हो रहे हो, किंतु वह गलत था, उसने शीघ्र ही तुम्हें ऐसी पटकी मारी कि तुम चारों खाने चित गिरे, सांकेतिक अंदाज में वह यह भी कह गया कि सारा प्लान तुम्हारा भी हो सकता है।"

"सच दिमाग की लड़ाई में उससे कोई नहीं जीत सकता, सारी कहानी उसके दिमाग में उसी तरह फिक्स है, जिस तरह हमने किया है, फर्क सिर्फ ये है कि वह मुजरिम के रूप में कुंजबिहारी को देख रहा है।"

"उसका दिमाग किसी भी क्षण पलटा भी खा सकता है।"

"क्या मतलब?"

"वह यह भी सोच सकता है कि यह सबकुछ कुंजबिहारी के स्थान पर हमने किया है।"

"मैं नहीं समझ सकता कि यह बात उसने नहीं सोची होगी, बल्कि मैं तो यह कहता हूं कि इस मृत्यु को कुंजबिहारी द्वारा किया गया कहकर वह हमसे स्वीकृति ले गया है हां, हमारे बारे में सोचता-सोचता वह सिर्फ यह सोचकर अटक जाता होगा कि हमें कविता को जीवित रखने में कोई लाभ नहीं है।"

"भविष्य में वह हमारे लिए किसी भी क्षण बेहद खतरनाक साबित हो सकता है।"

"इसमें कोई शक नहीं, आखिर मैं इस गायत्री मंत्र को लेकर उसने जो कुछ कहा, उसने मुझे झकझोर कर रख दिया था कोई नहीं कह सकता कि वह कब क्या सोच जाएगा या वह क्या सोच रहा है। यह भी नहीं कहा जा सकता कि कौन-सा सवाल वह क्या सोचकर कह रहा है। उसकी कथनी और करनी में भी बहुत अंतर हो सकता है।"

"उसकी तरफ से हमें बहुत ज़्यादा सतर्क रहना होगा।"

"ओह हरनामदास जी। जी हां मैं खरबंदा ही बोल रहा हूं कहिए।"

दूसरी तरफ से कुछ कहा गया जिसे सुनकर खरबंदा ने कहा–"ओह लेकिन आप उसकी परवाह मत कीजिए दरअसल वह लड़का थोड़ा भावुक किस्म का है बस, इसीलिए आपके पास पहुंच गया होगा। मैं नहीं समझता कि वह, वह सब कर सकता है जोश में कह रहा है संभव है मेरे रात के जाने पर तिलमिला उठा हो।"

फोन पर दूसरी तरफ से पुन: कुछ कहा गया।

जवाब में थोड़ा हंसता हुआ खरबंदा बोला–"अच्छा-अच्छा यदि आपकी ऐसी ही इच्छा है तो आज की रात उस पर नजर रखूंगा आप चिंतित न हों। डरने की कोई बात नहीं है, कुछ नहीं होगा।"

दूसरी तरफ से फिर कुछ कहा गया।

"नहीं वह अभी तक नहीं पकड़ा गया। पता नहीं कम्बख्त कहां गायब हो गया है। सारे शहर में बड़ी सरगर्मी से उसकी तलाश की जा रही है। अच्छा-अच्छा, हां ठीक है जैसे ही वह पकड़ा जाएगा मैं आपको सूचित कर दूंगा।" कहने के बाद उसने रिसीवर क्रेडिल पर रखकर संबंध विच्छेद कर दिया।

"क्या कह रहे थे?" उसके सामने मेज के पार एक कुर्सी पर पसरे से पंडितजी ने पूछा।

खरबंदा ने बताया–"कह रहे थे कि कुंजबिहारी का लड़का विजय उनकी कोठी पर आकर आज सुबह धमकी दे गया है कि कल का सूरज उनमें से किसी एक की लाश देखेगा।"

"क्या चाहते हैं?"

"कि मैं विजय पर आज रात नजर रखूं उससे डर रहे हैं।"

"तुमने क्या कहा?"

"नजर रखने के लिए कह दिया है, मगर मुझे लगता नहीं कि वह लड़का ऐसा कुछ कर सकेगा।"

"तुम गलत सोच रहे हो वह लड़का भावुक है और भावुक व्यक्ति कम-से-कम बहन की हत्या का बदला लेने के लिए कुछ भी कर सकता है।"

"यदि आप कहते हैं तो मैं आज रात उस पर नजर जरूर रखूंगा।"

"और क्या कह रहे थे?"

"आश्वस्त होने के बाद जेल से भागने वाले कैदी के बारे में पूछने लगे यह कि वह अभी तक गिरफ्तार हुआ है या नहीं?"

"इस कैदी से हरनामदास की इतनी दिलचस्पी क्यों है?"

"मैं ख़ुद नहीं समझ पा रहा हूं मैंने आपको बताया ही था कि कैदी के बारे में जानकारी हासिल करने एक बार वे खुद यहां आ चुके हैं दरअसल, यदि आप सच्चाई पूछें पंडितजी तो मैं कुछ भी नहीं समझ पा रहा हूं बड़ी उलझन-सी में फंस गया हूं मैं निर्णय नहीं कर पा रहा हूं कि आखिर मामला क्या है?"

"तुम्हारे दिमाग में कैसी उलझन है?"

"कविता के केस का फैसला होने के बाद से संयोगवश मेरा लिंक बराबर हरनामदास से बना हुआ है। मैं कैदी का पीछा करता हुआ उनकी कोठी पर पहुंचा रात के उस वक्त कोठी का वातावरण मुझे बड़ा अजीब-सा लगा। मैंने स्वयं से ही यह सवाल किया कि मुझे ऐसा क्यों लगा, परंतु कोई कारण सोच नहीं सका। अगले ही दिन जब उन्होंने यहां आकर कैदी के बारे में पूछा तो मेरे दिमाग में फिर सवाल उभरे जवाब इस बार भी गायब। उसके बाद कल रात उन्होंने मुझे खुद फोन करके बुलाया। कोई नकाबपोश मनजीत के कमरे में उसका कत्ल करने के इरादे से घुस आया था। मैंने तुरंत वहां जाकर जांच की। सारा वातावरण इस बार भी मुझे रहस्यमय लगा वजह फिर नहीं सोच सका। दरअसल वे सब मुझे सहमे-सहमे से आतंकित और डरे हुए से नजर आते हैं।"

"मुमकिन है कि उस नकाबपोश के आगमन के कारण डरे हुए हों।"

"जरूर हो सकता है, लेकिन सवाल ये उठता है कि कोई मनजीत को मारना क्यों चाहता है, कौन है वह उन्होंने अपना शक विजय पर

जाहिर किया था, मैं तुरंत थापर नगर पहुंचा। उस जांच के बाद मैं इस नतीजे पर पहुंचा कि वह विजय नहीं था। अब सवाल उठता है कि फिर वह कौन था और मनजीत की हत्या क्यों करना चाहता था?"

"उसका हरनामदास की कोठी के कथित रहस्यमय वातावरण से क्या संबंध?"

"मुमकिन है कि वह रहस्यमय वातावरण ही किसी तरह से उस नकाबपोश के आगमन की वजह हो?"

"तुम कहना क्या चाहते हो?"

"दरअसल यही तो मैं नहीं समझ पा रहा हूं। अब उन्होंने फिर फोन करके विजय की कंपलेंट की है। जेल से फरार होने वाले कैदी के बारे में पूछा है, ये सब क्या है क्यों हो रहा है। मुझे कुछ खटक रहा है लेकिन यह नहीं बता सकता कि क्या और क्यों मुझे लग रहा है कि हरनामदास और उनका परिवार किसी उलझन में या उधेड़बुन में व्यस्त है। उस कोठी में कुछ-न-कुछ असामान्य जरूर हो रहा है, लेकिन क्या समझ नहीं पा रहा हूं।"

"गुड तुम भी ठीक वहीं पहुंचे हो, जहां हम पहुंचे हैं।"

"क्या मतलब?" खरबंदा चौंका।

"हम अभी-अभी उन्हीं की कोठी से उठकर आ रहे हैं। जसवंत से बड़ी दिलचस्प बातें हुई।"

"क्या।"

"उन्हें छोड़, तुम पहले हमारे सवाल का जवाब दो।"

"पूछिए।"

"क्या तुम जानते हो कि गायत्री मंत्र क्या होता है?"

"गायत्री मंत्र, जी हां यह भूत-प्रेत जैसी बाधाओं को भगाने का मंत्र माना जाता है।"

"गुड क्या तुम बता सकते हो कि कोई अच्छा-खासा पढ़ा-लिखा आदमी इसे जेब में कब रखता है?"

खरबंदा पंडितजी के किसी भी सवाल का अर्थ नहीं समझ पा रहा था,

फिर भी बोला–"तब, जबकि उसे वहम हो गया हो कि कोई प्रेत बाधा उस पर आक्रमण कर सकती है। किसी तरह का नुकसान पहुंचा सकती है।"

"यह एक और प्वाइंट है, जो यह साबित करता है कि उस कोठी में कुछ-न-कुछ हो रहा है।"

"मैं समझा नहीं।"

"यह मंत्र मैंने जसवंत की जेब में देखा है।"

"ओह।"

पंडितजी ने एक और सवाल किया–"जरा सोचकर जवाब दो जब रात उनके बुलाने पर तुम कोठी में गए, तब जसवंत का चेहरा कई स्थानों से थोड़ा-थोड़ा जला हुआ था या नहीं?"

"बिल्कुल नहीं।" खरबंदा ने पूरी दृढ़ता के साथ कहा।

"जबकि इस वक्त उसका चेहरा जला हुआ था।"

"कैसे?"

"ठीक उसी तरह जैसे किसी ने उसके चेहरे पर गर्म पानी फेंक दिया हो।"

"यह कैसे हो गया?"

"फिलहाल कहा नहीं जा सकता लेकिन यह घटना भी संकेत करती है कि उस कोठी में कुछ हो रहा है, ऐसा जिसे किसी-न-किसी स्तर पर रहस्यमय जरूर कहा जा सकता है।"

"क्या आपने उसके चेहरे के जलने की वजह पूछी?"

"नहीं।"

"क्यों मेरा मतलब, आपको पूछना चाहिए था।"

बड़े ही अर्थपूर्ण ढंग से मुस्कुराते हुए पंडितजी बोले–"दरअसल हम अपने केस की तहकीकात के दौरान उस केस से संबंधित किसी भी व्यक्ति से कोई ऐसा सवाल नहीं करते, जिससे उसे यह पता लग जाए कि हम क्या जानना चाहते हैं और क्या जान गए हैं दरअसल हम जिससे मिलते हैं, अपना शक उसके विरोधी पर प्रकट करते हैं। अपनी बात को प्रमाणित करने के लिए विरोधी के खिलाफ एक

तर्कसंगत कहानी गढ़कर भी सुना देते हैं ऐसा करने से दरअसल हरेक की मानसिक स्थिति का पता लगाने के अलावा ऐसी बहुत-सी बातें पता लग जाती हैं, जिन्हें सामने बैठा व्यक्ति सीधे सवाल करने से नहीं बताता।"

"मैं जानता हूं, कि तफ्तीश का आपका तरीका अलग और निराला भी है।"

"हम अभी तक उस कोठी में सिर्फ दो बार गए हैं। दोनों ही बार हमें बड़े दिलचस्प अनुभव हुए। पहली बार जब हरनामदास से बातचीत हुई तो वे यह जानने के बाद असाधारण रूप से बौखला गए थे कि हम कविता को मृत नहीं मानते। वे बिल्कुल पस्त से हो गए थे फिर हमने हॉल में थंब के नजदीक खून पड़ा देखा। इस खून के बारे में पूछते ही वे और भी बुरी तरह हड़बड़ा गए उल्टे-सीधे जवाब देने लगे और उन्होंने कहा कि वह उनकी बड़ी बहू का है।"

"मधु का?"

"हां।"

"मगर उसे खून कैसे निकला?"

"हरनामदास का जवाब था कि मधु को मिर्गी के दौरे उठते हैं। अभी-अभी उठे दौरे के दौरान वह थंब से टकरा गई। हमें नहीं लगा के वे सच कह रहे थे।"

"आपकी बात पर याद आया रात के समय जब मैं वहां गया था, तब मैंने उनसे घड़ी में रात के दो बजे का अलार्म भरने की वजह पूछी तो उन्होंने कहा था कि मधु की तबीयत खराब है, उसे दो बजे इंजेक्शन लगाने के लिए ही मनजीत ने अलार्म भरा था, उन्होंने मुझे नहीं बताया कि मधु को मिर्गी के दौरे उठते हैं।"

"आज जब हम वहां पहुंचे तो उनके नौकर ने बताया कि हरनामदास घर में नहीं हैं, जबकि हमें लगा कि वह घर ही में थे। हमसे बात करने जसवंत आया और उसके आने, बैठने तथा बात करने के अंदाज से ही जाहिर था कि वह हमारे हर सवाल का जवाब बड़ी मुस्तैदी और

होशियारी से देने की पूरी मानसिक तैयारी करके आया है। सवाल है कि क्यों हमारे सवालों का जवाब देने के लिए उसने यह मानसिक तैयारी की हरनामदास के बारे में हमसे झूठ क्यों बोला क्यों?"

"हर घटना में, हर बात में वे अत्यंत सतर्क नजर आते हैं। इन सब बातों से जाहिर है कि उस कोठी में कोई-न-कोई चक्कर चल जरूर रहा है, लेकिन क्या फिलहाल हम इसी महत्वपूर्ण सवाल का जवाब नहीं खोज पा रहे हैं।"

खरबंदा अचानक ही चुटकी बजा उठा, ऐसे भाव से जैसे एकाएक ही कोई तर्कसंगत बात उसके दिमाग में अटैक हुई हो, बोला–"कहीं ऐसा तो नहीं पंडितजी कि जेल से फरार होने वाला कैदी ही वहां रह रहा हो?"

"क्या मतलब?"

"हां ये हो सकता है।" खरबंदा जैसे अपने ही विचारों से प्रभावित होकर बड़बड़ाया–"मैंने कैदी को अंतिम बार उन्हीं के लोन में कूदते देखा था। उसी रात से वे असामान्य भी हैं कम-से-कम सात बार कॉलबेल दबाने पर उन्होंने दरवाज़ा खोला था। ओह, मैंने उस वक्त कोठी के अंदर की तलाशी न लेकर बहुत बड़ी भूल की थी। यही बात है, कमाल है यह साधारण-सी बात दिमाग में अब आई है।"

"हम नहीं समझ पा रहे हैं कि तुम क्या कहना चाहते हो?"

"हो न हो पंडितजी वह कैदी हरनामदास की कोठी में ही है उसने किसी ढंग से इस सारे परिवार को आतंकित और कवर कर रखा है मुमकिन है मधु को, हां उसने मधु को कवर कर रखा होगा।"

"क्या मतलब?"

"सुनिए पंडितजी एक बहुत ही आम, स्वाभाविक और दिलचस्प कहानी सुनिए।" खरबंदा अचानक ही अत्यंत उत्साहित नजर आने लगा था–"उसका नाम अब्दुल खरे है एक व्यक्ति के अलावा वह तीन मासूम बच्चों का गला घोंटकर हत्या करने के अपराध में सजा काट रहा था। जाहिर है कि वह बेहद बेरहम और निर्मम हत्यारा है। एक रात जेल से

भाग निकलता है सारे शहर की पुलिस उसके पीछे है खरे जानता है कि पुलिस उसे भुस में से सुई के समान ढूंढ रही है। ऐसे समय में बचने के लिए वह जिस कोठी के लॉन में कूदता है वह संयोग से हरनामदास की कोठी है। अब्दुल खरे कोठी के अंदर दाखिल हो जाता है परिवार के किसी एक सदस्य को अपने कब्जे में करके उसे मारने की धमकी देकर परिवार के शेष सदस्यों को डराता-धमकाता है। मजबूर होकर शेष सभी उसके आदेशों का पालन करते हैं आतंकित और रहस्यमय से नजर आते हैं। यही हो रहा है उस कोठी में, यही हो रहा है पंडितजी।"

"तुम्हारी कहानी में दम है।"

"सिर्फ दम ही नहीं, बल्कि यह सच्चाई है वर्ना जिस स्तर पर प्रशासन अब्दुल खरे को तलाश कर रहा है, उसके मुताबिक उसे अभी तक गिरफ्तार हो जाना चाहिए था, गिरफ्तार हो भी तो कैसे वह कम्बख्त तो वहां छुपा बैठा है हरनामदास द्वारा बार-बार कैदी के बारे में पूछने, उनके आतंकित और डरे हुए से नजर आने आदि से भी कैदी की उसी कोठी में मौजूदगी की पुष्टि होती है।"

"हॉल में, थंब के पास पड़ा वह खून आदि।"

"जरूर मधु का होगा उन सब लोगों को आतंकित करने के लिए उस वहशी ने मधु को मारा होगा ओह हां एक बात बताइए आप दोबार कोठी में गए, क्या आपने एक बार भी मधु को देखा?"

"नहीं।"

"मैं भी दो बार गया और मधु की सूरत मैंने एक बार भी नहीं देखी।"

"इस बात से तुम क्या निष्कर्ष निकालते हो?"

"सारा मामला शीशे की तरह बिल्कुल साफ है पंडितजी अब्दुल खरे वहीं है मधु उसके कब्जे में है, इसीलिए दो-दो बार जाने के बावजूद मधु को हम दोनों में से किसी ने एक बार भी नहीं देखा। मधु को टॉर्चर करके जान से मार देने की धमकी देकर वह शेष सबको अपनी उंगलियों पर नचा रहा है।"

"तो इस मामले में अब तुम क्या करना चाहते हो?"

"मैं अभी फोन करके इस सबकी जानकारी अपने अधिकारियों को देता हूं फिर वैसा ही किया जाएगा जैसा वे चाहेंगे, हां यदि मेरी राय मांगी गई तो मैं कहूंगा कि अचानक ही ढेर सारी सशस्त्र पुलिस-फोर्स के साथ कोठी पर दबिश की जाए ताकि अब्दुल खरे किसी भी तरह वहां से बचकर न निकल सके।"

"मैं तुम्हें इतना बेवकूफ नहीं समझता था खरबंदा।"

"क्या मतलब?" खरबंदा उछल पड़ा।

"यदि वही हालात है जो तुमने कहे हैं। हम भी मानते हैं कि कोठी में वही हालात होंगे हर घटना, हर बात, हर सुबूत तुम्हारी कहानी के पक्ष में हैं और इस कहानी से निष्कर्ष ये निकलता है कि हरनामदास का परिवार इस वक्त खतरे में है जरा-सी ऊक-चूक होते ही, तुम्हारी बेवकूफी के कारण वह उस परिवार के किसी भी सदस्यों को मौत के घाट उतार सकता है फिर वह उनमें से किसी को कवर करके वहां से निकल भी सकता है वैसी स्थिति में तुम्हारी सारी फोर्स एकदम बेकार हो जाएगी। एक अब्दुल खरे को गिरफ्तार करने के लिए कानून फोर्स को पूरे परिवार या किसी भी निर्दोष के मरने की इजाजत नहीं देता।"

"कह तो ठीक रहे हैं, लेकिन . . ."

"लेकिन क्या?"

"आपकी राय क्या है ऐसे हालातों में क्या किया जाए?"

पंडितजी एकाएक ऐसी मुद्रा में नजर आने लगे जैसे कुछ सोच रहे हों। खरबंदा नजरों से उनके चेहरे की तरफ देख रहा था, फिर पंडितजी धीरे-धीरे उसे कुछ समझाने लगे।

⁂

सारी बात सुनने के बाद मधु अपने घुटनों में चेहरा छुपाकर फूट-फूटकर रो पड़ी। जसवंत उसके समीप बेड पर बैठा था। शेष सभी बेड के चारों

ओर खड़े सभी के चेहरों पर अजीब-सी दुविधा, डर और जिज्ञासा के भाव थे, जसवंत के चेहरे पर भी।

शायद इसी डर से कि जाने कौन से क्षण मधु अचानक ही कविता की आवाज में गुर्रा उठे!

जसवंत उसके समीप संभलकर बैठा था। मधु के कविता में बदलते ही उछलकर उससे काफी दूर पहुंच जाने के लिए बिल्कुल तैयार। वैसे वह मधु पर जाहिर नहीं कर रहा था कि उसे उससे किसी किस्म का खतरा है या वह उसकी तरफ से होने वाले किसी आकस्मिक आक्रमण से बचने के लिए तैयार है।

होश में आते ही मधु ने उसके चेहरे के जलने की वजह पूछी थी।

जसवंत ने कह दिया था कि दौरे के दौरान उसी ने चेहरे पर गर्म-गर्म चाय फैंकी है पहले तो मधु ने यकीन ही न किया, किंतु जब उन्होंने यकीन दिलाया तो मधु फूट-फूटकर रो पड़ी।

उसे कुछ भी याद नहीं था। उसका कहना था कि चाय हाथ में लेने के बाद ही वह बेहोश हो गई थी। बाबा भूतनाथ के आगमन का भी उसे कोई इल्म नहीं था न ही इनमें से किसी ने बाबा भूतनाथ का जिक्र किया।

साहस करके जसवंत उसके कुछ और निकट सरक आया। प्यार से उसके बालों को सहलाता हुआ बोला–"क्या बात है मधु तुम इस तरह रो क्यों रही हो?"

जसवंत को डर था कि अचानक ही वह कविता की आवाज में गुर्रा उठेगी, परंतु ऐसा नहीं हुआ, अपना आसुंओं से भीगा चेहरा ऊपर उठाती हुई बोली–"यह क्या हो गया है मुझे, मैंने आप ही को जला दिया।"

"ऐसा नहीं सोचते जब तुम्हें पता ही नहीं रहता कि तुम क्या कह और कर रही हो तो इसके लिए खुद को दोषी क्यों मानती हो?"

मधु बिलखती हुई बोली–"ये-ये आखिर मझे क्या हो जाता है जसवंत?"

"कुछ नहीं तुम फिक्र मत करो!" जसवंत ने समझाया–"हमने

इलाज तलाश कर लिया है, भगवान ने चाहा तो अब तुम्हें कोई दौरा नहीं पड़ेगा।"

"मगर ये दौरे आखिर अचानक ही मुझे पड़ने क्यों लगे हैं। पहले तो कभी ऐसा नहीं हुआ था तुम लोगों ने तो सुना और देखा होगा। दौरों के दौरान मैं क्या कहती और करती हूं?"

जसवंत सहित हर पल उन सभी को यह डर सताए जा रहा था कि कहीं अगले ही पल, अभी तक अच्छी-खासी बात कर रही मधु कविता के रूप में उन पर टूट न पड़े अपने ही मन के इस आंतरिक भय के कारण वे डरे से, कांपते हुए सहमी हुई दृष्टि से मधु को देख रहे थे।

"तुम उन बातों को मत सोचो मधु।" जसवंत ने जल्दी से कहा– "जितना सोचोगी, दौरा पड़ने के उतने ही ज़्यादा चांस हैं। ये देखो, यह काग़ज़ लो।"

"काग़ज़ यह कैसा काग़ज़ है?"

काग़ज़ को देते हुए जसवंत ने जल्दी से बताया–"इसे पढ़ो, इसमें एक मंत्र लिखा है तुम यहीं, बेड पर लेटी-लेटी इसका जाप करो। इसे बार-बार पढ़ने से तुम्हें फिर दौरा नहीं पड़ेगा !"

मधु की दृष्टि काग़ज़ पर स्थिर हो गई।

वह उस पर लिखी पंक्तियां पढ़ रही थी। जब वह चुपचाप कहीं खोई-सी बड़े ध्यान से पंक्तियों को पढ़ रही थी, तब एकाएक उन सबको लगा कि मधु के अंदर कविता समा रही है।

दिल धड़कने लगा।

सभी अपने स्थानों से धीरे-धीरे पीछे सरके। आंखों में खौफ था जिस्म में थरथराहट!

बहुत ही धीमे से डरा हुआ जसवंत भी उठ खड़ा हुआ। धड़कते दिल से पूरी जिज्ञासा के साथ वह मधु की तरफ देख रहा था इस उम्मीद में कि वह अब भड़की अब चीखी।

सरकता हुआ ही वह बेड से दूर हट गया था।

सारा वातावरण बड़ा ही उत्तेजनात्मक बन गया था।

एकमात्र यही शंका उन्हें हिलाकर रख दे रही थी कि अब बस अगले ही पल मधु कविता के रूप में उन पर गुर्राने और झपट पड़ने वाली है सहमे से खड़े अजीब डरी हुई नजरों से वे मधु की तरफ देख रही रहे थे कि मधु ने चेहरा ऊपर उठाते हुए कहा–"क्या लिखा है इसमें, बहुत कठिन-सा है पढ़ा नहीं जा रहा है।"

जसवंत तक कुछ नहीं बोल सका जुबान तालू से चिपकी थी। धड़कता दिल लिए सभी सहमे से, बड़े ध्यान से मधु को देख रहे थे, मधु ने एक-एक करके चकित नजरों से उन सभी को देखा फिर जसवंत पर दृष्टि गड़ाकर बोली–"क्या बात है, आप सब लोग मुझे इस तरह क्यों देख रहे हैं ?"

"तुम मधु हो न?" जसवंत ने पूछा!

"हां अरे, क्या हो गया है आपको, बड़ा अजीब सवाल पूछ रहे हैं आप, मैं मधु ही तो हूं!"

मधु का वाक्य समाप्त होने से पहले ही जसवंत समझ चुका था कि उसकी शंका निर्मूल है इसलिए वाक्य की समाप्ति होते-होते वह अपने स्थान पर लौट आया था, मधु को कहने का कोई अवसर दिए बिना जल्दी से बोला–"इसे पढ़ो मधु संस्कृत का श्लोक है न इसलिए जरा कठिन महसूस दे रहा है, लेकिन फायदेमंद बहुत है।"

"मगर आप लोग . . ."

मधु का वाक्य पूरा होने से पहले ही समूचा भीतरी भाग कॉलबेल की आवाज से झनझना उठा। जसवंत जल्दी से खड़ा होता हुआ बोला–"तुम इसका जाप करो मधु मैं देखता हूं कौन है?"

⅄

खरबंदा को देखते ही जसवंत चौंक पड़ा। एक साथ सैकड़ों सवाल उसके जहन में चकराने लगे थे। सबसे बड़ा सवाल यह था कि बिन बुलाए अचानक ही वह यहां किसी मकसद से आया है, जबकि हॉल

में कदम रखते ही खरबंदा ने अपनी छोटी-छोटी चमकीली आंखों से बड़ी ही मुस्तैदी और सतर्कता के साथ चारों तरफ देखा बड़ी ही तीव्र दृष्टि थी उसकी जैसे किसी को, तलाश कर रहा हो।

शायद वह उस स्थान को ताड़ जाना चाहता था, जहां से अब्दुल खरे ने जसवंत को कवर किया हो। खरबंदा की ऐसी कठोर मुद्रा और खोजी दृष्टि को देखकर जसवंत की धमनियों में बहते लहू का दबाव बढ़ने लगा, सारे जिस्म में चीटियां-सी रेंगने लगीं, बड़ी मुश्किल से खुद को संभालकर उसने प्रश्न किया–"कहिए इंस्पेक्टर अचानक कैसे आना हुआ?"

"मैं विजय के सिलसिले में यहां आया हूं।" खरबंदा अपने हाथ में मौजूद अपनी गोल कैप को घुमाता हुआ बोला। कैप छज्जे वाली थी और उसे घुमाने का अंदाज ऐसा था कि जसवंत की दृष्टि बरबस ही कैप पर पड़े, मगर जसवंत ने कैप की तरफ नहीं देखा, बोला–"विजय के सिलसिले में?"

"क्या आप मुझे बैठने के लिए नहीं कहेंगे?"

"क्यों नहीं आइए!" बौखलाया-सा जसवंत बोला।

अपने हाथों में कैप घुमाता हुआ खरबंदा सोफासेट की तरफ बढ़ गया। इस वक्त जसवंत को खरबंदा के हाव-भाव बड़े ही रहस्यमय महसूस हो रहे थे साथ ही उसे यह डर भी सताने लगा था कि कहीं वहां, कमरे में मधु कविता में न बदल जाए। यदि ऐसा हो गया तो वह जोर-जोर से चीखने-चिल्लाने लगेगी और ऐसे समय में खरबंदा की यहां मौजूदगी उन सबके लिए मौत जैसी साबित होगी।

खरबंदा सोफे की एक कुर्सी पर बैठ गया।

जसवंत उसके सामने बैठ गया तथा स्वयं को सामान्य दर्शाने की भरपूर कोशिश करता हुआ बोला–"विजय के बारे में आप क्या बात करना चाहते हैं?"

"आपके डैडी कहां हैं?" खरबंदा ने उल्टा सवाल किया

"अपने कमरे में हैं, क्या आप उनसे कुछ बात करना चाहते हैं?"

"नहीं, कोई ज़रूरत नहीं।" कहते हुए खरबंदा ने कैप सेंटर टेबल पर रख दी।

"तो फिर कहिए?"

"कुछ ही देर पहले उन्होंने फोन पर कहा था कि विजय यहां आकर आप सबको धमकी दे गया।"

"जी हां।"

"मैं उसी के बारे में बात करने आया हूं। क्या आप बता सकते हैं कि उसने क्या शब्द बोले थे?"

जसवंत जल्दी-जल्दी विजय के शब्दों को दोहराने लगा, परंतु वह महसूस कर रहा था की खरबंदा का ध्यान उसकी तरफ बिल्कुल नहीं है उसके मुंह से निकलने वाले एक भी शब्द को वह नहीं सुन रहा है। खरबंदा की नजरें उस सारे हॉल की टोह-सी लेती महसूस हुई। जसवंत समझ गया कि खरबंदा विजय के बारे में नहीं, बल्कि किसी दूसरे ही मकसद से यहां आया है। किस मक्सद से? खरबंदा क्या चाहता है? क्या तलाश का रहा है?

ऐसे ही ढेर सारे सवालों से घिरा जसवंत टेप के समान शुरू हो गया। बात खत्म हो गई, खरबंदा ने उसकी तरफ देखा, जसवंत के दिमाग में रह-रहकर यह सवाल चकरा रहा था कि यह काइयां इंस्पेक्टर आखिर उन पर किस किस्म का शक कर रहा है?

"इधर देखिए मिस्टर जसवंत मेज पर रखी इस कैप की तरफ!" यह वाक्य खरबंदा ने अचानक ही बड़े अजीब ढंग से बोला, जसवंत ने चौंककर कैप की तरफ देखा और कैप पर दृष्टि पड़ते ही वह लगभग उछल पड़ा, सारे संसार की हैरत उसके चेहरे पर उभर आई।

इस हैरत की वजह थी वे शब्द, जो चॉक से कैप की छत पर लिखे थे। जसवंत ने उन्हें पढ़ा था, बड़े-बड़े अक्षरों का उपयोग करके लिखा गया था–"डरने की जरूरत नहीं है हम सब समझ गए हैं यदि तुम लोग किसी भी किस्म के खतरे में हो तो दो घंटे के अंदर बॉलकनी में कोई लाल कपड़ा लटका दो।"

इन शब्दों को पढ़ते ही जसवंत की बुद्धि चकरा गई।

हैरत में डूबा चेहरा उठाकर उसने खरबंदा की तरफ देखा, कैप उठाते हुए खरबंदा ने कहा–"यह कैप जनता की सेवा की प्रतीक है यानी विभाग हम पुलिसवालों को कैप देते वक्त कहता है कि तुम जनता की सेवा करने के लिए इसे पहन रहे हो।"

"मगर मैं खुछ समझा नहीं।"

खरबंदा खड़ा हो गया और कैप को घुमाता हुआ बोला–"हम तुम्हें हर खतरे से बचाएंगे बस, मदद के लिए एक इशारा काफी है कोई तुम्हारा कुछ नहीं बिगाड़ सकेगा।"

"पता नहीं आप क़ह क्या रहे हैं?"

"विजय के बारे में कह रहे हैं।" खरबंदा दरवाज़े की तरफ बढ़ता हुआ बोला–"आपको उसकी फिक्र करने की जरूरत नहीं है, चैन की नींद सोइए उसे हम देख लेंगे।"

"लेकिन।"

"बॉय।" हाथ हिलाकर खरबंदा दरवाज़ा पार कर गया।

⅄

दरवाज़े के बीचोंबीच जसवंत हक्का-बक्का-सा खड़ा रह गया।

उसके मस्तिष्क में एक साथ हजारों प्रश्नवाचक चिन्ह जगमग-जगमग कर रहे थे जवाब एक का भी नहीं था। एक तो खरबंदा के आने, उसकी टोपी, दृष्टि और अजीब से अंदाज ने ही उसके रोंगटे खड़े कर दिए थे फिर उसके दिमाग को सबसे ज्यादा कुंद तो कैप पर लिखे शब्दों ने कर दिया था।

जसवंत को लगा कि उसकी बुद्धि उलटने वाली है।

दिमाग की नसों में असहनीय पीड़ा होने लगी फिर भी आगे बढ़कर उसने दरवाज़ा बंद किया। अभी वह घूमा ही था कि मधु के कमरे से निकलकर हॉल में आते हुए हरनामदास चमके।

उन्होंने सवाल किया–"क्या बात थी, खरबंदा क्यों आया था?"

जाने क्यों जसवंत की इच्छा कुछ बोलने की न हुई हरनामदास की तरफ देखा जरूर उसने, परंतु बिना कुछ बोले ही तेज कदमों के साथ सोफासेट की तरफ बढ़ा एक कुर्सी पर धम्म से गिर पड़ा वह।

जसवंत को इस असामान्य अवस्था में देखकर हरनामदास बुरी तरह चौंक पड़े। वे जानते थे कि सब पस्त हो जाएंगे, परंतु जसवंत पस्त नहीं होगा किन्हीं भी हालातों में वह घबराने वाला या दिमाग के कंट्रोल से बाहर हो जाने वाला नहीं है, लेकिन इस समय वे जसवंत को टूटा-सा देख रहे थे। कुछ उखड़ा हुआ-सा इसलिए वे लपकने के से अंदाज में उसके पास पहुंचे, बोले–"क्या बात है जसवंत?"

"एक मिनट जरा आप चुप रहेंगे?"

"क्या मतलब ?"

"आप चुपचाप बैठ जाइए मुझे सोचने की जरूरत है।"

हरनामदास अवाक् से रह गए ऐसे उखड़े हुए मूड और स्वर में जसवंत ने उनसे पहली बार ही बात करी थी। हरनामदास को थोड़ा बुरा-सा लगा, फिर भी वे चुप ही रहे और धीरे-से उस चेयर पर बैठ गए, जिस पर कुछ देर पहले खरबंदा बैठा था। धड़कते दिल से जसवंत का चेहरा ताकते हुए वे उसके कुछ बोलने का इंतजार करते रहे।

सोफे की पुश्त से सिर टिकाए जसवंत ने आंखें बंद कर रखी थी।

बुरी तरह बेचैन हरनामदास उसे देखते रहे। जब काफी देर तक जसवंत कुछ नहीं बोला, तो जिज्ञासा बहुत ज्यादा बढ़ गई, हरनामदास के धैर्य के सभी बांध टूट गए तो बोले–"प्लीज जसवंत हमें बताओ कि आखिर हुआ क्या है हम पागल हुए जा रहे हैं।"

जसवंत ने आंखें खोलीं, सवाल किया–"मधु कैसी हैं?"

"ठीक है सुलक्षणा उसे गायत्री मंत्र का जाप करा रही है, लेकिन तुम्हें क्या हो गया है जसवंत?"

जसवंत ने संक्षेप में उन्हें सबकुछ बता दिया।

सुनकर हरनामदास की बुद्धि चकरा गई। मुंह से यही शब्द निकल सके–"इसका क्या मतलब?"

"यही तो समझ में नहीं आ रहा है खरबंदा शायद सिर्फ मुझे वह वाक्य पढ़ाने ही आया था। विजय का विषय तो एक बहाना था। बड़ा रहस्यमय-सा लग रहा था वह जरूरत से ज्यादा मुस्तैद, चुस्त और सतर्क सवाल उठता है कि क्यों वह यहां क्या तलाश कर रहा था?"

हरनामदास चुप ही रहे। दिमाग में कुछ आए तो बोलें भी।

"समझ में नहीं आता कि उस कैप पर लिखे वाक्य का आखिर मतलब क्या है?" जसवंत जैसे खुद ही से सवाल कर रहा था–क्या समझ गया है वह किस किस्म के खतरे की तरफ इशारा था उसका। किस मामले में, किस खतरे से, वह हमारी क्या मदद करना चाहता है बॉलकनी में लाल कपड़ा क्यों टांग दे?"

"जसवंत कहीं ऐसा तो नहीं कि वह धूर्त इंस्पेक्टर कोई चाल चल रहा हो?"

"हो सकता है, लेकिन कैसी चाल?"

"कैसी भी?"

"सवाल ये है कि वह कोई चाल क्यों चलेगा?"

"यह तो वही जाने।"

कुछ देर तक जसवंत चुप रहा, शायद कुछ सोच रहा था, बोला–"आखिर उसके दिमाग में क्या है किस खतरे के विरुद्ध वह हमारी मदद करना चाहता है। वह वाक्य कहने के लिए उसने ऐसा रहस्यमय तरीका क्यों चुना? यही वाक्य वह मुंह से बोलकर भी कह सकता था? कैप पर लिखकर क्यों लाया और फिर उसने मुझे कैप पर लिखा वह वाक्य चोरी से क्यों पढ़ाया, कुछ ऐसी चोरी से जैसे उसे किसी अन्य के द्वारा भी वाक्य पढ़ लिए जाने का खतरा हो।"

"किसके द्वारा?"

"पता नहीं शायद आपके या परिवार के किसी अन्य सदस्य के द्वारा।"

"इसका मतलब खरबंदा वह वाक्य सिर्फ तुम्हीं से कहना चाहता था, अन्य किसी से नहीं।"

"ऐसा ही लगता है, लेकिन क्यों किसी अन्य के द्वारा उस वाक्य को पढ़ लिए जाने पर उसे क्या आपत्ति थी मगर कैप पर लिखा था, कि 'यदि तुम लोग किसी किस्म के खतरे में हो' 'तुम लोग' इसका अर्थ है कि वह सारे परिवार को कह रहा था यानी कि यह सारे परिवार को किसी किस्म के खतरे में समझता है!"

"किस किस्म के खतरे में?"

"बात समझ में नहीं आ रही यदि वह हम सबको किसी खतरे में समझ रहा है तो किसी अन्य के द्वारा उस वाक्य के पढ़े जाने पर उसे आपत्ति क्यों थी यह आपत्ति उसे किससे थी?"

"शायद उसी से होगी, जिसकी बदौलत हम खरबंदा की नजरों में खतरे में हैं।"

"कुछ भी स्पष्ट नहीं है पता नहीं वह क्या कहना चाहता है संभव है कि हमें घुमाने के लिए वह कोई चाल ही चल रहा हो। अत: फिलहाल हम चुप्पी ही साध लें एक अक्षर भी न बोलें।"

"क्या मतलब?"

"चुप रहकर पहले यह जानने की कोशिश करते हैं कि खरबंदा आखिर चाहता क्या है? हमारी चुप्पी पर वह जरूर अपना कोई अगला कदम उठाएगा तब शायद उसका कोई मकसद समझ में आ सके ?"

⅄

"कमाल हो गया पंडितजी दो की जगह ढाई घंटे हो गए हैं, लेकिन उनकी बॉलकनी में कोई लाल कपड़ा नजर नहीं आया।" दुविधा-सी में फंसा खरबंदा कह रहा था।

"इसका मतलब ये है कि किसी किस्म के खतरे में नहीं हैं।"

"अगर वे खतरे में न होते तो फोन या अन्य किसी माध्यम से

हमसे संबंध स्थापित करते पूछते कि हम उन्हें किस किस्म के खतरे में महसूस कर रहे हैं?"

"ये बात भी ठीक है।"

"कहीं ऐसा तो नहीं है पंडितजी कि कैप पर लिखे वाक्य का अर्थ जसवंत की समझ में ही न आया हो?"

"ऐसा नहीं हो सकता जसवंत को हमने काफी तीव्र बुद्धि वाला महसूस किया।"

"तो फिर यह मामला क्या है उधर बिल्कुल खामोशी क्यों छा गई कोई तो प्रतिक्रिया होनी चाहिए थी।"

"ऐसा भी तो हो सकता है कि अब्दुल ने किसी तरह कैप पर लिखा वाक्य पढ़ लिया हो या किसी तरह उसे तुम्हारे वहां पहुंचने का अर्थ समझ में आ गया हो और सबकुछ पता लगने पर उसने परिवार के सदस्यों पर अपना कसाव बढ़ा दिया हो किसी को बॉलकनी में लाल कपड़ा टांगने का अवसर ही न दिया हो उसने?"

"हां यह हो सकता है यही होने के ज्यादा चांस हैं चुप्पी का अर्थ भी यही है, लेकिन . . ."

"लेकिन क्या?"

"अगर ऐसा है तो इसका मतलब ये हुआ कि हरनामदास का परिवार पहले से भी कहीं ज्यादा खतरे में है। हमें शीघ्र ही किसी अन्य रास्ते से उनकी मदद करनी चाहिए।"

"मदद तो जरूर करनी चाहिए खरबंदा, लेकिन उससे पहले अगर हम एक बार पुन: गहराई से इस बात पर विचार कर लें कि जो हम सोच रहे हैं मामला वही है या कुछ और, तो ज्यादा अच्छा है।"

"क्या मतलब?"

"ऐसा भी तो हो सकता है कि हम गलत सोच रहे हों अब्दुल खरे वहां हो ही नहीं, बल्कि उनके आतंकित और डरे हुए से रहने तथा कोठी के रहस्यमय वातावरण की कोई दूसरी ही वजह हो?"

"दूसरी कोई वजह नहीं हो सकती सारे सुबूत।"

"तुम्हारे तर्क हम सुन चुके हैं अब क्या तुम थोड़ी देर हमारे तर्कों पर भी गौर फरमाओगे?"

"कहिए।"

"यदि वे लोग अब्दुल के शिकंजे में फंसे हैं तो जसवंत की जेब में गायत्री मंत्र की मौजूदगी का क्या अर्थ है?"

खरबंदा पंडितजी का चेहरा देखता रह गया दरअसल उसे कोई जवाब सूझा नहीं था, जबकि पंडितजी ने दूसरा तर्क दिया–"यदि वे अब्दुल के शिकंजे की वजह से आतंकित हैं तो यह नाकबपोश कौन था?"

खरबंदा चुप।

"यदि वे अब्दुल के शिकंजे में होते तो हरनामदास कभी उनके द्वारा नकाबपोश की रिपोर्ट करके रात के उस वक्त तुम्हें कोठी में बुलाने के लिए तैयार न होता।"

"आपके तर्कों में जान है पंडितजी।"

"इसका मतलब ये कि वे अब्दुल के शिकंजे में नहीं हैं, बल्कि अपनी ही किसी उधेड़बुन में लगे हैं।"

"कैसी उधेड़बुन?"

"जिस क्षण हमें इस सवाल का जवाब मिल गया, उस क्षण सारा केस खुली किताब की तरह हमारे सामने होगा।"

"आपके तर्कों ने तो सारा मामला ही उलट दिया।"

"फिर भी मुमकिन है कि वही बात सच हो, जो हम पहले सोच रहे थे दरअसल जब तक हमें सच्चाई का पता नहीं लग जाता तब तक कुछ भी सच हो सकता है।"

"मेरा ख्याल तो ये है पंडितजी कि सच्चाई का पता लगाने के लिए हमें कोठी पर एकदम रेड कर देनी चाहिए।"

"उस पर बाद में विचार करेंगे, फिलहाल हमारे दिमाग में एक सवाल है और हम तुमसे अपने उस छोटे से सवाल का जवाब चाहते हैं।"

"जी जरूर पूछिए।"

"तुमने बताया था कि वह काला नकाबपोश नौ नंबर के जूते पहनता है।"

"जी यह बिल्कुल सच है।"

"तुम्हें कैसे पता लगा?"

"जी सारे कमरे में उसके जूतों के निशान बने थे। तलों में पीली मिट्टी लग गई, थी।"

"पीली मिट्टी? क्या तुमने पता लगाने की कोशिश की थी कि यह मिट्टी उसके जूतों में कहां से लगी?"

"लॉन से।"

"लॉन से?" पंडितजी चौंके–"मगर हमारे ख्याल से तो हरनामदास की कोठी का लॉन बिल्कुल हरा-भरा है। घास सलीके से कटी हुई है, हरा कालीन-सा बिछा महसूस होता है।"

"जी हां, मगर उनके नौकर ने पिछले लॉन में एक या दो दिन पहले ही एक आम का पौधा लगाया था। वहां से लॉन की जमीन खुदी हुई थी और संयोगवश नकाबपोश उसी मिट्टी के ऊपर से गुजर गया।"

पंडितजी की आंखें सोचने के अंदाज में सिकुड़ गई। वे कई पल तक न जान क्या सोचते रहे, फिर अचानक ही प्रश्न कर बैठे–"ध्यान करके बताओ क्या नकाबपोश के दोनों जूतों पर पीली मिट्टी लगी थी?"

"जी हां, कमरे में दोनों ही जूतों के निशान थे।"

"नकाबपोश का कद तुमने क्या बताया था?"

"करीब छः फुट।"

"छः फुट लंबे व्यक्ति का एक कदम कम-से-कम एक गज लंबा तो होता ही है खरबंदा ज्यादा भले हो, लेकिन यदि वह सामान्य चाल से चले तो एक कदम एक गज से कम नहीं हो सकता। आम का पौधा लगाने के लिए पौधे के चारों तरफ दो फुट व्यास के वृत्त से ज्यादा जमीन खोदने की जरूरत हरगिज नहीं पड़ती।"

"आप आखिर कहना क्या चाहते हैं?"

"छः फुट लंबा व्यक्ति दो फुट खुदाई पर एक पैर तो रख सकता है दूसरा नहीं जब वह दूसरा पैर जमीन पर रखेगा तो कदम से बाहर जमीन पर ही पड़ना चाहिए और इस तरह से सिर्फ उसके एक जूते के तले में लगेगी, दूसरे में नहीं।"

"मैने खुद देखा था पंडितजी, जमीन के खुदे भाग पर उसके दोनों जूतों के निशान थे, हां उन दोनों निशानों के बीच एक गज की दूरी जरूर थी।"

"इसका मतलब लॉन को कुछ ज्यादा खोदा गया है?"

"जी हां पौधे के चारों तरफ लॉन काफी खुदा हुआ है।"

"यानी लॉन की खुदाई का कारण वह पौधा नहीं कुछ और है।"

खरबंदा के मस्तक पर बल पड़ गए, बोला–"कुछ और से क्या मतलब?"

"संभव है कि इस परिवार ने वहां कुछ दबाया हो।"

"क्या?"

"कोई बेशकीमती जेवरातों का डिब्बा या कोई लाश।"

"लाश?" खरबंदा के रोंगटे खड़े हो गए।

"एक संभावना व्यक्त की है कुछ भी हो सकता है, मगर इतना जाहिर है कि वहां जो भी कुछ दबाया गया है, उसे इस परिवार के सदस्य गुप्त रखना चाहते हैं।"

"मगर ये लाश वाली बात आपके दिमाग में कहां से आई?"

"यदि तुम्हारी कहानी को थोड़ा बदल दिया जाए तो वहां एक लाश पैदा हो सकती है।"

"मेरी कहानी।"

"हां वही अब्दुल खरे वाली कहानी।"

"मैं समझा नहीं।"

"अब्दुल खरे हरनामदास की कोठी में पहुंचा। उसने उनमें से किसी को कवर करके वहां जबरन रहने की कोशिश की परिवार बड़ा है, दो जवान पुत्र और पिता हैं। मेरे ख्याल से हरनामदास के पास लाइसेंस

का रिवॉल्वर भी है, उनका मौका लगता है अब्दुल खरे के शिकंजे से निकलने की कोशिश करते हैं। अब्दुल विरोध करता है और इसी कशमकश में गोली से या किसी और तरह अब्दुल मर जाता है उसके मरने के बाद वे सभी यह सोचकर घबरा जाते हैं कि उन्होंने हत्या कर दी है। कानून से बचने के लिए वे अब्दुल की लाश को लॉन में दफना देते हैं।"

खरबंदा पंडितजी के चेहरे को देखता रह गया।

उनकी बात समाप्त होने के बाद भी कुछ बोल नहीं सका था वह। पंडितजी की यह कहानी उसे जमी थी अब उसे लॉन का वह खुदा हुआ हिस्सा याद आ रहा था। सचमुच वह इतना बड़ा था जिसमें किसी लाश को आसानी से दफ़न किया जा सके, अभी वह विचारों में ही गुम था कि पंडितजी ने पूछा–"क्या सोच रहे हो?"

"कुछ नहीं, मगर यदि ऐसा हो भी गया था तो उन्हें मुझसे सब कुछ छिपाने की क्या जरूरत थी। वे जान चुके थे कि अब्दुल जेल से फरार कैदी है। आत्मरक्षा के लिए उन्हें उसको मारना पड़ा। ऐसे हालातों में उन पर कोई गंभीर केस नहीं बनता। अत: लाश को गाड़ देने से अच्छा पुलिस को सबकुछ बता देना था।"

"लाश के इर्द-गिर्द खड़े हत्यारे इतनी तर्क संगत बात नहीं सोच सकते।"

"क्या मतलब?"

"हालांकि पेशेवर हत्यारे भी कत्ल करने के बाद अपने होशो-हवाश में नहीं रहते और फिर हरनामदास या उनके परिवार का कोई व्यक्ति तो वैसे ही क्रिमेनल माइंडेड नहीं है। अच्छे-अच्छे घबरा जाते हैं। अचानक ही अब्दुल को लाश में तब्दील होते देख वे सब बौखला गए होंगे। उस वक्त सिर्फ एक ही विचार दिमागों में कौंध रहा होगा, यह कि उन सब ने हत्या कर दी है और यदि किसी को पता लग गया तो सब फंस जाएंगे। संभव है कि उनमें से किसी ने उस वक्त वह विचार प्रस्तुत किया भी हो जो कि तुम कह रहे हो मगर तभी किसी ने यह कहा हो कि कुछ ही दिन पहले तो वे बड़ी मुश्किल से कविता की हत्या करने के जुर्म से बरी हुए

हैं। इतनी जल्दी हत्या का एक और मुकदमा चल पड़ा तो सारा शहर ये कहने लगेगा कि हरनामदास का परिवार सचमुच हत्यारों का गिरोह है। गर्ज यह कि बौखलाहट में उन्होंने यही निश्चय किया कि किसी को बताने से लाश को लॉन में गाड़ देना ज्यादा ठीक है।"

"मगर अब्दुल खरे बहुत ताकतवर था, उसे मारना इनके बस का रोग नहीं था।"

"गोली से ज्यादा ताकतवर कोई नहीं हो सकता।"

"तो क्या आप यही कहना चाहते हैं कि लॉन में अब्दुल की लाश है?"

"हम गारंटी से नहीं कह रहे हैं एक संभावना है लाश भी हो सख्ती है। संभव है कि वही अब्दुल खरे आत्मा के रूप में जसवंत को चमकता हो, इसलिए वह जेब में गायत्री मंत्र रखता है। उनके आतंकित और डरे हुए चेहरों, बौखलाहट, हड़बड़ाहट, जरूरत से ज्यादा सतर्क रहने और कोठी के रहस्यमय वातावरण की एक वजह यह भी हो सकती है।"

"तो फिर इन परिस्थितियों में आपके ख्याल से क्या किया जाए।

पंडितजी की मुद्रा स्वयं ही सोचने वाली बन गई।

⅄

"पता नहीं हमारे नसीब में क्या लिखा है?" दुखी और परेशान-सा मनजीत कह रहा था–"तनाव बराबर बना हुआ है, एक के बाद दूसरी आफत इतनी जल्दी आक्रमण कर देती है कि हम पहली ही आफत से मुक्त नहीं हो पाते नई से नई प्रॉब्लम्स सामने आ रही हैं।"

"ऐसा ठीक उसी रात से हुआ है जिस रात हमने कविता का कत्ल किया।" रेखा बोली–"कत्ल करने से पहले तक सबकुछ ठीक था। ठीक कविता के मरते ही हमारे दिमाग तनावग्रस्त हो गए हैं। एक के बाद दूसरी मुसीबत आ रही है तब से अब तक हम।" कमरे में रखी फोन की घंटी ने बजकर एक साथ सबको उछाल दिया।

फिर तब, जबकि उन्हें अपने चौंक पड़ने की वजह समझ में आई

तो जसवंत कह उठा–"हम भी शायद पागल हो गए हैं, जरा-जरा-सी आहट से डर जाते हैं।"

कोई कुछ नहीं बोला–उसकी दृष्टि टेलीफोन पर थी।

घंटी लगातार घनघनाए चली जा रही थी।

"किसका फोन हो सकता है?" हरनामदास बड़बड़ा उठे।

जसवंत ने कहा–"आप तो बेकार ही डर रहे हैं डैडी चोर की दाढ़ी में तिनका वाली बात न कीजिए रिसीवर उठाकर देखिए कि कौन है?

फोन हरनामदास के नजदीक रखा था, अत: उन्होंने रिसीवर उठा लिया, जसवंत सहित सभी उनकी तरफ उत्सुकतापूर्वक प्रश्नवाचक दृष्टि से देख रहे थे!

"हैलो!" हरनामदास ने कहा।

दूसरी तरफ से आवाज उभरी–"मैं खरबंदा बोल रहा हूं हरनामदास जी।"

"ओह, हां खरबंदा कहो क्या बात है?" कहते समय न सिर्फ हरनामदास के मस्तक पर पसीने की बूंदें उभर आई, बल्कि जसवंत से लेकर मनजीत तक के दिल की धड़कनें तेज हो गई।

"तुमने लाल कपड़ा बॉलकनी में नहीं टांगा इसका मतलब कोई खतरा नहीं है।"

"हम नहीं समझ पा रहे हैं कि तुम कैसे खतरे का जिक्र कर रहे हो?"

"तो फिर यह सवाल करने के लिए आपने तब से अब तक मुझसे संबंध स्थापित क्यों नहीं किया?"

"हमने जरूरत नहीं समझी।"

"खैर क्या पांच मिनट के लिए आप यहां आ सकते हैं?"

"क्यों?"

"विजय आपसे कुछ बात करना चाहता है।"

"विजय उसे भला हमसे क्या बात करनी है?"

"दरअसल आपकी कम्पलेंट पर मैंने उसे गिरफ्तार कर लिया है। विजय का कहना कि वह महज भावुकतावश आपसे कुछ कह आया।

वह आपसे माफी मांगना चाहता है।"

"हम उस गुंडे लड़के से कोई बात करना नहीं चाहते।" हरनामदास ने थोड़े रुष्ट स्वर में कहा।

"ऐसा न कहिए हरनामदास जी वह मुझे बीच में रखकर आपसे फैसला करना चाहता है। आप इस मौके को न ठुकराइए आपकी दुश्मनी हमेशा के लिए खत्म हो जाएगी।"

"हम उससे . . ."

"बात को समझने की कोशिश कीजिए। दरअसल विजय पर कोई ऐसा चार्ज नहीं है, जिसके अंतर्गत उसे हिरासत में रख सकूं। उसे छोड़ना होगा ऐसी स्थिति में उसकी तरफ से आपको बराबर खतरा बना रहेगा। उस खतरे से बचने के लिए जरूरी है कि आप इनसे फैसला कर लें।"

हरनामदास कुछ देर तक सोचते रहे, फिर बोले–"अच्छा हम आ रहे हैं।"

"और सुनिए।" खरबंदा ने कहा–"मेरे ख्याल से आपके पास लाइसेंस का एक रिवॉल्वर है।"

"जी हां।" हरनामदास थोड़े चौंके।

"कृपया उसे साथ लेते आएं।"

"क्यों रिवॉल्वर का भला वहां क्या काम है?"

"फैसला करने के लिए वह रिवॉल्वर जरूरी है।"

"कमाल कर रहे हो तुम फैसले में भला रिवॉल्वर की क्या जरूरत है।"

"दरअसल जैसा डर आपको विजय की तरफ से है, वैसा ही डर विजय को भी आपकी तरफ से है। उसका कहना है कि आप उसे मार सकते हैं, क्योंकि आपके पास लाइसेंस का एक रिवॉल्वर भी है। फैसले के लिए इन्होंने यह शर्त रखी है कि आप एक महीने के लिए अपना रिवॉल्वर मुझे सौंप देंगे!"

"क्या बकवास है ये भी कोई बात हुई मुझे उनकी शर्त बिल्कुल मंजूर नहीं है?"

"आप भी हद कर रहे हैं हरनामदास जी बेवकूफ को भला क्या बहकाना सीधी-सी बात है, आप उसके सामने अपना रिवॉल्वर मुझे देंगे। उसकी तसल्ली हो जाएगी। आपसे माफी मंगवाकर मैं उसे यहां से भेज दूंगा। उसके जाते ही आपका रिवॉल्वर आपकी जेब में, मैं नहीं समझता कि आप अपने रिवॉल्वर का उपयोग उस पर करेंगे।"

एक पल सोचने के बाद हरनामदास ने पूछा–"इस वक्त वह कहां है?"

"हवालात में।"

"हम आ रहे हैं।" कहने के बाद हरनामदास ने रिसीवर रख दिया।

⅄

सबकुछ सुनने के बाद जसवंत गुद्दी खुजाने लगा। मुद्रा ऐसी थी जैसे कुछ सोचने के लिए दिमाग पर बहुत ज्यादा जोर डाल रहा हो और किसी की समझ में यह बात नहीं आ रही थी कि जसवंत के लिए इतना सोचने वाली बात ही क्या है?"

काफी देर की खामोशी के बाद बोला–"चक्कर कुछ समझ में नहीं आ रहा है!"

"कौन-सा चक्कर?"

"पता नहीं खरबंदा क्या चाहता है कैसे चक्कर में उलझा हुआ है ये?"

"हम समझे नहीं।"

"उसका रहस्यमय ढंग से आना हैट पर लिखे वाक्य को मुझे पढ़ाना अपनी इच्छा पूरी न होते देख अब फोन करना फोन पर वह बात की शुरूआत तो उसी वाक्य से करता है लेकिन फिर बिना कोई विशेष दिलचस्पी लिए ही बात बदलकर विजय पर आ जाता है, दरअसल उसकी यह सारी ही कार्यप्रणाली बड़ी उलझन भरी है।"

"फिर?"

"फैसले वाली बात भी बड़ी अजीब है और रिवॉल्वर को बीच में घसीटकर इस प्रसंग को और भी ज्यादा विचित्र बना दिया है। लगता है जो कुछ उसने फोन पर कहा वह सब झूठ था, आपको वहां बुलाने की मूल वजह और ही है।"

"क्या वजह हो सकती है?"

"वही तो नहीं सूझ रही है। ये कम्बख्त खरबंदा अजीब ही प्रश्नवाचक चिह्न बनकर उभरता जा रहा है।"

"तो फिर मुझे बताओ कि थाने जाऊं या नहीं?"

"थाने तो जाना ही होगा आप न गए तो वह यहां आ सकता है। उसके यहां आने से आपका जाना ही बेहतर है। संभव है कि सबकुछ मेरा भ्रम ही हो, दरअसल वह सचमुच फैसले के लिए ही बुला रहा हो!"

"यानी हम जाएं?"

"जाइए, लेकिन रिवॉल्वर बिल्कुल खाली ले जाना उसमें कोई गोली नहीं होनी चाहिए। कम-से-कम पता तो लगे कि वह काइयां इंस्पेक्टर आखिर चाहता क्या है?"

⅄

खरबंदा के ऑफिस में कदम रखते ही हरनामदास का दिल धक्क से रह गया। न चाहते हुए भी वे दरवाज़े पर ठिठककर खड़े रह गए थे और उनकी ऐसी अवस्था वहां पंडितजी को मौजूद देखकर हुई थीं। खरबंदा के सामने पड़ी मेज के पार एक कुर्सी पर बैठे पंडितजी सिगरेट में कश लगा रहे थे। दरवाज़े की तरफ उनकी पीठ थी और हरनामदास की आंखें उसी पीठ पर चिपककर रह गई थी।

अभी वे हक्के-बक्के से खड़े ही थे कि खरबंदा ने कुर्सी से खड़े होते हुए कहा–"आइए हरनामदास जी।"

स्वयं को नियंत्रित करके हरनामदास आगे बढ़ गए। पंडितजी भी खड़े होकर उनकी तरफ घूम गए। हरनामदास ने दोनों से हाथ मिलाया।

वे समझ नहीं पा रहे थे कि पंडितजी यहां मौजूद क्यों हैं? हरनामदास उनके बराबर में ही खाली कुर्सी पर बैठ गए। पंडितजी के किसी भी सवाल से बचने के लिए उन्होंने जल्दी से पूछा–"विजय कहां है?"

खरबंदा ने पंडितजी की तरफ देखा। पंडितजी ने खरबंदा की तरफ दोनों की आंखों में अजीब-सी चमक और होंठों पर मुस्कान थी। उनके इन नजरों के टकराव को कनखियों से हरनामदास ने भी देख लिया था और इसमें शक नहीं कि उनका दिल घबराने लगा था, तभी खरबंदा ने सवाल किया–"उसके आने से पहले मैं आपसे कुछ सवाल पूछना चाहता हूं।"

"जरूर पूछिए।" हरनामदास को न चाहते हुए भी ऐसा कहना ही पड़ा।

"क्या आप उस कैदी का नाम जानते हैं, जो उस रात जेल से भाग आया था।"

"जी नहीं, हम भला कैसे जान सकते हैं?"

"उसका नाम अब्दुल खरे है।"

"ओह लेकिन आपने शायद हमें यहां उस कैदी की चर्चा करने तो नहीं बुलाया था?"

"देखिए आप घबराए नहीं। इस वक्त आप यहां थाने में बैठे हैं और यहां आप जो भी बात करेंगे अब्दुल खरे नहीं सुन सकेगा। हम आपकी पूरी मदद करेंगे ऐसे ढंग से कि वह आपको किसी भी तरह का नुकसान नहीं पहुंचा सकेगा। पूरी फोर्स के साथ वहां जाकर हम उसे कुछ सोचने-समझने का मौका दिए बिना ही पकड़ लेंगे।"

"आप क्या बात कर रहे हैं कहां जाकर किसे पकड़ लेंगे?"

"आपकी कोठी में जाकर अबुल खरे को!"

"क्या मतलब?" हरनामदास बुरी तरह चौंककर उछल पड़े–"हमारी कोठी में अब्दुल खरे?"

खरबंदा ने बहुत ध्यान से उनका चेहरा देखते हुए कहा–"जी हां।"

"आपका दिमाग तो ठीक है अब्दुल खरे का हमारी कोठी में भला क्या मतलब?"

"हमें लगता है कि वह आप ही की कोठी में है।"

"किसने कहा आपसे?"

"किसी ने नहीं।"

"आप अपने दिमाग का इलाज कराइए यह बे सिर-पैर की बात आपके दिमाग में भला आई कहां से?"

"हमें आपके तथा आपके परिवार के दूसरों लोगों के व्यवहार से लगता है कि अब्दुल खरे उसी रात से आप में से किसी को कवर किए हुए है। उसी आधार पर बाकी को डरा-धमका और आतंकित करके रह रहा है।"

हरनामदास की समझ में टोपी पर लिखे वाक्य का अर्थ आ गया। खरबंदा की बात पूरी होते ही वे कह उठे–"ओफ्फो यह ऊटपटांग विचार आपके दिमाग में आ कहां से रहे हैं। ऐसा कुछ नहीं है। हमने तो उस कैदी की शक्ल तक नहीं देखी।"

खरबंदा ने उन्हें घूरते हुए सख्त स्वर में पूछा–"इसका मतलब ऐसा कुछ नहीं है?"

"हरगिज नहीं।"

"तो फिर आप और आपके परिवार के दूसरे सदस्य उसी रात से डरे हुए, भयभीत, आतंकित और जरूरत से ज्यादा सतर्क नजर क्यों आ रहे हैं?"

"कमाल कर रहे हैं आप ऐसा तो कुछ भी नहीं है, पता नहीं आपको यह वहम क्यों हो रहा है?"

"वहम ही लगता है, खैर छोड़िए, क्या आप अपना रिवॉल्वर लेकर आए हैं?"

"जी हां।" कहने के साथ ही उन्होंने जेब से रिवॉल्वर निकालकर मेज पर रख दिया।

"ओह, मेड इन जापान!" कहने के साथ ही पंडितजी ने रिवॉल्वर उठा लिया। उसे उलट-पलटकर देखने लगे ओर फिर चैंबर खोलकर बोले–"यह तो खाली है?"

"तो फिर क्या आप यह समझते हैं कि मैं इसे यहां लोड करके लाता?"

"जी नहीं, मेरा मतलब यह नहीं था!" चैंबर को बंद करते हुए पंडितजी ने कहा और उसकी नाल सुंघने लगे, बोले–"लगता है कि ये रिवॉल्वर का लाइसेंस आपने बेकार ही ले रखा है।"

"क्या मतलब?"

"जिस चीज का यूज न हो उसे बेकार ही कहा जाता है। अब इस रिवॉल्वर को ही लीजिए न, पिछले एक डेढ़ महीने से इससे कोई फायर नहीं किया गया है।"

"तो क्या आप यह कहना चाहते हैं पंडितजी कि हम इससे रोज फायर करने लगें?"

पंडितजी की मुस्कान बहुत गहरी हो गई। उन्होंने बड़े ही शांत स्वर में खरबंदा नें कहा–"हरनामदास जी झूठ बोल रहे हैं इंस्पेक्टर दरअसल इस रिवॉल्वर से एक हफ्ते के अंदर ही गोली चली है।"

हरनामदास की नसों में दौड़ता खून तेजाब में बदलता चला गया।

"क्यों हरनामदासजी?" खरबंदा के होंठों पर व्यंग्यात्मक मुस्कान नाच रही थी–"पंडितजी के अनुमान के बारे में आपका क्या ख्याल है?"

"पता नहीं आप लोग मुझसे क्या चाहते हैं?" हरनामदास चीख पड़े–"मेरी तो कुछ समझ में नहीं आ रहा है।"

इस बार पंडितजी ने सख्त स्वर में पूछा–"जवाब दीजिए हरनामदास जी इस हफ्ते के अंदर आपने इस रिवॉल्वर से कोई फायर किया है या नहीं?"

"आप यह सवाल पूछने वाले कौन होते हैं। हमारा रिवॉल्वर लाइसेंस हमारे पास है। हम चाहे जब इससे फायर करें या न करें।"

"लाइसेंस के रिवॉल्वर का यह मतलब नहीं कि आपको चाहे जब, चाहे जिसका खून करने का लाइसेंस मिल गया है।"

"खून?" हरनामदास अंदर तक कांप गए–"किसका खून किया है हमने?"

"अब्दुल खरे का।"

"अब्दुल खरे?" उत्तेजित अवस्था में वे कुछ कहने ही जा रहे थे कि अटक गए, दरअसल खून का जिक्र आते ही उनकी आंखों के सामने कविता की लाश चकरा उठी थी और इस विचार ने उन्हें बुरी तरह अनियंत्रित कर दिया था कि ये लोग तह तक पहुंच गए हैं परंतु बीच में अब्दुल खरे का नाम आते ही वे चौंक पड़े पलभर में ही समझ गए कि इनमें से किसी के दिमाग में कविता का ख्याल तो दूर-दूर तक नहीं है। वे व्यर्थ ही बेकाबू हो गए थे ये तो उन्हें कैदी का हत्यारा समझ रहे हैं। बेवकूफ कैदी को हमने देखा तक तो है नहीं फिर भला ये हमें कैदी का हत्यारा साबित कर ही कैसे सकेंगे ये सिरे से ही गलत है इस विचार ने हरनामदास को उनका खोया हुआ आत्मविश्वास लौटा दिया। उनके चेहरे पर चमक और होंठों पर मुस्कान लौट आई।

हरनामदास ने बड़ी ही जानदार मुस्कान के साथ कहा–"इस तरह खाली बकवास करने से कुछ नहीं होगा पंडितजी। किसी को हत्या के जुर्म में फंसाने के लिए सुबूत की जरूरत पड़ती है। यदि आपके पास कोई सुबूत है तो उसे पेश कीजिए।"

"सुबूत भी मिल जाएंगे, लेकिन उससे पहले हम आपको कुछ परामर्श देना चाहते हैं।"

"जरूर दीजिए।" हरनामदास के होंठों पर नाचने वाली मुस्कान शरारती होती जा रही थी।

"दरअसल हम समझते हैं कि अब्दुल खरे आपकी कोठी में घुसा आपके परिवार को डरा-धमकाकर या आतंकित करके उसने वहां रहना चाहा। आपने विरोध किया। इसी गड़बड़ में खरे को आपके रिवॉल्वर की गोली लग गई और वह मर गया यह हत्या नहीं है। हरनामदास जी दरअसल आपने आत्मरक्षा की है। यदि आप उसे न मारते तो वह आपके सारे परिवार को मार सकता था। वह जेल से फरार कैदी था स्वयं हत्यारा था। उसे मारकर आपने कोई जुर्म नहीं किया अगर वह मर गया है तो आपको स्वीकार कर लेना चाहिए। यही आपके हक

में अच्छा होगा और फिर आपको समझना चाहिए कि इस केस में आपको कुछ होने वाला नहीं है।"

"हमें अफसोस है पंडितजी कि आपकी सारी कहानी काल्पनिक है।"

"आप मुजरिम हैं नहीं, बल्कि इंकार करके बन रहे हैं।"

हरनामदास ने बड़े ही आत्मविश्वास भरे स्वर में कहा–"आपने अभी तक कोई सुबूत पेश नहीं किया है।"

"सुबूत।" पंडितजी बोले–"सुबूत है आपके लॉन के पिछले हिस्से में लगा आम का पौधा।"

"दिल फड़ाक् से उछलकर गले में आ लटका–"क्या मतलब?"

अब्दुल खरे को मारकर आपने अपने लॉन के पिछले हिस्से में दफना दिया है।"

"नहीं।" हरनामदास के कंठ से बड़ी ही जोरदार चीख उबल पड़ी–"ये बिल्कुल झूठ है सरासर गलत आप लोग कल्पना कर रहे हैं। पहले आप कह रहे थे कि खरे ने हमें कवर कर रखा है और अब . . ."

पंडितजी और उनके साथ ही खरबंदा हरनामदास का चेहरा देख रहे थे। पसीने से बुरी तरह तर-बतर, पीला जर्द, काटे तो खून नहीं दरअसल वह चेहरा ही बता रहा था कि लॉन में लाश है। पंडितजी ने चेतावनी-सी दी–"आपके पास अब भी सच को स्वीकार कर लेने का समय है।"

"कमाल कर रहे हैं। आप मेरी बात का यकीन क्यों नहीं करते ईश्वर कसम, हम अपने बच्चों की कसम खाकर कहते हैं कि हमने खरबंदा से उस कम्बख्त कैदी के जेल से भाग निकलने की खबर मात्र सुनी है। उसकी शक्ल तक नहीं देखी। हमने नाम भी आप लोगों से सुना है।"

"तो फिर उस आम के पेड़ के बारे में आप क्या कहेंगे।"

"आम के पौधे के बारे में?" हरनामदास का चेहरा किसी लाश के चेहरे की तरह निस्तेज हो गया था–"उसके बारे में भला क्या कहें बंसी ने वह पौधा लगाया है।"

"पौधे के चारों तरफ इतने बड़े हिस्से में खुदाई क्यों की गई है?"

खरबंदा ने कहा–"पौधे के लिए दो फुट व्यास के एक वृत्त में खुदाई करनी काफी थी।"

"कहां की है आपको तो वहम हो रहा है इंस्पेक्टर।"

"मैंने खुद देखी है खुदाई इतने हिस्से में है कि एक लाश को वहां आसानी से दफनाया जा सकता है।"

"आप मेरी बात मानिए इंस्पेक्टर।" हरनामदास गिड़गिड़ा उठे–"ऐसा कुछ नहीं है तुमने उसे रात में देखा था न लॉन में अंधेरा था तुम्हें ठीक से चमका नहीं होगा।"

"हां, ये हो सकता है खरबंदा।" पंडितजी बोले–"उस वक्त अंधेरा था मुमकिन है तुम ठीक से न देख सके हों और थोड़े हिस्से में हुई खुदाई तुम्हें बहुत बड़ी चमकी हो।"

"जी हां जी हां ऐसा ही हुआ है पंडितजी।" हरनामदास जल्दी से कह उठे।

"ऐसा नहीं है पंडितजी।" खरबंदा बोला–"यदि आपको शक है तो आप इसी समय मेरे साथ चलकर लॉन के उस खुदे हिस्से को देख सकते हैं।"

"ये ही ठीक रहेगा।" पंडितजी ने सामान्य स्वर में कहा और फिर हरनामदास से मुखातिब होकर बोले–"क्यों हरनामदास जी क्या आपको इसमें कुछ आपत्ति है। बेचारे हरनामदास की हालत तो शायद भगवान भी ठीक से बयान नहीं कर सकता, बड़ी ही अजीब अवस्था में वे कह रहे थे–"क्यों नहीं मगर मैं कोई फायदा नहीं समझता उससे होगा ही क्या?"

"चलते ही हैं हरनामदास जी कम-से-कम खरबंदा का भ्रम तो दूर हो जाएगा।" कहने के साथ ही पंडितजी जिस क्षण उठकर खड़े हुए उस क्षण हरनामदास फूट-फूटकर रो पड़ना चाहते थे।

⅄

"फिलहाल तो इंजेक्शन के असर से भाभी सो गई हैं।" अपने कमरे में

बैठे मनजीत ने बाकी सबसे कहा–"लेकिन मेरी समझ में नहीं आता कि ऐसा कब तक चल सकेगा कब तक हम उन्हें इंजेक्शन दे-देकर सुलाते रहेंगे?"

फिलहाल उस वक्त तक तो ऐसा करना ही होगा, जब तक हम इस समस्या का कोई स्थायी हल नहीं ढूंढ़ लेते। जसवंत ने कहा ही था फिर कॉलबेल ने बजकर एक क्षण के लिए सबको चौंकाया। अगले ही पल जसवंत सामान्य स्वर में बोला–"जाकर दरवाज़ा खोल दो बंसी डैडी आए होंगे।"

बंसी कमरे से बाहर चला गया।

कुछ ही देर बाद जब वह लौटकर आया तो बुरी तरह हड़बड़ाया हुआ था, बोला–"मालिक के साथ इंस्पेक्टर खरबंदा और पंडितजी भी हैं तीन पुलिस वाले भी।"

जसवंत ने चौंकते हुए पूछा–"उनका यहां क्या काम?"

"पता नहीं, मालिक ने आपको हॉल में बुलाया है। वे कुछ डरे हुए से हैं।"

सुनकर सभी के चेहरों पर सन्नाटा-सा फैल गया था, जसवंत सोफे से खड़ा होता हुआ बोला–"मैं देखता हूं तुम सब यहीं रहना।"

"कहने के बाद वह तीर की-सी तेजी के साथ कमरे से बाहर निकल गया। मनजीत, सुलक्षणा, रेखा और बंसी अवाक् से रह गए। एक-दूसरे का मुंह, ताक रहे थे, वे धड़कनें बढ़ने लगीं।

⅄

"सुनो तो जसवंत ये इंस्पेक्टर और पंडितजी क्या कह रहे हैं?"

उसे देखते ही हरनामदास सोफे से उठकर लपकते से बोले–"इनका कहना है कि हमने अब्दुल खरे का खून कर दिया है।"

"कौन अब्दुल खरे?"

"वही, जेल से फरार होने वाला कैदी।" हरनामदास जब ऐसा कह

रहे थे तब जसवंत ने महसूस किया कि वे बुरी तरह किसी आशंका से त्रस्त हैं, स्वयं को नियंत्रित रखकर जसवंत ने कहा–"उस कैदी से हमारा क्या मतलब हम भला कैदी का खून क्यों करेंगे?"

"यही तो इन्हें कोई समझाए ये दोनों अजीब-अजीब कल्पनाएं कर रहे हैं। पहले इन्होंने कल्पना की थी कि कैदी हमारे परिवार को कवर करके जबरन यहीं रह रहा है।"

"ओह, तो उस हैट की छत पर लिखे वाक्य का यह अर्थ था?"

"हां जब इनकी वह कल्पना सार्थक न हो सकी तो दूसरी कल्पना कर रहे हैं।"

"दूसरी कल्पना?"

"कि जब कैदी ने हम सबको कवर करके यहां रहने की कोशिश की तो हमने उसे मार डाला और उसकी लाश लॉन में दफना दी है वहां, जहां बंसी ने आम का पौधा लगाया है।"

"क्या?" जसवंत के दिलो-दिमाग पर सन्नाटा छा गया।

"हां ये लोग उस खुदे हुए भाग को यहां दिन के प्रकाश में देखने आए हैं।" हरनामदास के यह वाक्य कहने के बीच जसवंत ने स्वयं को नियंत्रित कर लिया, बोला–"बड़ी अजीब बात कर रहे हैं ये लोग।"

"यही तो हम इनसे कह रहे हैं।"

"मगर यदि मान भी लिया जाए कि कैदी ने यहां रहने की कोशिश की और हमने उसे मार डाला, तब भी हमें उसकी लाश को लॉन में गाड़ने की क्या जरूरत थी? वह स्वयं हत्यारा था, भगोड़ा कैदी ऐसे व्यक्ति को उन परिस्थितियों में मार डालना हत्या नहीं, बल्कि आत्मरक्षा कहलाती है। हम उसके मरते ही स्वयं पुलिस को यहां बुलाकर सारी हकीकत बता सकते थे।"

पंडितजी बोले–"हमने भी हरनामदास जी ये ही कहा, लेकिन।"

"लेकिन?" जसवंत उनकी तरफ मुखातिब हुआ।

"ये मान ही नहीं रहे हैं व्यर्थ ही हकीकत पर पर्दा डाल कर मुजरिम बन रहे हैं।"

"कैसी हकीकत?"

"आपने आत्मरक्षा की थी, हत्या नहीं।"

"जब ऐसा कुछ हुआ ही नहीं है तो आत्मरक्षा या हत्या का प्रश्न ही नहीं है। मैं तो सिर्फ ये कह रहा हूं कि जो आप कह रहे हैं, यदि वह हुआ होता तो वह आत्मरक्षा थी, हत्या नहीं इसलिए हम लाश को लॉन में न गाड़कर बेहिचक पुलिस को बुलाते, अत: आपकी शंका निर्मूल है।"

"फिर भी जब हम यहां आ ही गए हैं, तो उस खुदे हुए भाग को देखना चाहेंगे।"

"जरूर देखिए।" अपनी आंतरिक घबराहट को छुपाने की कोशिश करते जसवंत ने कहा–"वैसे मुझे आपके शक पर हैरानी हो रही है आत्मरक्षा के अंतर्गत मारे गए किसी व्यक्ति को भला कोई लॉन में गाड़कर व्यर्थ ही मुजरिम क्यों बनेगा?"

"चलिए।" पंडितजी उठ खड़े हुए साथ ही खरबंदा भी और हरनामदास तथा जसवंत के चेहरों पर वैसे ही भाव थे जैसे एक लंबे समय से चारपाई पर पड़े निमोनिया के मरीज के चेहरे पर हो सकते हैं।

⅄

"हम सब गए, अब कोई नहीं बचेगा।" पूरी तरह पस्त मनजीत ने हड़बड़ाए स्वर में कहा।

सुलक्षणा, रेखा और बंसी के मुंह से एक साथ निकल पड़ा–"क्यों?"

"वे लोग डैडी और भइया को वहीं ले गए हैं, जहां हमने कविता की लाश दफना रखी है।"

"हे भगवान।" सुलक्षणादेवी का सारा जिस्म ठंडा पड़ गया।

बंसी का बूढ़ा जिस्म किसी सूखे पत्ते की तरह कांप उठा। रेखा की आंखों के सामने सारा कमरा, कमरे में मौजूद हर वस्तु बड़ी तेजी से,

किसी फिरकनी के समान गोल दायरे में घूम रही थी स्वयं मनजीत के हाथ पैर बिल्कुल सुन्न थे, सुलक्षणादेवी बोलीं–"लेकिन, ये उन्हें वहां ले क्यों गए हैं?"

"मैं ठीक से तो नहीं सुन सका गैलरी में हॉल की आवाज बहुत धीमी आ रही थी, लेकिन लगता है कि पुलिस को हम पर जेल से फरार होने वाले कैदी को मार डालने का शक है।"

"कैदी को?" बंसी कह उठा।

"हां शायद यही मामला था वे कह रहे थे कि हमने कैदी को मारकर वहां लॉन में गाड़ दिया है।"

"कैदी का हमसे क्या मतलब?" सुलक्षणादेवी बोली।

"पता नहीं, लेकिन, उन्हें हम पर शक है और अब वे कैदी की लाश की तलाश में कब्र को खोदेंगे, वहाँ कैदी की तो नहीं, कविता की लाश मिलेगी आह, अब हमें दुनिया की कोई ताकत नहीं बचा सकती।"

रेखा चकराकर धड़ाम् से फर्श पर गिरी।

⅄

पंडितजी, खरबंदा, हरनामदास और जसवंत टूटे हुए आम के पौधे के इर्द-गिर्द लॉन के खुदे हुए हिस्से पर खड़े थे यानी उनके जूतों के तले में भी पीली मिट्टी लग गई थी। यहां, पहुंचने के बाद से अभी तक उनमें से कोई कुछ नहीं बोला था। हरनामदास और जसवंत जानते थे कि इस वक्त वे कविता की कब्र पर खड़े हैं।

ठीक इसी स्थान के नीचे एक संदूक है।

संदूक में कविता की बुरी तरह जली हुई क्षत-विक्षत और भयानक लाश है।

उनके दिल बहुत जोर-जोर से पसलियों पर चोट कर रहे थे–"धक... धक...धक।"

चेहरे पर वीरानी, पसीना और हवाइयां, आंखों में खौफ जिस्म कांप

रहे थे फिर भी हरनामदास की अपेक्षा जसवंत अपनी घबराहट का प्रदर्शन जरा कम ही कर रहा था।

जसवंत ने चेहरा ऊपर उठाया।

यह देखकर हड़बड़ा गया कि खरबंदा और पंडितजी काफी देर से उसी की तरफ देख रहे थे अपनी बौखलाहट को छुपाने की गर्ज से उसने जल्दी से सवाल किया–"आपको क्या लगता है?"

"आम के पौधे के लिए इतना खोदने की जरूरत बिल्कुल नहीं थी।" पंडितजी ने स्पष्ट कहा।

"क्या मतलब?"

"निःसंदेह यहां आपने कुछ दबा रखा है।"

हरनामदास के छक्के छूट गए, जबकि बुरी तरह आतंकित जसवंत ने कहा–"आपकी गलतफहमी है। मैं समझ नहीं पा रहा हूं कि कैसे यकीन दिलाऊं?"

"नहीं-नहीं पंडितजी।" हरनामदास के कंठ से भय की अधिकता में डूबी चीख निकल गई। झपटकर वे सचमुच पंड़ितजी के पैरों से लिपटकर गिड़गिड़ा उठे–"ऐसा मत करना वर्ना हमारी सारी इज्जत सारा मान-सम्मान खाक में मिल जाएगा हम कहीं के न रहेंगे।"

पंडितजी के होंठों पर मुस्कान दौड़ गई। खरबंदा दिलचस्प दृष्टि से उस दृश्य को देखने लगा, जबकि आपे से बाहर होकर जसवंत चीख पड़ा–"आप होश की दवा कीजिए पंडितजी और इंस्पेक्टर तुम भी।"

"क्या मतलब?" खरबंदा गुर्राया।

"किसी की इज्जत इतनी सस्ती नहीं है कि आप अपने दिमाग की शंका मात्र से उसके परखच्चे उड़ा दें। हमने बहुत इज्जत कर ली आपकी लेकिन अब आप उंगली से पौंचे पर आ गए हैं।"

"तुम कहना क्या चाहते हो मिस्टर जसवंत?" पंडितजी ने शांत स्वर में पूछा।

"मैं तुम्हें किसी भी कीमत पर अपना लॉन नहीं खोदने दूंगा।"

"क्यों?"

"क्योंकि बिना किसी सुबूत के सिर्फ शंका के आधार पर आपको किसी का लॉन खोदने का अधिकार नहीं है।"

इस बार पंडितजी का व्यंग्यात्मक स्वर–"जब यहां कुछ है ही नहीं तो आप डर क्यों रहे हैं?"

"डर कौन कम्बख्त रहा है?" जसवंत कांपता हुआ चीखा।

"जब आप डर नहीं रहे हैं तो हमें लॉन खोदने क्यों नहीं देते।" पंडितजी ने पूछा–"हमारे पैरों से लिपटकर हरनामदास लॉन न खोदने के लिए क्यों गिड़गिड़ा रहे हैं?"

"उनके गिड़गिड़ाने या मेरे उत्तेजित होकर कांपने का अंदाजा आप गलत लगा रहे हैं। डैडी अपनी इज्जत की खातिर ऐसा कर रहे हैं, उस इज्जत की खातिर जो अगले ही पल आपके वहम के कारण खाक में मिलने वाली है जब ये लॉन खुदेगा, आस-पड़ोस के लोग देखेंगे यहां भीड़ जमा हो जाएगी और फिर सारे शहर में यह हवा उड़ेगी कि पुलिस हरनामदास के लॉन को किसी लाश की तलाश में खोद रही है। एक इज्जतदार के लिए डूब मरने जैसी बात है। डैडी आपसे अपनी उसी इज्जत की भीख माग रहे हैं।"

"लेकिन जब यहां कोई लाश नहीं मिलेगी तो . . ."

"वह बाद की बात है, तब तक हरनामदास की इज्जत के दामन पर धब्बा तो लग ही . . ."

"आप बात को अच्छा मोड़ दे रहे हैं।" पंडितजी मुस्कुराए।

"मैं कोई मोड़ नहीं दे रहा हूं, लेकिन इस तरह हरगिज आपको लॉन नहीं खोदने दूंगा इसके लिए आपको ऊपर से इजाजत और सर्च वारंट लेने होंगे उठिए डैडी ऐसे कमजर्फ लोगों के कदमों से लिपटकर गिड़गिड़ाने से इज्जत की रक्षा नहीं हो सकती। मैं भी तो देखूं कि ये लॉन कैसे खोदेंगे?"

कांपते हरनामदास जसवंत की तरफ देखते रह गए। हालांकि वे नहीं समझ सके थे कि उसके दिमाग में क्या है, फिर भी उन्हें अपने बेटे के दिमाग पर भरोसा था वे जानते थे कि जसवंत की इस अकड़ के पीछे

बचाव की कोई-न-कोई तरकीब जरूर है।

अत: वे खड़े हो गए।

खरबंदा गुर्राया-"यदि तुमने यह सोचा कि तुम्हारी इस ड्रामेबाजी का रोब खाकर मैं खुदाई की बात दिमाग से निकाल दूंगा तो वह तुम्हारा वहम है। तुम्हारे व्यवहार से मेरा इरादा पहले से कहीं ज्यादा पक्का हो गया। पहले सिर्फ शंका थी मगर अब विश्वास हो गया है कि यहां अब्दुल खरे की लाश है।"

"फिलहाल आप यहां से तशरीफ ले जाइए।" जसवंत ने कहा–"जब आप सर्च वारंट लेकर आएंगे तब मैं आपका स्वागत करूंगा। सारी कार्यवाही कानून के मुताबिक होनी चाहिए न?"

खरबंदा ने उसे खा जाने वाली दृष्टि से घूरा बोला–"आपने अचानक ही गिरगिट की तरह जो ये रंग बदला है मिस्टर जसवंत उसी से जाहिर है कि आप मुजरिम हैं और बचाव के लिए सभी रास्ते बंद होने के बाद कानून द्वारा दिए गए एक अधिकार का दुरुपयोग करके बचना चाहते हैं, परंतु दुख है कि यह आपके बचाव का स्थायी हल नहीं है, मेरे हाथ में सर्च करंट आते ही आपके गले में फांसी का फंदा पड़ जाएगा।"

"आप सर्च वारंट ले आइए।" जसवंत मुस्कुराने की भरपूर कोशिश कर रहा था।"

"मैं जा रहा हूं, तुम लोग यहीं रहोगे।" खरबंदा ने कांस्टेबलों से कहा–"इसी स्थान पर, कोई इस जगह के करीब फटकने न पाए मैं सर्च वारंट लेकर आता हूं।"

"यहां कोई नहीं रहेगा।" जसवंत ने सख्त स्वर में विरोध किया।

खरबंदा गुर्राया–"ये यहीं रहेंगे, आपको यहां से लाश हटाने का मौका नहीं मिलेगा मिस्टर जसवंत।"

"किस अधिकार से ये यहां रहेंगे?"

"सिर्फ इसलिए कि एक पुलिस इंस्पेकटर को यहां लाश की मौजूदगी का यकीन है।

"किसी सिरफिरे की शंका मात्र से, पुलिसवालों की ड्यूटी किसी इज्जतदार व्यक्ति की कोठी के अंदर नहीं लग सकती।"

"लग सकती है मिस्टर जसवंत।" खरबंदा दांत भींचकर गुर्राया– "मामला यदि हत्या का हो और हत्यारे कानून का दुरुपयोग करके लाभ उठाने की कोशिश कर रहे हों तो ड्यूटी लग सकती है।"

"हम भी देखते हैं, ड्यूटी कैसे लगेगी?" कहने के साथ ही जसवंत ने हरनामदास की कलाई पकड़ी और लगभग खींचता हुआ वहां से ले गया खरबंदा, तीन कांस्टेबल और पंडितजी वहीं खड़े उन्हें जाता देखते रहे। खरबंदा का चेहरा जहां गुस्से की ज्यादती की वजह से दहक रहा था, वहीं पंडितजी के होंठों पर मुस्कान थी, बड़ी ही शांत, शालीनता भरी मुस्कान।

⋏

हॉल में पहुंचते ही हरनामदास ने कहा–"ये सब तुम क्या कर रहे हो जसवंत, हम कुछ समझ नहीं पा रहे हैं।"

ऐसा सुनते ही उन्हें खींचता हुआ जसवंत रुका, हाथ पकड़े ही चेहरा इनकी तरफ घुमाया उफ्फ, जसवंत का चेहरा बुरी तरह भभक रहा था। अत्यधिक उत्तेजित अवस्था में था वह, दांत भींचकर गुर्राता हुआ बोला–"तो क्या आप यह चाहते हैं कि मैं भी आपकी तरह पस्त होकर उनके कदमों से लिपट जाऊं?"

"क्या मतलब?"

"आपने सबको फंसवा दिया था। आगे यदि आप एक शब्द भी बोल जाते तो इस वक्त हम इस हॉल में नहीं खड़े होते, बल्कि किसी हवालात में बंद होते आप, मैं, मां, मनजीत, रेखा हम सब।"

"मगर अब हम बच कैसे सकेंगे नहीं बच सकते जसवंत इस वक्त नहीं तो थोड़ी देर बाद हम सब हवालात में बंद होंगे तब, जबकि वह सर्च वारंट ले आएगा।"

"तो क्या पकड़े जाने के भय से त्रस्त होकर हम स्वयं ही अपना गुनाह कुबूल कर लें?"

कुछ देर तक हरनामदास जसवंत के भभकते चेहरे को देखते रहे। दरअसल वे पूरी तरह टूट चुके थे। अपनी इसी मानसिक स्थिति का परिचय उन्होंने वहां, पंडितजी के पैरों में गिरकर गिड़गिड़ाकर भी दिया था और वही बात जसवंत को समझाने के अंदाज में बोले–"हम फंस चुके हैं बेटे यकीन मानो, अब हमें दुनिया की कोई ताकत नहीं बचा सकती। खरबंदा और पंडितजी उसे खोदकर ही रहेंगे ऐसी अवस्था में अड़े रहना बेवकूफी है। हमें अपना गुनाह कुबूल कर लेना चाहिए, शायद कानून कुछ उदारता बरते।"

"आपका दिमाग खराब हो गया है।"

"दिमाग तो हमें तुम्हारा खराब हो गया लगता है जसवंत बिना मतलब अड़े रहना कहां की समझदारी है। सबकुछ खत्म हो चुका है। अपने गुनाह से भागने की कोशिश अब बिल्कुल व्यर्थ है, हम ज्यादा दूर नहीं भाग सकेंगे बेटे ज्यादा देर तक नहीं भाग सकेंगे।"

"इस डर से पस्त होकर भागना बंद कर देना कभी समझदारी नहीं हो सकती पैरों में गिरकर गिड़गिड़ा उठना बेवकूफी है। आपके ढंग से वे रुकने वाले नहीं थे वैसे भी इस तरह गिड़गिड़ाने पर कानून किसी के साथ कोई रियायत करने वाला नहीं है। वहां से उन्हें उस हरामजादे अब्दुल खरे की नहीं, बल्कि कविता की लाश मिलेगी और यह समाचार सारे शहर में सनसनी फैला देगा। हमारी सारी योजना अदालत में खुल जाएगी और उस योजना के खुलने के बाद कानून आपके गिड़गिड़ाने या स्वयं गुनाह कुबूल करने की तरफ नहीं देखेगा, बल्कि उस खतरनाक योजना को देखेगा, जिसके अंतर्गत हमने कानून को धोखा दिया है।"

"ऐसा तो होना ही है जसवंत।" हरनामदास टूटे स्वर में बोले–"आज नहीं तो कल यदि हम उसे आज ही हो जाने दें तो कम-से-कम इस तनाव से तो मुक्त होंगे?"

"हमें बचने की कोशिश करनी है डैडी आखिरी क्षण तक।"

"कोशिश तो कर ही रहे थे। हर तरह की कोशिश की, मगर अब थक गए हैं, जब तक आस थी, तब तक कोशिश की, लेकिन अब क्या कोशिश करें सारी उम्मीदें खत्म हो गई हैं !"

"क्या कर सकते हैं?"

"उनके सर्च वारंट लाने तक वहां से लाश को गायब कर सक्ते हैं।"

"क्या बेवकूफी की बात कर रहे हो वे तीन कांस्टेबल वहां पहरा दे रहे हैं।"

"उन्हें वहां से हटाना है डैडी।"

"कैसे?"

"एसएसपी को फोन कीजिए।" जसवंत उन्हें फोन की तरफ खींचता हुआ बोला–"आप उनसे वही बात कीजिए, जो मैं बताता हूं, मिलाइए नंबर।"

⮝

"उसके पास कोई ठोस सुबूत नहीं है एसएसपी साहब सिर्फ अपनी शंका के आधार पर वह हमें बेइज्जत करना चाहते हैं। हरनामदास अपने स्वर को संतुलित और प्रभावशाली बनाने की भरपूर चेष्टा करता हुआ कह रहा था "दरअसल खरबंदा हमसे चिढ़ता है जाति दुश्मनी रखता है, उसी दुश्मनी के कारण वह महज हमें बेइज्जत करने के लिए लॉन खोदने कई बात कर रहा है। उसे अच्छी तरह मालूम है कि वहां कोई लाश नहीं मिलेगी।"

"इसके बावजूद वह, आपके लॉन की खुदाई करना चाहता है?"

"दूसरी तरफ से पूछा गया।

"यस सर, आप उसी से पूछ सकते हैं। उसका कहना है कि हमने जेल से भागकर आए हुए किसी कैदी को मारकर लॉन में दबा रखा है यह बे-सिर-पैर का विचार सिर्फ उसके दिमाग की उपज है। सर यदि

उसके पास अपनी बात को प्रमाणित करने के लिए कोई सुबूत है तो हमें कोई आपत्ति नहीं, लॉन खोद ले, किंतु . . .”

“क्या खरबंदा अभी तक आपकी कोठी पर ही है?”

“जी, शायद लॉन में हो।”

“अगर वह वहां है तो उसकी बात इसी समय हमसे कराओ!”

हरनामदास ने माउथपीस पर हाथ रखा, जसवंत से बोले–“वे खरबंदा से बात करना चाहते हैं।”

“मैं उसे बुलाकर लाता हूं, तब तक आप अपना रंग बढ़ाइए।” कहने के बाद तेज कदमों के साथ जरावंत हॉल पार करता चला गया, जबकि हरनामदास माउथपीस से हाथ हटाकर कह रहा था–“हमें इसमें कोई आपत्ति नहीं है सर कि यदि खरबंदा के पास कोई ठोस सुबूत हो तो वह हमारा लॉन ही क्या सारी कोठी खोद डाले, बिना किसी सुबूत के इस तरह उसे एक पुलिस वाला होने के नाते, किसी को बदनाम करने का हक तो नहीं है मेरी सिर्फ यही गुजारिश है कि सर्च वारंट देने से पहले उससे ठोस सुबूत मांगा जाए।”

हरनामदास बात करते रहे।

अपना पक्ष वे जितने प्रभावशाली ढंग से रखने की मानसिक स्थिति में थे। रख रहे थे कुछ ही देर में जसवंत के साथ वहां खरबंदा आ गया पंडितजी भी उनके साथ ही थे।

हरनामदास को घूरते हुए खरबंदा ने रिसीवर ले लिया और सम्मानित स्वर में बोला–“खरबंदा हीयर सर।”

“हरनामदास को क्यों परेशान कर रहे हो?”

“इनके लॉन में अब्दुल खरे की लाश दफन सर।”

“वह सब हम सुन चुके हैं, तुमसे सिर्फ यह जानना चाहते हैं कि क्या तुम्हारे पास कोई सुबूत है?”

“सुबूत है सर, परंतु वे सुबूत ऐसे हैं जिन्हें कि मैं फोन पर ‘एक्सप्लेन’ नहीं कर सकता यदि आप मुझे अपने सामने बैठाकर सिर्फ पांच मिनट दें तो मैं सबकुछ समझा सकता हूं।”

"हमने पहले कभी कम-से कम तुम्हारे बारे में अधिकारों का दुरुपयोग करने की शिकायत नहीं सुनी खरबंदा, हमें तुम्हारी बात पर फख्र है किंतु किसी व्यक्ति पर इतना गंभीर आरोप लगाने से पहले हजार बार सोचा जाता है एक नेक शहरी का, ऐसे आरोप के साथ अपने लॉन की खुदाई पर चिंतित हो जाना स्वाभाविक है और तुम्हें अच्छी तरह यह बात सोच लेनी चाहिए कि यदि लाश वहां न मिली तो न सिर्फ सारे शहर में पुलिस की बदनामी होगी, बल्कि हरनामदास तुम पर मानहानि का दावा भी ठोंक सकते हैं।"

"मुझे विश्वास है सर कि लाश वहां है।"

"अच्छी तरह सोच लो।"

"आप मुझे सिर्फ पांच मिनट दीजिए।"

"ठीक है तुम आ सकते हो।"

"मैं ये भी चाहूंगा सर कि मेरी और आपकी वार्ता की समाप्ति तक लॉन में कांस्टेबलों का पहरा रहे, ताकि उस बीच के समय में ये लोग किसी किस्म की गड़बड़ न कर सकें।"

"ठीक है, फोन हरनामदास को दो!"

"थैंक्यू सर।" कहने के बाद खरबंदा ने खूनी नजरों से हरनामदास को घूरा और रिसीवर उसकी तरफ बढ़ा दिया। हरनामदास ने रिसीवर कान से लगा लिया और बोले–"यस सर।"

"खरबंदा अपने कथन को साबित करने के लिए हमारे पास आ रहा है। हम आपको यकीन दिलाते हैं कि आपके साथ कोई नाइंसाफी या अभद्रता नहीं की जाएगी। यदि हम उसके प्रमाणों से प्रभावित हुए तो उसे सर्च वारंट देंगे अन्यथा नहीं और तब तक पुलिस कांस्टेबल आपके लॉन में पहरा देंगे।"

"लेकिन सर . . ."

"हम समझते हैं मिस्टर हरनामदास कि ऐसा पहरा भी एक नेक शहरी की इज्जत पर दाग लगा सकता है, परंतु मजबूरी है। खरबंदा एक बेदाग इंस्पेक्टर है, इसलिए हमें उसकी मांग माननी ही होगी।"

"जैसी आपकी इच्छा सर।"

दूसरी तरफ से संबंध विच्छेद कर दिया गया।

⅄

पूरी बात सुनने के बाद सुलक्षणादेवी, मनजीत और बंसी इस तरह कांपने लगे, जैसे जुड़ी के बुखार के मरीज हो बर्फीली और सर्द रात में नग्न करके किसी मैदान में खड़ा कर दिया गया हो तीनों के जिस्म पसीने से भरभरा उठे थे। चेहरों पर हवाइयों के साथ निराशा और पूरी पराजय के भाव।

"अब हम फंस गए हैं।" मनजीत धम्म से एक सोफे की कुर्सी पर गिर पड़ा।

कांपते स्वर में सुलक्षणादेवी बोली–"मैं जानती थी कि वह कुलक्षणी हमें फंसाकर ही रहेगी।"

"हमने बचने की कितनी कोशिश की मालिक, लेकिन फिर भी आह, अब हम सब जेल में ही मरेंगे।"

"हम भी तो जसवंत से यही कह रहे हैं कि व्यर्थ ही अड़े रहने का अब कोई तुक नहीं है सारा खेल खत्म हो चुका है। अब कुछ भी नहीं हो सकता, कुछ भी नहीं।"

"आप सबका दिमाग खराब हो गया है।" जसवंत पागलों की तरह चीख पड़ा–"इस तरह हिम्मत हारने से कुछ नहीं होता मैं कहता हूं हौसला रखो प्लीज, हौसला रखो।"

"कैसा हौसला किसी हौसले से अब होना ही क्या है।" मनजीत रो पड़ा।

"ओफ्फो मनजीत तुम-तुम आह, तुम सब लोग मिलकर मेरा दिमाग खराब क्यों कर रहे हो?" जसवंत बुरी तरह झुंझलाता हुआ चीख रहा था–"मेरी हिम्मत क्यों तोड़ रहे हो ?"

"अब हिम्मत करने से होगा भी क्या भइया?" मनजीत बुरी तरह

रोता हुआ कह उठा–"अपने गुनाहों की सजा तो हमें भुगतनी ही होगी। निर्दोष कविता को मारकर हमने अपने गले में फांसी के फंदे डाल लिए थे।"

"ओफ्फो मनजीत तुम-तुम सब पागल हो!" जसवंत स्वयं पागलों के समान चीख पड़ा–"अगर मुझे पता होता कि तुम सब इतने कच्चे हो इतनी कम हिम्मत वाले हो तो मैं कभी भूलकर भी तुम्हारे साथ वह जुर्म न करता भगवान के लिए तुम सब हौसला रखो, हिम्मत से काम लो।"

"किसी तरह की हिम्मत दिखाने से अब कुछ होने वाला नहीं भइया।" मनजीत कह रहा था–"अपने भविष्य को हम अपनी आंखों के सामने बिल्कुल साफ देख सकते हैं भागने या बचाव की हर कोशिश बेकार है तुम्हारे लिए भी मेरी यही राय है कि भाग-दौड़ छोड़ दो फोन उठाओ, एसएसपी साहब के नंबर रिंग करो और सारे गुनाह कबूल कर लो।"

"यदि मैं तुम्हारी तरह कमजोर होता तो हम सब उसी रात पकड़े जाते जिस रात हमने कत्ल किया था और खरबंदा कोठी में आ गया था। उस समय भी तुम सब मेरे ही हौसले की वजह से बच गए थे।"

"काश यह खेल उसी दिन खत्म हो जाता।" कहने के साथ ही मनजीत उठा और तेज कदमों के साथ कमरे से बाहर निकल गया। कुछ देर तक वे दरवाज़े पर झूल रहे पर्दे को देखते रहे कमरे में सन्नाटा-सा छाया रहा, पुन: जसवंत ही बोला–"कम-से-कम आप तो हौसला रखिए डैडी आप, बंसी, मां, मनजीत और रेखा को समझाइए!"

"रेखा तो बेहोश पड़ी है!" सुलक्षणादेवी बोली।

जसवंत उछल पड़ा–"क्या मतलब?"

"वह तो तभी बेहोश हो गई थी, जबकि उसने सुना था कि खरबंदा और पंड़ितजी, तुम दोनों को आम के पौधे की तरफ ले गए हैं उस वक्त हमने भी खुद को बड़ी मुश्किल से संभाला था।"

"उफ्फ!" दांत भींचकर जसवंत ने अपने दाएं हाथ का मुक्का बहुत

जोर से बाईं हथेली पर मारा–"मैं ही पागल था उस वक्त शायद मेरा ही दिमाग खराब हो गया था, वर्ना तो मुझे सोचना चाहिए था कि मुझे खून जैसा जुर्म इतने कमजोर दिल वाले, बेवकूफ लोगों के साथ नहीं करना चाहिए ऐसे लोग खुद तो फंसते ही हैं, दूसरों को भी फंसवा देते हैं पता नहीं उस वक्त मैं ये सच्चाई क्यों नहीं सोच सका?"

"हम व्यर्थ ही तनाव में जीने की कोशिश कर रहे हैं बड़े सरकार।"

"क्या जरूरी है कि उन्हें सर्च वारंट मिल ही जाए?" जसवंत ने कहा–"उनके पास अपनी शंका दूर करने को साबित करने के लिए कोई ठोस प्रमाण नहीं है, ऐसी स्थिति में एसएसपी उन्हें कभी सर्च वारंट नहीं देगा।"

"माना कि वे वारंट ले आते हैं, क्या तुम्हारे पास उसके बाद भी बचाव की कोई तरकीब बची है?"

"आप लोग मुझे सोचने का मौका ही कहां दे रहे हैं?"

"हम नहीं समझते कि कुछ सोचा जा सकता है, लेकिन फिर भी यदि तुम समझते हो तो सोचो।"

अगले पल जसवंत की मुद्रा सचमुच ऐसी बन गई, जैसे वह सोचने के लिए दिमाग पर जोर डाल रहा हो। हरनामदास, सुलक्षणादेवी और बंसी उसके चेहरे को इस प्रकार देख रहे थे जैसे उन्हें पूरा यकीन हो कि वह कुछ भी नहीं सोच पाएगा और वे उसकी मानसिक स्थिति पर तरस खा रहे हों।

एकाएक उसने हरनामदास से कहा–"आप मुझे एक सिगार देंगे डैडी?"

"सिगार . . . तुम हमारे सामने सिगार पिओगे?"

"प्लीज डैडी, एक सिगार दीजिए।"

हरनामदास ने चुपचाप जेब से डिब्बी निकाली और एक सिगार निकालकर उसकी तरफ बढ़ा दिया, किंतु चहलकदमी-सी करते हुए जसवंत ने कहा–"प्लीज इसे सुलगाकर दीजिए।"

न चाहते हुए भी इस वक्त हरनामदास को सिगार सुलगाकर उसे देना पड़ा।

चहलकदमी करते हुए जसवंत ने एक जोरदार कश लगाया और

ढेर सारा धुआं उगलता हुआ बड़बड़ाया–"यदि उन्हें सर्च वारंट मिल गया और खुदाई की गई तो वे कविता की लाश बरामद कर लेंगे हम सब पकड़े जाएंगे सब हां कोई भी नहीं बचेगा, कोई भी नहीं आह।"

वह एकदम हरनामदास की तरफ घूमा।

"कोई तरकीब आई?" हरनामदास ने उत्सुक स्वर में पूछा।

"हां, एक तरकीब है सब तो बच नहीं सकते, लेकिन सब फंसे भी क्यों हममें से कोई भी दो या तीन फंसकर बाकी को बचा सकते हैं।"

"क्या मतलब?"

"माना कि लाश पकड़ी जाती है, आप और बंसी सारा जुर्म अपने ऊपर ले लेते हैं। अपने बयान में आप कह देते हैं कि आप दोनों के अलावा इस कत्ल से किसी अन्य का कोई संबंध नहीं है मुझे, मनजीत, मां और रेखा को बचाकर आप सारी कहानी उसी तरह सुना देते हैं जिस तरह हमने किया है आपको पुलिस पकड़ लेगी हम रह जाएंगे हमारी कोशिश आपको कानून की चपेट से बचाने की होगी मैं कानून के जरिए आपको अदालत से बाइज्जत बरी कराने या हल्की सजा दिलाने का काम संभाल लूं।"

"ये तुम क्या कह रहे हो जसवंत?" हरनामदास का चेहरा पीला पड़ गया।

"बात और हालातों को समझने की कोशिश कीजिए डैडी।"

जसवंत ने उन्हें समझाने वाले अंदाज में बोला–"हालांकि मुझे उम्मीद नहीं है कि वे लोग सर्च वारंट ले आएंगे फिर भी हम उनके सर्च वारंट ले आने के बाद की स्थिति पर गौर कर रहे हैं। उस अवस्था में कोई ताकत खुदाई को नहीं रोक सकेगी और लाश के मिलने का सीधा-सा अर्थ हम छओं का फंस जाना है, उससे अच्छा दो का फंसना है जो सजा होगी, वह सिर्फ दो को होगी, बल्कि उससे भी कम, क्योंकि बाकी चार उनकी मदद कर सकेंगे, यदि सभी पकड़े गए तो बाहर हमारी मदद करने वाला कोई नहीं होगा और कानून हमें पूरी बेरहमी से सजा सुनाएगा।"

"मगर हम।"

"आप न सही डैडी, मैं सही हममें से एक को तो बाकी सबके लिए कुर्बानी देनी ही होगी। देखा जाए तो कुबानी कुछ नहीं है। फंसना तो सभी को है हरेक को सजा भी नहीं होनी है, जो सबके पकड़े जाने पर होगी, अत: यदि हम कोई भी दो फंसकर बाकी को बचा लें, तो होशियारी ही कहलाएगी, यदि आप कानून के रास्ते से हमारी मदद कर सके तो मैं और बंसी तैयार हैं।"

"मैं बड़े सरकार?" बंसी सूखे पत्ते की तरह कांप रहा था।

"हां बंसी काका दरअसल परिवार के एक आदमी के साथ तुम्हारा जुड़ना बहुत जरूरी है, क्योंकि कविता के पत्र गोविंद तक तुम्हारे ही हाथों पहुंचवाए गए थे उनमें तुम्हारा नाम है।"

बंसी पसीने-पसीने हो गया, बोला–"मगर जेल में तो वे लोग चक्की पिसवाते हैं बड़े सरकार।"

"वह तो तब भी सहना पड़ेगा बंसी काका, जब हम छहों पकड़े जाएंगे!"

"मगर . . ."

बंसी इतना ही कह सका था, जबकि उसके निकट पहुंचकर जसवंत ने उसके कंधे पर हाथ रखा और बहुत ही अत्मीयता से बोला–"तुम यहां बचपन से हो काका हमारे वफादार रहे हो इतने ज्यादा वफादार कि सिर्फ वफादारी की खातिर ही तुम गुनाह तक में इस परिवार के साथ रहे। तुम नौकर नहीं हो काका जिस परिवार के लिए तुमने बचपन से आज तक इतना किया है, उसके लिए अंत में यह कुर्बानी और कर दीजिए।"

"म . . . मैं . . ."

बंसी अभी मिमिया ही रहा था कि हरनामदास टूटे स्वर में आगे बढ़कर कह उठे–"डरता क्यों है पगले, तेरे साथ हम भी तो हैं। यह तो होना ही है। जब चक्की पीसनी ही है तो छहों क्यों पीसे हम दो ही क्यों नहीं अपने किए गुनाहों की सजा हमें भोगनी ही होगी।"

ऐसा लगता था जैसे हरनामदास ने जसवंत की बात की गहराई को पकड़कर स्वयं को मानसिक रूप से जेल के सींखचों के पीछे कुबूल कर लिया है, जबकि बंसी अभी थोड़ा विचलित-सा नजर आ रहा था, मगर वह बेचारा बोला कुछ नहीं, जसवंत से सिर्फ इतना ही कह सका–"आप हमारी जमानत करा लेंगे न बड़े सरकार?"

"चिंता मत करो काका इस केस के लिए मैं इलाहाबाद से वकील लाऊंगा।"

"तब अब क्या योजना है?"

जसवंत ने एक कश लिया, कुछ देर चुप रहा जैसे सभी विचारों को एकत्रित करके एक योजना-सी बना रहा हो, बोला–"जब उन्हें लाश मिलेगी तो वे कोठी की तलाशी भी जरूर लेंगे। तलाशी में बेहोश मधु और रेखा बड़ी ऑक्वर्ड स्थिति उत्पन्न कर सकती हैं मां भी खुद को नहीं संभाल सकेगी।"

"फिर।"

"तलाशी में भी वे तहखाना नहीं खोज पाएंगे, क्यों न मधु रेखा और मां को तहखाने में छुपा दें?"

"उससे क्या होगा?"

"हम पुलिस से कह देंगे कि वे शॉपिंग के लिए बाजार गई हैं?"

आगे बढ़कर सुलक्षणादेवी ने पूछा–"लेकिन इससे लाभ क्या है?"

"पुलिस के सामने आप सही ऐक्टिंग नहीं कर पाएंगी परिवार के दो सदस्यों को बेहोश देखकर पुलिस की दृष्टि बिना वजह ही संदिग्ध हो जाएगी। वे उनकी बेहोशी की वजह जानने की कोशिश करने लगेंगे, संयोग से यदि मधु को तभी होश आ गया और वह कविता की आवाज में गुर्रा उठी तो एक बार फिर हम सब फंस जाएंगे। उस सबसे बचने के लिए आप तीनों को तहखाने में छुपा देना ही ठीक है।"

अभी कोई कुछ बोल भी नहीं पाया था कि कम-से-कम दो जीपों की पोर्च में रुकने की आवाज आई।

"याद रखना डैडी और काका तुम भी लाश उनके हाथ लगने से

पहले किसी भी कीमत पर गुनाह कुबूल नहीं करना है।" कहने के तुरंत बाद वह तेजी के साथ कमरे से बाहर निकल गया था।

⅄

एक जीप से खरबंदा के साथ पुलिस के पांच सशस्त्र सिपाही और पिछली से पंडितजी और खुद एसएसपी साहब बाहर निकले। सीढ़ियां पार करने के बाद जसवंत तेजी से उनकी तरफ बढ़ा मन-ही-मन भगवान से प्रार्थना कर रहा था कि वे लॉन न खोदें, परंतु खरबंदा से दृष्टि टकराते ही उसकी समस्त आशाएं धुल-धूसरित हो गई।

खरबंदा की आंखों में उसने व्यंग्यात्मक चमक देखी थी, होंठों पर विजयी मुस्कान।

जसवंत को समझने में देर नहीं लगी कि खरबंदा की मुराद पूरी हो गई है दिमाग में ऐसा ख्याल आते ही दिल धक्क से रह गया फिर भी स्वयं को नियंत्रण में रखे वह एसएसपी के समीप पहुंचा और बोला–"मैं जसवंत हूं हरनामदास का बड़ा लड़का।"

"तुमसे मिलकर खुशी हुई।" एसएसपी महोदय ने मृदु मुस्कान के साथ हाथ मिलाते हुए कहा–"लेकिन दुख के साथ कहना पड़ता है कि हमें खरबंदा ने लाश की मौजूदगी का यकीन दिला दिया है। उस स्थान की खुदाई अपने सामने कराने हम खुद आए हैं क्या आप सर्च वारंट देखना चाहेंगे।"

"नहीं उसकी कोई जरूरत नहीं है।" खुद को संभालकर जसवंत ने कहा–"और फिर हमारे लिए भला इसमें दुख की क्या बात है डरते मुजरिम हैं यदि आप आश्वस्त हैं, तो खुदाई जरूर कीजिए।"

"आइए।" एसएसपी ने कहा।

तभी वहां पहुंचते हरनामदास ने पूछा–"क्या रहा?"

किसी के कुछ करने से पहले ही जसवंत बोला–"एसएसपी साहब अपने सामने खुदाई कराने आए हैं।"

"ओह!" हरनामदास के मुंह से एक आह-सी बनकर यही शब्द निकल सका और फिर वे अपने चेहरे पर उभर आने वाले पीलेपन को रोक नहीं सके। अपनी आंखों से वे स्वयं को कैदियों के लिबास में जेल के अंदर पत्थर तोड़ते देख रहे थे। उस दृश्य को देखते-देखते उनके हल्दी के समान पीले चेहरे पर ढेर सारा पसीना उभर आया। यह पसीना जसवंत ने भी साफ देखा था, परंतु अब उसे इसकी परवाह नहीं थी, क्योंकि खुदाई में कुछ ही देर बाद लाश निकलने वाली थी और मुजरिम के रूप में उन्हें स्वयं को पेश करना ही था, वे सभी लॉन के पिछले हिस्से की तरफ बढ़ गए!

"टेक्-टक्-टक्-टक्!"

सारे लॉन में यह आवाज गूंज रही थी और कुछ ऐसी ही इससे भी कहीं जोरदार आवाज हरनामदास के अपनी सीने में गूंज रही थी। वह उनके दिल की आवाज थी उस दिल की जो धड़क नहीं रहा था, बल्कि उछल-उछलकर किसी हथौड़े की तरह उनके कंठ पर चोट कर रहा था।

तीन फावड़े लिए, तीन पुलिसमैन पूरी मुस्तैदी के साथ लॉन के उस हिस्से को खोदने में लगे हुए थे, जहां कविता की लाश दफनाई गई थी आम का टूटा हुआ, मुरझाया-सा पौधा वे काफी पहले ही जड़ से उखाड़कर दूर फेंक चुके थे।

शेष सशस्त्र सिपाही लॉन के भिन्न पांच स्थानों पर मुस्तैद खड़े थे।

कब्र के एक तरफ खरबंदा, दूसरी तरफ पंडितजी ओर तीसरी तरफ एसएसपी महोदय खड़े थे उनकी बगल में ही खड़े रहने का भरपूर प्रयास कर रहे थे हरनामदास।

पूरा आत्मबल लगाने के बावजूद उनकी टांगों में कंपन था।

फावड़े की हर चोट उनके जिस्म पर हो रही थी। जब वे फावड़े में मिट्टी भरकर दूर फेंकते तो हरनामदास को लगता कि उनके जिस्म के

गोश्त का लोथड़ा काटकर फेंका गया है। गड्ढा बनने लगा और ज्यों-ज्यों गड्ढा गहरा होता जा रहा था, त्यों-त्यों वे महसूस कर रहे थे कि वे किसी अंधकूप की गहराई में गिरते जा रहे हैं। खुद को संभाले रखना उन्हें इस वक्त दुनिया का सबसे कठिन काम लग रख था।

और इस दृश्य को जसवंत ने एक कमरे की खिड़की के किवाड़ों के बीच की झिर्री से देखा था देखने के बाद वह घूमा कमरे के बीचोंबीच खड़ा बंसी थर-थर कांप रहा था।

सारे जमाने का पीलापन सुलक्षणादेवी के चेहरे पर था।

"बस यही आखिरी मौका है।" जसवंत ने आगे बढ़कर कहा–"मधु और रेखा को तहखाने में पहुंचा दो काका, अब वह खुदाई लाश के मिलने से पहले रुकने वाली नहीं है।"

बूढ़े बंसी के चेहरे पर मुर्दानगी उभर आई।

फिर भी अगले दो मिनट बाद ही बंसी के कंधे पर रेखा का बेहोश जिस्म पड़ा था। जसवंत के कंधे पर मधु का। हॉल का दरवाज़ा अंदर से बंद था सुलक्षणादेवी ने जल्दी से हॉल का फर्नीचर और कालीन हटाया। बटन दबाते ही हल्की-सी सरसराहट के साथ फर्श में रास्ता उत्पन्न हो गया।

पहले जसवंत, उसके बाद बंसी ओर तीसरे नंबर पर सुलक्षणादेवी सीढ़ियां तय करती चली गई। वे नीचे पहुंचे सुलक्षणादेवी को पूर्वानुमान था, इसलिए उन्होंने आगे बढ़कर एक स्विच ऑन किया।

तहखाने का वह कमरा प्रकाश से भर गया।

और, यही वह क्षण था, जबकि उन तीनों के कंठ से बड़ी ही जोरदार हृदयविदारक चीख निकलती चली गई सुलक्षणादेवी ने, तो चीख के साथ ही चेहरा घुमा लिया था बंसी के कंधे से रेखा गिर पड़ी।

जसवंत के कंधे से मधु!

बंसी जूड़ी के मरीज की तरह कांप रहा था।

जसवंत के सारे जिस्म ने एक साथ ढेर सारा पसीना उगल दिया। चेहरे पर भयमिश्रित आश्चर्य लिए वह फटी-फटी आंखों से उस संदूक

को देख रहा था, जो डायनिंग टेबल जैसी बड़ी मेज पर रखा था और उसी मेज पर जिसके चारों तरफ बैठकर कविता की हत्या की योजना बनी थी!

वही संदूक जिसमें रखकर कविता की लाश को लॉन में दफनाया गया था।

संदूक की बाहरी बॉडी पर मिट्टी भी लगी थी। यह मिट्टी इस बात का सुबूत थी कि यह वही संदूक है। भारी ताला अब भी उसी तरह लटक रहा था।

बहुत देर तक उनमें से कोई भी खुद को काबू नहीं कर सका। सुलक्षणादेवी और बंसी की तो उस वक्त सिट्टी-पिट्टी गुम थी जब जसवंत ने बड़बड़ाकर जैसे खुद ही से पूछा–"यह संदूक यहां कैसे आ गया?"

"चमत्कार है बड़े सरकार।" बंसी का हलक सूख गया था।

"चमत्कार हां, इसकी चाबी कहां है बंसी चाबी।"

"मुझे तो नहीं मालूम सरकार।"

उसके जवाब से पहले ही जसवंत फर्श पर पड़े लोहे के एक रूल पर टूट पड़ा। उसने पागलों की तरह रूल उठाया और पूरी ताकत से दो-तीन वार ताले पर किए।

ताले ने मुंह फाड़ दिया।

जसवंत ने रूल एक तरफ फेंका कुंडे से निकालकर ताला दूसरी तरफ।

एक झटके से उसने संदूक का ढक्कन खोल दिया।

एक बार फिर जसवंत जैसे व्यक्ति के कंठ से चीख निकल गई। बदबू का तेज भभका उसके नथुनों में घुसता चला गया। संदूक में पड़ी, बुरी तरह सड़ी कविता की वीभत्स लाश अपनी कांच जैसी चमकदार आंखों से उसी को दूर रही थी। लाश पर गंदे कीड़े गिजबिजा रहे थे।

सारे तहखाने में बदबू भर गई।

दिमाग सड़ गए . . . जसवंत को जब उबकाई-सी आने को हुई तो

एक झटके से उसने ढक्कन बंद कर दिया, बंसी और सुलक्षणा उस वक्त उबकाई-सी ले रहे थे, जब अत्यधिक जोश में जसवंत चीखा-लाश वहां लॉन में नहीं है लाश तो संदूक सहित यहां है।"

"मगर लाश यहां आई कैसे?"

"यह बात बाद में सोचने की है वहां डैडी का दिल बैठा जा रहा होगा सारे हालात ही बदल गए हैं जल्दी चलो, बंसी रेखा को उठाओ यहां से बाहर निकलना है।"

⅄

ज्यों-ज्यों गड्ढा गहरा होता चला गया, त्यों-त्यों हरनामदास का वहां खड़ा रहना मुश्किल हो गया। उन्हें लगने लगा कि अब वे ज्यादा देर तक अपनी कांपती हुई टांगों पर शेष जिस्म को संभाले नहीं रख सकेंगे दिमाग में सांय-सांय हो रही थी। हथेली और तलवे तक पसीने से नहा गए।

जब उन पर न रहा गया तो वहीं बैठ गए।

इस वक्त वे सांस लेने तक की क्रिया में कठिनाई का अनुभव कर रहे थे। महसूस हो रहा था कि अगले ही पल उनके सीने में दिल की तरफ दर्द की एक लहर उठेगी और वे छटपटाकर यहीं गिर पड़ेंगे।

अभी वे ऐसा महसूस कर ही रहे थे कि बड़ी तेजी से लंबे-लंबे कदमों के साथ चलता हुआ जसवंत वहां पहुंचा। उसके चेहरे पर एक अजीब-सी ताजगी एक अनोखा ही आत्मविश्वास था। आंखों में विजयी चमक लाते हुए बोला–"आप यहां इस तरह क्यों बैठे हैं डैडी?"

"अपने लुटने की इंतजार देख रहे हैं बेटे।" वे कह उठे।

"वाह डैडी, तुमने तो कमाल ही कर दिया हममें से किसी को भी नहीं बताया कि आपने यहां अपनी जिंदगी की सारी कमाई, सारी पूंजी दबा रखी है। मैं भी तो कहूं कि आखिर यहां की खुदाई होने के जिक्र से आप इतने नर्वस क्यों हो रहे थे?"

"क्या मतलब?" उनकी खोपड़ी घूम गई।

खरबंदा, पंडितजी और एसएसपी साहब भी चकित तथा प्रश्नवाचक निगाहों से जसवंत की तरफ देखने लगे जबकि जसवंत ने जल्दी से कहा–"मुझे अभी-अभी मां ने बताया है एसएसपी साहब कि डैडी ने अपनी सारी जिंदगी की कमाई एक लकड़ी के बक्से में भरकर यहां दबा रखी है क्षमा कीजिए, दरअसल वह डैडी की दो नंबर की कमाई है इसलिए इन्हें, उसे हमसे भी छुपाकर यहां दबानी पड़ी।"

"आप क्या कह रहे हैं?"

"समझने की कोशिश कीजिए एसएसपी साहब मैं स्वयं चक्कर में था कि आखिर डैडी इस खुदाई के नाम से इतने डर क्यों रहे हैं नर्वस क्यों हो रहे हैं पंडितजी के कदमों में गिरकर गिड़गिड़ाने क्यों लगे?"

"क्यों?"

"सिर्फ दो वजह है पहली तो इनकी सारी पूंजी पुलिस के हाथ लग जाना, दूसरी इंकमटैक्स वालों का डर। ये सोच रहे हैं कि जब पुलिस और इंकमटैक्स वाले यहां गड़े धन के बारे में उनसे तरह-तरह के सवाल करेंगे तो ये क्या जवाब देंगे?"

"मगर जसवंत . . ."

"मुझे मां ने सबकुछ बता दिया है डैडी।" जसवंत उनके कुछ बोलने से पहले ही कहता उनकी तरफ लपका और बोला–"आप तो व्यर्थ ही इतने चिंतित और नर्वस हो रहे हैं। आतंकित और डरे हुए हैं फिक्र या चिंता की कोई बात नहीं है, आपकी जिंदगी की सारी कमाई जाती है तो चली जाए कमाने के लिए हम, तुम्हारे दो जवान बेटे जो हैं और ऐसी डरने की भी कोई बात नहीं है। इंकमटैक्स के मामले में आर्थिक जुर्माना होता है, सजा नहीं और आर्थिक जुर्माने के रूप में हम वह सारी पूंजी उन्हें दे सकते हैं।"

हरनामदास की बुद्धि घूम गई कुछ समझ नहीं सके वे, जब कि इतना तो वे सोच ही सकते थे कि जसवंत के इस नए पैतरे में भी निश्चय ही कोई भेद होगा कोई गहराई होगी।

इसलिए वे चुप रह गए सिर्फ जसवंत का जीवन से भरा चेहरा देखते रहे।

खोदने वाले सिपाही तक रुककर उन्हें देखने लगे।

एसएसपी साहब ने उनसे कहा–"खोदो भाई तुम खुदाई चालू रखो।"

"हां-हां खोद लो।" अब हरनामदास किसी कंजूस बनिए की तरह कह उठे–"ले जाओ मेरी जिंदगीभर की कमाई अपने बच्चों के लिए सोचकर दबा दी थी कि कभी मेरे ही वंश के चिराग के काम आएगी उसे निकाल लो ले जाओ पता नहीं किस कम्बख्त का नाम अब्दुल खरे है, जिसके चक्कर में पुलिस की नजर इस आम के पौधे पर पड़ गई पता नहीं उल्लू का पट्ठा कहां मौज ले रहा होगा मेरा तो सबकुछ लुट गया। हाय-हाय मैं तो बर्बाद हो गया।"

इन पलटे हुए हालातों ने न सिर्फ खरबंदा की खोपड़ी घूमा दी, बल्कि पंडितजी भी चकित रह गए। एसएसपी महोदय थोड़ी कठोर निगाहों से उनकी तरफ देख रहे थे।

गड्ढा गहरा होता जा रहा था।

⅄

"बस सरकार, यहां गड्ढा इतना ही गहरा खोदा गया था।" खुदाई करने वालों में से एक ने ठिठककर कहा। कठोर जमीन आ चुकी है हम सारी पिली मिट्टी हटा चुके हैं।

"नहीं-नहीं ये तुम क्या कह रहे हो अभी और खोदों मेरा संदूक अभी कहां चमका है?" कब्र की मिट्टी पर चढ़े हरनामदास कब्र के अंदर झांकते पागलों की-सी अवस्था में कह रहे थे–"संदूक और नीचे होगा खुदाई करो मैंने संदूक शायद बहुत गहरे में दबाया था।"

"संदूक आपने यहीं दबाया था?" कब्र के फर्श और दीवारों को देखते हुए पंडितजी ने कहा–"गड्ढे में किसी बड़े संदूक के दबाए जाने के चिह्न हैं, परंतु संदूक नहीं है।"

"नहीं-नहीं ऐसा मत कहो पंडितजी वह मेरी सारी जिंदगी की कमाई है। मेरी पूंजी यहां से भला उसे कौन निकाल सकता है संदूक यहीं होगा उसे खोदिए।"

"आप झूठ बोल रहे हैं, उस संदूक में लाश थी।" खरबंदा गुर्राया।

"नहीं-नहीं उसमें लाश नहीं, मेरी पूंजी थी। संदूक इसी में होगा हाय-हाय मैं लूट गया।" हरनामदास ने ऐसा शानदार अभिनय किया कि एक बार को तो जसवंत भी मन-ही-मन प्रशंसा कर उठा। वे कब्र में कूद गए, एक सिपाही से फावड़ा छीना उसे धक्का दिया और पागलों की तरह बार-बार संदूक यहीं होगा, कहकर कब्र को खोदने लगे। खरबंदा रह-रहकर उन्हें डांट रहा था और कह रहा था कि संदूक में लाश थी।

उस वक्त खरबंदा ने अपना वाक्य कम-से-कम दस-बारह बार कहा था, जब एसएसपी महोदय उस पर डपट पड़े–"बकवास बंद करो खरबंदा तुम्हारे कहने से यहां लाश पैदा नहीं हो जाएगी।"

खरबंदा की सिट्टी-पिट्टी गुम।

स्वयं पंडितजी चकराकर रह गए थे, फिर भी वे एसएसपी महोदय से विनम्र स्वर में बोले–"संदूक की मौजूदगी को तो हरनामदास भी स्वीकार कर रहे हैं सर, लेकिन अब वह नहीं है हमें यह पता लगाने की कोशिश तो करनी ही चाहिए कि संदूक यहां से कहां गया?"

"आप भटक रहे हैं पंडितजी। सुना था कि आप अपने केस की तफ्तीश में कभी भटकते नहीं हैं सिर्फ टू दा प्वाइंट ही बात करना पसंद करते हैं, लेकिन इस बार हम आपको अपने विषय से बहुत दूर भटका हुआ महसूस कर रहे हैं। अपनी कंपनी की तरफ से आप कविता को जीवित साबित करने निकले, भटककर अब्दुल खरे वाले केस से उलझ गए। उनकी लाश तलाश करने लगे और अब यहां से भटककर आप हरनामदास की दौलत से भरा संदूक तलाश करना चाहते हैं।"

पंडितजी को लगा कि वे सचमुच अपने विषय से भटक रहे हैं।

"यहां से चलो खरबंदा यहां न कभी कोई लाश थी, न है जरा सोच–समझकर कहानी गढ़ा करो तुम्हारी शंका विभाग के लिए मुसीबत बन सकती है।"

खरबंदा चुपचाप वहां से चल दिया।

एसएसपी महोदय जाने के लिए मुड़े, ठिठके और हरनामदास से बोले–"आप पर हत्या का अभियोग लगाने के लिए खरबंदा की तरफ से हम माफी चाहते हैं हरनामदास जी हालांकि यहां से आपकी दौलत भी बरामद नहीं हो सकी है फिर भी आपने दो जुर्म किए हैं पहला, दो नंबर का पैसा कमा कर दूसरा, उसे जमीन में गाड़कर आपको मालूम होना चाहिए कि करेंसी को जमीन में गाड़ना अपराध है इस वक्त आप नॉर्मल नहीं हैं इसलिए आपको इन जुर्मों के बारे में हम खुद आपसे बाद में बात करेंगे।"

⅄

"पता नहीं हममें से किसने पिछले जन्म में वह क्या पुण्य किया था, जिसकी वजह से आज हम बच गए।" नहाने के बाद बाथरूम से निकलते हुए हरनामदास ने कहा।

कमरे में सिर्फ सुलक्षणादेवी ही थी, जो बोली–"सच किसी चमत्कार ने ही हमें बचा लिया है, वर्ना उस अंजान कलमुंहे कैदी ने तो फंसा दिया था।"

"बचाने में जसवंत का भी बहुत हाथ है।" हरनामदास ने अपनी सेफ खोली।

"सारा हाथ ही उसका है वर्ना आप तो पंडितजी के पैरों में गिरकर एक तरह से सब कुछ स्वीकार कर ही चुके थे और यहां हम सब भी पस्त हो गए थे सबकी राय यही थी कि आत्मसमर्पण कर दें।"

"वे क्षण ही ऐसे थे सुलक्षणा बेहद उत्तेजनात्मक बाकी बचा ही कुछ नहीं था हमें तो हैरत है कि उस क्षण हमारा हार्टफेल क्यों नहीं हो गया, जब उन कम्बख्तों ने कब खोदनी शुरू की थी।"

"आप सच कह रहे हैं उन क्षणों में दिल चाह रहा था कि धरती फटे और मैं उसमें समा जाऊं। हम सबकी वही हालत थी। अकेला जसवंत ही था, जो अड़ा रहा जिसने दिमाग से नियंत्रण नहीं खोया।"

"वाकई जसवंत में अजीब धैर्यशक्ति है, हमारा नीला सूट कहां है सुलक्षणा।"

"वहीं सेफ में होगा।" कहने के बाद सुलक्षणा बोली–"उस संदूक को तहखाने में देखकर हमारी चीख ही निकल गई थी वहां भी जसवंत के दिमाग ने ही काम किया।"

"वह सब तो ठीक है, लेकिन अब सबसे ज्यादा उलझन का सवाल तो ये है कि वह संदूक तहखाने में किसने और किस उद्देश्य से पहुंचाया ओफ्फो, हमारा नीला सूट नहीं मिल रहा है।"

"मैंने सेफ में ही रखा था।"

"यहां नहीं है।"

"अजीब बात कर रहे हैं आप सूट भला कहां चला जाएगा?"

"तुम देखकर दो।" कहने के साथ ही हरनामदास सेफ के समीप से हट गए। सुलक्षणादेवी सेफ में मौजूद कपड़ों को देखने लगी। कुछ देर बाद बोली–"नीला सूट तो यहां वाकई नहीं है।"

"कहां गया?"

"इधर-उधर कहीं पड़ा होगा आप ये कत्थई सूट पहन लें।"

सूट लेते हुए हरनामदास बोले–"तुम तो कह रही थी कि यहीं सेफ में रखा था?"

"रखा तो यहीं था, पता नहीं कहां गया।"

हरनामदास अभी कुछ कहना ही चाहता थे कि कमरे में प्रविष्ट होते हुए जसवंत ने कहा–"क्या बात है डैडी, आपको बहुत देर लग रही है कहां क्या रखा था?"

"नीला सूट, मैंने सेफ में रखा था, लेकिन अब नहीं है।"

"ओफ्फो आप लोग भी इस वक्त क्या बेकार की बहस लेकर बैठे हैं पड़ा होगा कहीं कुछ और पहन लीजिए शायद किसी डॉक्टर

ने तो बताया नहीं है कि तहखाने में नीला सूट पहनकर ही जाना चाहिए।"

"डॉक्टर अरे हाँ।" सूट पहनते हुए हरनामदास ने पूछा–"मनजीत कहीं नजर नहीं आया कहां है वह?"

"मुझे भी नहीं चमका शायद अपने कमरे में हो उस वक्त वह बेचारा भी बहुत नर्वस और निराश हो गया था। अपने कमरे में बंद शायद अभी तक गिरफ्तारी की इंतजार कर रहा हो !"

"रेखा को होश आ गया।"

"हां।"

"कैसी है?"

"उसे मैंने सबकुछ बता दिया है, तब कहीं जाकर नॉर्मल हुई।"

"चलो।" तैयार होने के बाद हरनामदास ने कहा–"सबसे पहले वे तीनों रेखा के कमरे में पहुंचे बंसी भी वहीं था। दोनों को साथ लेकर हॉल की तरफ बड़े ही थे कि जसवंत ने कहा–"मनजीत अपने कमरे में होगा बंसी काका, जरा उसे भी आवाज दे लो।"

बंसी मनजीत के कमरे की तरफ चला गया।

वे चारों हॉल में पहुंचे जसवंत ने फर्नीचर और कालीन हटाया, हरनामदास तहखाने का दरवाज़ा खोलने के लिए स्विच दबाने ही वाले थे कि–

"मालिक-मालिक-मालिक।" चिल्लाता हुआ बदहवास बंसी गैलरी की तरफ से भागकर हॉल में आया। उसका अंदाज ही ऐसा था कि वे सब बुरी तरह चौंककर उसकी तरफ देखने लगे।

"क्या हुआ?" जसवंत ने चीखकर पूछा।

"मालिक वह-वह!" बंसी हकला गया।

जसवंत ने झपटकर दोनों हाथों से उसका गिरेबान पकड़ा और उसे पागलों की तरह झिंझोड़ता हुआ चीखा–"बोलो काका जल्दी से बताओ क्या बात है?"

"वहां, अपने कमरे में छोटे सरकार मरे पड़े हैं!"

हृदयविदारक चीखों से उस कोठी की बुनियादें, तक झनझना उठीं।

⅄

कमरे में दरबाजे के आसपास ही वे सब ठिठक गए।

सामने ही बेड पर मनजीत की लाश थी। लाश-सी वह लग नहीं रही थी ऐसा महसूस दे रहा था जैसे मनजीत अधलेटी-सी अवस्था में बेड की पुश्त से कमर और सिर टिकाए बैठा हो। उसके दोनों पैर बेड के नीचे फर्श पर लुढ़के पड़े थे। मुँह से निकलने वाले नीले झागों ने सूट खराब कर दिया था।

आंखें बंद थी उसकी।

बेड पर दाईं तरफ उसका डॉक्टरी बेग खुला पड़ा था।

वे पांचों हक्के-बक्के से, वहीं खडे उसे देखते रह गए। खुद उनके चेहरों पर मौत की छाया नाच रही थी। आंखों में खौफ, टांगें कांप रही थीं रोंगटे खुद-ब-खुद खड़े हो गए।

धड़कने जैसे बंद हो गई थीं।

"मनजीत।" हृदयविदारक चीख के साथ सुलक्षणादेवी ने उसकी तरफ दौड़ना ही चाहा था कि जसवंत ने जल्दी से हाथ बढ़ाकर उन्हें पकड़ लिया, बोला–"नहीं मां अभी लाश को छेड़ना नहीं।"

"मुझे छोड़ दो–मुझे छोड़ दो मेरा बेटा मेरा लाल। वे पागलों की तरह चीखकर मचलीं।

जसवंत ने उन्हें कसकर पकड़े रखा।

दृष्टि अब भी सबकी मनजीत की लाश पर ही स्थिर थी। रेखा तो अपने स्थान पर ही खड़ी जैसै पथरा गई थी। बंसी का बूढ़ा जिस्म थर-थर कांप रहा था। हरनामदास की आंखें भरती चली गईं।

"जरा मां को संभालिए डैडी।" जसवंत ने कहा।

हरनामदास ने चीखती-चिल्लाती सुलक्षणा को जकड़ लिया।

जसवंत लाश की तरफ बढ़ा समीप पहुंचने पर उसकी नजर लाश के समीप ही बेड पर पड़े काग़ज़ और पेन पर पड़ी।

पेन खुला पड़ा था।

जसवंत ने काग़ज़ उठा लिया, पढ़ा उसमें लिखा था।

मम्मी-डैडी

काश हमने कविता की हत्या न की होती काश, हमने दहेज का लालच न किया होता काश, आप सबकी बातों में आकर मैं अपनी कविता को धोखे से तहखाने में न ले गया होता तो शायद मैंने या हम सबने यह दिन न देखा होता वह निर्दोष थी मम्मी बड़ी भोली थी वह, तभी तो उसका खून हमारा पीछा नहीं छोड़ रहा है उसी रात से, उसी क्षण से हमारे दिलो-दिमाग पर भय, आतंक और तनाव छा गया है, जिस क्षण उसने प्राण त्यागे। हमने उसके कत्ल से बरी होकर सोचा था कि अब दुनिया का कोई कानून हमारा कुछ नहीं बिगाड़ सकता, लेकिन हम कितना गलत सोच रहे थे। उसकी हत्या कैसी-कैसी अजीब घटनाएं बनकर निरंतर हम पर हमला करती रही। हम भागते रहे-भागते रहे मुझे भी यकीन था कि हम अपने जुर्म की सजा से भागने में कामयाब हो जाएंगे, परंतु कितना गलत सोचा था मैंने हम सबने हम यह भूल गए कि खून ही होता है निर्दोष का खून सिर पर चढ़कर बोलता है सच, डैडी आईने में अपना चेहरा देखा मेरी कविता का खून इस चेहरे पर पुता पड़ा है।

हम फंस गए हैं जरा खून का रंग देखिए, पुलिस को इल्म तक नहीं है कि वहां कविता की लाश है उन्हें तो वहां किसी अब्दुल खरे की लाश होने का शक है एक ऐसे व्यक्ति की, जिसे हम में किसी ने कभी देखा तक नहीं है इसे आप क्या कहेंगे नसीब?

नहीं मेरी बात मान लीजिए, यह नसीब नहीं है कविता के खून की पुकार है जो पुलिस को उसकी कब्र तक ले आई, जसवंत भइया अब भी अड़े हुए हैं बेवकूफ कहीं के पुलिस कब्र को खोदकर रहेगी और हम सब नंगे होकर रहेंगे मैं जिल्लत नहीं उठा सकता। मम्मी मेरी

तरफ उठने वाली हर नजर यही कहेगी कि मैंने अपनी पत्नी का खून किया है, मैं उन नजरों का सामना नहीं कर सकता, इसलिए ये जहर खाकर अपनी कविता से क्षमा मांगने रूहों के देश में जा रहा हूं आपसे सिर्फ इतनी विनती है कि मेरे और अपने बारे में उन्हें जरूर बता देना जो दहेज के लिए अपनी बहू अपनी पत्नी का कत्ल करने की योजना बना रहे हों।

एक बेवकूफ–मनजीत!

पत्र पढ़ने के बाद उसे हाथ में लिए कुछ देर तक जसवंत हक्का-बक्का-सा खड़ा रहा निरुद्देश्य, काग़ज़ पर लिखे अक्षरों को देखता रहा वह।

"क्या लिखा है जसवंत?" हरनामदास ने पूछा

जसवंत ने उनकी बात का जवाब देने के स्थान पर सुलक्षणादेवी से कहा–"रो मत मां।"

सुलक्षणादेवी कुछ और ज्यादा चीखने-चिल्लाने लगी।

"मैं कहता हूं रो मत मां।" जसवंत गुर्राया–"किसी ने तुम्हारी आवाज सुन ली तो हम सब फंस जाएंगे।"

इस वाक्य को सुनते ही सुलक्षणादेवी न सिर्फ एकदम ढीली पड़ गई, बल्कि आश्चर्यजनक रूप से चुप हो गई। आंखों को फाड़े वे पगली-सी जसवंत को देखती रह गई थीं।

हरनामदास ने पुन: पूछा–"क्या यह मनजीत ने लिखा है?"

"हां।"

"क्या?"

"इस बेवकूफ ने खुदाई और पकड़े जाने के डर से आत्महत्या कर ली है।" जसवंत ने कहा–"और यह पत्र लिखकर अपनी मौत को एक समस्या, लाश को हमारे लिए एक प्रॉब्लम बना गया है।"

"क्या मतलब?"

"अपने पत्र में यह सबकुछ लिख गया है सबकुछ यह भी कि कविता की हत्या हम सबने मिलकर की है इस पत्र की मौजूदगी में हम किसी को बता भी नहीं सकते कि मनजीत मर गया है।"

"हम समझे नहीं।"

"लाश और उसके आसपास की स्थिति किसी बेवकूफ जासूस को भी यह बता देगी कि मनजीत ने आत्महत्या की है इसके दाएं हाथ के अंगूठे के सिरे पर इंक का निशान है, जो साबित कर रहा है कि मरने से पहले इसने कुछ लिखा था। सवाल उठेगा कि मनजीत ने आत्महत्या क्यों की मरने से पहले इसने क्या लिखा था?"

"ओह।" हरनामदास की पेशानी पर चिंता की लकीरें उभर आई।

"तरह-तरह के सवाल हम सभी से किए जाएंगे एक तो वैसे ही हममें से किसी की मानसिक स्थिति सच्चाई को छुपाए रखने की नहीं है दूसरे, पुलिस हमसे मनजीत का लिखा हुआ अंतिम पत्र मांगेगी हमारे पास देने के लिए इसके अलावा है ही क्या इस जवाब पर कोई बेवकूफ पुलिसवाला भी यकीन नहीं करेगा कि हमें लाश के पास से कोई काग़ज़ नहीं मिला है। वे हमारा झूठ पकड़ लेंगे और फिर हमारे झूठ की वजह जानने के लिए खरबंदा और पंडितजी बाल तक की खाल नोंच लेंगे।"

कमरे में सन्नाटा व्याप्त हो गया।

"इसलिए कह रहा हूं मां कि रो मत ये रोने का वक्त नहीं है यदि तुम इस वक्त रोई तो जेल की चारदीवारी में कैद हम सब सारी जिंदगी रोते रहेंगे दरअसल मनजीत मरा नहीं है, उसने आत्महत्या नहीं की है बल्कि अपनी लाश को एक मुसीबत बनाकर हमारे गले में डाल गया है।"

"अब इसका क्या करें?" हरनामदास ने पूछा।"

"पुलिस के हवाले करना तो दूर, हम किसी को बता तक नहीं सकते कि मनजीत मर गया है क्योंकि मरने की कोई वजह भी होती है समाज के सामने लाश का दाह-संस्कार भी करना पड़ता है वजह हम किसी को बता नहीं सकते और लाश अपनी मृत्यु की वजह खुद बता रही है।"

"लेकिन जो मर चुका है, उसे हम कब तक जीवित कहते रह

सकेंगे?" हरनामदास ने पूछा–"आखिर वह कभी तो दुनिया की नजर में मरेगा और जब भी मरेगा उसकी लाश पेश करनी पड़ेगी।"

"यह वक्त ये ही सब बातें सोचने का है।"

▲

मनजीत की लाश पलंग की पुश्त से टेक लगाए उसी अधलेटी अवस्था में पड़ी थी और उसके माता-पिता, भाई और बहन रोने या दुखी होने की जगह पर उस लाश से छुटकारा पाने की संभावनाओं पर विचार कर रहे थे।

सवाल ये कि वे रो क्यों नहीं रहे थे?

सुलक्षणादेवी और हरनामदास अपने जवान पुत्र की लाश पर सिर पटक-पटककर मर क्यों नहीं जाना चाहते थे। बड़े भाई की आंखों में आंसू क्यों नहीं थे या छोटी बहन यह सोचकर पागल क्यों नहीं हुई जा रही थी कि इसी भाई के हाथ पर वह हर वर्ष राखी बांधती थी?

इन सब सवालों का एक ही जवाब है।

यह कि जब कुछ लोग मिलकर एक जुर्म कर देते हैं तब उनके बीच कोई रिश्ता नहीं रह जाता। सारे रिश्तों की दीवारें टूटकर अस्तित्व खो बैठती हैं और उनके बीच सिर्फ एक रिश्ता कायम हो जाता है जुर्म का रिश्ता वे सब मुजरिम होते हैं सिर्फ और सिर्फ मुजरिम।

मुजरिम स्वार्थी होता है केवल स्वार्थी।

उस वक्त तो कुछ ज्यादा ही, जबकि उसे खुद के फंस जाने का भय हो। ऐसे क्षण में वह खुद को सुरक्षित कर लेना चाहता है बचाना चाहता है सिर्फ खुद को और ऐसा करने के लिए वह आवश्यकता अनुसार कुछ भी कर सकता है कुछ भी।

यहां तक कि साथी मुजरिम को मार भी सकता है किसी रिश्ते की दीवार उसे चमक नहीं सकती।

यहां ऐसा ही था मनजीत के मरने का गम किसी को नहीं था हां,

उस मृत्यु ने उन्हें पहले से भी कहीं ज्यादा आतंकित जरूर कर दिया था और आतंकित से भी कहीं ज्यादा चिंतित।

चिंता का कारण था मनजीत की मृत्यु उसकी लाश।

जसवंत ने सलाह दी–"फिलहाल हमारे पास मनजीत की लाश को तहखाने में छुपा देने के अलावा कोई चारा नहीं है।"

"तहखाने में?"

"हां।"

"लेकिन उससे होगा क्या, तहखाने में हम लाश को कितने दिन रख सकेंगे। समय के साथ लाश से बदबू उठने लगेगी और कुछ ही दिनों में वह बदबू इस कोठी की सीमाएं तोड़कर . . ."

"उसका इलाज मैंने सोच लिया है।"

"क्या?"

"हमें फ्रिज तहखाने में ले जाना होगा।"

"ओह।" हरनामदास उसका अभिप्राय समझकर बोले–"लेकिन यह तो अस्थायी हल हुआ भला फ्रिज में हम लाश कब तक रखे रह सकेंगे, आखिर कभी-न-कभी तो हमें इससे छुटकारा पाना ही होगा ?"

"वह बाद की बात है।"

"लेकिन।" सुलक्षणादेवी कह उठी–"मनजीत किसी को भी नहीं चमकेगा, क्लीनिक भी नहीं जाएगा। मरीज, कालोनी के लोग और दूसरे परिचित इसके बारे में तरह-तरह के सवाल करने लगेंगे।"

"उसका सिर्फ एक ही उपाय है, यह कि हम कल सुबह से ही यह घोषित कर दें कि मनजीत कहीं बाहर गया है। क्लीनिक पर भी लिखवा दें कि डॉक्टर साहब बाहर गए हैं। वे फलां तारीख में लौटेंगे अत: दुकान फलां तारीख को खुलेगी।"

"और उस फलां तारीख के बाद?"

"दूसरों की तरह हम स्वयं भी चिंतित हो जाएंगे। पहले उस शहर से खोज-खबर लेने की कोशिश करेंगे, जहां मनजीत गया है निराश होकर पुलिस में रिपोर्ट लिखाएंगे, अखबारों में गुमशुदगी का इश्तहार देंगे।

पुलिस गुमशुदा मनजीत को तलाश करने की कोशिश करेगी, परंतु तब तक हम इस लाश का अस्तित्व ही खत्म कर चुके होंगे।"

"कैसे?"

"यह सोचने के लिए हमारे पास काफी समय है।"

सभी चुप रह गए यह स्कीम शायद उन सबको जंची थी, जंचती भी क्यों नहीं जो जसवंत कह रहा था, उसके अलावा उनके पास चारा भी क्या था वैसे भी वे सब जसवंत के दिमाग का लोहा मान चुके थे थोड़ी देर की खामोशी के बाद बंसी खेला–"इसका मतलब तो ये हुआ सरकार कि अब हमें दो लाशें इस ढंग से ठिकाने लगानी हैं कि उनका कहीं अस्तित्व ही न रहे।"

"दो लाशें?" हरनामदास पहले चौंके, फिर खुद ही बोले–"हां, एक लाश कविता की भी तो है।"

"सच, अपने खत में मनजीत ठीक ही लिखकर मरा है।" सुलक्षणादेवी के अंतर्मन से आवाज निकली–"बहू को मारकर हमने बहुत बड़ी भूल की हम बर्बाद हो गए बचने की जितनी कोशिश करते हैं उतने ही फंसे हुए महसूस देते हैं भगवान ही जाने कि अब हम सब का क्या होगा।"

"गुजरी बातों को सोचने से कोई लाभ नहीं है मां अब हमें अपनी आगे की कार्य-प्रणाली के बारे में सोचना चाहिए। मुझे यकीन है कि यदि हम सारे कदम खूब सोच-समझकर, दिमाग से स्कीम बनाकर उठाएं तो हर मुश्किल से निकल सकते हैं। दुनिया में कोई ऐसी समस्या नहीं है, जिसका हल न हो।"

"अब हमें लाश और फ्रिज तहखाने में पहुंचाने चाहिए।" हरनामदास ने राय दी।

उसके बाद वे अपनी योजना को कार्यान्वित करने में जुट गए। वह जसवंत ही था जिसने मनजीत की लाश कंधे पर डाली। वे सब हॉल में पहुंचे स्विच दबाकर तहखाने का रास्ता खोला गया।

सीढ़ियां तय करके तहखाने में।

सबसे पहले तहखाने में हरनामदास ने कदम रखा था और वे थोड़े चौंके हुए स्वर में पूछ उठे–"कहां है संदूक?"

"वहीं मेज . . ."

कहते हुए जसवंत की नजर मेज की तरफ उठी और अचानक ही उसके पैरों तले से जैसे धरती खिसक गई। बंसी और सुलक्षणादेवी के कंठ से तो चीख ही निकल गई।

मेज पर कोई संदूक नहीं था।

⅄

उस डाइनिंग टेबल जैसी विशाल मेज पर से संदूक को गायब देखकर वे सभी भौंचक्के से खड़े रह गए थे। जसवंत ने जल्दी से मनजीत की लाश आहिस्ता से मेज पर डाली और एक गुप्त दरवाज़ा खोलकर संकरी-सी गली जैसी गैलरी में से गुजरकर लोहे के द्वार वाली उस कोठी में पहुंचा जिसमें उन्होंने मुकदमे के दौरान कविता को कैद रखा था।

कोठरी बिल्कुल खाली पड़ी थी।

निराश जसवंत तहखाने के बाहरी कमरे में लौटा। बंसी, सुलक्षणादेवी, रेखा और हरनामदास अभी तक फर्श से चिपके से स्टैचुओं के समान खड़े थे, उनके चेहरों पर हैरत और भय के मिश्रित भाव थे, जबकि जसवंत के चेहरे पर हैरत और भय के अलावा चिंता की रेखाएं भी खिंची थीं।

"तुमने संदूक यहां देखा भी था कि नहीं?"

"आप कैसी बात कर रहे हैं डैडी संदूक मुझ अकेले ने नहीं देखा बंसी और मां भी मेरे साथ थे यहां, मेज के ठीक इस स्थान पर संदूक रखा था।"

"तो फिर इतनी-सी देर में कहां गायब हो गया?"

"यही तो हैरत और चिंता की बात है।" कहने के साथ ही वह आगे बढ़कर मेज के उस स्थान को ध्यान से देखने लगा, जहां उसने संदूक

रखा देखा था। संदूक की मौजूदगी का कोई चिह्न तक नहीं था वहां निराश और हैरान-सा जसवंत बड़ी ही तीक्ष्ण नजरों से फर्श को देखने लगा।

"क्या देख रहे हो?" हरनामदास ने पूछा।

"किसी ऐसे व्यक्ति का कोई चिह्न, जिसने संदूक यहां से गायब किया हो।"

"मिले?"

"नहीं।" फर्श को घूरते हुए ही जसवंत ने जवाब दिया।

बंसी कह उठा–"मिलेंगे भी नहीं।"

"क्या मतलब?" अन्य सबके साथ चौंककर जसवंत ने भी उसकी तरफ देखा।

"ये सब प्रेतलीला चल रही है सरकार और प्रेतों के कहीं आने-जाने के निशान नहीं बना करते।"

उसे घूरते हुए जसवंत ने कहा–"क्या तुम यह कहना चाहते हो काका कि संदूक को यहां से कविता का प्रेत . . ."

"उसी ने संदूक को कब्र से यहां भी पहुंचाया था प्रेत ऐसा कर सकते हैं।"

"तुम गधे हो काका कविता का प्रेत भला ऐसा क्यों करेगा? वह तो ख़ुद ही हमसे अपनी मौत का बदला लेना चाहती है। वह समझती होगी कि यदि पुलिस को कब्र से संदूक मिल जाता तो हम सब इस वक्त हवालात में होते, फिर भला कब्र के अंदर से संदूक गायब करके वह हमारी मदद क्यों करती हमें बचाती क्यों?"

"हम सबको मारने के लिए।"

"हम समझे नहीं।"

"सीधी-सी बात है, जिस तरह शेर किसी दूसरे के शिकार को देखना तक पसंद नहीं करता, उसी तरह प्रेत भी ये सहन नहीं करते कि उसके दुश्मन किसी अन्य रास्ते से अपने किए की सजा भोग लें। अपने हत्यारे से वे स्वयं बदला लेते हैं। कब्र से लाश के गायब होने के अलावा उस

घटना को भी गहराई से सोचिए सरकार जब कोई नकाबपोश छोटे सरकार का खून करने आया था। छोटे सरकार ने बताया था कि ऐन वक्त पर घड़ी के अलार्म ने बजकर उन्हें जगा दिया और यदि ऐसा न हुआ होता तो नकाबपोश उनके सीने में खंजर घोंप चुका था।"

"ओह माई गॉड।" हरनामदास के मुंह से निकला।

बंसी की बातें सुनकर सुलक्षणा और रेखा के चेहरे पीले जर्द पड़ गए थे। जसवंत के मस्तक पर चिंता की ढेर सारी लकीरें खिंच गई अंदाज ऐसा था जैसे वह किसी प्वाइंट पर गहराई से विचार कर रहा हो, तभी बंसी ने कहा–"मुझे तो लगता है कि छोटे सरकार ने भी आत्महत्या नहीं की है।"

"क्या मतलब?" सभी उछल पड़े।

"छोटे सरकार को कमरे में अकेले देखते ही छोटी बहू के प्रेत ने उन्हें घेर लिया होगा। उस प्रेत ही ने इन्हें पत्र लिखने और जहर खाकर आत्महत्या करने पर विवश किया हो, ठीक वैसे ही जैसे हम सबने उन्हें मजबूर करके पत्र लिखवाए थे, आत्मा अपने हत्यारे से वैसा ही व्यवहार करती है, जैसा हत्यारे ने उसे कत्ल करते समय उसके साथ किया हो और आत्मा सब कुछ कर सकती है।"

बंसी के इस नए विचार ने रेखा, सुलक्षणा और हरनामदास को थरथरा दिया।

"मनजीत की मौत खून नहीं बल्कि सीधी-सादी आत्महत्या है।" जसवंत ने कहा–"कब्र की खुदाई की संभावना ने उसे, पूरी तरह तोड़ दिया था वह निराश हो गया था। पकड़े जाने से बेहतर उसने मर जाना समझा।"

"कब्र से संदूक यहां और फिर यहां से गायब होने को आप क्या कहेंगे?"

"सीधी-सी बात है कि कोई हमें आतंकित करना चाहता है, डराना चाहता है ये चमत्कार हो रहे हैं काका और मुझे पूर्ण विश्वास है कि ऐसे चमत्कार तुम्हारी रूहें नहीं कर सकतीं।"

"तो फिर कौन कर सकता है किसी को कब्र से संदूक यहां पहुंचाकर हमें पुलिस के चंगुल से बचाने की क्या जरूरत थी? वह कौन है और किस उद्देश्य से आतंकित करना चाहता है। हम पांचों के अलावा इस तहखाने की जानकारी अन्य किसी को नहीं है। आप सोच सकते हैं कि केवल एक आदमी उस संदूक को नहीं उठा सकता। इसका मतलब ये कि वे कम-से-कम दो या उससे ज्यादा व्यक्ति हैं। कोठी में हमारे अलावा सिर्फ बड़ी बहू ही हैं और वे भी नींद के इंजेक्शन से नींद में बेसुध पड़ी हैं।"

"ऐसे ही ढेर सारे सवाल हैं। बंसी काका जिनमें से किसी का भी हममें से किसी के पास जवाब नहीं है। आपस में विचार-विमर्श करके हमें उसका जवाब तलाश करना है मगर उससे पहले फ्रिज यहां लाकर मनजीत की लाश को उसमें रखना चाहता हूं, उसके बाद . . ."

"उसके बाद?"

"मैं एक बार अच्छी तरह सारी कोठी की तलाशी लेना चाहूंगा।"

हरनामदास ने पूछा–"उससे क्या होगा?"

"मेरे ख्याल से संदूक हमारी कोठी में ही होना चाहिए।"

⅄

"हद हो गई पंडितजी।" थका हारा-सा खरबंदा अपनी कुर्सी पर लगभग गिरता हुआ बोला–"मेरी जितनी किरकिरी इस केस में हुई है, उतनी पहले कभी नहीं हुई। इसमें कोई शक नहीं कि मैं एसएसपी साहब की नजरों में गिरा हूं मेरा रिकॉर्ड बड़ा अच्छा था, लेकिन।"

"वह सब हम समझते हैं खरबंदा, लेकिन . . ."

"लेकिन क्या?"

सिगरेट सुलगाते हुए पंडितजी ने कहा–"जो हुआ है, क्या उस सबने तुम्हें चकित नहीं किया? क्या हरनामदास और जसवंत ने बिल्कुल अप्रत्याशित ढंग से गिरगिट की तरह रंग नहीं बदले?"

"शायद आप कोई नई कहानी सुनाने जा रहे हैं?"

"अनबुझे सवालों को बुझाने की चेष्टा कर रहे हैं।"

"प्लीज पंडितजी अब मुझ पर रहम कीजिए।"

केशव पंडित ने चौंकते स्वर में पूछा–"क्या मतलब?"

"दरअसल हरनामदास और उसके परिवार के बारे में हमने जो भी कहानी सोची वह गलत ही निकली। इस अंतिम कहानी ने तो एसएसपी साहब की नजरों में मेरी सारी इमेज ही खत्म कर दी है। अभी मुझे इस सीट पर बैठना है और यदि इस बार हमने कोई कहानी गढ़कर उस पर अमल शुरू किया तो मैं यहां नहीं रह सकूंगा, अत: मैं अब हरनामदास और उसके परिवार के बारे में कुछ भी सोचना नहीं चाहता हूं।"

"क्या उलझे हुए सवालों को सुलझाने में भी तुम्हारी कोई दिलचस्पी नहीं है?" पंडितजी ने थोड़े आश्चर्य के साथ पूछा।

खरबंदा ने बिल्कुल सपाट जवाब दिया–"नहीं।"

"हम समझ गए महज इसी वजह से हमने केंद्रीय खुफिया विभाग का ऑफर ठुकरा दिया था दरअसल, जिस विभाग में एक के ऊपर दूसरा बड़ा अफसर होता है, उस विभाग का कोई भी अफसर न कुछ सोच सकता है और न ही इच्छित कदम उठा सकता उसे अपने से बड़े अफसरों के नाराज होने का डर रहता है उसी की इच्छा के अनुरूप काम करने में उनकी भलाई होती है, जबकि कम-से-कम हम प्रत्येक केस पर अपने स्वतंत्र विचार रखते हैं। सिर्फ वही कदम उठाते हैं, जो खुद को ठीक लगता है।"

"आप कुछ भी कीजिए, मुझे उस परिवार में कोई दिलचस्पी नहीं है।"

केशव पंडित के होंठों पर अर्थपूर्ण मुस्कान उभर आई, बोले–"तुम्हारे एसएसपी महोदय ने तो कह ही दिया कि हम अपनी जांच के विषय से भटक रहे हैं और शायद अब तुम भी ऐसा ही कुछ सोच रहे हो मगर ऐसा नहीं है खरबंदा दरअसल हम यह सोचते हैं कि हरनामदास

के परिवार की मानसिक अवस्था के पीछे कहीं-न-कहीं कविता जरूर है और कविता को हम तलाश करके रहेंगे।"

"अफसोस के साथ कहना पड़ रहा है कि इस मामले में मैं आपकी कोई मदद नहीं कर सकता।"

केशव पंडित खड़े होते हुए बोले–"केशव पंडित मदद लेने वाले का नहीं, सिर्फ देने वाले का नाम है। हम उस संदूक को तलाश करके रहेंगे, क्योंकि हम जानते हैं कि उसमें दौलत नहीं हो सकती।"

⅄

फ्रिज को तहखाने के भीतरी हिस्से यानी उस कोठरी में रखा गया था, जिसमें कविता कैद रही थी उसके बाद जसवंत के साथ सभी ने सारी कोठी में संदूक की तलाश की। कोठी का चप्पा-चप्पा छान मारा गया, परंतु कहीं भी संदूक कीं परछाई तक नजर नहीं आई। थक-हारकर वे एक कमरे में आ बैठे।

सभी परेशान थे हैरान।

विचार-विमर्श करते रहे। बंसी हर तरफ से इसी बात पर जोर डाल रहा था कि यह सब कविता का प्रेत कर रहा है। जसवंत किसी नतीजे पर नहीं पहुंच सका, जबकि ज्यादा सोचने की वजह से उसके दिमाग की नसों में दर्द-सा होने लगा था। रात घिर आई दस बज गए, तब जसवंत ने कहा–"अब हमें लॉन में खुदी कब्र को पाट देना चाहिए। इसका यूं ही खुदी पड़ी रहना ठीक नहीं है।"

सुलक्षणादेवी और रेखा किचन में खाना बनाने चली गई।

हरनामदास, बंसी और जसवंत लॉन में।

चारों तरफ नीरवता अपना आधिपत्य जमा चुकी थी। हरनामदास के हाथ में टॉर्च थी, बंसी और जसवंत ने एकाएक फावड़ा संभाल लिया। अभी हरनामदास ने टॉर्च की रोशनी कब्र में डाली ही थी कि चौंककर चीख पड़े–"अरे संदूक तो यहां है।"

बंसी और जसवंत की धड़कनें जैसे रूक गई।

दृष्टि कब्र में रखे संदूक पर ही स्थिर थी। संदूक पर टार्च का प्रकाश दायरा कांप रहा था और वह कांपता हुआ दायरा इस बात का सुबूत था कि हरनामदास का हाथ उनके नियंत्रण में नहीं है।

"ओह गॉड।" उनकी कांपती हुई आवाज उभरी–"ये सब क्या हो रहा है?"

"मेरी बुद्धि को भी शायद जंग लग गया है?" जसवंत बोला– "दरअसल सारी कोठी में भटकने के स्थान पर हमें सबसे पहले संदूक को इस कब्र में ही देखना चाहिए था।"

"मगर अब इस संदूक का क्या करें?"

"इसे यहीं दफना देना सबसे ज्यादा सुरक्षित है।"

"यहां?" हरनामदास के कंठ से चीख-सी निकल गई।

"हां यही जगह सबसे ज्यादा सुरक्षित है। अब कोई भी इस कब्र को दुबारा खोदने की जरूरत नहीं समझेगा, लेकिन इससे पहले मैं संदूक खोलकर लाश को देखना चाहूंगा।"

जसवंत ने लाश देखकर तसल्ली की।

फिर संदूक को वहीं दफना दिया गया दरअसल वे जसवंत के दिमाग के कायल हो गए थे।

⅄

उस वक्त रात का एक बज रहा था, जब वे सब खाना खाकर निपटे। संदूक के बारे में उन्होंने रेखा और सुलक्षणा को भी बता दिया था खाने के दौरान भी उनके बीच अपने चारों तरफ बिखरी ढेर सारी समस्याओं पर ही विचार होता रहा, परंतु लाख दिमाग खपाने के बावजूद भी किसी निष्कर्ष पर नहीं पहुंच सके।

खाने से निपटकर जसवंत ने कहा–"खैर हम सबको ठीक से बिना सोए दो रातें गुजर गई हैं फिलहाल ऐसी कोई समस्या नहीं है, जिसका

हल इसी वक्त सोचना जरूरी हो बाकी रात हमें सो लेना चाहिए सुबह उठकर ही अपने आगे की कार्यवाही पर विचार-विमर्श करेंगे।"

"हां हमें नींद सी आ रही है।" सुलक्षणादेवी जम्हाई लेकर बोली।

"जाओ बंसी काका तुम अपने कमरे में जाकर सो जाओ।" जसवंत ने कहा।

बंसी मानो इसी वाक्य के इंतजार में था।

वह उठा और चुपचाप कमरे से बाहर चला गया। कुछ देर के लिए कमरे में अजीब-सी खामोशी छा गई। तब हरनामदास बोले–"तो हम सब लोग भी अपने-अपने कमरे में चले?"

"क्या आपको वाकई नींद आ रही है डैडी?"

हरनामदास ने चौंककर पूछा–"क्या मतलब?"

"मेरे ख्याल से हममें से कोई भी सो नहीं सकेगा।"

"मगर अभी तो तुमने कहा था कि . . ."

"वह सिर्फ बंसी को यहां से टरकाने के लिए कहा था।"

सभी चकित से उसका चेहरा देखने लगे, जबकि हरनामदास के मुंह से निकला–"बंसी को टरकाने के लिए?"

"हां।"

"हम कुछ समझे नहीं।"

"दरअसल मैं बंसी से अलग, आप लोगों से कुछ विचार-विमर्श करना चाहता हूं।"

"क्या और बंसी को अलग रखकर क्यों?"

"क्योंकि मुझे शक है कि यहां, कोठी के अंदर जो भी चमत्कार हो रहे हैं, वे सब बंसी कर या करवा रहा है।"

"ये तुम क्या कह रहे हो?" हरनामदास की आंखें हैरत से फट पड़ी।

"यह सब कराकर वह इसे प्रेतलीला का नाम दे रहा है।"

"ऐसा कैसे संभव है और फिर बंसी भला ऐसा क्यों करेगा?"

"सबसे पहले हमें यह याद रखना चाहिए डैडी कि इस दुनिया में

असंभव कुछ भी नहीं है हां, आपके दूसरे सवाल में जान है यानी बंसी ऐसा क्यों करेगा विचार-विमर्श करके हमें इस क्यों का ही जवाब तलाश करना है।"

कमरे में काफी देर के लिए ब्लेड की धार जैसा सन्नाटा छा गया, इस सन्नाटे को हरनामदास ने सवाल करके तोड़ा–"तुम्हारे ख्याल से बंसी यह सबकुछ क्यों करेगा?"

अभी जसवत ने कुछ कहने के लिए मुंह खोला ही था कि।

हॉल की तरफ से उभरने वाली एक जबरदस्त चीख ने उन सबको उछाल दिया। चीख इतनी जोरदार थी कि सारी कोठी झनझनाकर रह गई, बौखलाए से हरनामदास चीख पड़े–"यह चीख तो बंसी की थी।" जसवंत ने किसी गौरिल्ले की तरह दरवाज़े की तरफ जम्प लगा दी।

▲

हॉल के दूसरी तरफ वह एक अत्यंत छोटा कमरा था, जिसमें बचपन से बंसी रहता था। हॉल पार करके वह अपने कमरे के नजदीक पहुंचा पहले सांकल और फिर दरवाज़ा खोला। अंदर दाखिल होकर उसने टटोलकर स्विच ऑन कर दिया। सारा कमरा प्रकाश से भर गया।

बंसी ने घूमकर दरवाज़ा बंद किया।

अपनी ढीली-ढाली चारपाई के नजदीक पहुंचा। चारपाई पर एक पुरानी दरी, चादर और कई जगह से टूटा हुआ लिहाफ पड़ा था। अभी वह उन कपड़ों को व्यवस्थित ढंग से बिछाने के लिए चारपाई पर झुका ही था कि अचानक उसने किसी बिल्ली के गले से निकली हल्की-सी चीख की आवाज सुनी।

उसने चौंककर आवाज की दिशा में देखा।

आवाज लॉन की तरफ खुलने वाली खिड़की के पार से आई थी। खिड़की इस वक्त खुली हुई थी और बंसी को इस विचारमात्र ने थरथरा दिया कि यह खिड़की आखिर खोल किसने दी अभी वह कुछ समझ

भी नहीं पाया था कि खिड़की के पार से कोई वस्तु एक झटके से हवा में लहराकर उसके चेहरे से आ टकराई।

बंसी के कंठ से चीख निकल गई–"वह पीछे हटा।"

वस्तु पट्ट की आवाज के साथ चारपाई पर गिरी।

वस्तु पर नजर पड़ते ही बंसी के कंठ से दूसरी चीख निकल गई। आंखें फाड़े वह जड़वत्-सा पलंग पर पड़ी वस्तु को देखता रह गया वह कुछ और नहीं, बल्कि एक बिल्ली थी। बिल्ली की लाश बिल्कुल सफेद रंग की बिल्ली उसके सीने में एक चाकू पेवस्त था ताजे गर्म खून से बिल्ली के सफेद बाल और चारपाई पर पड़ी चादर भीगती चली गई। बिल्ली की पूरी आंखें उसी को घूर रही थीं।

"नहीं।" वह पागलों की तरह चीखकर वापस भागा। दरवाज़ा खोलकर हॉल में आया। चीखता हुआ वह बेतहाशा भागकर हॉल पार करने लगा। वह बुरी तरह डरा हुआ था–'नहीं-नहीं' चिल्लाता हुआ इस तरह भाग रहा था जैसे सैकड़ों भूत उसका पीछा कर रहे हों।

अभी वह भागता हुआ हॉल, के एक थंब के करीब पहुचा ही था कि उसके कंठ से पहली सभी चीखों से कई गुना ज्यादा जोरदार चीख उबलती चली गई। अचानक ही किसी तेज धार वाले चाकू का फल उसके बूढ़े सीने में पेवस्त होता चला गया।

ख़ून का फव्वारा-सा उछल पड़ा।

बंसी की नजर जब हमला करने वाले पर पड़ी, तो हलक से एक और चीख निकल गई। वह कविता की लाश थी। सड़ी हुई वीभत्स और बदबूदार लाश के हाथ में चाकू था हाथ चला खून का फव्वारा पुन: उछल पड़ा।

⅄

बेतहाशा भागते हुए जसवंत ने हॉल में कदम रखा ही था कि बुरी तरह चौंककर ठिठक गया। एक थंब के पास लड़खड़ाते जख्मी बंसी

को वह स्पष्ट देख सकता था और उसे देखते ही जसवंत के समूचे चेहरे पर हवाइयां उड़ रही थी। अभी वह खुद को संभाल भी नहीं पाया था कि–

भागते हुए हरनामदास, सुलक्षणा और रेखा वहां पहुंच गए। हॉल का दृश्य देखते ही रेखा और सुलक्षणा चीख पड़ी। हरनामदास जाम होकर रह गए स्टैचू से बने, डरे हुए से नेत्रों से वे दर्दवश छटपटा रहे बंसी को देखते रह गए। बंसी के सीने में एक चाकू पेवस्त था। चमकदार फल की झलक तक नहीं चमक रही थी। गर्म एवं गाढ़ा खून बह रहा था।

"मालिक-मालिक।" वह खून से लथपथ एक हाथ उठाकर चिल्लाया।

हरनामदास तो हिल नहीं सके, जबकि जसवंत तेजी से बंसी की तरफ बढ़ता हुआ बोला–"क्या हुआ बंसी काका तुम्हारी यह हालत किसने की है?"

"लाश।" दर्द से छटपटाते हुए बंसी ने कहा और जसवंत की तरफ बढ़ने के प्रयास में लड़खड़ाकर गिर पड़ा। जसवंत लपककर उसके करीब पहुंचा, चीखा–"बोलो काका बोलो, ये चाकू तुम्हें किसने मारा है?"

"छोटी बहू की लाश ने।"

"लाश ने?"

"वह किसी को नहीं छोड़ेगी, सबको मार डालेगी। आह मेरे कमरे में एक बिल्ली आह, छोटी बहू की लाश, सब भाग जाओ, वह इसी घर में, सबको मार डालेगी आह।"

इस बार बंसी के सारे जिस्म को एक तेज झटका-सा लगा।

गर्दन एक तरफ ढुलक गई। जिस्म ढीला पड़ गया। फर्श पर पड़ा वह बूढ़ी और बलगमयुक्त पीली आंखों से जसवंत को देखता रह गया। खुली हुई, स्थिर-सी आंखें सिर्फ जसवंत को देख रही थी। जसवंत उसके दोनों कंधे पकड़कर झंझोड़ता हुआ चीखा–"बंसी-बंसी काका।"

बंसी की निर्जीव आंखें उसे घूरती रही।

वहां, दूर खड़े सुलक्षणा, रेखा और हरनामदास उस सूखे पत्ते की

तरह कांप रहे थे, जिसे तेज अंधड़ का सामना करना पड़ रहा हो आंखों में खौफ, चेहरों पर आतंक, उनमें से सबसे पहले हरनामदास ने खुद को संभाला, कांपते स्वर में बोले–"यह मर गया है जसवंत।"

बंसी की लाश के समीप घुटनों के बल बैठे जसवंत ने पलटकर कुछ ऐसे अंदाज में उनकी तरफ देखा जैसे उनके वाक्य से ही जाना हो कि बंसी मर गया है। उसकी तरफ बढ़ते हुए हरनामदास डरे से स्वर में बोले–"दो मिनट पहले ही तुम इस पर अपना शक प्रकट कर रहे थे।"

जसवंत चाहकर भी कुछ बोल न सका।

हरनामदास अचानक ही तेजी से हॉल में रखे फोन की तरफ बढ़े, रिसीवर उठाकर वे नंबर डॉयल करने लगे। अभी मुश्किल से दो-तीन डॉयल कर पाए थे कि जसवंत तेजी से भागकर उनके नजदीक पहुंचा, रिसीवर छीनता हुआ गुर्राया–"किसे फोन कर रहे हो डैडी ?"

"पुलिस को।"

"आपका दिमाग खराब हो गया है क्या?" रिसीवर क्रेडिल पर रखने के बाद उसकी तरफ घूमता हुआ जसवंत गुर्राया–"एकदम से, यह आपको पुलिस को फोन करने की क्या सूझी?"

"बंसी का खून हो गया है, पुलिस तो आनी ही चाहिए।" हमें बिना सोचे-समझे इस खून की जानकारी को कोठी से बाहर नहीं निकलने देना है।"

"क्या मतलब? क्या बंसी की लाश को भी तुम तहखाने में।"

"जसवंत का दिमाग खराब हो गया है।" आगे बढ़ती हुई सुलक्षणादेवी अजीब से अंदाज में चीख पड़ी–"लाशें इकट्ठी करने का शौक हो गया है इसे पहले मनजीत की लाश और अब।"

"मेरा यह मतलब नहीं है मां।"

"फिर क्या मतलब है तेरा।"

"पुलिस तो आनी चाहिए मेरा मतलब बंसी का खून हुआ है पुलिस तो आएगी ही, किन्तु हमें पुलिस को इतनी जल्दी नहीं बुलाना चाहिए पुलिस के आने से हमें कुछ नुकसान भी हो सकता

है। सारी बातें सोचने-समझने के बाद ही हमारा पुलिस को फोन करना उचित है।"

"तेरे सामने यहां चलती किसकी है।" सुलक्षणादेवी मानो अपना मानसिक संतुलन गंवा बैठी थीं–"विचार-विमर्श में तू साबित कर देगा कि पुलिस के यहां आने से लाभ से ज्यादा नुकसान है। वह ये जान सकती है, वह जान सकती है अत: पुलिस को इस लाश की इंफार्मेशन न करना ही उचित है, उस स्थिति में तुम एक और लाश को तहखाने में छुपा देना ही उचित सिद्ध कर दोगे।"

"उफ मां तुम समझ क्यों नहीं रही हो?" जसवंत झुंझला-सा उठा।

कुछ कहने के लिए सुलक्षणादेवी ने अभी मुंह खोला ही था कि हरनामदास कह उठे–"जसवंत ठीक कह रहा है सुलक्षणा फिलहाल तुम चुप रहो, हमें इसके दिमाग पर भरोसा करना ही चाहिए।"

अनिच्छापूर्वक सुलक्षणा ने बिना कुछ कहे ही मुंह बंद कर लिया, जबकि हरनामदास जसवंत से मुखातिब होकर बोले–"बोलो जसवंत, तुम क्या कहना चाहते थे?"

"सिर्फ यह कि पुलिस को यहां बुलाने से पहले हमें कुछ बातों पर गौर कर लेना चाहिए विशेष रूप से इस बात पर कि कहीं कोई ऐसा प्वाइंट तो नहीं है, जो पुलिस पर हमारा भेद खोल दे?"

"हम तुमसे सहमत हैं।"

"उसके लिए सबसे पहले हमें यह सोचना चाहिए कि बंसी का खून किसने, किन स्थितियों में किया है।"

"तुम ठीक कह रहे हो।"

"शायद आपने भी सुना हो, मरते हुए बंसी ने कहा था कि उसे कविता की लाश ने चाकू मारा है।"

"लाश ने?" सुलक्षणादेवी का हलक सूख गया।

"हां हालांकि यह बात बिल्कुल असंभव-सी लगती है, परंतु हम मरते हुए बंसी के बयान पर शक नहीं कर सकते। अपने कमरे की तरफ इशारा करके उसने बिल्ली शब्द भी कहा था फिलहाल इस शब्द का

अर्थ मेरी समझ में नहीं आ रहा है, लेकिन उसके लिए यदि हम बंसी का कमरा चेक करें तो शायद कोई परिणाम निकले।"

"आओ।" हरनामदास ने कहा–"हम बंसी का कमरा देखते हैं।"

जसवंत बिना कुछ कहे तेजी से बंसी के कमरे की तरफ बढ़ गया। हरनामदास भी उसके पीछे ही लपके थे। अभी वे दोनों मुश्किल से दो या तीन कदम ही बढ़ पाए थे कि पीछे से रेखा ने आवाज देकर उन्हें रोका।

एक साथ दोनों ही ठिठक गए। घूमे।

"मैं भी तुम्हारे साथ चलूंगी।" कहने के साथ ही बुरी तरह डरी हुई रेखा लड़खड़ाती-सी दौड़कर उनकी तरफ आई। वे रेखा के इस डर की वजह आसानी से समझ सकते थे। अत: कुछ बोले नहीं, जबकि सुलक्षणा भी बिना कुछ कहे उनके साथ हो ली। बंसी के कमरे में कदम रखते ही उनकी नजर चारपाई पर पड़ी। सफेद बिल्ली की ताजी लाश पर पड़ी और उनमें से कोई भी अपने हलक से निकलने वाली घुटी चीख को नहीं रोक सका। पसीने-पसीने हुए वे डरी-सी आंखों से लाश को देखते रहे। बिल्ली के सीने में खंजर का सारा फल पेवस्त था।

कुछ देर बाद जसवंत ने अपना मत प्रकट किया–"हमारे पास से उठकर बंसी सीधा यहां आया। लाइट ऑन करते ही उसने अपनी चारपाई पर पड़ी बिल्ली की यह लाश देखी। डरकर तेजी से वापस भागा, हॉल में से गुजरकर वह संभवतया हम तक पहुंचना चाहता था, किंतु हॉल ही में किसी ने उस पर चाकू से . . ."

"किसी ने नहीं, बल्कि कविता की लाश ने।"

"यदि मरते हुए बंसी के बयान को सच मान लिया जाए तो आप ठीक कह रहे हैं, लेकिन..."

"लेकिन क्या?"

"इस बात पर भला विश्वास कैसे किया जा सकता है कि एक लाश किसी पर वार कर सकती है और फिर लाश भी वह जिसे कुछ ही देर पहले हमने लॉन में दफनाया है।"

"बंसी ने दिन में हमसे कहा था कि यदि कविता की आत्मा किसी

लाश में प्रविष्ट हो जाए तो लाश भी चल-फिर सकती है। वह कब्र से निकली और बदला लेने के लिए यह सब किया।"

"बड़ी अविश्वसनीय बात है, लेकिन विश्वास इसलिए करना पड़ेगा, क्योंकि फिलहाल मेरे पास आपकी बात की तर्कसंगत काट नहीं है।"

"अब तो हमें ऐसा भी लग रहा है कि बंसी ठीक ही कहता था। मनजीत ने आत्महत्या नहीं की, बल्कि कविता की आत्मा ने उसका मर्डर किया है। हमें मरते हुए बंसी का एक शब्द भी नहीं भूलना चाहिए उनके कहने का अभिप्राय था कि कविता की आत्मा ने बदला लेना शुरू कर दिया है और अब वह अपने हत्यारों में से किसी को भी नहीं छोड़ेगी। मरते हुए बंसी ने हम सबको यह मकान छोड़ देने की सलाह दी थी।"

"मगर हम उस सलाह पर अमल कैसे कर सकते हैं?" जसवंत ने कहा–"सबसे पहले बात तो ये कि हम इस कोठी को छोड़कर जाएंगे कहां, रहेंगे कहां?"

सुलक्षणादेवी कह उठी–"किसी फुटपाथ पर सो जाना मरने से अच्छा है।"

"इस तरह अचानक ही हम सबका कोठी को छोड़ देना एक संदिग्ध घटना होगी, जो किसी भी पुलिस अधिकारी को सोचने के आधार दे सकती है तहखाने में मनजीत की लाश है उसका क्या होगा–नहीं, हम यह कोठी नहीं छोड़ सकते कोठी छोड़ देने का अर्थ है जेल की चारदीवारी में कैद हो जाना।"

"तो क्या मरने के लिए इसी कोठी में रहना चाहिए?"

"बचाव की कोई दूसरी तरकीब सोचनी पड़ेगी। मगर खैर, फिलहाल हमें यह निश्चय करना है कि पुलिस को यहां बुलाएं या नहीं पुलिस के यहां आने से हमें क्या फायदे और नुकसान हो सकते हैं?"

"निष्कर्ष तुम्हें ही निकालना है।"

"निष्कर्ष निकालने से पहले मैं एक पुलिस इंस्पेक्टर की तरह सारे घटनास्थल का बारीकी से निरीक्षण करूंगा मेरी कोशिश यह जानना होगी कि यहां आने के बाद पुलिस क्या-क्या जान सकती है। उससे हमें

क्या फायदे और नुकसान होंगे। इस कत्ल के सिलसिले में पुलिस हम सबके बयान भी लेगी। कोई गड़बड़ न हो पाए, इसके लिए हमें अपने-अपने बयान सेट करने होंगे।"

"लेकिन इस सब में तो काफी समय लगेगा और जब इतने समय बाद हम फोन करेंगे तो क्या पुलिस हमसे यह नहीं पूछेगी कि हमने इतनी देर बाद फोन क्यों किया?"

"अब हम सब सो रहे हैं हमें मालूम ही नहीं कि बंसी का कत्ल हो गया है। हम सुबह को सोकर उठते हैं। सात बजे तक बंसी की ड्यूटी हम सबके कमरों में बेड-टी पहुंचा देना है। जब वह साढ़े सात बजे भी अपनी ड्यूटी नहीं निभाता तो हममें से कोई उसे आवाज देता हुआ अपने कमरे से बाहर निकलता है। हॉल में बंसी की लाश देखकर चौंक पड़ता है। चीखने लगता है हम सब अवाक् रह जाते हैं। सात पैंतीस पर हममें से कोई पुलिस स्टेशन फोन कर देता है।"

उसका अभिप्राय समझते हुए हरनामदास ने सवाल किया–"इसका मतलब ये कि हम पुलिस को यहां सुबह साढ़े सात के बाद बुलाएंगे?"

"यह स्वाभाविक भी होगा और हमारे लिए लाभप्रद भी। स्वाभाविक इसलिए क्योंकि इस वक्त हम सब सो रहे हैं तथा लाभप्रद इसलिए क्योंकि हमें मनचाही कहानी गढ़ने के लिए समय मिल जाएगा।"

"तो क्या बंसी की लाश सारी रात यहीं पड़ी रहेगी।" सुलक्षणादेवी ने कंपित स्वर में पूछा।

"ऐसी ही स्थिति में, इसे हाथ तक नहीं लगाएगा।"

जसवंत ने कहा–"अब एक पुलिस अफसर होने के नाते मैं अपनी तफ्तीश लॉन में मौजूद कब्र से करना चाहूंगा।"

"कब्र से।" हरनामदास चौंके।

"जी हां।" कहकर वह कमरे से बाहर निकल गया। शेष तीनों लपकने के से अंदाज में उसके पीछे हो लिए, कुछ ही देर बाद वे कब्र के समीप लॉन में खड़े थे। कब्र पटी हुई थी, वैसे ही जैसे उन्होंने छोड़ी थी।

थोड़ी-थोड़ी देर के अंतराल में कम-से-कम पांच बार फ्लैश चमका। पुलिस के कैमरामेन ने थंब के समीप फर्श पर पड़ी लाश के पांच भिन्न कोणों से फोटो लिए ऐसा ही कुछ देर पहले उसने बिल्ली की लाश के फोटो लेते वक्त किया था फिंगर प्रिंट्स विभाग के लोग अपने कार्य में व्यस्त थे।

सारे हॉल में अनेक पुलिस वाले थे।

उन्हीं में से एक इंस्पेक्टर खरबंदा भी था।

हरनामदास, जसवंत, सुलक्षणादेवी और रेखा लाश से काफी दूर पंक्तिबद्ध डाइनिंग टेबल के समीप खड़े थे उनके चेहरों पर भय की परछाई तो स्वाभाविक रूप से थी ही, किंतु चिंता की लकीरें जबरदस्ती पैदा करनी पड़ रही थी दिल असामान्य गति से धड़क रहे थे।

हालांकि जसवंत ने अपनी तरफ से पुलिस का सामना करने, उनके हर संभावित सवाल का जवाब देने की पूरी तैयारी कर ली थी, फिर भी उस तक का दिल कांप रहा था। वजह थी खरबंदा की मौजूदगी उनके दिलो-दिमाग में, खरबंदा का प्रभाव काफी जम चुका था। उसने आते ही इन लोगों पर सवालों की बौछार-सी कर दी थी। उनमें कुछ सवाल ऐसे भी थे, जिन पर जसवंत विचार नहीं कर सका था, इसलिए थोड़ा गड़बड़ाया, किंतु अंत में वह कहानी स्पष्ट करने में कामयाब हो ही गया, जो उस रात में गढ़ी थी। उनका बयान लेने के बाद खरबंदा ने एसएसपी को फोन कर दिया था।

यह पता लगते ही हरनामदास, सुलक्षणा और रेखा के मसामों से पसीना-सा निकलने लगा था कि कुछ ही देर बाद यहां एसएसपी साहब भी पहुंचने वाले हैं।

फिंगर प्रिंट्स विभाग का काम समाप्त होने के बाद खरबंदा आसपास के फर्श का बड़ी बारीकी से निरीक्षण करता हुआ लाश की तरफ बढ़ा। जख्म पर दो या तीन गंदी मक्खियां भिनभिना रही थीं।

वह लाश पर झुका ही था कि पोर्च से किसी जीप के रुकने की आवाज आई। खरबंदा सीधा हो गया।

एसएसपी साहब के हॉल में प्रविष्ट होते ही खरबंदा सहित सभी पुलिसवालों ने जोरदार सैल्यूट दिया। हरनामदास आदि का दिल पसलियों पर चोट करने लगा।

अभी वे संभल भी नहीं पाए थे कि गैलरी से निकलकर उन्हें हॉल में प्रविष्ट होती हुई मधु दिखाई दी। उसे यहां देखते ही जसवंत के होश उड गए बिजली की-सी तेजी और गड़गड़ाहट के साथ उसके दिमाग में यह विचार कौंधा था कि यदि इसी क्षण मधु कविता की आवाज में चीखने-चिल्लाने लगी तो एक ही पल में सारा खेल खत्म हो जाएगा। योजना की जिस इमारत में वे स्वयं को सुरक्षित समझ रहे हैं वह धड़धड़ाकर मलबे के ढेर में तब्दील हो जाएगी।

"मधु!" कहकर वह तेजी से अभी उसकी तरफ बढ़ना ही चाहता था कि बंसी की लाश पर नजर पड़ते ही वह हृदयविदारक अंदाज में चीख पड़ी। उसकी चीख ने सारी कोठी को झनझनाकर रख दिया था। एसएसपी और खरबंदा सहित सभी चौंककर उस तरफ देखने लगे।

हरनामदास, रेखा और सुलक्षणा की भी चीखें निकल गई। हरनामदास का दिल कह उठा–"आह, ये क्या कर रहा है भगवान मधु तो बेहोश थी यह यहां कैसे आ गई?"

जसवंत झपटकर मधु के पास पहुंचा।

"मधु-मधु!" उसे संभालने का प्रयास करता हुआ जसवंत बोला।

बीमार-सी मधु बंसी की लाश को देखकर चीखे जा रही थी। बुरी तरह कांप रही थी। वह पागलों की तरह चिल्लाकर बार-बार पूछने लगी–"ये क्या हो गया–ये क्या हो गया?"

"किसी ने रात में बंसी का खून कर दिया है मधु।"

"खून।" कहकर वह जड़वत्-सी खड़ी रह गई। आंखें फाड़े सामने पड़ी बंसी की लाश को देखती रह गई वह और उसकी ये चुप्पी उसका यूं जड़ रह जाना जसवंत के सारे जिस्म में बर्फ-सी सर्द लहर दौड़ाता

चला गया। उन्हें लगा कि बस अब अगले ही क्षण वह कविता की आवाज में चीखने वाली है।

इसी डर से जसवंत ने कहा–"तुम यहां से चलो मधु।"

कहने के साथ ही वह लगभग जबरदस्ती मधु को खींचता हुआ गैलरी की तरफ ले जाने लगा। उस वक्त हरनामदास, रेखा और सुलक्षणा की सांस धौंकनी के समान चल रही थी, जब जसवंत मधु को खींचता हुआ गैलरी में गुम हो गया। उनके अलावा हॉल में गौजूद सभी ने वह ड्रामा देखा था। मधु के कमरे की तरफ से अभी तक उसके चीखने-चिल्लाने की आवाजें आ रही थीं।

अभी हरनामदास खुद को नियंत्रित भी नहीं कर पाए थे कि एसएसपी ने सवाल किया–"ये कौन थीं?"

"हमारी बड़ी बहू।" वे जल्दी से बोले।

"क्या इन्हें इस कत्ल के बारे में अभी तक नहीं मालूम था?"

"जी नहीं दरअसल आपने मधु की हालत देखी ही थी वह बीमार है अचानक ही जाने कैसे उसे मिर्गी के दौरे उठने लगे हैं।"

"ओह, तब तो आपको इन्हें यहां नहीं आने देना चाहिए था?"

"दरअसल वह कल शाम से ही बेसुध-सी पड़ी सो रही थी। कल शाम पड़े दौरे के बाद मनजीत ने उसे नींद का इंजेक्शन लगा दिया था। यह उसी के असर में थी। हम सब यहां हैं ही, उसे सोते छोड़ दिया था उठते ही शायद वह इधर निकल आई।"

"मनजीत कहां है ?"

"वह रात बंगलौर गया है?"

"बंगलौर क्यों?"

"वहां उसके किसी डॉक्टर दोस्त की शादी है।" ये जवाब पहले से तय था।

"ओह!" कहने के बाद एसएसपी साहब खरबंदा की तरफ घूमे, बोले–"अपना काम करो खरबंदा, आज हम तुम्हारी कार्य-प्रणाली और सोचने की क्षमता को देखना चाहते हैं।"

सैल्यूट के बाद खरबंदा लाश की तरफ बढ़ गया।

इसी बीच तेज और लंबे-लंबे कदमों के साथ जसवंत सुलक्षणा के समीप पहुंचा, बोला–"तुम दोनों मधु का ख्याल रखो कहीं उसे फिर दौरा न पड़ जाए।"

'दोनों' शब्द से उसका संकेत रेखा की तरफ था।

सुलक्षणा और रेखा तेज कदमों के साथ गैलरी की तरफ चली गई वे तो वैसे ही हॉल के तनावपूर्ण वातावरण से छुटकारा पाना चाहती थीं। उस सारी प्रक्रिया के दौरान खरबंदा का दिमाग बंटा था। चेहरे पर उत्तेजना और तनाव-सा लिए जसवंत एसएसपी के समीप खड़ा होकर खरबंदा की तरफ देखने लगा। लाश के समीप घुटनों के बल बैठा खरबंदा उस वक्त बंसी के सीने में पेवस्त चाकू को ध्यान से देख रहा था, एकाएक बोला–"यह तो वैसा ही चाकू है सर जैसा मनजीत का कत्ल करने के इरादे से वह नकाबपोश लेकर आया था।"

एसएसपी ने सपाट स्वर में पूछा–"तुम यह दावा कैसे पेश कर सकते हो?"

"वह चाकू जो उस रात मुझे मनजीत के कमरे की खिड़की के समीप लॉन में पड़ा मिला था, इस वक्त भी थाने में है। मनजीत ने खुद स्वीकार किया था कि नकाबपोश के हाथ में वही चाकू था। मैं गारंटी के साथ कह सकता हूं कि यह वैसा ही चाकू है।"

"आगे चलो!"

जसवंत बोल पड़ा–"हमने अपना शक विजय पर प्रकट किया था एसएसपी साहब।"

"खरबंदा ने हमें बता दिया था।" वे बोले–"इसने उसी समय जाकर विजय को चैक किया था, परंतु न तो उसके पैर में नौ नंबर के जूते ही आते हैं और न ही उसके पास काला लिबास मिला।"

"जाहिर है सर कि यह कत्ल नकाबपोश ने ही किया है।" खरबंदा ने कहा।

एसएसपी साहब जसवंत से बोले–"तहकीकात से नहीं लगता कि

आपने विजय पर जो शंका प्रकट किया था वह सही है। दिमाग पर जोर डालिए मिस्टर जसवंत विजय को अलग रखकर जरा सोचने की कोशिश कीजिए कि वह कौन हो सकता है। शायद आपका प्रकट किया गया शक हमें हत्यारे तक पहुंचा दे।"

"हमने खूब सोचा है सर विजय के अलावा दूर-दूर तक भी हमें कोई ऐसा नजर नहीं आता, जिसकी हमसे कोई दुश्मनी हो, पहले नकाबपोश मनजीत का कत्ल करने आता है, असफल होने पर इस बार बंसी का कत्ल करता है। इससे स्पष्ट है कि हत्यारे को अकेले मनज़ीत से ही कोई दुश्मनी नहीं थी। उसके लिए हम सब बराबर हैं। वह हममें से किसी का भी कत्ल कर सकता है और ऐसा केवल एक ही आदमी है।"

"कौन?"

"विजय।" जसवंत ने अपने अंदाज पर जोर दिया–"बंसी से तो किसी अन्य व्यक्ति की दुश्मनी का स्वप्न में भी गुमान नहीं किया जा सकता। सिर्फ विजय ही हमसे बदला लेना चाहता है। उसके दिमाग से बंसी भी उसकी बहन की हत्या करने में हमारे साथ था और कल उसने हमें धमकी भी दी थी, कहा था कि आज का सूरज कविता के हत्यारों में से कम-से-कम एक लाश देखेगा।"

"उसने आपको धमकी दी थी?"

"यस सर, और उस थमकी की रिपोर्ट हमने इंस्पेक्टर खरबंदा से की भी थी। हमने मांग की थी कि विजय पर पूरी नजर रखी जाए, फिर भी लगता है कि वह अपना काम कर गया है।"

"क्यों खरबंदा।"

"ये लोग ठीक फरमा रहे हैं सर, परंतु मैं दावे के साथ कह सकता हूं कि न तो वह नकाबपोश ही विजय है और न ही ये कत्ल उसने किया है, क्योंकि मैं सारी रात विजय के पीछे रहा हूं। रात एक क्षण के लिए भी वह मेरी आंखों से ओझल नहीं हुआ था।"

"ओह!" इस शब्द के साथ ही एसएसपी के होंठ सीटी बजाने के से अंदाज में सिकुड़ गए। उन्होंने खरबंदा को अपनी जांच आगे जारी करने

की आज्ञा दी। खरबंदा जांच में जुट गया। बीच में कोई कुछ नहीं बोला। सारा काम खामोशी से होता चला गया। वहां से निपटकर वे बंसी के कमरे में गए। चारपाई पर पड़ी बिल्ली की लाश का निरीक्षण किया। उसके सीने में भी वैसा ही चाकू घुपा हुआ था। खरबंदा ने चारपाई के इस तरफ पड़ी खून की छोटी-छोटी बूंदों को बड़े ध्यान से देखा, फिर लॉन की तरफ खुलने वाली खिड़की के पार लॉन में कूद गया।

लॉन में एक स्थान पर ढेर सारा खून पड़ा था।

खून के समीप खड़ा वह कुछ देर तक कमरे की खिड़की को देखता रहा। उसके बाद वापस खिड़की के रास्ते से ही कमरे में आ गया। कुछ देर तक चारपाई के चारों तरफ घूमता रहा और फिर अचानक ही हरनामदास से सवाल कर बैठा–"आप लोग किस समय सोने के लिए अपने-अपने कमरों में गए?"

"करीब ग्यारह बजे।"

"क्या बंसी भी ग्यारह बजे ही सोने के लिए यहां आ गया था?"

यह सवाल उनमें से नहीं था, जिनके उत्तर जसवंत ने उन्हें रटा रखे थे, अत: जवाब हरनामदास के स्थान पर आगे बढ़कर जसवंत ने दिया–"खाने के बर्तन धोने के बाद बंसी यहां आया होगा?"

"यानी उस वक्त साढ़े ग्यारह बजे होंगे!"

"संभवतया!"

"तो क्या सिर्फ आधे घंटे के अंदर आप सबको नींद आ गई?"

"हममें से किसी ने बंसी के चीखने की आवाज नहीं सुनी, इससे जाहिर है कि जब उसका कत्ल किया जा रहा था, तब या तो हम सब सो चुके थे अथवा बंसी के मुंह से कोई चीख निकल ही न सकी।"

कुछ देर तक वह चुपचाप खड़ा जसवंत को घूरता रहा। जैसे सोच रहा हो कि अगला सवाल क्या करे, मगर फिर वह कोई भी सवाल किए बिना एसएसपी की तरफ घूम गया, बोला–"मेरी यहां की तफ्तीश खत्म हो गई है सर!"

"किस नतीजे पर पहुंचे?"

"नतीजे पर पहुंच गया हूं सर किंतु क्षमा करें मैं अपनी रिपोर्ट आपको अकेले में देना चाहता हूं।"

"ओ के. !" उसकी इच्छा समझते ही एसएसपी ने कहा और फिर हरनामदास की तरफ घूमकर बोले–"पोस्टमार्टम के बाद लाश आपको दे दी जाएगी।"

"वह तो ठीक है, लेकिन हत्यारा . . ."

"आप फिक्र न करें हत्यारा बहुत जल्दी कानून की गिरफ्त में होगा!" कहने के साथ ही एसएसपी ने हाथ उनकी तरफ बढ़ा दिया। विदाई का हाथ एसएसपी ने बड़ी गर्मजोशी से मिलाया था।

⅄

"फिलहाल सबकुछ ठीक हो गया।" पुलिस काफिले के चले जाने के दस मिनट बाद जसवंत ने कहा–"घबराने जैसी कोई बात नहीं है। हम पर किसी को भी किसी तरह का कोई शक नहीं हुआ है।"

"मगर उनकी बातों से नतीजा यह निकल रहा है कि कत्ल नकाबपोश ने किया है, जबकि सच्चाई तो है कि बंसी को कविता की लाश ने मारा है।"

"वे कोई जादूगर नहीं हैं, जो सच्चाई जान जाएं। वे सिर्फ प्राप्त सबूतों के आधार पर एक कहानी गढ़ने की कोशिश किया करते हैं। खरबंदा ने सिर्फ चाकू के आधार पर वह संभावना व्यक्त की है।"

"ओह शायद भगवान ही ने हमारी मदद की वर्ना उस क्षण तो हम बिल्कुल निराश हो गए थे, जिस क्षण मधु को हॉल में आते देखा, लेकिन वह आ कैसे गई थी। वह तो इंजेक्शन के असर में थी न?"

"इंजेक्शन को आप क्या समझते हैं, क्या सदियों तक उस का प्रभाव रहना था। प्रभाव खत्म होते ही वह जाग गई और पलंग से उठकर संयोगवश हॉल में आ गई।"

उसकी बात पर कोई ध्यान दिए बिना हरनामदास ने पूछा–"बंसी

का खून तो ठीक है जसवंत लेकिन उस सफेद बिल्ली के बारे में तुम्हारा क्या ख्याल है?"

"क्या मतलब?"

"हत्यारे ने बिल्ली मारकर बंसी की चारपाई पर क्यों डाली?"

"केवल बंसी को आतंकित करने के लिए।"

"हमें तो कुछ और ही वजह लगती है?"

"ओफ्फो डैडी बेकार की बातों में गंवाने के लिए हमारे पास वक्त नहीं है।" जसवंत ने थोड़े खिन्न और झुंझलाए हुए स्वर में कहा–"एक तरफ मधु पड़ी है, किसी तरह उसे संभालना है। मनजीत की दुकान पर जाकर उसके बंगलोर चले जाने की सूचना लिखनी है। लाश की वापसी के बाद शाम तक बंसी का अंतिम संस्कार भी करना है। मनजीत की लाश अलग फ्रिज में रखी है, उसे ठिकाने लगाने के बारे में भी सोचना है।"

"यह सब कैसे होगा?"

"मैं यहां मधु को संभालता हूं आप पहले मनजीत के क्लीनिक पर जाइए। वहां सूचना लिखिए और फिर सीधे घर पहुंचिए, वहां आपका रहना जरूरी है, क्योंकि बंसी हमारा पुराना नौकर था, जितनी जल्दी हो सके उसकी लाश ले आइए, ताकि अंतिम संस्कार से निपटकर अपने बारे में कुछ सोच सकें।"

"ओके हम जा रहे हैं?" कहकर वे दरवाज़े की तरफ बढ़ गए।

▲

"उन लोगों के मुताबिक वे सभी रात ग्यारह बजे के करीब सोने के कमरे में चले गए थे सर!" उसी शाम खरबंदा एसएसपी के सामने, उनके ऑफिस में बैठा रिपोर्ट दे रहा था–"बंसी बर्तन मांजने के बाद अपने कमरे गया। मेरे ख्याल से उसे बर्तन मांजने में तीस मिनट से ज्यादा नहीं लगे होंगे?"

"कहते रहो।"

"इसका मतलब ये हुआ सर कि बंसी अपने कमरे में साढ़े ग्यारह बजे पहुंचा उसने लाइट ऑन की, जिसका पहला सुबूत हमारे जाने पर भी कमरे की लाइट ऑन पड़ी होना है और दूसरा सुबूत ये।" कहने के साथ ही उसने फिंगर प्रिंट्स विभाग की रिपोर्ट मेज पर रख दी, बोला–"ये फिंगर प्रिंट्स उस ऑन बल्ब से कनेक्टिड स्विच से लिए गए हैं। स्विच पर बंसी की उंगली के निशान हैं।"

"इससे क्या परिणाम निकला?"

"यह कि बंसी कमरे में पहुंचा।"

"फिर?"

"मगर वह अपनी चारपाई पर नहीं लेट पाया।"

"यह तुम कैसे कह सकते हो?"

"सबसे पहले ये फोटोग्राफ्स देखिए।" कहने के साथ ही उसने एसएसपी महोदय के सामने चारपाई और उस पर पड़ी बिल्ली की लाश के विभिन्न कोणों से लिए गए फोटोग्राफ्स डाल दिए, बोला–"चारपाई पर पड़ी दरी, चादर और लिहाफ बता रहे हैं कि उस पर कोई नहीं लेटा।"

"वेरी गुड लेकिन बंसी को चारपाई पर लेटने का मौका ही कहां मिला होगा। लाइट ऑन करते ही उसने चारपाई पर पड़ी बिल्ली की लाश देखी और डरकर वापस भागा।"

"सॉरी सर मुझे नहीं लगता कि ऐसा हुआ है।"

"क्या मतलब?"

"ये देखिए बंसी की लाश के चेहरे पर खून के निशान।" खरबंदा ने एक अन्य फोटोग्राफ्स उन्हें दिखाते हुए कहा–"लेबोरेट्री से रिपोर्ट आ चुकी है कि बंसी के चेहरे पर लगा खून बंसी का अपना नहीं, बल्कि बिल्ली का है।"

"वंडरफुल।"

"इससे लगता है कि बिल्ली चारपाई पर गिरने से पहले किसी तरह

हवा में लहराकर बंसी के चेहरे से टकराई और उस समय बिल्ली यदि मरी नहीं थी, तो जख्मी जरूर थी!"

"बिल्ली को छुरा घोंपकर लॉन में उस जगह मारा गया, सर जहां ढेर सारा खून पड़ा था। मैंने लॉन की वह खून से भीगी मिट्टी लेबोरेट्री में भेजी थी, उसकी रिपोर्ट के मुताबिक खून बिल्ली का था। मैंने उस स्थान पर खड़े होकर बहुत ध्यान से बिल्ली को देखा है। बिल्ली को मारकर खिड़की के रास्ते से ही कमरे में उछाला गया, इसका सुबूत खिड़की की चौखट पर मौजूद बिल्ली के खून की एक बूंद भी है।"

"अच्छे लिंक जोड़ रहे हो कहते रहो!"

खरबंदा थोड़ा उत्साहित-सा हुआ बोला–"अब सारी कहानी यूं बनी सर कि बंसी के लाइट ऑन करने तक चारपाई पर बिल्ली की लाश नहीं थी। लाइट ऑन करने के बाद बंसी चारपाई के नजदीक पहुंचा, वह थोड़ा झुका शायद चारपाई पर पड़े कपड़ों को व्यवस्थित करने के लिए। तभी लॉन में खड़े व्यक्ति ने बिल्ली के सीने में छरा घोंपकर खिड़की के रास्ते से बंसी के ऊपर उछाल दी। ध्यान रखने की बात है कि उस वक्त कमरे में प्रकाश और लॉन में अंधेरा था। जख्मी बिल्ली बंसी के चेहरे से टकराई, इसका एक सुबूत बंसी के चेहरे पर लगा बिल्ली का खून है ही, दूसरा सुबूत चारपाई के नजदीक फर्श पर बिल्ली के ख़ून के छींटे भी हैं।"

"उसके बाद क्या हुआ?"

"यह घटना बिल्कुल अप्रत्याशित थी। बिल्ली की लाश उसके चेहरे पर टकराने के बाद चारपाई पर गिर गई, जिसे देखकर बंसी डर गया और बौखलाहट में चीखता हुआ कमरे से निकलकर हॉल की तरफ भागा। अभी वह भाग ही रहा था कि हॉल के तीसरे थंब की बैक से निकलकर हत्यारे ने बंसी पर चाकू से बार किया।"

"यह कैसे कह सकते हो कि बंसी को चाकू हॉल के तीसरे थंब के निकट ही मारा गया!"

"क्योंकि बंसी के कमरे से लेकर तीसरे थंब तक कहीं भी खून की

कोई बूंद तक नहीं है जबकि तीसरे थंब के पास बंसी के ढेर सारे खून का थब्बा पाया गया।"

"ओके आगे बढ़ो।"

"प्राप्त सुबूतों के आधार पर मैंने कहानी गढ़ी है, यानी यह अनुमान लगाने की कोशिश की है कि क्या हुआ होगा। अगर इस कहानी को सच मान लिया जाए तो स्पष्ट रूप से उभरकर यह बात सामने आती है कि हत्यारा एक नहीं बल्कि दो थे। बिल्ली का अलग और बंसी का अलग, क्योंकि बिल्ली और बंसी की मृत्यु के बीच इतना फर्क बिल्कुल नहीं है कि कोई व्यक्ति लॉन से हॉल में पहुंच सके!"

"वैरी गुड तुम्हारे सोचने का तरीका अच्छा है।"

"दोनों ही चाकुओं की मूठ से उंगलियों के निशान नहीं मिले हैं चाकू एक जैसे हैं और दोनों ही चाकू अपने-अपने शिकार के सीने में गड़े हैं। इन तीन समानताओं से जाहिर होता है कि वे दोनों व्यक्ति एक-दूसरे से संबंधित थे और मिल-जुलकर पूर्वनिर्धारित योजना पर काम कर रहे थे।"

"ठीक है!"

"सबसे ज्यादा मुझे पोस्टमार्टम की रिपोर्ट ने चौंकाया है सर!" खरबंदा ने कहा–"बंसी और बिल्ली के मरने के समय में दो मिनट से ज्यादा अंतर नहीं है, यह रिपोर्ट मेरी कहानी को एकदम ठीक साबित करती है, परंतु चौंकाने वाली बात ये है कि पोस्टमार्टम की रिपोर्ट के मुताबिक बिल्ली और बंसी की मृत्यु एक और दो बजे के बीच हुई है।"

"क्या मतलब?" एसएसपी साहब भी उछल पड़े।

"इस रिपोर्ट ने मुझे बहुत कुछ सोचने के लिए बाध्य कर दिया है। सर जाहिर है कि ये सारी घटनाएं एक और दो बजे के बीच हुई, जबकि बयानों से स्पष्ट होता है ज्यादा-से-ज्यादा साढ़े ग्यारह बजे बंसी कमरे में आ गया था। बिस्तर बताता है कि बंसी उस पर लेट ही नहीं पाया, अब सवाल यह है कि साढ़े ग्यारह बजे से एक बजे तक बंसी क्या करता रहा?"

“ये भी हो सकता है कि बंसी एक बजे ही कमरे में आया हो?”

“इससे दो बातें उभरकर सामने आती हैं सर, पहली तो यह कि बंसी अपनी किसी ऐसी व्यक्तिगत उखेड़-बुन में लगा हुआ था, जिसकी वजह से वह कम-से-कम डेढ़ घंटे में वह क्या करता रहा दूसरी संभावना यह भी उभरकर आती है कि हरनामदास और उसके परिवार का बयान ही गलत हो!”

“क्या मतलब?” एसएसपी साहब की आंखें दायरे में सिकुड़ गईं!

“वे सब साढ़े ग्यारह बजे नहीं, बल्कि एक बजे सोने के लिए गए हों?”

“ऐसी स्थिति में उन्हें झूठ बोलने की क्या ज़रूरत थी? वे कह सकते थे कि एक बजे सोने गए।”

“किसी पूरे परिवार का सोने के लिए अपने-अपने कमरे में एक बजे जाना बिल्कुल अस्वाभाविक है, क्योंकि सामान्य रूप से सब लोग ज्यादा-से-ज्यादा ग्यारह बजे सो जाते हैं यानि यदि वे एक बजे कहते तो उनसे सवाल पूछा जा सकता था कि एक बजे तक वे क्या करते रहे?”

“गुड!”

“इस सवाल से बचने के लिए ही उन्होंने समय गलत बताया और उनकी इस सवाल से बचने की कोशिश ही स्पष्ट करती है कि एक बजे तक वे कुछ ऐसा करते रहे थे, जिसे पुलिस को नहीं बताना चाहते!”

“तुम अच्छा सोच लेते हो खरबंदा!”

“थैंक्यू सर दोनों ही स्थितियों में मुझे यह पता लगाने की जरूरत है कि ग्यारह से एक बजे के बीच में क्या होता रहा। अकेला बंसी या वे सब क्या करते रहे लगता है, ये दो घंटे ही हत्यारों के चेहरों से नकाब हटा सकते हैं।”

“एक सवाल हम तुमसे पूछना चाहते हैं”

“जी पूछिए।”

"इस सारे प्रसंग में हत्यारों को बिल्ली की क्या जरूरत थी यानी उन्हें बंसी का खून करना था वे आराम से कर सकते थे। बिल्ली की लाश फेंकने से हत्यारों का क्या मतलब हुआ ?"

"शायद वे बंसी को मारने से पहले उसे आतंकित करना चाहते थे?"

"क्यों?"

"इस 'क्यों' का जवाब मिलते ही हत्यारों के चेहरे से नकाब हट जाएगा?"

"गुड हम तुम्हें यही प्वाइंट देना चाहते थे।" एसएसपी महोदय ने कहा–"यह केस हम तुम्हारे ही सुपुर्द करते हैं। उम्मीद है कि शीघ्र ही हत्यारे को हमारे सामने लाकर खड़ा कर दोगे!"

"थैंक्यू सर, मैं आपकी आशाओं पर खरा उतरने की पूरी कोशिश करूंगा!"

⅄

पोस्टमार्टम के बाद तीन बजे हरनामदास बंसी की लाश को लेकर कोठी पर पहुंचे थे। तब उन्हें जसवंत, सुलक्षणा और रेखा से पता लगा कि मधु को दो बार दौरा पड़ चुका और दूसरी बार के दौरे के बाद वह अभी तक बेहोश पड़ी है। हरनामदास के मस्तिष्क पर चिंता की लकीरें खिंच गई।

फिर भी बंसी की लाश का अतिम संस्कार पहली समस्या थी। वे उसी काम में जुट गए और उस वक्त रात के करीब दस बजे थे, जब वे फारिग होकर एक कमरे में आ बैठे। सभी थके-हारे से थे। लगातार कई रात जागने की वजह से आंखें सूज-सी गई थी।

"मधु का क्या हाल है जसवंत?" हरनामदास ने पूछा।

"उसे पांच बजे होश आया था। एक घंटे तक मधु के रूप में ही रही, बड़े दुःख के साथ बंसी की हत्या आदि के बारे में बात करती रही। अपने दौरों से वह खुद परेशान है। कह रही थी कि मैं किसी अच्छे

डॉक्टर से इलाज कराऊं। अच्छी-खासी बात करती हुई वह छ: बजे के करीब अचानक ही कविता बनकर चीखने-चिल्लाने लगी और फिर बेहोश हो गई। अभी तक उसी अवस्था में पड़ी है।"

"इस तरह कब तक चलेगा जसवंत?" हरनामदास बेहद चिंतित स्वर में बोले–"हम महसूस कर रहे हैं कि हर दौरे के बाद मधु पहले से कहीं ज्यादा कमजोर नजर आने लगती है। लगता है कि एक तरफ हम मधु को खोते जा रहे हैं, दूसरी तरफ हर पल डर बना हुआ है कि कहीं किसी बाहरी व्यक्ति के सामने उसे दौरा न पड़ जाए। समझ में नहीं आता क्या करें?"

"किसी डॉक्टर को उसे दिखा नहीं सकते। सारा भेद खुल जाने का डर है।"

"मगर ऐसा भी कब तक चलेगा। आखिर क्या करें?"

"कुछ-न-कुछ तो सोचना ही होगा डैडी, लेकिन सोचें भी तो तभी जब सोचने का होश मिले। घटनाएं इतनी तेजी से घट रही हैं कि कुछ समझ में नहीं आ रहा, पहली ही अनेक समस्याओं में से कोई हल नहीं हो पाती कि कोई नई घटना ढेर सारी समस्याएं और खड़ी कर देती है। ऐसी ही एक और समस्या खरबंदा ने मुझसे बात करके खड़ी कर दी है।"

"क्या?"

"आपने देखा होगा श्मशान में जब बंसी की चिता जल रही थी, तब खरबंदा मुझे एक कोने में ले गया था।"

"हां हमने देखा था, वह क्या बात कर रहा था?"

"कह रहा था कि एसएसपी साहब ने बंसी की हत्या की जांच उसी के सुपुर्द कर दी है।"

"ओह।"

"लेकिन मेरी चिंता का विषय यह नहीं है। जांच पर किसी को तो लगना ही था। चिंता का कारण है उसकी वे बातें जो उसने वहां मुझसे की थी। उसके सवालों से लगता है कि उसे हमारे बयानों पर शक है।

वह ये भी कह रहा था कि हम सबकी आंखों से उसे लगता है कि हममें से कोई भी कई रात से सोया नहीं है।"

"हमारी आंखें देखकर किसी पुलिस अफसर का यह भांप जाना कोई विशेष बात नहीं है।"

"जबकि अपने बयान के मुताबिक हम सब पिछली रात ग्यारह बजे सो गए थे।"

"ओह!" हरनामदास का सारा चेहरा चिंता का प्रतिबिम्ब बन गया।

"आदमी की आंखें बता देती हैं कि वह सोया है या नहीं। जांच के बहाने अब वह बार-बार यहां आएगा और यदि कल भी उसने हमारी ये सूजी हुई आंखें देखीं तो बड़ी आसानी से सोच सकता है कि आखिर हम रातों में सो क्यों नहीं रहे हैं। यदि वह इस सवाल का जवाब तलाशने में जुट गया, तो हम सब फंस जाएंगे।"

"इसका मतलब आज की रात हमारा सोना जरूरी है।"

समस्याओं के घेरे की हद तो यही है कि घटनाएं हमें सोने नहीं दे रही और सोना भी एक मजबूरी बन गई है। न सोएं तो पकड़े जा सकते हैं और सोएं तो उन ढेर सारी समस्याओं का क्या होगा, जिनका अभी हमें हल सोचना है।"

"हमारा ख्याल है कि आज की रात आराम से सो जाएं, कल सुबह से एक-एक समस्या पर विचार करके उन्हें हल करने की तरकीब सोचेंगे।"

"ऐसा करना भी एक मजबूरी है।" जसवंत कह उठा।

कुछ देर बाद वे सभी उठे गैलरी को पार करके हॉल में आए और फिर 'गुडनाइट' कहकर-अपने-अपने कमरे की तरफ चले गए। हरेक के दिलोदिमाग पर एक अजीब-सा डर अपना प्रभुत्व जमाए था।

अचानक ही रेखा की नींद टूट गई।

सोते-सोते वह जागकर अचानक ही हड़बड़ाकर उठ बैठी। आंखें फाड़-फाड़कर वह सारे कमरे को घूरने लगी। कदाचित वह अपनी नींद टूट जाने का कारण तलाश कर रही थी। कमरे में हल्के गुलाबी रंग का

प्रकाश बिखरा हुआ था और उसी प्रकाश में उसने कमरे के दूसरे कोने में रखी अलार्म घड़ी को देखा।

दृष्टि वहीं चिपककर रह गई।

उसे लगा कि नींद में उसने इस घड़ी में अलार्म की आवाज सुनी थी। लगा कि घड़ी के अलार्म की आवाज से ही वह जागी है। घड़ी में एक बजकर दो मिनट गुजर चुके थे।

एकाएक उसे ख्याल आया कि उसने घड़ी में कोई अलार्म नहीं भरा था। वह अलार्म की आवाज से ही जगी है, फिर यह अलार्म क्यों बजा? इस सवाल के उभरते ही उसके जहन में कविता की रूह का ख्याल आ गया और उसका ख्याल आते ही रेखा के सारे चेहरे पर पसीने की नन्हीं-नन्हीं बूंदे उभर आई फटी-फटी आंखों में खौफ उभर आया, जिस्म का रोया-रोया खड़ा हो गया था। अलार्म घड़ी की टिक-टिक-टिक उसे बेहद रहस्यमय लगने लगी। कमरे में बिखरा गुलाबी-सा मद्धिम प्रकाश उसे बहुत ही खौफनाक-सा महसूस होने लगा। अभी वह ठीक से अपने होशो-हवास को काबू भी नहीं कर पाई थी कि–छम . . . छम . . . छम . . .

उसके कानों से घुंघरूदार पाजेब की आवाज टकराई। जैसे कोई चल रहा हो। रेखा जानती थी कि ऐसी आवाज कविता के चलने से ही हुआ करती थी। दिल बहुत ही जोर-जोर से धड़कने लगा। रेखा का सारा जिस्म पसीने से भरभरा उठा–छम-छम की आवाज निरंतर उसके कानों से टकरा रही थी।

साहस करके वह बेड से उछली। फर्श पर खड़ी थर-थर कांप रही रेखा यह जानने की कोशिश कर रही थी कि यह छम-छम की आवाज आखिर आ कहां से रही है। डरी हुई नजरें कमरे के बंद दरवाज़े पर चिपक गई।

रेखा को महसूस दे रहा था कि पैरों में पाजेब डाले कविता कमरे के बाहर गैलरी में चहल-कदमी कर रही है।

भय और आतंक की अधिकता के कारण उसका चेहरा बिल्कुल पीला पड़ गया। हलक फाड़कर वह अपनी तरफ से पूरी ताकत से चिल्ला उठी–"हैल्प-हैल्प डैडी हैल्प, भैया हैल्प।"

गैलरी से ऐसी आवाज उभरी जैसे पाजेब पहने कोई दूर तक भागता चला गया हो। हालांकि रेखा को महसूस दे रहा था कि दहशत की ज्यादती के कारण पूरी ताकत लगाने के बावजूद भी वह बहुत जोर से नहीं चिल्ला पा रही है, फिर भी चीख-चीखकर वह 'हैल्प-हैल्प' कहती ही रही।

फिर गैलरी में भागते कदमों की आवाज उभरी।

जैसे कोई दूर से दौड़कर दरवाज़े के नजदीक आया हो। रेखा अभी हांफ ही रही थी कि दरवाज़े पर दस्तक हुई। रेखा उछल पड़ी। दरवाज़े पर होने वाली दस्तक बड़ी ही अजीब-सी और रहस्यमय थी। हक्की-बक्की-सी रेखा दरवाज़े को देखती रही। दरवाज़े पर पुन: किसी ने दस्तक दी। उसी रहस्यमय और अजीब अंदाज में।

"कौन है?" रेखा का घुटा-घुटा स्वर।

"हम हैं रेखा बेटी दरवाज़ा खोलो।"

हरनामदास की आवाज सुनते ही रेखा में जैसे जान पड़ गई–"डैडी" कहती हुई वह प्रण-प्राण से दरवाज़े पर झपटी। पलक झपकते ही उसने पहले चटखनी और फिर दरवाज़ा खोल दिया। दरवाज़ा खोलते ही वह चौंक पड़ी।

बुरी तरह चीख पड़ने के लिए उसने हलक फाड़ा ही था कि दो बुरी तरह जले और सड़े हुए हाथ उसकी गर्दन पर आ जमे। हलक से निकलने वाली चीख हलक में ही रह गई। मुंह खुला का खुला रह गया था आंखों में हैरत और खौफ, तीव्र बदबू के भभके ने उसकी नाक और भेजे को सड़ाकर रख दिया। फटी हुई आंखों से वह कविता की सड़ी हुई लाश देख रही थी, जिसके भयानक हाथ उसका गला दबा रहे थे, बहुत ही वीभत्स एवं डरावनी लाश थी वह। गंजी लाश, मुड़ी हुई खाल, उबली हुई आंखें, चमकता हुआ लंबे दांतों वाला दायां जबड़ा, बाई तरफ से मुड़ी नाक, झांकता हुआ लाल-सफेद गोश्त।

उस लाश से उठ रही बदबू।

"हरामजादी।" बदबू के बहुत ही तेज भभके के साथ होंठ रहित

मुंह हिला, तो लाश में से कविता की प्रतिशोध में भभक रही आवाज निकली–"तूने मेरा गला दबाया था न–ये ले-ये ले।"

बार-बार यही कहने के साथ लाश उसकी गर्दन पर अपना दबाव बढ़ाती चली गई। घुटी-घुटी-सी आवाज में रेखा ने कहा–"भाभी।"

इस वाक्य का अंत होते-होते उसकी जीभ कुत्ते की तरह बाहर लटक गई, आंखें उबल पड़ी जिस्म का सारा खून मानो सिर्फ चेहरे पर ही इकट्ठा हो गया, फिर एक झटका-सा लगा।

लाल चेहरा बड़ी तेजी से हल्दी के पीलेपन में बदलता चला गया। रेखा का निर्जीव जिस्म लाश के हाथों में झूल गया, लाश ने अपने सड़े हुए हाथ उसकी गर्दन से हटाए ही थे कि वह धड़ाम से फर्श पर गिर पड़ी। निर्जीव रेखा के सारे चेहरे पर आतंक ही आतंक नजर आ रहा था। लाश ने रेखा को देखा। नफरत से उसकी लाश पर थूका कविता की लाश मुड़ी।

सामान्य अंदाज में चलती हुई वहां से दूर चली गई हां, उस चलते-फिरते लाश के पैरों में पड़ी चाँदी की घुंघरूदार पाजेब से अब भी आवाज निकल रही थी–"छम-छम-छम।"

⅄

"जसवंत-जसवंत।" पागलों की तरह चिल्लाते हुए जब किसी ने उसके कमरे के बंद दरवाज़े को झंझोड़ डाला। तो वह हड़बड़ाकर उठ बैठा। उसकी बगल में सो रही मधु अभी तक गहरी नींद में थी। रात में होश आने पर जसवंत ने उसे नींद की गोलियां देकर सुला दिया था।

अभी वह कुछ समझ भी नहीं पाया था कि दरवाज़ा पुनः झंझोड़ा गया। साथ ही चीखते हुए हरनामदास की आवाज आई। शीशे वाली खिड़की से छनकर आता हुआ प्रकाश ही बता रहा था कि सुबह हो चुकी है उछलकर वह बेड से उतरा, हड़बड़ाया-सा बोला–"क्या बात है डैडी?"

"दरवाज़ा खोल जसवंत जल्दी खोल।"

जसवंत को लगा कि जरूर फिर कोई दहशतनाक दुर्घटना हो गई है करीब-करीब झपटकर उसने दरवाज़ा खोल दिया सामने पसीने-पसीने हुए खड़े हरनामदास कांप रहे थे।

"क्या हुआ?" जसवंत ने जल्दी से पूछा।

"रेखा।"

"क्या हुआ रेखा को?" जसवंत उनका गिरेबान पकड़कर चीखा– "आप बोलते क्यों नहीं क्या हुआ?"

"वह मर गई।"

"क्या?" जसवंत के पैरों तले से मानो जमीन खिसक गई।

⅄

दरवाज़े के बीचोंबीच पड़ी रेखा की लाश के करीब खड़ा जसवंत जहां जबड़े भींचे कुछ सोच रहा था, वहीं हरनामदास और सुलक्षणा बुरी तरह कांप रहे थे। चेहरे बिल्कुल रक्तविहिन थे। पीले जर्द वे ठीक किसी पीपल के सूखे पत्ते की तरह थरथरा रहे थे। रेखा की फटी पड़ी आंखें चौखट के ऊपरी हिस्से को घूर रही थी वे तीनों उस लाश को देख रहे थे। बहुत देर से वहां पैना सन्नाटा छाया हआ था। अचानक ही जसवंत बड़बड़ाया–"रात को सोकर हमने सबसे बड़ी भूल की।"

"भूल तो हमारा न सोना भी था।" हरनामदास कह उठे। जसवंत ने अजीब-सी नजरों से उनकी तरफ देखा, तभी हिम्मत करके सुलक्षणादेवी कह उठी–"रेखा ने उसका गला दबाने की कोशिश की थी और रेखा का गला घोंटकर ही मारा गया है।"

"जरूर इसे भी कविता की लाश ने ही मारा है।"

"ये बकवास है सरासर अंधविश्वास, हकीकत तो यह है कि बंसी हम सबका दिमाग खराब कर गया।"

"क्या मतलब?"

"दुनिया में आत्मा-वात्मा कुछ नहीं होती। हम बहुत ज्यादा डरे

और आतंकित थे, इसलिए बंसी कई बकवास पर यकीन कर बैठे। ये सारा खेल कोई इंसान ही खेल रहा है। कविता का ही कोई सगा जो हमसे उसकी मौत का बदला इस तरह ले रहा है। हमें आतंकित करके, हमें मारकर।"

हरनामदास उसे देखते रह गए।

उत्तेजना और क्रोध की अधिकता के कारण जसवंत की हालत बड़ी अजीब-सी लग रही थी। वह झुंझलाया और बुरी तरह से बौखलाया-सा महसूस दे रहा था। बिल्कुल टूटे हुए स्वर में सुलक्षणादेवी कह उठीं-"रेखा का चेहरा ही बता रहा है कि मरने से पूर्व और मरते समय वह कितनी ज्यादा डरी हुई थी।"

"पहले मनजीत, फिर बंसी और अब रेखा।" हरनामदास बोले-"एक के बाद एक मरता चला जा रहा है। हम सब मर जाएंगे। कविता की आत्मा ठीक ही कहती थी। जसवंत हममें से एक भी जिंदा न रहेगा ये कोठी हमारी लाशों से पट जाएगी।"

"होश की बात कीजिए डैडी।"

"होश में तो तू नहीं लग रहा है बेटे।" सुलक्षणादेवी ने उसे समझाने की कोशिश की-"ये ठीक ही कह रहे हैं। इस हकीकत को तू स्वीकार क्यों नहीं कर रहा है कि अब हम अगर और ज्यादा दिन इस कोठी में रहे तो इसी तरह एक-एक करके वह हम तीनों को भी खत्म कर देगी।"

"क्या कहना चाहती हो मां यहां से निकलकर हम कहां जाएं?"

"कहीं भी, हम इस शहर से बाहर जा सकते हैं।"

"शायद मनजीत की लाश को भूली जा रही हैं आप?"

"उफ्फ भगवान।" सुलक्षणादेवी ने अपना माथा पीट लिया-"ये तूने हमें किस मुसीबत में फंसा दिया है। न यहां रह सकते हैं न जा सकते हैं। हम कुछ भी तो नहीं कर सकते।"

उनके इन पश्चाताप भरे शब्दों के बाद कुछ देर के लिए तीनों के बीच सन्नाटा ज्यादा हो गया, कुछ देर बाद उस सन्नाटे को तोड़ते हुए हरनामदास ने कहा-"यदि इजाजत हो तो हम एक राय दें?"

"कैसी राय?" जसवंत का मूड़ उखड़ा हुआ था।

"रेखा की हत्या हो गई, कल यहां पुलिस बंसी की हत्या के सिलसिले में आई थी। आज रेखा के सिलसिले में आएगी। पुलिस यह सोचकर हैरान रह जाएगी कि यहां हर रात एक हत्या क्यों हो रही है। खुद को परेशानियों से मुक्त करने और इस झमेले से निकलने के लिए हमें अपना गुनाह स्पष्ट रूप से पुलिस को बताकर, खुद को पुलिस के हवाले कर देना चाहिए।"

जसवंत चीख पड़ा–"ये बकवास आप अपने पास रखिए।"

"समझने की कोशिश करो जसवंत, हालांकि तुम अपनी बात को साबित नहीं कर सकते फिर भी हम मान लेते कि यह सारा खेल आत्मा नहीं कोई इंसानी ताकत कर रही है, वैसी स्थिति में भी लगातार होने वाली तीन मौतों से समझ जाना चाहिए कि यदि हम इस कोठी में रहे तो हमारा भविष्य भी यही है और कविता की हत्या के जुर्म में जिंदगी भर जेल में चक्की पीसते रहना। ऐसे भविष्य से कहीं बेहतर है पुलिस के सामने आत्मसमर्पण करके न सिर्फ हम भविष्य में मरने से बच जाएंगे बल्कि इस तनाव, आतंक और सैकड़ों दिमागी समस्याओं से भी छुटकारा मिल जाएगा।"

"आपका दिमाग फिर गया है।" जसवंत आगबबूला हो गया।

"इसमें दिमाग खराब होने जैसी क्या बात है जसवंत?"

सुलक्षणादेवी कह उठी।

"ओह तो आपकी राय भी यही है?"

"इससे अच्छी राय और हो भी क्या सकती है। हम एक बहुत बड़ा पाप कर बैठे हैं। बहू को मार डालने का पाप उसी क्षण से हम सब तनाव से भरी हुई, डरी-सी जिंदगी गुजार रहे हैं और अब तो एक-एक करके हम कम होते जा रहे हैं। हमें अपना वह पाप स्वीकार कर लेना चाहिए। हम मुक्त हो जाएंगे।"

"मुक्त होने का बड़ा अच्छा तरीका निकाला है आपने?"

"हमने गुनाह किया था जसवंत।" हरनामदास बिल्कुल हार चुके

थे–"भूल गए कि गुनाह छुपता नहीं है। हकीकत जानते हुए भी हमने गुनाह को छुपाने की कोशिश की। वही हुआ जो गुनाह को छुपाने वाले के साथ हमेशा होता है। जुर्म नाम के दलदल में वे धंसते ही चले जाते हैं। हम भी धंसते चले गए, धंसते चले जा रहे हैं यहां तक कि हममें से तीन खत्म हो चुके हैं और अब भी हमने गुनाह को छुपाने, सजा व कानून से भागने की कोशिश की तो दलदल में धंसकर पूरी तरह गुम हो जाएंगे।"

"आप फिर टूट रहे हैं डैडी ठीक उसी तरह इस वक्त भी आप पस्त हो रहे हैं जिस तरह कब्र खोदने पर हुए थे। धैर्य रखिए, मुझे सोचने का थोड़ा समय दीजिए बच निकलने के सैकड़ों रास्ते हो सकते हैं।"

"कोई रास्ता नहीं हो सकता।" हरनामदास पूरी तरह निराश हो चुके थे।

"आपको तो उस वक्त भी कोई रास्ता सुझाई नहीं दे रहा था।"

"रास्ता था ही नहीं, वह तो संयोग से बच गए थे या यूं कहना भी कोई गलत नहीं है कि कविता की आत्मा ने हमसे खुद बदला लेने के लिए पुलिस की गिरफ्त से बचाया था।"

"आप फिर वही भूत-प्रेत वाली बकवास करने लगे हैं।"

"आखिर बचकर भी हुआ क्या? उस वक्त यदि हम छ: गुनाह के दलदल में फंसे हुए थे तो आज तीन नाक तक फंसे हुए हैं और बल्कि तीन तो डूब चुके हैं काश, हमने वह कत्ल किया ही न होता या काश हमने गुनाह से बचने की कोशिश ही न की होती। हत्या वाली रात ही यदि, हम पकड़े जाते तो आज यह दिन न देखना पड़ता।"

"यदि मैं न होता तो आप सभी कभी के पकड़े जा चुके होते। कदम-कदम पर मैंने आपको बचाया है।"

"हुं बचाया है?" फीकी-सी जबरदस्त निराशा में डूबी हंसी के बाद हरनामदास बोले–"उसे तुम बचाना कहते हो सच, जब तुम कोई करिश्मा दिखाया करते थे तो ऐसा जरूर लगता था कि तुमने सबको फंसने से बचा लिया है, लेकिन अब यदि गहराई से उन घटनाओं के

बारे में सोचें तो साफ नजर आता है कि हम बच नहीं रहे थे बल्कि और बुरी तरह फंसते चले जा रहे थे। आज इतनी बुरी तरह फंस गए हैं कि बेटी की लाश सामने पड़ी है और हम रो भी नहीं सकते। जसवंत हम रो भी नहीं सकते।"

"खुद को संभालिए डैडी।"

हरनामदास की आंखों से आंसू आ गए, भर्राए हुए स्वर में बोले– "संभलने की जरूरत तुम्हें है बेटे, जो कानून के डर से इस कदर भागने की कोशिश कर रहा है जैसे रेगिस्तान में प्यासा पानी को तलाश कर रहा हो, अक्लमंद हो तो भागना बंद कर दो। दूर से देखने पर रेगिस्तान में जहां पानी नजर आता है दरअसल वहां एक बूंद भी नहीं होती वैसी ही भटकन यह भी है। जब हम सोचते हैं खुद बच गए हैं, तब दरअसल पहले से कहीं ज्यादा बुरी तरह फंस जाते हैं। रेगिस्तान में भटकने वाले को पानी नहीं मिलता। एक दिन तपते हुए रेत पर गिरकर मर जाना ही उसका भाग्य है वैसा मनजीत, बंसी और रेखा के साथ हो चुका है। उनसे शिक्षा लेकर खुद को बचा लो कानून के सरंक्षण में चले जाना ही अपनी जिंदगी का असली बचाव है।"

"मैं आपकी तरह बेवकूफ नहीं हूं।"

"बचने की मृगतृष्णा ने तुम्हें इस हद तक पागल कर दिया है कि ठीक से अपना अच्छा-बुरा भी नहीं सोच पा रहे हो। इस कोठी में रहे तो मरना पड़ेगा, यहां से बाहर जेल के अलावा हमारे पास कोई जगह नहीं है फिर भी, मरने से हर हालत में जेल के पत्थर तोड़ना बेहतर है। अब यहां मरने के लिए न तो हम स्वयं ही रहेंगे और न ही तुम्हें रहने देंगे।" कहने के साथ ही वे फोन की तरफ बढ़ गए।

"नहीं।" पागलों की तरह चीखकर जसवंत दौड़ा, उनके नंबर रिंग करने से पहले ही रिसीवर उनके हाथ से झपट लिया और बोला–"मैं आपको यहां पुलिस नहीं बुलाने दूंगा।"

"समझने की कोशिश करो बेटे।" सुलक्षणा ने कहा।

"समझने की कोशिश आप दोनों कीजिए।" जसवंत गुर्रा उठा–

"जिस गुनाह में फंसने से खुद को बचाने के लिए इतना सबकुछ किया है, उसी में इतनी आसानी से फंस जाना कहां की अक्लमंदी है?"

"अब हम इस कोठी में एक पल भी नहीं रह सकते।" हरनामदास बोले।

जसवंत गुर्राया–"आपको यहीं रहना होगा मेरे साथ।"

"हरगिज नहीं रिसीवर हमें दो तुम्हारी बेवकूफियों का शिकार बहुत हो लिए हम।" कहने के साथ ही हरनामदास ने उसके हाथ से रिसीवर झपटना चाहा, जसवंत ने न केवल तेजी से रिसीवर वाला हाथ पीछे हटाया, बल्कि दूसरे हाथ का एक घूंसा हरनामदास के चेहरे पर भी जड़ दिया।

सुलक्षणा के कंठ से चीख निकल गई।

चीखते हुए हरनामदास हवा में लहराकर दूर जा गिरे थे। वे वहीं पड़े चेहरे और आंखों में ढेर सारी हैरत लिए गुस्से से भभकते जसवंत के चेहरे को देखते रह गए।

"जसवंत।" सुलक्षणादेवी चीख पड़ी–"ये तूने क्या किया?"

"तुम्हारी बेवकूफी से मैं फंसना नहीं चाहता।"

"हम तुझे फंसा नहीं रहे हैं बेवकूफ।" खड़े होते हुए हरनामदास अब भी उसे समझाने के लिए शांत स्वर में बोले–"बचा रहे हैं दरअसल मृगतृष्णा में फंसकर तू फंसने और बचने में ठीक से अंतर नहीं कर पा रहा है। गुस्से और बौखलाहट की अधिकता ने तेरी सोचने-समझने की बुद्धि छीन ली है।"

"अपना दिमाग ठीक करो डैडी मैं आपकी तरह पस्त होने वाला नहीं हूं।"

उसके इस वाक्य की समाप्ति तक हरनामदास उसके बिल्कुल करीब आ गए थे, उन्होंने पुन: उसी प्यार से कहा–"लाओ रिसीवर हमें दो बेटे।"

"नहीं।" कहकर अभी उसने हाथ पीछे हटाया ही था कि बिजली की-सी गति से हरनामदास का घूंसा उसके पेट में पड़ा। एक चीख के साथ जसवंत दुहरा हो गया। रिसीवर उसके हाथ से छूट चुका था। हरनामदास ने उसे संभलने का अवसर दिए बिना उसकी गर्दन पर एक दुहत्तड़ मारा।

जसवंत मुंह के बल उनके पैरों में गिरा। गिरते ही जसवंत ने उनके दोनों पैर पकड़कर एक तेज झटका दिया पैर जमीन से उखड़ते ही हरनामदास 'धड़ाम' से फर्श पर चारों खाने चित गिरे। सुलक्षणादेवी चीखती रह गई। उसकी समझ में नहीं आ रहा था कि अचानक ही ये क्या होने लगा है। बाप बेटे बुरी तरह गूंथ गए थे।

एक-दूसरे के जानी दुश्मन से नजर आ रहे थे वे।

बौखलाई-सी सुलक्षणा चीख-चीखकर दोनों को रुक जाने के लिए कह रही थी, परंतु उनमें से एक पर भी तो उसकी चीखों का कोई असर नहीं हुआ। एक-दूसरे के खून के प्यासे से लड़ते रहे और इसी लड़ाई के दौरान हरनामदास की जेब से निकलकर रिवॉल्वर दूर तक फिसलता चला गया।

जसवंत से भिड़े हुए हरनामदास बोले–"रिवॉल्वर उठा लो सुलक्षणा।"

बौखलाई-सी सुलक्षणा अभी रिवॉल्वर की तरफ बढ़ी ही थी कि हरनामदास से अलग होकर जसवंत हवा में लहराया और सीधा फर्श पर पड़े रिवॉल्वर पर गिरा।

हरनामदास फुर्ती से उछलकर खड़े हो गए।

मगर तब तक हाथ में रिवॉल्वर लिए जसवंत गुर्रा रहा था–"बस वहीं रुक जाओ डैडी।"

हरनामदास ठिठक गए।

सुलक्षणा हक्की-बक्की-सी स्टैचू बनी जसवंत को देख रही थी। उसका अपना बेटा इस वक्त उसे किसी दरिंदे से कम नहीं लगा, जिसके लिए हरनामदास ने बहुत मिन्नतें की थी, जिसे सुलक्षणादेवी ने नौ महीने अपनी कोख में रखा था, वह किसी भेड़िए की-सी आवाज में गुर्राया–"अगर तुम हिले डैडी तो मैं गोली मार दूंगा तुम भी सुनो मां, हैंड्स अप, आई से हैंड्स अप।"

हरनामदास ने तुरंत हाथ ऊपर उठा लिए।

मगर सुलक्षणादेवी गर्ज उठीं–"ये तू क्या बक रहा है जसवंत किससे बक रहा है।"

"हैड्स आप आई से हैंड्स अप।"

"मैं हाथ ऊपर नहीं उठाऊंगी मार देखती हूं अपनी मां पर तू कैसे गोली चलाता है?"

"हाथ उठा लो सुलक्षणा।" मौके की नजाकत को समझते हुए हरनामदास ने जल्दी से कहा–"इस वक्त उसे मां-बाप दिखाई नहीं दे रहे हैं। हम कह रहे हैं, हाथ उठा लो।"

"मगर।"

"तुम दोनों बेवकूफ हो। मेरे मां-बाप इतने बेवकूफ नहीं हो सकते और फिर तुम्हारी मूर्खता का शिकार मैं क्यों बनूं, मैं हिचकूंगा नहीं मां हाथ ऊपर उठा लो।"

सुलक्षणा को भी हाथ ऊपर उठाने ही पड़े।

हाथ में दबी रिवॉल्वर से उन दोनों को कवर किए कुछ देर तक जसवंत आग्नेय नेत्रों से उन्हें घूरता रहा, फिर बोला–"जब जसवंत अब तक कानून के शिकंजे में नहीं फंसा तो तुम्हारे काबू में इतनी जल्दी कैसे आ जाएगा?"

"बच निकलने की जिस ललक ने तुम्हें इस हद तक पागल कर दिया है जसवंत, दरअसल वह बचाव ही नहीं काश, तुम समझ सकते कि जेल और मौत में से तुम मौत को चुन रहे हो।"

"अब मैं आपकी कोई बकवास सुनना नहीं चाहता, इस घर में सिर्फ वह होगा, जो मैं चाहूंगा। मेरी इच्छा के विरुद्ध यदि आप में से किसी ने एक कदम भी उठाया तो मैं गोली मारने से हिचकूंगा नहीं।"

"हमें तुमसे सहानुभूति है बेटे दरअसल तुम पगला गए हो।"

"जुबान बंद रखो, बेवकूफियों से भरा मैं तुम्हारा एक लफ्ज भी सुनना नहीं चाहता। मैं तुम्हारी तरह डरपोक, बुजदिल या कायर नहीं हूं, जो हालातों से घबराकर खुद को कानून के हवाले कर दूं।"

"काश, तुम बहादुर होते काश, तुममें अपने गुनाह स्वीकार करने की हिम्मत होती?"

"बकवास बंद कीजिए और उधर, उस कमरे की तरफ चलिए ध्यान

रहे, अगर किसी भी किस्म की होशियारी दिखाने की कोशिश की तो, मैं कोई शर्म नहीं करूंगा आगे बढ़ो।"

⅄

सुलक्षणादेवी और हरनामदास को एक कमरे में बंद करके उसने दरवाज़ा बाहर से बंद कर दिया। जसवंत जानता था कि उस कमरे से निकलने के लिए दरवाज़े के अतिरिक्त कोई खिड़की आदि नहीं है। दरवाज़ा बंद करने के बाद उसने रिवॉल्वर जेब में रखा। वहीं खड़े-खड़े एक-दो सांसें ऐसी ली, जैसे किसी बहुत बड़ी आफत से छुटकारा मिला हो फिर अचानक ही वह कुछ इस तरह तेजी से आगे बढ़ा, जैसे कुछ याद आया हो। गैलरी से गुजरता हुआ वह सीधा अपने कमरे में पहुंचा।

मधु अब भी उसी अवस्था में बेसुध-सी बेड पर पड़ी थी।

कुछ देर तक उसे देखता रहा, वापस कमरे से बाहर निकला। दरवाज़ा बाहर से बंद करने के बाद तेजी से और लंबे-लंबे कदमों के साथ हॉल की तरफ बढ़ा। हॉल पार करके रेखा के कमरे की तरफ।

दरवाज़े के बीच में पड़ी लाश के समीप ठिठक गया वह।

फिर सोचने के से अंदाज में लाश के इर्द-गिर्द चहलकदमी करने लगा। वह लाश के बारे में ही सोच रहा था, यह कि इस लाश का क्या करे? क्या पुलिस को बुलाकर सूचित करे कि रात रेखा का मर्डर हो गया है। बड़ी अजीब-सी बात है, पिछली रात बंसी का मर्डर। इस रात रेखा का। पुलिस निश्चय ही चौंक पड़ेगी, खरबंदा इन हत्याओं का कारण जानने के लिए धरती-आसमान एक कर देगा और आश्चर्य नहीं कि वह रहस्य की उस परत को उधेड़ डाले, जिसे छुपाने के लिए न केवल वह लगातार हालातों से जूझता रहा है, बल्कि मानसिक यातनाएं भी सही हैं।

नहीं वह किसी भी हालत में पुलिस को इस रहस्य तक न पहुंचने

देगा, भले ही इसके लिए उसे कुछ भी करना पड़े। इस लाश को छुपा देना होगा, रात कोठी में कोई खून नहीं हुआ है।

⅄

"ये सब क्या हो गया आप बोलते क्यों नहीं?" हरनामदास को झंझोड़ती हुई सुलक्षणादेवी हिस्टीरियाई अंदाज में चीख रही थीं–"हमारा जसवंत कहीं पागल तो नहीं हो गया है उसने हमें ही यहां कैद क्यों कर दिया? आप उसे समझाते क्यों नहीं?"

"फिलहाल उसकी समझ में कोई बात नहीं आएगी।"

"आप कोशिश तो कीजिए।"

"सब बेकार है सुलक्षणा इस वक्त वह हमारा बेटा नहीं सिर्फ मुजरिम है। हम उसके दुश्मन हैं, क्योंकि हमारी बेवकूफी से वह अपनी नजर में फंस सकता है। शुक्र करो कि उसने हमें सिर्फ कैद ही किया है, मारा नहीं है वर्ना मुजरिम ऐसे लोगों को जिंदा नहीं छोड़ता, जिसके जरिए पुलिस उस तक पहुंच सकती हो।"

"मगर क्या हम उसका बुरा चाह रहे हैं।"

"वह यही समझता है।" हरनामदास ने कहा–"फिर भी उसे दोष देना ठीक नहीं है। सुलक्षणा दोष है हमारा हमारे द्वारा निर्मित हालातों का। जिस क्षण हम सबने मिलकर जुर्म की बुनियाद रखी थी, उसी क्षण हमारे बीच के सभी रिश्ते-नाते टूट गए थे। हमारा यही भविष्य निर्धारित हो चुका था।"

"कुछ कहने के लिए सुलक्षणादेवी ने अभी मुंह खोला ही था कि एक झटके से कमरे का बंद दरवाज़ा खुला। दोनों ने एक साथ गर्दन घुमाकर दरवाज़े की तरफ देखा और यही क्षण था, जबकि दोनों के कंठ से एक साथ हृदयविदारक चीखें निकल पड़ी।

दरवाज़े के बीचोंबीच कविता की वीभत्स लाश खड़ी थी।

दिमाग को सड़ा देने वाली बदबू से सारा कमरा भर गया। बुरी तरह

जली और सड़ी हुई लाश अपनी भयानक आंखों से उन्हें देख रही थी। लंबे-लंबे दांतों वाला जबड़ा तक चमक रहा था उसका। बुरी तरह सहमकर सुलक्षणा हरनामदास से लिपट गई, जबकि बेचारे हरनामदास स्वयं कांप रहे थे।

बदबू से उन दोनों का दिमाग फटा जा रहा था।

"कविता!" साहस करके हरनामदास कह उठे।

लाश के जबड़े से गुर्राहट निकली–"हु-हुं . . . ड . . . ड . . ."

"हमें माफ कर दो बेटी। हमसे भूल हो गई थी।"

"बेटी–भूल।" लाश मानो एक-एक शब्द को चबा रही थी–"उस वक्त मैं तुम्हारे कदमों से लिपटकर गिड़गिड़ाई थी बाबूजी। रो-रोकर अपनी जिंदगी की भीख मांगी थी। तुमसे मगर तुमने मुझे क्या दिया देखो मेरे जिस्म को देखो, तुमने मुझे ये दिया है। ये जला और सड़ा हुआ बदबूदार जिस्म। अब इसी जिस्म से तुम खुद डर रहे हो। तुमने मुझे गोली मारी थी न बाबूजी ये लो।" कहने के साथ ही जब लाश ने अपना जला सड़ा दायां हाथ ऊपर उठाया तो उसमें एक रिवॉल्वर दबा था साइलेंसर युक्त रिवॉल्वर।

"नहीं।" एक साथ दोनों चीख पड़े।

किंतु 'पिट' की हल्की-सी ध्वनि के साथ रिवॉल्वर से दहकता बुलेट निकलकर सीधा हरनामदास के दिल में जा धंसा। हरनामदास के मुंह से चीख और सीने से खून का फव्वारा उबल पड़ा।

हरनामदास कटे वृक्ष के समान फर्श पर गिरे।

चीखती हुई सुलक्षणादेवी उनकी लाश से लिपट गई। कविता की लाश ने नाल से निकलते धुएं पर फूंक मारी, मुड़ी और कमरे से बाहर निकल गई। दरवाज़ा बंद करना वह नहीं भूली थी।

⅄

जसवंत का सारा जिस्म पसीने से लथपथ हो चुका था। रेखा की लाश

को तहखाने में पहुंचाने में उसे कठोर शारीरिक श्रम करना पड़ा था, फिर भी लाश को उसने डायनिंग टेबल जैसी विशाल मेज पर लिटा दिया। कुछ देर तक वहीं खड़ा हांफता रहा।

वह अपनी अव्यवस्थित सांसों को व्यवस्थित करने की चेष्टा कर रहा था। कुछ ही देर बाद वह सीढ़ियां तय करके हॉल में आ गया। तहखाने का दरवाज़ा बंद करने के बाद फर्नीचर और कालीन को व्यवस्थित करने लगा।

इस काम से निपटने के बाद कुछ देर तक वह एक सोफे पर ढेर-सा होकर हांफता रहा। करीब दस मिनट बाद सोफे से उठकर हॉल को पार करता हुआ उस गैलरी में पहुंचा, जिसमें वह कमरा था, जहां उसने एक प्रकार से हरनामदास और सुलक्षणा को कैद कर दिया था, अभी गैलरी का एक मोड़ पार किया ही था कि कमरे की तरफ से सुलक्षणादेवी के रोने की आवाज सुनकर चौंक पड़ा। वह सुलक्षणादेवी के रोने का कारण नहीं समझ सका था।

फिर उसके दिमाग में विचार आया कि वे स्वयं को उसके द्वारा कैद किए जाने की वजह से रो रही होंगी। अत: पहले से थोड़ा तेजी के साथ कमरे की तरफ बढ़ा। नजदीक पहुंचकर ठिठका कमरा वैसे ही बंद था, जैसे वह कर गया था।

दरवाज़ा खोलने से पहले उसने जेब से रिवॉल्वर निकालकर हाथ में ले लिया, मगर दरवाज़ा खोलते ही अंदर का दृश्य देखकर उसका दिल धक्क से रह गया। पैरों तले से मानो जमीन खिसक गई, जिस्म के सभी मसामों ने एक बार पुन: ढेर सारा पसीना उगल दिया। टांगें कांपने लगी। चेहरे पर मुर्दे जैसा पीलापन लिए जड़वत-सा खड़ा रह गया वह।

सामने फर्श पर हरनामदास की लहूलुहान लाश पड़ी थी।

जसवंत की निर्जीव-सी आंखें उस दृश्य पर चिपककर रह गई, जबकि उसी लाश के करीब बैठी बुरी तरह विलाप करती सुलक्षणा उसे देखते ही एक झटके से खड़ी हो गई। किसी चुडैल के समान दांत भींचे, मुठ्ठियां कसे वे चीख पड़ी–"ले देख अपनी जिद का अंजाम वह

इन्हें भी मार गई, तू सबको मरवा देगा सबको।"

"इन्हें किसने मारा है?"

"उस चुड़ैल कविता की लाश ने।"

"ये बकवास है।" जसवंत चीख पड़ा–"लाश चल नहीं सकती।"

"मैंने उसे अपनी आंखों से देखा है कमीने। वह कविता की लाश ही थी अपने सड़े हुए हाथ में दबे रिवॉल्वर से उसने इन्हें मेरे सामने गोली मारी है। मगर तू कभी नहीं मानेगा। तू पागल हो गया है। उसके हाथों तू मुझे भी मरवा देगा, लेकिन मैं उस कुलक्षणी के हाथों से नहीं मरूंगी, उससे अच्छा तो ये है कि तू मुझे गोली मार दे। ले मार डाल मुझे।" चीखने के साथ ही वे पागलों की तरह उस पर झपट पड़ी। दोनों हाथों से उसका गिरेबान पकड़कर चीखीं–"मार कमीने मुझे गोली मार दे।"

"खुद को संभालो मां।"

"संभालने के लिए अब रहा ही क्या है नीच-पापी तूने सबको मरवा दिया। तू मुझे भी मरवा देगा हम सबका दुश्मन है तू। मैं तेरा मुंह नोच लूंगी कमीने। तुझे कच्चा चबा जाऊंगी।"

सुलक्षणादेवी ने अपने लंबे-लंबे नाखूनों वाले हाथ उसके चेहरे की तरफ बढ़ाए ही थे कि जसवंत ने झपटकर उनके बाल पकड़ लिए, आपे से बाहर होकर उन्हें बुरी तरह झंझोड़ता हुआ गुर्राया–"होश में रह हरामजादी ये मत भूल कि मेरा नाम जसवंत है।" गुर्राने के साथ ही जसवंत ने एक झटका-सा दिया।

फिरकनी की तरह घूमकर सुलक्षणादेवी धड़ाम् से फर्श पर गिरीं। वहीं पड़ीं, अपने दोनों हाथों से चेहरा छुपाकर रो पड़ीं वे, फूट-फूटकर जार-जार।

दांत पीसते हुए जसवंत ने रिवॉल्वर जेब में रखा।

आगे बढ़कर उसने फर्श पर पड़ी सुलक्षणा के बाल पकड़े। इस वक्त वह बिल्कुल दरिंदा-सा नजर आ रहा था। सुलक्षणादेवी के मुंह

से दर्दनाक चीखें निकलने लगी, जबकि जसवंत उन्हें पूरी बेरहमी के साथ ऊपर उठाता आ गुर्राया–"जवाब दे, कौन था वह डैडी को गोली किसने मारी?"

"कहा तो है, कविता की लाश ने।"

"अगर तू ये सोच रही है मां कि तेरी इस बकवास से डरकर मैं भी वही निश्चय कर लूंगा जो रेखा की लाश के पास डैडी ने और तूने किया था तो यह तेरी भूल है। तुम्हारी तरह डरकर मैं अपना फैसला बदलने वाला नहीं हूं। भले ही मैं भी मर जाऊं। सारी जिंदगी जेल में चक्की पीसने से संघर्ष करते मर जाना अच्छा है।" चीखती हुई सुलक्षणा बेहोश हो गई।

⅄

पूरे एक घंटे तक जसवंत अत्याधिक व्यस्त रहा।

इस बीच न केवल उसने अपने पिता की लाश तहखाने में पहुंचाई थी, बल्कि उस स्थान से फर्श बिल्कुल साफ भी किया था जहां गोली लगने के बाद वे कटे वृक्ष के समान गिरे थे।

अब उस स्थान को देखकर कोई नहीं कह सकता था कि एक घंटा पहले वहां कोई लाश पड़ी थी। उस लाश को ठिकाने लगाने के बाद जसवंत ने सुलक्षणा के बेहोश जिस्म को उठाकर उसी कमरे में पड़े पलंग पर लिटाया और फिर उसके चेहरे पर पानी के छींटे मारकर उसे होश में लाने का प्रयत्न करने लगा।

कुछ ही देर बाद सुलक्षणादेवी की चेतना लौटने लगी। आंखें खुलते ही उसकी नजर अपने समीप बैठे जसवंत पर पड़ी और उनके चेहरे पर खौफ तथा नफरत के संयुक्त भाव उभरने लगे।

"मां।" जसवंत ने कहा।

"मत कह मुझे मां।" वे पागलों की तरह चिल्ला उठीं–"तू मेरा बेटा नहीं हो सकता। तू हम सबका हत्यारा है। एक-एक करके सबको मार

डाला है तूने। अब मुझे भी मार डालेगा। मां को गालियां देने वाला बेटा मां को फिर 'मां' कहकर कैसे पुकार सकता है?"

"सुनो तो मां सच, उस वक्त मैं होश में नहीं था। पागल हो गया था मुझे माफ कर दो।"

सुलक्षणादेवी चकित नजरों से उसे देखती रह गई।

जसवंत कहता ही चला गया–"मैं तुमसे कुछ बातें करना चाहता हूं मां उत्तेजित अवस्था में नहीं उस अवस्था में शायद आप भी बात न कर पाएं और मैं भी।"

"मुझे तुमसे कोई बात नहीं करनी है। जा दूर हो जा मेरी नजरों से हां!" खाली फर्श पर नजर पड़ते ही वे चौंक पड़ी–"उनकी मिट्टी कहां है?"

"मैंने तहखाने में रख दी है।"

"तहखाने में।" वे जहरीले स्वर में बोली–"हां, तहखाने को पाट दे लाशों से। पहले मनजीत की लाश, फिर रेखा की और अब उनकी मगर फिक्र मत कर इन सब लाशों को तू खुद को बचाने के लिए ही छुपा रहा है न लेकिन बचेगा तू भी नहीं। कविता की आत्मा का कौल पूरा होगा। सारा तहखाना ये सारी कोठी हम सबकी लाशों से पट जाएगी।"

"इसमें शक नहीं कि हम मौत और जिंदगी में से किसी एक का चुनाव करने वाले स्पॉट पर खड़े हैं। बंसी, रेखा और डैडी के लगातार होने वाले मर्डर्स ने यह साबित कर दिया है कि अब आगे इस कोठी में एक क्षण भी गुजारना मौत को गले लगाना नहीं, तो उससे टकराना जरूर है और जो रास्ता जिंदगी की तरफ जाता है, उसकी मंजिल जेल है लंबी सजा। फांसी या पत्थर तोड़ते रहना है। मुझमें और आप में सिर्फ यही फर्क रहा है कि आप मौत से डरकर उस नारकीय जिंदगी को चुन रही हैं, जबकि मैं, मौत से टकराना उस जिंदगी से बेहतर समझता हूं। इन्हीं मतभेदों ने, हालातों की वजह से हमारे दिमागों पर सवार बौखलाहट ने मेरे और डैडी के बीच की 'पिता-पुत्र' वाली दीवार तोड़ दी। कवर करके मैंने तुम्हें इस कमरे में बंद कर दिया मैं थोड़ा चूका और हत्यारे ने डैडी को भी मार डाला। उनकी लाश के सामने जो व्यवहार

मैंने तुम्हारे साथ किया, उसके लिए मैं दिल से अफसोस जाहिर करता हूं लेकिन।"

"लेकिन क्या?"

"तुम्हारे बेहोश होने के बाद मैंने बहुत कुछ सोचा है और इस नतीजे पर पहुंचा हूं, कि यदि मैं तुम्हारा फैसला नहीं मान रहा हूं, तो अपना फैसला भी तुम पर लादना गलत है !"

"क्या मतलब?"

"आप जिंदगी चाहती हैं या मौत?"

"जिंदगी चाहे वह कैसी भी हो!"

"ठीक है, जैसे भी होगा मैं रात होने से पहले आपको यहां से निकाल दूंगा।"

"और तुम?"

"मैं यहीं रहूंगा, क्योंकि मैंने मौत चुनी है। मुझे अब भी अपनी ताकत बुद्धि पर भरोसा है!"

"तुम बेवकूफ हो ये निर्णय मूर्खता भरा है।"

"यदि हम एक-दूसरे को बेवकूफ कहना छोड़ दें तो बेहतर है, क्योंकि ये तो आने वाला समय बताएगा कि कौन बेवकूफ था और कौन अक्लमंद खैर, मैं आपको यहां से निकालने की बात कह रहा था, मगर आपको यहां से निकालने की मेरी कुछ शर्तें हैं!"

"शर्तें कैसी शर्तें?"

"सबसे पहली तो ये कि आप इस कोठी से ही, नहीं, बल्कि चुपचाप इस शहर से बाहर चली जाएंगी। जो कुछ यहां हुआ है या हो रहा है, उसके बारे में किसी से एक लफ्ज भी नहीं कहेंगी। सीधी-सी बात ये है कि आप पुलिस के सामने आत्मसमर्पण नहीं करेंगी, बल्कि सिर्फ जिंदगी चुनेंगी। किसी अन्य शहर में जाकर शांति की जिंदगी, जहां आपको कोई पहचान तक न सके!"

"मैं समझी नहीं!"

"मैं नहीं चाहता कि इस कोठी में रहने पर डैडी की तरह तुम्हारा

भी मर्डर हो जाए और यह भी नहीं चाहता कि तुम खुद को पुलिस के हवाले करके अपने जुर्म के बारे में बयान दो, क्योंकि वे बयान मुझे भी जेल में पहुंचा देंगे वैसे, तुम्हारे हक में भी यही है मैं तुम्हें जेल से बेहतर जिंदगी दे रहा हूं!"

"मैं तुम्हें यहां, मौत के चंगुल में फंसा छोड़कर, ऐसी जिंदगी की तरफ नहीं जा सकती!"

"तो फिर यहीं रहो मेरे साथ देखा जाएगा, जिंदगी मिले या मौत।"

"नहीं!" सुलक्षणादेवी चीख पड़ीं–"ये मूर्खता है।"

जसवंत के होठों पर जहर में बूझी बड़ी ही फीकी-सी मुस्कान उभर आई, बोला–"नाटक करना छोड़ो मां। दरअसल हर इंसान मौत के मामले में बड़ा स्वार्थी हो जाता है। जब मौत उस पर झपटती है, तो यदि वह धकेल सके, तो मौत को अपने प्यारे-से-प्यारे इंसान के ऊपर थकेल दे। इंसान सबसे बड़ा नाटक तब कर रहा होता है, जब वह किसी से कह रहा होता है कि तुम्हारे लिए मैं अपने प्राण भी दे सकता हूं। इंसान सबसे बड़ा झूठ तब बोल रहा होता है, जब किसी से कहता है कि मैं तुम्हें बचाने के लिए खुद मर जाऊंगा। हकीकत ये है मां कि जब मौत आती है, तो सब उसे एक-दूसरे पर टालने की कोशिश करते हैं। हर व्यक्ति खुद को और सिर्फ खुद ही को बचाने के प्रयत्न करता है। उस वक्त सारे रिश्ते, सारा प्यार और ममता आदि सबकुछ धरा रह जाता है। इंसान में सिर्फ खुद को बचाने की प्रवृत्ति है, भले ही उसका कोई भी मरे!"

"ये . . . ये तू कैसी बातें कर रहा है जसवंत?"

"मैं उस हकीकत को कहने की कोशिश कर रहा हूं, जिसे इंसान सिर्फ खुद को अपनी नजरों में इंसान बनाए रखने के लिए स्वीकार नहीं करता। अब तुम खुद ही बोलो न मां, तुम्हारे सामने तुम्हारा बेटा मर गया। बेटी के बाद पति मर गया, लेकिन जब तुम्हें लगा कि तुम अब भी जीवित हो तो आंखें चमक उठी, चेहरा खिल गया पति, पुत्र और बेटी की मौत का सारा गम जाता रहा।"

सुलक्षणादेवी झुंझलाकर कह उठीं–"कोई किसी के साथ मर तो नहीं जाता?"

"तब आप यह कहने का ड्रामा क्यों कर रही हैं कि मुझे मौत के चंगुल में फंसा छोड़कर नहीं जाएंगी!"

हैरत से मुंह फाड़े सुलक्षणादेवी उसका चेहरा देखती रह गई। जसवंत ने आगे कहा–"मैं यहां से नहीं जाऊंगा और तब भी आप जाएगी, बोलिए हकीकत यही है न?"

खामोश सुलक्षणादेवी जसवंत को देखती रही।

कुछ देर तक जसवंत भी अजीब-सी नजरों से उन्हें देखता रहा, फिर बोला–"कुछ सच इतने ज्यादा कड़वे होते हैं कि जिन्हें जानते हुए भी इंसान मुंह से नहीं कह पाता। इसलिए छोड़िए मैं आपको जवाब देने के लिए बाध्य नहीं करूंगा, क्योंकि वैसा करने से न सिर्फ आप धर्म संकट में फंस जाएंगी, बल्कि आपका जवाब मां और बेटे के बीच बनी आज तक की सारी मर्यादाओं को एक झटके से तोड़ डालेगा, अत: इन बातों को भूलकर आप केवल यह बताएं कि आपको मेरी शर्त मंजूर है या नहीं?"

"मंजूर है।" सुलक्षणदेवी ने जल्दी से कहा।

"गुड।" बड़ी अजीब-सी विजयी और जहर में बुझी मुस्कान जसवंत के होंठों पर उभर आई–"मैं तुम्हारे जवाब से खुश हुआ मां। मौत के डर से विवश होकर ही सही, लेकिन तुमने सच्चाई को आखिर स्वीकार कर ही लिया, खैर मै वादा करता हूं, मौका देखते ही तुम्हें इस शहर से निकाल दूंगा।"

"मौके से क्या मतलब?"

"सबकुछ चैक करके ही तुम्हें यहां से निकालना होगा। यदि किसी पुलिस वाले ने तुम्हें शहर से बाहर जाते देख लिया, तो मेरी सारी योजना धरी रह जाएगी। जानता हूं कि तुम पकड़ी गई तो पुलिस बड़ी आसानी से तुमसे सबकुछ बकवा लेगी और तुम्हारी जुबान खुलते ही मेरे हाथों में हथकड़ियां पड़ जाएंगी, इसलिए मैं तुम्हारी गिरफ्तारी किसी हालत में नहीं चाह सकता।"

सुलक्षणादेवी का चेहरा सफेद पड़ गया, बोलीं–"लेकिन तू यहां रहकर क्या करेगा?"

"उस ताकत से टक्कर लूंगा, जो सबके मर्डर कर रही है।"

"वह कविता की लाश है जसवंत, कविता की रूह और रूहों से टक्कर लेकर इंसान जीत नहीं सकते!"

"हालांकि मैं तुम्हारे इस विचार से सहनत नहीं हूं, लेकिन फिर भी मान लेता हूं कि वह रूह है तब तो इस टक्कर में जरा और मजा आएगा। रूह से भिड़ूंगा तो सही?"

"तू पागल हो गया लगता है!"

"छोड़ो मां, दूसरी शर्त सुनो!"

"दूसरी शर्त?"

"जब तक तुम्हें इस शहर से बाहर निकालने का मेरा मौका नहीं लगता तब तक तुम यहां उसी तरह रहोगी जैसे रह रही थी यानी जरूरत पड़ने पर मेरे किसी काम में मेरी मदद भी करोगी।"

"आज रात होने से पहले ही तुम मुझे निकाल दोगे न?"

"हां।"

"ठीक है।" सुलक्षणादेवी ने दूसरी शर्त भी स्वीकार कर ली।

और दरअसल यह दूसरी शर्त स्वीकार कराने के लिए ही जसवंत ने यह ड्रामा किया था। सुलक्षणादेवी को वह कहीं छोड़कर आने वाला नहीं था। जसवंत इतना बेवकूफ नहीं हो सकता कि अपने द्वारा किए गए खून के ऐसे पुख्ता चश्मदीद गवाह को खुला छोड़ दे। वह जानता था कि सुलक्षणादेवी ही पूरी तरह टूट चुकी हैं और किसी भी क्षण खुद उस जुर्म से पर्दा उठा सकती हैं, जिसे छुपाने के लिए वह मौत तक से टकराने के लिए तैयार है।

वह जानता था कि सुलक्षणादेवी उसके लिए इस वक्त एक मुसीबत

जैसी हैं, इन्हें सेट किए बिना वह अन्य समस्याओं से निकलने का रास्ता भी नहीं सोच सकेगा। अत: इसी मकसद से उसने कम-से-कम शाम तक के लिए सुलक्षणादेवी को सेट कर लिया था।

अब वे दोनों कमरे से निकलकर बाहर आए। अभी हॉल में पहुंचे ही थे कि मधु के कमरे की तरफ से बुरी तरह दरवाज़ा झंझोड़े जाने की आवाज आई।

पहले तो वे चौंक ही गए। सुलक्षणादेवी का चेहरा एकदम पीला पड़ गया, किंतु सारा माजरा समझकर जसवंत तेजी से गैलरी में भागा। अकेली रह जाने की वजह से सुलक्षणादेवी, भी उसके पीछे लपकीं। कमरे में बंद दरवाज़े को बुरी तरह झंझोड़ा जा रहा था, साथ ही मधु की आवाज भी आ रही थी–"बाबूजी दरवाज़ा खोलो–दरवाज़ा खोलो मां जी। जसवंत, रेखा दरवाज़ा खोलो।"

जसवंत ने जल्दी से लपककर दरवाज़ा खोल दिया।

सामने ही खड़ी मधु बुरी तरह हांप रही थी। बौखलाई हुई सी वह बोली–"कहां चले गए थे आप, मुझे इस तरह कमरे में बंद क्यों कर दिया गया?"

"वह कुछ नहीं मधु !" खुद को संभालते हुए जसवंत ने कहा– "दरवाज़ा मैंने यह सोचकर बंद कर दिया था कि कहीं सोकर उठते ही तुम फिर बाहर न निकल आओ!"

"क्यों मेरे बाहर निकलने में क्या है?"

जसवंत ने हड़बड़ाकर बात संभाली–"कुछ भी नहीं बात क्या होती तुम बीमार हो न बस इसीलिए मैंने सोचा कि तुम्हारा चलना-फिरना ठीक नहीं है!"

तभी सुलक्षणादेवी वहां पहुंचकर हांफने लगीं!

उन्हें अजीब-सी नजरों से देखती हुई मधु बोली–"मैं कितनी देर से दरवाज़ा पीट रही हूं। सबको आवाज दे रही हूं। किसी ने सुना ही नहीं। मैं तो डर रही थी कि घर में कोई है भी कि नहीं?"

"सॉरी मधु सचमुच घर में मेरे और मां के अलावा कोई नहीं है और

हम दोनों भी दूसरी गैलरी में रेखा वाले कमरे में थे। तुम्हारी आवाज न सुन सके।"

"क्यों बाबूजी और रेखा दीदी कहां गईं?"

"वे बाहर गए हैं!"

"बाहर कब!"

"आज सुबह ही।"

"रात तो आपने मुझे नहीं बताया कि सुबह वे कहीं जाएंगे?"

"बस उनका प्रोग्राम अचानक ही रात को जब बना तो तुम सो चुकी थीं खैर, आओ आराम करो मधु। ज्यादा घूमना-फिरना तुम्हारे लिए ठीक नहीं है।" कहने के साथ ही वह मधु को संभाले कमरे के अंदर प्रविष्ट हो गया। मधु को बहुत ही आराम से उसने बिस्तर पर लिटा दिया।

सुलक्षणा को लग रहा था कि बस, अब अगले ही क्षण मधु कविता में बदलने वाली है। यही शंका रह-रहकर जसवंत के दिमाग में भी उभर रही थी, फिर भी, जो अभिनय वह कर रहा था, वह करना भी बेहद जरूरी था अभी उसने मधु को लिटाया ही था कि कॉलबेल घनघना उठी।

जसवंत के दिमाग में बड़ी तेजी से यह प्रश्न उठा कि कौन हो सकता है। सुलक्षणादेवी कमरे से बाहर निकलने के लिए मुड़ी ही थी कि जसवंत ने कहा–"तुम यहीं रहो मां, मैं देखता हूं।"

सुलक्षणादेवी ठिठककर रह गई।

⅄

किसी भी खतरे का मुकाबला करने के लिए खुद को शारीरिक और मानसिक तौर पर तैयार करने के बाद जसवंत ने चटख़नी खींचकर दरवाज़ा खोल दिया। हालांकि वह पूरी तरह तैयार था, फिर भी दरवाज़े पर खड़े व्यक्ति को देखकर उसके छक्के छूट गए। खोपड़ी घूम गई।

कम-से-कम इस वक्त उसे मधु के पिता का सामना होने की कोई

उम्मीद नहीं थी। उन्हें सामने देखते ही मधु के शब्द उसके जेहन में घूम गए। उफ्, वे शब्द तो उसके दिमाग से उतर ही गए थे। वह कैसे भूल गया कि मधु ने इनके आने के बारे में कहा था।

"क्या बात है बरखुरदार?" मोतीलाल ने उसे चौंकाया–"हमें देखकर इस तरह हैरान क्यों रह गए।"

"आं जी नहीं, ऐसी तो कोई बात नहीं है बाबूजी आइए। वह ऐसा था न कि आपने आने की कोई खबर ही नहीं की, शायद इसीलिए आपको देखकर चकित रह गया।"

"खबर नहीं की?" मोतीलाल अंदर दाखिल होते हुए बोले–"अरे भई, मधु से कहा तो था?"

"मेरा मतलब आज आने से था मैं स्टेशन पहुंच जाता।"

"ओह।" मोतीलाल हंस पड़े–"हम गाड़ी से आए हैं।"

"बैठिए।" जसवंत ने हॉल में पड़े सोफे की तरफ संकेत किया। दरअसल वह इस मोतीलाल वाले खतरे के बारे में सिरे से ही सोचना भूल गया था, इसलिए अचानक उनके आगमन पर जरूरत से कुछ ज्यादा ही हड़बड़ा गया। वह निश्चय नहीं कर पा रहा था कि इस मुसीबत को कैसे टाले?

अपने ही विचारों में गुम जसवंत हक्का-बक्का-सा खड़ा रह गया।

"खड़े कैसे रह गए जसवंत, बैठो।" मोतीलाल ने पुन: उसकी तंद्रा भंग की।"

"आं हां।" कहकर वह सोफे पर गिर-सा पड़ा।

"क्या बात है जसवंत, तबीयत ठीक नहीं है क्या?"

"जी-जी हां-जी हां यही बात है रात जरा ठंड लग गई थी।" जसवंत स्वयं को संभालने की भरसक चेष्टा कर रहा था, जबकि उसका जवाब सुनकर मोतीलाल ठहाका लगा उठे, बोले–"ऐसी खुशखबरी लाए हैं बरखुरदार कि सुनते ही तबीयत ठीक हो जाएगी।"

"खुशखबरी।"

"हां हम अमिता की शादी मनजीत से करने के लिए तैयार हैं।"

"क्या?" जसवंत उछल पड़ा।

मोतीलाल मजा लेते हुए बोले–"चौंक पड़े न?"

"चौंकने की बात ही है।" जसवंत के मुंह से निकल गया। सच्चाई ये थी कि इस वक्त उसका मन अपने बाल नोच डालने का हो रहा था। दिल चाह रहा था कि अपना सिर इस कोठी की दीवारों में दे-देकर मारे उफ्फ ये कुदरत उनके साथ आखिर मजाक क्यों कर रही है?

"हां चौंकने की बात तो है ही।" मोतीलाल कह रहे थे–"हम जानते हैं कि मधु का जवाब सुनकर तो तुम सब निराश ही हो गए होंगे।"

"मगर अचानक ये हो कैसे गया?"

"होनी बलवान होती है। उस वक्त तो ऐसे कोई आसार ही नजर नहीं आ रहे थे। जब तुमने मधु को भेजा था। हमने अपनी मजबूरी जाहिर की थी, सच हम मजबूर थे ही जिस रिश्ते के लिए हमने खुद रिक्वेस्ट की थी, उसे भला कैसे तोड़ देते वह तो बस, कल अचानक ही लड़के के पिता आए बेचारे बड़े शर्मिंदा थे, बार-बार माफी मांगकर कहने लगे कि उनका लड़का किसी लड़की से प्यार करता है और . . ."

वे बताते चले जा रहे थे।

जसवंत कुछ भी नहीं सुन रहा था सुनता भी कैसे, वह तो खुद को ही नियंत्रित करने की कोशिश में व्यस्त था। मोतीलाल की बात खत्म होते-होते वह काफी हद तक संभल गया। उनकी बात समाप्त होते ही बोला–"ये तो आप वाकई बहुत बड़ी खुशखबरी लेकर आए हैं बाबूजी।"

"तो मंगाओ मिठाई हरनामदास और मनजीत को बुलाओ।" कहने के तुरंत बाद सोफे पर बैठे ही बैठे उन्होंने जोर से घर के अन्य सदस्यों को आवाजें लगाईं।

घबराकर जसवंत ने जल्दी से कहा–"वे सब तो बाहर गए हैं बाबूजी।"

"क्या मतलब क्या सभी लोग बाहर गए हैं।"

अभी वह उनके इस वाक्य का हां में जवाब देने वाला ही था कि–

"डैडी।" हॉल में मधु कई आवाज गूंज गई। मोतीलाल ने उधर देखा, जसवंत की नसों में दौड़ने वाला खुन तो मानो एकदम तेजाब में बदल गया। झटके से उठकर खड़ा हो गया था वह। वर्षों से प्यासी-सी मधु अपने पिता की तरफ दौड़ी।

मोतीलाल भी उसे देखकर एकदम से चौंके और खड़े हो गए। नजदीक आकर मधु ने 'डैडी' कहा और मोतीलाल से लिपट गई। मोतीलाल ने उसे अपने कलेजे से लगा लिया। जाने क्यों मधु फफक फफककर रो पड़ी।

जसवंत को मानो लकवा मार गया था।

दौड़ती हुई बदहवास-सी सुलक्षणादेवी भी हॉल में दाखिल हुई। हॉल के दृश्य को देखते ही वे ठिठककर रुक गई। चेहरा बिल्कुल सफेद पड़ गया था। हांफ रही थी वे नजर जसवंत पर पड़ी तो उनके तिरपन कांप गए। उन्हें खा जाने वाली नजरों से घूरता हुआ जसवंत दांत चबा रहा था। इस तरह जैसे उसका वश चलता तो अभी, उन्हें चीर-फाड़कर डाल देता।

सुलक्षणादेवी का दिल धक्-थक् करने लगा।

"क्या हुआ मधु?" मोतीलाल पूछ रहे थे-"ये तूने अपनी क्या हालत बना रखी है। तू रो क्यों रही है बेटी? बोल क्या बात है? वरना तेरे पिता का कलेजा फट जाएगा।"

मधु उनसे कुछ और बुरी तरह लिपटकर रो पड़ी।

जसवंत न सोचा था कि वह मोतीलाल को यह कहकर टरका देगा कि मधु सहित सभी लोग बाहर गए हुए हैं, परंतु मधु ने यहां आकर सारी योजना पर पानी फेर दिया। अब उसने खुद को इस नई परिस्थिति से गुजरने के लिए तैयार किया जल्दी से आगे बढ़कर बोला-"ये क्या पागलपन है मधु जब तुम्हें मना किया है, तो क्यों बार-बार बिस्तर से उठ जाती हो?"

"मधु बीमार है क्या?" मोतीलाल ने उसकी तरफ देखकर पूछा।

"जी हां, घबराने जैसी कोई बात नहीं है।"

"कमाल है, तीन-चार दिन पहले तो अच्छी-भली थी।"

"यहां आई भी ठीक-ठाक थी बाबूजी बस, यहां आते ही पता नहीं इसे क्या हो गया?"

उनकी इस वार्ता के बीच मधु ने खुद को संभाल लिया। पिता से अलग हुई तो जसवंत को मानो विषय बदलने का बहाना मिल गया, आगे बढ़कर मधु को सहारा देता हुआ बोला–"बैठो मधु।" आंचल से आंसू पोंछती हुई मधु सोफे पर बैठ गई।

मोतीलाल की निगाहें मधु पर ही टिकी थीं। वे स्वयं भी सोफे पर बैठ गए। यह रिस्क लेने के अलावा जसवंत के पास इस वक्त कोई चारा नहीं था, मोतीलाल ने मधु से ही पूछा–"तू बहुत कमजोर हो गई है बेटी आखिर दो-चार दिनों में ही अचानक तुझे क्या हो गया है?"

"पता नहीं डैडी दौरे पड़ते हैं।"

"दौरे?" मोतीलाल चौंक पड़े।

"जी बाबूजी।" बात जसवंत ने लपक ली–"पता नहीं अचानक मधु को कैसे दौरे पड़ने लगे हैं। अपना आपा भूलकर जाने यह किस आवाज में क्या-क्या चीखने लगती है?"

"क्या मतलब?"

"दौरे ही में यह बेहोश हो जाती है और फिर यह खुद नहीं बता सकती कि दौरे में इसने क्या किया और क्या-क्या कहा है सबकुछ भूली हुई होती है ये।"

"अजीब बात है, सहारनपुर में तो कभी ऐसा नहीं हुआ।"

"पहले यहां भी कभी नहीं हुआ था, वह तो उस दिन डाइनिंग टेबल पर बैठे-बैठे ही अचानक . . ."

"दौरे के दौरान यह क्या चीखती और करती है?"

"कुछ समझ में नहीं आता पता नहीं किस अटपटी-सी भाषा में क्या कहती है?"

मोतीलाल ने मधु से पूछा–"क्यों बेटे क्या तुझे कुछ भी याद नहीं है?"

"नहीं डैडी, मैं खुद हैरान हूं कि अचानक ही मुझे ये किस किस्म के दौर पड़ने लगे हैं। एक बार तो मैंने इनके चेहरे पर गर्म-गर्म चाय फेंक दी और मुझे याद ही नहीं।"

"ये तो बड़ी अजीब बीमारी है। सीरियस भी हो सकती है।" मोतीलाल बड़बड़ाए, फिर जसवंत से मुखातिब होकर बोले–"किस डॉक्टर का इलाज चल रहा है जसवंत?"

"जी फिलहाल तो मनजीत ही देख रहा था।" कहते-कहते जसवंत की नजर मधु पर पड़ी, तो उसके होश ऊपर के ऊपर, नीचे के नीचे रह गए। सारा जिस्म बर्फ के समान ठंडा पड़ गया। सारा रोयां खड़ा हो गया था।

उसकी ऐसी अवस्था सोफे पर बैठी मधु को देखकर हुई थी। एकटक, अपलक मधु सेंट्रल टेबल पर रखी शिशे की चौड़ी ऐशट्रे को घूरे चली जा रही थी। आंखों में खुमारी-सी थी।

मोतीलाल ने जब उसकी नजरों का पीछा किया तो उनकी नजर भी मधु पर ही टिक गई। मधु के एकाएक यूं गुमसुम हो जाने पर वे चौंके, बोले–"मधु-मधु।"

"हट।" बड़ी जोर से चीखकर मधु ने एक झटके से चेहरा ऊपर उठाया। सुलक्षणादेवी के कंठ से चीख निकल गई। जसवंत की सिट्टी-पिट्टी गुम।

मोतीलाल तक मधु को देखकर डर गए सचमुच वह भयानक लग रही थी। सारे जिस्म का खून जैसे चेहरे पर उभर आया। खूनी आंखों से उसने चारों तरफ देखा, जसवंत पर दृष्टि पड़ते ही गुर्राई–"आह तू हत्यारे तू।"

वह एक झटके से खड़ी हो गई थी।

मोतीलाल भी जल्दी से उठकर खड़े हो गए। जसवंत हालांकि टूट-सा चुका था, फिर भी मोतीलाल को पकड़कर मधु से दूर खींचता हुआ बोला–"बस मधु को इसी तरह का दौरा पड़ता है बाबूजी। दौरे में सामने खड़े हर आदमी को यह अपना दुश्मन समझती है पीछे हट जाइए, वर्ना यह आप पर भी वार कर सकती है।"

"चुप हरामजादे बाबूजी से झूठ बोलता है, क्या मैं इन्हें जानती नहीं हूं?" मधु कविता की आवाज में गुर्राई–"ये मधु दीदी के पिता हैं इन पर भला मैं क्यों वार करूंगी?"

मोतीलाल कह उठे–"ये आवाज तो कविता की है।"

"हां बाबूजी मैं कविता ही हूं ये कमीना आपसे झूठ बोल रहा था। मधु दीदी को कोई दौरे नहीं पड़ते बस, इनकी मदद से मैं इन्हें डराती रहती हूं।"

"मगर क्यों तुम मधु को . . ."

"इन्होंने मुझे मार डाला बाबूजी। ज्यादा दहेज और उस हरामजादे मनजीत की शादी करने के लिए इन सबने मिलकर मुंझे मार डाला। तहखाने में मुझे जीवित जला दिया।"

"मगर तुम तो नहर में डूबकर मरी थीं?"

"नहीं, मैं नहर में डूबकर नहीं मरी थी। आप जैसे जो लोग यह बात सोचते हैं वे इन हरामजादों के षड्यंत्र के शिकार हो गए हैं। वह इनकी एक चाल थी। हत्या किए बिना ही, मेरी हत्या के जुर्म में अदालत से बाइज्जत बरी होने की साजिश। उस मुकदमे के दौरान इन्होंने मुझे तहखाने में कैद कर रखा था। मनमाने अत्याचार करके मुझे मजबूर किए हुए थे ये। मनचाहे मैटर के पत्र लिखवा लेते थे।"

कविता की आवाज में मधु उन्हें सभी कुछ, क्रमवार बताती चली गई। सुनकर मोतीलाल के चेहरे पर सारे जमाने की हैरत उभर आई। आंखें फट पड़ी। मधु कहती ही चली जा रही थी।

सुलक्षणादेवी को सारा कमरा किसी फिरकनी के समान बड़ी तेजी से घूमता नजर आ रहा था। बड़ी तेजी से वे स्वयं को फर्श पर खड़ा रख पा रही थी। दौरे के प्रारंभ में जसवंत की हालत भी वैसी ही हो गई थी, परंतु लंबी वार्ता के बीच अचानक ही उसके दिमाग ने काम किया।

जसवंत हार मानने वाला नहीं था।

हालांकि इसमें कोई शक नहीं कि एक प्रकार से लगभग सबकुछ खत्म हो गया था, फिर भी जिस वक्त मधु कविता की आवाज में बता रही थी और हैरत में डूबे मोतीलाल उसका एक-एक शब्द सुन रहे थे,

उस वक्त धीरे-धीरे सरकता हुआ जसवंत दरवाज़े के निकट पहुंचा। वे सब तब चौंके जब उसने भड़ाक से दरवाज़ा बंद करके चटखनी चढ़ा दी।

"कमीने-कुत्ते मैं तुझे जिंदा नहीं छोड़ूंगी।" चीखने के साथ ही अपने दोनों हाथ हवा में फैलाए मधु उस पर झपटी। उसके नजदीक पहुंचने से पहले ही जसवंत जेब से रिवॉल्वर निकाल चुका था। मधु के झपटते ही उसने पैंतरा बदला और रिवॉल्वर के दस्ते का वार मधु की कनपटी पर किया। एक चीख के साथ मधु ढेर हो गई।

⅄

"हरामजादे-कुत्ते!" अत्यधिक गुस्से में झुलसते हुए मोतीलाल अभी उस पर झपट पड़ना चाहते थे कि जसवंत रिवॉल्वर सीधा करके गुर्राया–"खबरदार बाबूजी यदि एक कदम भी आगे बढ़ाया तो गोली सीने के पार होगी।"

मोतीलाल ठिठक गए।

गुस्से ज्यादती के कारण उनके होंठों के दोनों किनारों पर झाग से उबल रहे थे। उत्तेजना और थोड़े भयवश उनका सारा जिस्म बुरी तरह कांप रहा था। क्रोध और दहशत के संयुक्त भाव आंखों में लिए वे सामने खड़े जसवंत को देखते रह गए। उस जसवंत को जो इस वक्त किसी खूनी भेड़िए से कम खतरनाक नहीं लग रहा था। आंखों से दरिंदगी और चेहरे से पशुता नाच रही थी। दांत और मुट्ठियां भींचे मोतीलाल गुर्रा उठे–"नीच–पापी, सुअर के बच्चे।"

"जुबान संभालो बाबूजी अगर गालियां देने की कोशिश की, तो खोपड़ी के परखच्चे उड़ा दूंगा।"

"उड़ा दे कुत्ते उड़ा दे चला गोली काश, हमने तुम्हें पहले ही पहचान लिया होता।"

"जसवंत के सिद्धांतों को दुआएं दो मोतीलाल। जसवंत का सिद्धांत

बिना किसी बड़ी वजह के खून करना नहीं है यदि मेरा यह सिद्धांत न होता तो अब तक मैं तुम्हें गोली मार चुका होता, लेकिन जब तक मेरा काम बिना किसी को मारे हो सकता है, तब तक हत्या नहीं करता।"

"हम कभी सोच भी नहीं सकते थे कि तुम, तुम्हारा सारा परिवार इतना नीच है। दहेज के लिए तुमने कविता जैसी मासूम और प्यारी बहू को जलाकर राख कर दिया और अब उसी मनजीत की शादी मेरी अमिता से करने चले थे। कह रहे थे कि मधु बीमार है। इसे दौरे पड़ते हैं। दौरे के दौरान न जाने यह किस भाषा में क्या-क्या बकती है, कुछ समझ में नहीं आता?"

"मैं जानता हूं मोतीलाल कि तुम बहुत कुछ जान चुके हो और यही तुम्हारा दुर्भाग्य है तुम्हारी यही जानकारी कम-से-कम मेरे जिंदा रहने तक तो तुम्हें यहां से निकलने नहीं देगी।"

"क्या करोगे हमारा?"

"देखते रहो यहां से फर्नीचर और कालीन हटाओ मां। तहखाने का दरवाज़ा खोलो और तुम?" जसवंत मोतीलाल को घूरता हुआ गुर्राया–"तुम जरा हाथ ऊपर उठाकर उस कोने में चलो।" न चाहते हुए भी मोतीलाल उसके हर आदेश का पालन करने के लिए बाध्य था।

⅄

"ये तुमने क्या किया जसवंत आखिर ये सब तुम क्या कर रहे हो?" साहस करके सुलक्षणादेवी कह उठीं–"मोतीलाल को इस तरह तहखाने में बंद करने से क्या होगा?"

"बकवास बंद करो मां!" तहखाने का दरवाज़ा बंद करने के बाद उनकी तरफ घूमता हुआ जसवंत आग बबूला-सा होकर गुर्राया–"ये सब तुम्हारी वजह से हुआ है।"

"मेरी वजह से।"

"और नहीं तो क्या मैं तुम्हें कमरे में मधु के पास क्यों छोड़कर आया था क्या इसलिए कि वह भागकर यहां हॉल में आ जाए और

तुम उसका मुंह ताकती रही न वह यहां आती और न ही मुझे ये सब बखेड़ा खड़ा करना पड़ता, उस वक्त मैं मोतीलाल से यह कहने वाला था कि मेरे अलावा सब बाहर गए हैं।"

"मैं क्या करती मोतीलाल ने सबको आवाज ही इतनी जोर-जोर से दी थी कि वह कमरे तक चली गई। बिस्तर पर लेटी मधु अपने पिता की आवाज सुनकर चौंक पड़ी और अभी मैं कुछ समझ भी नहीं पाई 'शायद डैडी आए हैं' कह वह वहां से भाग पड़ी।"

कई क्षणों तक लगातार जसवंत उन्हें आग्नेय नेत्रों से घूरता रहा। सुलक्षणादेवी का हलक सूखता-सा चला गया। इस वक्त अपने ही बेटे से वे बुरी तरह आतंकित थी, जसवंत को उन पर गुस्सा आ रहा था, जी चाह रहा था कि फट पड़े, परंतु फिर यह सोचकर रुक गया कि उस अवस्था में सुलक्षणादेवी भी उसके लिए एक मुसीबत बन सकती हैं इसलिए बोला–"खैर, अब जो हो गया उसे छोड़ो आगे का काम करो।"

"जसवंत।"

"क्या बात है।"

"अगर इजाजत हो बेटे तो एक बात कहूं!"

"मुझे तेरे थर्ड क्लास दिमाग की कोई राय नहीं चाहिए। अगर सचमुच यहां से जान बचाकर निकलना चाहती है तो मेरे किसी काम में हस्तक्षेप मत कर चुपचाप मेरे आदेशों का पालन किए जा।"

▲

उस वक्त कमरे में एक कुर्सी पर अधलेटी-सी अवस्था में पड़ा जसवंत कुछ सोच रहा था और सुलक्षणादेवी दूर खड़ी सहमी-सी उसे देख रही थीं, जब एक बार पुन: कॉलबेल बज उठी। सुलक्षणा तो उछल ही पड़ी थीं, जबकि जसवंत ने सिर्फ चौंकते हुए आंखें खोल दी। थोड़ी आतंकित-सी सुलक्षणादेवी प्रश्नवाचक नजरों से उसे देख रही थीं,

उठता हुआ जसंवत बड़बड़ाया–"अब कौन आ मरा?"

सुलक्षणादेवी चुप ही रहीं।

"मेरे साथ आओ।" जसवंत का लहजा आदेशात्मक था। उसके हुक्म की गुलाम-सी सुलक्षणादेवी उसके कमरे से बाहर निकल गई। मधु उसी कमरे में बिस्तर पर बेहोश अवस्था में पड़ी रह गई थी। जिस वक्त जसवंत ने यह कमरा बंद किया। उस वक्त कॉलबेल दूसरी बार चीखी।

उस समय कॉलबेल तीसरी बार बज रही थी, जिस समय उसने एक बार फिर किसी भी खतरे का मुकाबला करने के लिए दरवाज़ा खोल दिया। सामने खड़े केशव पंडित को देखते ही उसे शॉक-सा लगा।

"हैलो मिस्टर जसवंत।" चिर-परिचित मुस्कान के साथ पंडितजी ने हाथ आगे बढ़ा दिया।

"आप?" स्वयं को नियंत्रित करने की कोशिश करते हुए जसवंत ने हाथ मिलाया।

"जी हां!"

"कहिए?" जसवंत का स्वर रुखा था–"कैसे आना हुआ?"

पंडितजी ने बड़े ध्यान से देखा उसे, बोले–"क्या बात है मिस्टर जसवंत, लगता है आप मेरे आने से कुछ खिन्न हुए हैं?"

"जी हां दरअसल मुझे उस व्यक्ति के आगमन से कोई खुशी भी नहीं होनी चाहिए जिसने कि नकली कहानी गढ़कर हमारी बेइज्जती करने के लिए लॉन खुदवाया हो।"

"ओह, तो आप उस वजह से नाराज हैं।" पंडितजी बिना विचलित हुए बोले–"मैं उसके लिए दिल से क्षमा मांगता हूं मिस्टर जसवंत, दरअसल हम भी आदमी हैं। सामने वाले को परखने में कभी-कभी हम भी गलती कर बैठते हैं।"

"अब कैसे आना हुआ?" स्वर रूखा ही था।

"दरअसल अपने केस के सिलसिले में हम हरनामदास से मिलने आए थे।"

"सॉरी वे बाहर गए हुए हैं, इस वक्त घर में सिर्फ मैं और मां हैं।"

"कोई बात नहीं, मेरे सवालों का जवाब आप भी दे सकते हैं।" जसवंत का बस चलता तो पंडितजी को दरवाज़े से ही लौटा देता परंतु ऐसा वह कर नहीं सका शायद यह सोचकर कि यह हरकत उसकी बौखलाहट का परिचायक होगी, और पंडितजी जैसा काइयां जासूस हाथ धोकर इस बौखलाहट की वजह तलाश करने का निश्चय कर लेगा।

मजबूर जसवंत को उन्हें अंदर आने के लिए कहना ही पड़ा। अंदर कदम रखते ही पंडितजी ने पहला विस्फोटक सवाल किया–"क्या बात हैं मिस्टर जसवंत, दोपहर का एक बज रहा है और आप अभी तक नाइट गाउन ही पहने हैं।"

जसवंत झुंझला-सा उठा!

अपने ही दिमाग पर गुस्सा आया उसे इतनी छोटी-सी भूल क्यों कर बैठा वह, क्यों नहीं उसने अब तक अपने कपड़े बदल लिए, दिमागी परेशानी ने तन की सुध लेने का होश ही कब दिया? और एक ये हैं।

कम्बख्त केशव पंडित इतना ज्यादा काइयां है कि किसी के तन पर समय के मुताबिक कपड़े न देखकर भी चौंक पड़ता है और जाने उससे क्या-क्या अर्थ निकालने लगता है, फिर भी खुद को पूरी तरह नियंत्रित रखे जसवंत ने जवाब दिया था–"आज कचहरी की छुट्टी है न इसलिए घर पर ही काम में व्यस्त था।"

"ओह!" कहते हुए पंडितजी एक सोफे पर बैठ गए।

उनके सामने बैठते हुए जसवंत ने कहा–"फरमाइए!"

"क्या आप बता सकते हैं कि आपके किचन में ईंधन के रूप में क्या प्रयोग होता है?"

सवाल ही ऐसा था कि जसवंत के मुंह से बरबस ही निकल पड़ा–"क्या मतलब?"

"मेरा सवाल बिल्कुल सीधा है, आपके किचन में क्या प्रयोग होता है?"

"मगर मैं इस सवाल का अर्थ नहीं समझ पाया?"

"फिलहाल सवाल के अर्थ को समझने की आपको कोई जरूरत नहीं है, आप सिर्फ जवाब दीजिए, आपके किचन में गैस प्रयोग होती है, पत्थर के कोयलों की अंगीठी, लकड़ी के बुरादे की अंगीठी या चूल्हा भी हो सकता है, जिसमें लकड़ियां भी जलती हैं।"

"इंडेन गैस प्रयोग होती है।"

"आप विश्वासपूर्वक कह सकते हैं।" पंडितजी ने उसकी आंखों में झांका।

कुछ न समझता हुआ जसवंत बोला–"हां-हां, क्यों नहीं?"

"ध्यान से सोचकर बताइए आजकल गैस की वितरण व्यवस्था में थोड़ी गड़बड़ चल रही है, ऐसा हो सकता है कि गैस खत्म होने और एजेंसी से दूसरा सिलेंडर आने के बीच ईंधन के रूप में कुछ और प्रयोग हो जाता हो?"

"जी नहीं, दरअसल हमारे पास गैस के दो कनेक्शन हैं, एक डैडी के और एक मेरे नाम से, इसलिए दिक्कत नहीं आती। किसी-न-किसी कनेक्शन से संबंधित सिलेंडर रहता ही है।"

"थैंक्यू।" कहकर पंडितजी एक झटके से उठ खड़े हुए। उनकी यह क्रिया जसवंत की सभी आशाओं के विपरीत थी, इसलिए चौंकता हुआ वह भी उठ खड़ा हुआ और बोला–"क्या मतलब?"

"बस हमें यही पूछना था, फिलहाल चलते हैं!" कहने के साथ ही उन्होंने अप्रत्याशित ढंग से हाथ बढ़ा दिया, हाथ मिलाते हुए जसवंत का दिमाग बुरी तरह चकरा रहा था, जब रहा न गया तो आखिर उसने पूछ ही लिया–"मगर मैं आपके इस बे सिर-पैर के सवाल का मतलब नहीं समझा।"

पंडितजी बड़ी ही जानदार मुस्कुराहट के साथ बोले–"दरअसल आजकल हम सर्वे कर रहे हैं कि कितने प्रतिशत परिवारों में ईंधन के रूप में क्या प्रयोग हो रहा है?"

"आप तो कविता को जीवित साबित करने के अभियान पर निकले थे न?"

"जी हां!"

"तो फिर ये ईंधन का सर्वे?"

"आप शायद भूल गए, अदालती फाइल के अनुसार नहर में कूदने से पहले कविता ने पुल पर कच्चे कोयले से कुछ लिखा था। दरअसल हम यह पता लगाने की कोशिश का रहे हैं कि वह कोयला उस पर आया कहां से?"

"ओह!" जसवंत को उस काइयां जासूस की सूझबूझ ने चकित कर दिया था बोला–"तो क्या आपको यह शक था कि वहां वाक्य लिखने के लिए वह कोयला यहां से लेकर गई होगी।"

"क्यों नहीं हो सकता, कुछ भी हो सकता है हर संभावना पर गौर करना हमारा फर्ज है।"

"सॉरी, मुझे दुख है कि आपको निराश होना पड़ा। हमारे यहां सिर्फ गैस ही इस्तेमाल होती है।"

"कोई बात नहीं, दरअसल हम जासूस लोग निराश जरा कम ही हुआ करते हैं, वैसे बाई द वे आपके घर में इस वक्त कोई मेहमान आया हुआ है क्या?"

"मेहमान, नहीं तो क्यों?"

"एक क्रीम कलर मर्सडीज पोर्च में खड़ी है शायद वह आपकी ही है, हम समझे कि आपसे कोई मिलने आया है।"

मर्सडीज का जिक्र आते ही जसवंत का सारा चेहरा एकदम सफेद पड़ गया। उफ् पोर्च से समय रहते, मोतीलाल की मर्सडीज न हटाकर उसने दूसरी भूल की थी, जिसे हड़बड़ाहट में छुपाने की कोशिश करता हुआ जल्दी से बोला–"जी हां, वह गाड़ी मेरी ही है। मैंने नई खरीदी है।"

"तो रात के समय उसे पोर्च में नहीं, गैरेज में खड़ी किया कीजिए। ओस काफी पड़ती है।" कहने के साथ ही पंडितजी तेज कदमों के साथ हॉल का दरवाज़ा पार कर गए।

“कहो खरबंदा।” औपचारिक बातों की समाप्ति पर केशव पंडित ने पूछा–“आज हमारे घर का रास्ता कैसे भूल गए?”

“मैं आपसे एक केस के सिलसिले में मदद लेने आया हूं सर।”

“कहो, किस केस में?”

“बंसी मर्डर केस?”

“ओह अच्छा हरनामदास के नौकर की हत्या के सिलसिले में!”

“जी हां।”

“मगर तुमने तो कहा था कि हरनामदास और उसके परिवार के बारे में सोचना भी नहीं चाहते।”

थोड़ा झेंपा-सा खरबंदा बोला–“आप तो पुलिस की नौकरी को जानते ही हैं पंडितजी। दरअसल जब यह हम महसूस करें कि अधिकारी हमारी कार्यवाही से नाराज हैं तो हमें वह बदलनी पड़ती है, भले ही हम ठीक हों ऐसा ही कुछ उस वक्त भी हो गया था, लेकिन अब खुद एसएसपी साहब ने ही बंसी मर्डर केस सौंपते हुए मुझे काम करने की पूरी आजादी दी है केस क्योंकि उसी परिवार से संबंधित है, जिस पर हम कल तक विचार करते रहे हैं। अत: इस विषय पर मैंने आपसे ही मदद लेना ठीक समझा। दरअसल मैं आपसे बहुत प्रभावित हूं तथा आपके दिमाग और अनुभव से कुछ सीखना चाहता हूं।”

“खैर पूछो, क्या पूछना चाहते हो?”

खरबंदा ने संभलकर बैठते हुए पूछा–“क्या आप बंसी की हत्या का संबंध हरनामदास की कोठी में छाए उस अजीब-से वातावरण से भी समझते हैं, जो हमें कचोटता रहा है।”

“हां।” पंडितजी ने बड़ा ही सपाट जवाब दिया।

खरबंदा ने उत्सुक होकर पूछा–“कैसे मेरा मतलब है, क्या आपके पास कोई ऐसा तर्क या सुबूत है, जिसकी मौजूदगी में बंसी की हत्या का संबंध उस वातावरण से जुड़ सकता हो?”

"कोठी में तनाव अब भी है बल्कि पहले से कुछ बढ़ गया है।"

"क्या मतलब?"

"हम आज दोपहर अपने केस के सिलसिले में वहां गए थे। वहां सिर्फ जसवंत और उसकी मां थी। जसवंत के मुताबिक घर के सभी सदस्य बाहर गए हुए हैं सुलक्षणादेवी थोड़ी सहमी और आतंकित-सी नजर आ रही थी। हमारी और जसवंत की बातों के बीच में वे एक शब्द भी नहीं बोली या तो वे जसवंत के सामने बोलने से डर रही थीं या उन्हें कुछ बोलने की इजाजत ही नहीं थी।"

"मैं कुछ समझा नहीं।"

"सुनते रहो थोड़ा उखड़ा हुआ हमने जसवंत को भी महसूस किया, दरअसल वह खुद को नियंत्रित रखने की चेष्टा करता हुआ हमारा सामना कर रहा था और अंत में उसने एक झूठ बोला।"

"झूठ?"

"हां, कोठी के पोर्च में एक मर्सडीज खड़ी थी। जिसकी वजह से हमने उससे पूछा कि उनके यहां कोई मेहमान आया हुआ है क्या सवाल सुनकर उसका चेहरा पीला पड़ गया था। हड़बड़ाहट में उसने किसी मेहमान के आने से इंकार किया। हमने मर्सडीज के बारे में पूछा इस बार उसका चेहरा पीला पड़ गया और बचाव का कोई रास्ता न देखकर मर्सडीज अपनी बता गया।"

"ओह।"

"उसका कहना था कि मर्सडीज उसने नई खरीदी है, जब कि मर्सडीज का नंबर दो साल पहले मॉडल का है। गाड़ी पोर्च में खड़ी थी, उसने 'अंडरस्टुड' रूप से यह बात स्वीकार की थी कि गाड़ी सारी रात पोर्च में खड़ी रही, जबकि गाड़ी पर ओस का एक कण भी नहीं था। लोहे वाले द्वार से पोर्च तक लॉन के बीच वाली सड़क पर गाड़ी के टायरों के निशान थे, जो किसी भी तरह रात के नहीं थे। सुबह से जसवंत कहीं गया नहीं, इसलिए कहीं से आने का प्रश्न ही नहीं उठता।"

"कहीं वह मर्सडीज क्रीम कलर की तो नहीं थी?"

"अरे, हां-हां बिल्कुल क्या तुम जानते हो कि वह इनके किस परिचित की गाड़ी है?"

जवाब देने के स्थान पर खरबंदा ने सवाल किया–"क्या आप मुझे उसका नंबर बता सकते हैं।"

"हां, नंबर हमने अपनी डायरी में नोट कर लिया है।" कहने के साथ ही उन्होंने डायरी निकालकर वह पृष्ठ खोला जिस पर नंबर लिखा था, बोले–"इस गाड़ी के मालिक का पता लगाने के लिए हमने नंबर नोट कर लिया था!"

"गुड!" नंबर को देखते ही खरबंदा कह उठा–"ये गाड़ी वही है, मोतीलाल की!"

"कौन मोतीलाल?"

"जसवंत की पत्नी के पिता यानी जसवंत के ससुर की। वे सहारनपुर में रहते हैं।"

"तुम कैसे कह सकते हो कि यह गाड़ी उन्हीं की है!"

"कमाल कर रहे हैं आप दरअसल कविता मर्डर केस के मुकदमे के दौरान लगभग हर तारीख पर सहारनपुर से मोतीलाल आया करते थे। कभी वे अकेले तो कभी फैमिली के साथ जब वे फैमिली के साथ आते थे, तो यह गाड़ी लाया करते थे कचहरी में मैंने कई बार उन्हें देखा है।"

"वैरी गुड इसका मतलब ये कि मोतीलाल आज सुबह वहां आए हैं।"

"इससे आप क्या अर्थ निकालते हैं?"

"सवाल ये उठता है कि जसवंत और उसकी मां ने मोतीलाल के आगमन को छुपाया क्यों? झूठ बोलने के पीछे वजह क्या है? मोतीलाल हॉल में नहीं था, फिर कहां था? मुमकिन है कोठी के भीतरी हिस्से में कहीं हो उसे हमारे सामने क्यों नहीं पड़ने दिया गया? हर झूठ के पीछे कोई वजह होती है यह झूठ एक बार फिर साबित करता है कि कोठी में कोई-न-कोई चक्कर चल रहा है।"

"अगर आप राय दें तो मैं इसी समय कोठी पर रेड डाल सकता हूं।"

"नहीं!" पंडितजी ने इंकार कर दिया–"जल्दबाजी की वजह से हम

एक बार पहले मात खा चुके हैं, दूसरी बार ऐसी भूल नहीं करेंगे। हमारा कदम जल्दबाजी में नहीं, बल्कि पूरी तरह सोचा-समझा और ठोस होना चाहिए। जल्दबाजी में उठाया गया कदम इस बार हमारी स्थिति बहुत दयनीय बना देगा।"

"तो फिर क्या करें?"

"आज रात हम गुप्त रूप से कोठी में दाखिल होंगे।" पंडितजी ने कहा–"यह देखने के लिए कि आखिर वहां हो क्या रहा है। गुप्त रूप से ही हम कोठी की तलाशी भी लेंगे, संभव है कोई ऐसी चीज हाथ लग जाए तो हमारे संदेह को कोई दिशा दे सके।"

"मैं भी आपके साथ ही रहूंगा।" खरबंदा ने कहा।

⅄

मोतीलाल के आगमन पर बेहोश होने के बाद मधु को शाम चार बजे के करीब होश आया था। होश में आते ही उसने अपने पिता के बारे में पूछा। इसके अलावा उसे कुछ याद नहीं था कि अपने पिता से बातें करते-करते ही वह बेहोश हो गई।

जसवंत ने कह दिया कि उसके पिता सहारनपुर लौट गए हैं। सहारनपुर में इस किस्म के केस का स्पेशलिस्ट कोई डॉक्टर है, जिसे वे दो-चार दिन में साथ में लेकर यहां आएंगे!

छः बजे तक मधु ठीक-ठाक रही।

छः पांच पर उसे फिर दौरा उठा। पुनः बेहोश हो गई!

सुलक्षणादेवी बार-बार उससे अपना वादा पूरा करने की रिक्वेस्ट कर रही थीं। जसवंत टालता रहा कभी डांटकर, डरा-धमकाकर तो कभी प्यार से रात के नौ बज गए!

मधु को पुनः होश आ गया। एक घंटे तक वह जसवंत के कंधे पर सिर रखे अपनी बीमारी से परेशान रोती रही। दस बजे जसवंत ने उसे दूध के साथ नींद की गोलियां देकर सुला दिया।

गैरेज में उसकी गाड़ी खड़ी थी, अत: मर्सडीज उसने लॉन के पिछले हिस्से में ठीक उस स्थान पर खड़ी कर दी, जहां कविता की कब्र थी!

दस बजे सुलक्षणा ने उसे उसका वादा फिर याद दिलाया।

इस बार वह सुलक्षणा पर बुरी तरह झुंझला उठा और कह दिया कि इस वक्त वह अपनी समस्याओं में उलझा हुआ है इसलिए उसे यहां से नहीं निकाल सकता। बेचारी सुलक्षणादेवी सहमकर रह गई। अगले दिन निकाल देने का वादा करके उसने सुलक्षणा से सो जाने के लिए कहा।

साहस करके सुलक्षणा बोली कि इस भूतहा कोठी में उसे डर लग रहा है, रात नहीं गुजर सकेगी, तो उसने लताड़कर मारा, कहा कि वह उसे एक क्षण के लिए भी अकेला नहीं छोड़ेगी।

सुलक्षणादेवी ने काफी कोशिश की, किंतु जसवंत के आगे उसकी एक न चली। अंत में जसवंत की इच्छानुसार उसे मधु वाले कमरे में ही फोल्डिंग पलंग डालकर लेटना पड़ा।

जसवंत उसी कमरे में सोफे पर पड़ा था।

कमरे में सभी खिड़की और दरवाज़े अंदर से बंद थे, फिर भी साढ़े ग्यारह बजे के करीब बादलों के बीच गड़गड़ाने वाली बिजली की जोरदार आवाज ने सुलक्षणादेवी को कंपकंपाकर रख दिया।

बाहर आसमान को शायद घने बादलों ने ढक लिया था, तभी तो अपने जबरदस्त प्रकाश के कारण बिजली बार-बार चमकने लगी थी। बिजली की हर गड़गड़ाहट के साथ सुलक्षणादेवी कांपने लगी। जिस तरह उन्होंने करवट ले रखी थी उस तरफ लॉन में खुलने वाली एक खिड़की थी। बिजली की हर चमक के साथ उन्हें सुनसान-सा पड़ा लॉन भी नजर आने लगा।

कमरे में नाइट बल्ब का प्रकाश बिखरा पड़ा था।

भयानक गर्जना के साथ बिजली रह-रहकर चमकने लगी।

हवा की गति भी तेज होती जा रही थी।

हवा की गति का इल्म सुलक्षणादेवी को बिजली की चमक से

चमकने वाले लॉन में मौजूद पौधों को देखकर हुआ था। बिजली जब भी चमकती, वे तेजी से हिलते नजर आते।

घबराकर कनखियों से सुलक्षणादेवी ने सोफे पर पड़े जसवंत की तरफ देखा। वह आराम से आंखें बंद किए लेटा था। सुलक्षणादेवी समझ न सकीं कि वह सो रहा है या यूं लेटा है, बहरहाल वातावरण की भयानकता का उस पर कोई असर नहीं था।

ज्यों-ज्यों रात गहराती गई त्यों-त्यों वातावरण पहले से कहीं ज्यादा भयानक होता गया। हवा इतनी तेजी से बहने लगी थी कि कमरे में भी सांय-सांय की आवाज गूंजने लगी।

अचानक ही मोटी-मोटी बूंदें पड़ने लगी।

बूंदों का अहसास उसे पटर-पटर की आवाज से हुआ था, लॉन में शायद कोई टीन पड़ा था जिस पर गिरने वाली बूंदें अजीब-सी आवाज पैदा कर रही थी। बिजली गड़गड़ाई बारिश तेज हो गई। लॉन में मौजूद पौधों में खलबली मच गई। जाहिर था कि बाहर अंधड़ चलने लगा।

सुलक्षणादेवी न चाहते हुए भी पतंग पर पड़ी थर-थर कांपने लगीं। जब उनसे न रहा गया तो उठ बैठी। अपने ही पलंग के चरमराने ने उन्हें डरा दिया, साहस करके बोलीं–“जसवंत।”

जसवंत पूर्ववत: निश्चल पड़ा रहा।

“जसवंत बेटे।” उन्होंने कुछ और जोर से पुकारा।

“क्या बात है?” आंखें बंद किए, उसी पोज में पड़े जसवंत ने अक्खड़ स्वर में पूछा।

वे कांपती हुई बलीं–“हमें डर लग रहा है!”

“बकवास मत कर, चुपचाप सो जाओ मैं जाग रहा हूं।”

विवश सुलक्षणादेवी लेट गई। उनकी आंखों में तब का दृश्य उभर आया, जब जसवंत सिर्फ आठ साल का था। ऐसी ही एक भयानक रात में बिजली की आवाज से डरकर उसने कहा था कि मां मुझे डर लग रहा है। सुलक्षणादेवी ने उसे अपनी छाती में समेटकर सुला दिया था।

सुलक्षणादेवी की आंखें भर आई, फिर भी उन्हें इतनी तसल्ली थी कि जसवंत जाग रहा है। वह वाकई जाग रहा था सोता भी कैसे?

आज की रात: उसे उस ताकत से जो टकराना था, जो एक-एक करके कविता के हत्यारों का खून कर रही है। वह निश्चय नहीं कर पाया था कि वह ताकत रूहानी है या इंसानी, फिर भी उससे टकराने का जसवंत ने दृढ़ निश्चय कर लिया था। जाने क्यों उसे विश्वास था कि पिछली दो रातों की तरह वह ताकत आज की रात भी सुलक्षणा या उसमें से किसी एक का कत्ल करने की जरूर सोचेगी।

उसका हाथ कोट की भीतरी जेब में पड़े रिवॉल्वर पर था।

"भड़ाक।" अचानक ही एक बहुत जोरदार आवाज आई।

जसवंत हाथ में रिवॉल्वर लिए बिजली के पुतले की तरह उठ खड़ा हुआ। एक चीख के साथ सुलक्षणा हड़बड़ाकर खड़ी हो गई। भड़ाक की आवाज के साथ ही कमरे में तीव्र अंधड़ का ऐसा झोंका आया, जिसने कमरे में हल्की चीजों के अलावा उनके जिस्मों तक को हिला डाला। बहुत काग़ज़ कमरे में उड़े फिर रहे थे। लॉन की तरफ खुलने वाली खिड़की के पट बार-बार खुलने और बंद होने लगे थे। कमरे में मौजूद सभी पर्दे हिल उठे। बिजली चमकी सहमे से वे दोनों खिड़की की तरफ देख रहे थे।

फर्श पर खड़ी सुलक्षणादेवी अभी थरथरा ही रही थी कि जसवंत ने आगे बढ़कर खिड़की के दोनों किवाड़ पकड़े। जोर-से बंद किए और चटखनी चढ़ा दी।

वह घूमा और खड़ी-खड़ी कांप रही सुलक्षणादेवी से बोला–"कुछ भी नहीं है, चटखनी पीछे से बंद नहीं होगी, इसलिए तेज हवा के कारण खुल गई थी, सो जाओ।"

जसवंत ने रिवॉल्वर जेब में रखने के लिए हाथ बढ़ाया ही था कि कमरे में रखी अलार्म घड़ी चीख पड़ी। बौखलाकर जसवंत ने घड़ी पर ही रिवॉल्वर तान दिया।

"उसकी प्रेतलीला शुरू हो गई है।" थरथराती सुलक्षणादेवी बड़बड़ाई।

इस बार जसवंत सिर्फ उन्हें घूरकर रह गया, अलार्म बंद हुआ ही था कि गैलरी की तरफ से पाजेबों की आवाज उभरी–"छम्म-छम्म-छम्म . . ."

जैसे कोई पैरों में पाजेब डाले निश्चित गति से चल रहा हो। सुलक्षणादेवी के जिस्म का रोयां-रोयां खड़ा हो गया। हाथ में दबे रिवॉल्वर पर जसवंत की पकड़ खुद ही सख्त हो गई। पूरी तरह चौकस वह कमरे के बंद दरवाज़े की तरफ घूर रहा था।

छम्म-छम्म की आवाज दरवाज़े के पास ही रूक गई।

फिर गैलरी में खड़े होकर किसी ने बंद दरवाज़े पर दस्तक दी। उसी क्षण, तीव्र गड़गड़ाहट के साथ बिजली चमकी। दस्तक की आवाज बिजली की गड़गड़ाहट से दबकर रह गई थी।

बिजली चमक कर गुल हो गई। लॉन में पड़ा टीन का टुकड़ा अब भी बज रहा था।

दरवाज़े पर पुन: किसी ने दस्तक दी। आवाज बिल्कुल साफ थी। सुलक्षणादेवी पसीने-पसीने हो गई।

"कौन है?" जसवंत का स्वर कांपा नहीं था।

एक पल की चुप्पी, फिर अगले ही पल–"मैं वही हूं जसवंत, जिससे टकराने के लिए तू आज रात इंतजार कर रहा है। अगर हिम्मत है तो दरवाज़ा खोल।"

रिवॉल्वर सख्ती से पकड़े, चेहरे पर दृढ़ता और कठोरता लिए जसवंत दबे पांव दरवाज़े की तरफ बढ़ा उसे बढ़ता देखकर सुलक्षणा चीख पड़ीं–"मुझे साथ ले ले बेटे।"

"चुप हरामजादी तेरी आवाज से उसे पता लग गया कि मैं उसकी तरफ बढ़ रहा हूं।" बुरी तरह झुंझलाकर जसवंत गुर्रा उठा। फिर भी सुलक्षणा उसके समीप सरक आई।

अपने स्थान पर ठिठका जसवंत बंद दरवाज़े को घूर रहा था। दस्तक पुन: उभरी कविता की आवाज–"तुममें से किसी एक को मारे बिना मैं यहां से जाने वाली नहीं हूं जसवंत।"

जसवंत ने गौरिल्ले की तरह दरवाज़ा खोल दिया।

रिवॉल्वर ताने वह गैलरी में पहुंचा, तभी उसने गैलरी के दाएं मोड़ पर एक छाया को मुड़ते देखा। रिवॉल्वर संभाले जसवंत तेजी से उस तरफ दौड़ा। उसके पीछे दौड़ती सुलक्षणा चीख रही थी–"जसवंत मुझे अकेली मत छोड़ बेटे।"

⅄

कोठी की तीसरी मंजिल यानी छत पर इंस्पेक्टर खरबंदा और केशव पंडित पानी की टंकी के सहारे चिपके बैठे थे। ऐसा उन्होंने खुद को जबरदस्त अंधड़ और मूसलाधार बारिश से बचाने के लिए किया था। रात के दस बजे ही वे पिछली बाउंड्री वॉल फलांगकर लॉन में और लॉन से एक गंदे पाइप के सहारे यहां पहुंचे थे। छत पर बैठकर ही वे रात के गहराने का इंतजार करने लगे। रात गहरी होते-होते मौसम भी खराब होता चला गया, अंधड़ चलने लगा, बिजली की जोरदार गड़गड़ाहट के साथ बारिस पड़ने लगी। वर्षा से तो नहीं, लेकिन पानी की टंकी की बैक में वे किसी हद तक अंधड़ की चपेट से तो बचे हुए थे ही जमीन से टकराकर वर्षा की बूंदें इतनी जोरदार आवाज पैदा कर रही थी कि कान में पड़ी आवाज सुनाई नहीं देती थी। लॉन के पिछले हिस्से में खड़ी मर्सडीज उन्होंने देख ली थी।

"मौसम बहुत खराब हो गया है पंडितजी।" उनके कान के समीप मुंह ले जाकर खरबंदा बोला।

"हां, यदि पहले मालूम होता तो बरसाती आदि ले आते!"

"खैर, अब भीग तो गए ही हैं। क्या राय है आपकी, अब कोठी के अंदर दाखिल हुआ जाए या नहीं?"

"अभी कुछ देर और ठहरो, हमें रात के ज्यादा-से-ज्यादा गहरी होने से फायदा है।"

खरबंदा चुप रह गया। बुरी तरह भीग जाने के कारण उसे सर्दी लगने

लगी थी, दांत बज रहे थे, मगर पंडितजी अभी भी यहीं बैठकर रात के ज्यादा गहराने की इंतजार कर रहे थे।

अंधड़ के कारण एंटीना बुरी तरह हिल रहा था।

"अरे वह क्या है पंडितजी उधर देखिए।" खरबंदा चौंककर फुसफुसाया, जवाब में पंडितजी ने धीरे से उसका हाथ दबा दिया, जो इस बात का संकेत था कि वह जो देख रहा है उसे पंडितजी भी देख रहे हैं और चुपचाप सिर्फ देखने के लिए कह रहे हैं। खरबंदा के दिल की धड़कनें बढ़ने लगी थी।

दृष्टि उसी साये पर स्थिर थीं, जो अभी-अभी एक गंदे पानी के पाइप के जरिए छत पर पहुंचा था। साया दबे पांव परंतु तेजी के साथ छत को पार करने लगा।

दोनों की दृष्टि उसी पर स्थिर थी।

तभी जबदस्त गर्जना के साथ बिजली चमकी और साया चमकदार सफेद प्रकाश में पल भर के लिए नहा गया। इसी एक पल में उन्होंने देख लिया कि साए के जिस्म पर स्याह लबादा और चेहरे पर नकाब था, उनके कान के समीप मुंह ले जाकर खरबंदा उत्साहित स्वर में फुसफुसाया–"यही वह नौ नंबर के जूते पहनने वाला नकाबपोश है, जिसने बंसी का कत्ल किया है।"

"खामोशी से देखते रहो।"

साया छत के एक किनारे पर पहुंचा, फिर कोई छजली पकड़कर दूसरी तरफ लटक गया। अगले ही पल उस तरफ से 'थम' की एक धीमी-सी आवाज सुनाई दी।

"आओ।" पंडितजी दबे पांव टंकी की छाया से निकलकर उस तरफ बढ़े, बोले–"फिलहाल तब तक हमें उसकी गतिविधियों पर नजर रखनी है, जब तक कि वह किसी पर कातिलाना हमला ही न करने लगे। उसके द्वारा ऐसी कोशिश होने पर हमें उसे नाकाम करना है।"

खरबंदा चुप ही रहा। पंडितजी के दिमाग पर उसे भरोसा था। वे उसी स्थान पर पहुंच गए, जहां से साया दूसरी तरफ लटका था, उन्होंने धीरे

से नीचे झांका। दूसरी मंजिल की एक गैलरी में खड़ा वह शीशे वाले किवाड़ से शीशा काट रहा था। पंडितजी समझ गए कि वह इस रास्ते से कोठी के अंदर दाखिल होने जा रहा है।

⅄

सुलक्षणा के चीखने की परवाह किए बिना हाथ में रिवॉल्वर लिए जसवंत बेतहाशा भागता चला गया। हॉल में पहुंचते ही उसने बड़ी तेजी से चारों तरफ दृष्टि घुमाई।

हर तरफ सूनी-सी हर कोना शांत-सा नजर अया!

पीछे से आती हुई सुलक्षणादेवी उसके नजदीक पहुंचकर हांफने लगी उनकी अवस्था को व्यक्त करने वाला इस वक्त हल्का पड़ रहा है। अचानक सारे हॉल में कविता की खिलखिलाहट गूंज गई, बौखलाया-सा जसवंत चारों तरफ देखने लगा, खिलखिलाहट के बाद आवाज गूंजी–"इधर-उधर क्या देख रहा है कुत्ते। सुन ध्यान से सुन और फिर पता लगा कि मैं किधर हूं?"

आवाज के तुरंत बाद–"छम्म-छम्म-छम्म।"

पाजेब की आवाज उसे सामने वाली गैलरी से आती महसूस दी। चेहरे पर सख्ती लिए जसवंत उसी तरफ भागता चला गया। चीखती हुई सुलक्षणादेवी उसके पीछे भागीं!

इसके बाद पाजेब की आवाज ने जसवंत को कोठी के चप्पे-चप्पे में घूमा दिया। हर गैलरी में, अंत में वह भाग-दौड़ करता पुन: हॉल में आ गया।

हाथ में रिवॉल्वर लिए जसवंत हांफ रहा था।

हॉल में पुन: कविता की खिलखिलाहट गूंजी, साथ ही आवाज- "बस, हांफ गया कुत्ते अपनी इस शानदार कोठी का एक चक्कर लगाता-लगाता ही हांफ गया, लेकिन मेरी झलक भी नहीं देख सका।"

"तुम जो भी हो, अगर हिम्मत है तो सामने आओ!"

"चिंता मत कर जसवंत, मैं तुझे सामने आकर ही मारूंगी !"

"मैं मनजीत, बंसी, रेखा और डैडी की तरह डरपोक नहीं हूं, जो तुझे देखकर ही डर गए!"

"तो इधर देख हरामजादे कुत्ते इधर!" ठीक सामने वाली गैलरी की तरफ से आवाज आई, जसवंत के साथ ही सुलक्षणा की दृष्टि भी उधर ही घूम गई। यही वह क्षण था, जबकि सुलक्षणा के कंठ से जबरदस्त चीख निकल गई!

जसवंत का चेहरा पत्थर की तरह सख्त हो गया।

हॉल के पार, ठीक सामने वाली गैलरी के किनारे पर खड़ी कविता की लाश उसे घूर रही थी। धीरे-धीरे सारे हॉल में दिमाग तक को सड़ा देने वाली बदबू फैल गई। उस जली हुई वीभत्स लाश को देखकर न चाहते हुए भी जसवंत के जिस्म में सिहरन-सी दौड़ गई!

"ले चला रिवॉल्वर, तेरे सामने हूं!" जसवंत को लाश का जबड़ा हिलता नजर आया।

जसवंत ने रिवॉल्वर सीधा किया ट्रेगर दबाया!

"क्लिक-क्लिक!"

"कोई गोली नहीं निकली, कोई धमाका नहीं गूंजा!

हक्के-बक्के से जसवंत ने रिवॉल्वर की तरफ देखा, ठीक यही क्षण था, जब अचानक ही ऊपर से उस पर ढेर सारा पानी आ गिरा, मगर नहीं वह पानी नहीं था मिट्टी के तेल की दुर्गंध से उसके नथुने भर गए और यह विचार दिमाग में आते ही वह चकरा उठा कि किसी ने इसी मंजिल की रेलिंग से उसके ऊपर ढेर सारा मिट्टी का तेल फेंक दिया है।

मिट्टी के तेल में वह पूरी तरह तर हो चुका था।

यहां तक कि तेल उसकी आंखों में भी चला गया। चिरमिराहट लगने लगी। रिवॉल्वर उसके हाथ से छूटकर कब कहां गिर गया, इस बारे में खुद उसी को कुछ पता नहीं था।

हॉल के फर्श पर वह लड़खड़ाता-सा फिर रहा था!

तभी लाश जहरीले स्वर में बोल उठी–"अब बचकर दिखा सूअर

के बच्चे। मैं देखती हूं तू कैसे बचेगा ले!" कहने के साथ ही उसने अपने दोनों हाथ आगे फैलाए, उसके एक हाथ में माचिस थी, मसाले पर एक तीली खड़ी थी। दूसरे हाथ की उंगली लाश ने तीली पर मारी! फर्र . . . र्र . . . र्र . . . से जलती हुई तीली हवा में नाचती, लहराती और कलाबाजियां-सा खाती जली हुई तीली जसवंत के जिस्म से टकराई ही थी कि मिट्टी के तेल ने फक्क से आग पकड़ ली!

"आह-आह!" जसवंत चीखा, परंतु आग की विकराल लपटें उसे पूरी तरह घेर चुकी थीं। उसी आग से बचने के लिए वह इधर-उधर भागा, किंतु यह उसकी बेवकूफी थी। आग की लपटें तो उसके साथ थी। उसके जिस्म पर लपलपा रही थीं। हॉल में उसकी मर्मान्तक चीखें गूंजती रही।

सुलक्षणादेवी की समझ में कुछ नहीं आ रहा था।

तभी लाश ने अपने हाथ में दबी माचिस से एक चाबी निकालकर उसकी तरफ उछाली, बोली–"ले कुलक्षणी कार की चाबी ले। तुझे मैं छोड़ती हूं पिछले लॉन में खड़ी मर्सडीज लेकर भाग जा!"

भूखी-सी सुलक्षणादेवी चाबी पर झपट पड़ी।

लाश के मुंह से बड़े ही डरावने अट्हास निकलने लगे।

⅄

"हा-हा-हा।" सारी कोठी में गूंजने वाले इस जोरदार और डरावने कहकहे के अलावा किसी की मर्मान्तक चीखें भी वातावरण को कंपकंपा रही थी। वह बिल्कुल वैसी ही आवाज थी, जैसे आग की भट्टी में पड़े जीवित इंसान के कंठ से निकलती है। इन आवाजों को सुनकर नकाबपोश चकरा गया था।

दूसरी मंजिल की गैलरी में दबे पांव आगे बढ़ता हुआ वह पहले तो चौंककर ठिठका, फिर फुर्ती से चाकू निकाला। क्लिक की आवाज के साथ खोला और फिर तेजी से आगे की तरफ भागा।

आवाजें उसी तरफ से आ रही थी।

सीढ़ियों के समीप वाली रेलिंग पर पहुंचते ही वह ठिठक गया। नीचे हॉल का दृश्य देखते ही वह भौंचक्का रह गया। दृश्य ही ऐसा था। आग की लपटों में घिरी एक मानवाकृति को उसने सारे हाल में छटपटाते और एक सड़ी लाश को बुरी तरह ठहाके लगाते देखा। इस खौफनाक दृश्य को हक्का-बक्का-सा वह अभी देख ही रहा था कि–

"कौन हो तुम?" उसके बहुत समीप से आवाज उभरी।

चाकू हाथ में लिए नकाबपोश चौंककर घूमा, घूमते ही उसकी नजर हरनामदास वाला नीला सूट पहने एक विशालकाय और तंदुरुस्त आदमी पर पड़ी। उस व्यक्ति का चेहरा घनी और लंबी दाढ़ी के पीछे छुपा, बड़ा डरावना-सा था उसके हाथ में एक खाली कनस्तर था, जिसमें से मिट्टी के तेल की दुर्गंध का भभका उसकी नकाब के अंदर तक आया।

उस पर चाकू तानकर नकाबपोश ने उल्टा सवाल किया–"तुम कौन हो और यहां क्या कर रहे हो?"

"मैं तुमसे यही पूछ रहा हूं!" नीले सूट वाला गुर्राया।

जवाब में नकाबपोश ने उस पर चाकू से वार किया। नीले सूट वाले ने उसके पेट में घूसा मारा। नकाबपोश एक चीख के साथ हवा में उछल गया।

तभी एक इंसान ने झपटकर नकाबपोश को कब्जा लिया, दूसरे ने नीले सूट वाले को और वे दोनों खरबंदा तथा पंडितजी थे।

⅄

चाबी हाथ लगते ही सुलक्षणादेवी इतनी तेजी से भागी थीं जैसे कि सैकड़ों भूत उसके पीछे लगे हों। इस वक्त उनके दिमाग में सिर्फ एक बात थी!

यह कि कविता की आत्मा ने उन्हें माफ कर दिया है।

बस इससे आगे वे कुछ नहीं सोच सकी थी। चाबी लिए भागती

चली गई। चटखनी गिराकर दरवाज़ा खोला। बारिश और अंधड़ की परवाह किए बिना मर्सडीज की तरफ भागीं।

अगले ही पल से ड्राइविंग सीट पर बैठी थीं!

मर्सडीज एक झटके से आगे बड़ी। उन्होंने ब्रेक मारने चाहे और बस यहीं उनके होश उड़ गए। गाड़ी के ब्रेक बिल्कुल काम नहीं कर रहे थे। रिवॉल्वर से निकली गोली की तरह गाड़ी लॉन की बाउंड्री वॉल की तरफ झपटी!

"नहीं !" चीखती हुई सुलक्षणादेवी ने स्टेयरिंग छोड़कर दोनों हाथों से चेहरा ढक लिया।

"धड़ाम।"

ऐसा कर्णभेदी विस्फोट जिसने सारे साकेत को झंझोड़कर रख दिया। मर्सडीज दीवार से टकरा चुकी थी। स्टयेरिंग सुलक्षणादेवी की छाती में घुस गया। गर्म, गाढ़ा लाल खून बहता रहा।

⅄

इधर-उधर छटपटाने के बाद जसवंत फर्श पर गिर पड़ा, अब उस जली मानवाकृति में से कोई आवाज नहीं निकल रही थी। जो प्रमाणित करती थी कि जसवंत मर चुका है। लाश फिर भी पागलों की तरह कहकहे लगाती रही।

अभी उसके कहकहे रुके नहीं थे कि दूसरी मंजिल की बॉलकनी से किसी ने चीखकर कड़ा–"पुलिस आ गई है बहन जल्दी भाग जाओ!"

लाश ने चौंककर ऊपर देखा।

दूसरी मंजिल की बॉलकनी में एक नकाबपोश को कब्जाए खरबंदा और नीले सूट वाले को पकड़े केशव पंडित खड़े थे, खरबंदा गुर्राया–"हिलने की कोशिश मत करना, तुम मेरे निशाने पर हो।"

"और हम तुम्हें लाश समझने के भ्रम में भी नहीं पड़ेंगे!" पंडितजी बोले।

कुछ देर तक लाश उसी मुद्रा में खड़ी उन्हें देखती रही, फिर बोली–"तुम दोनों के रिवॉल्वर बुरी तरह भीगे हुए हैं, इसलिए उनसे गोली नहीं चलेगी। चाहो तो कोशिश करके देख लो!"

खरबंदा ने ट्रेगर दबा दिया। गोली वाकई नहीं चली।

"फिर भी मैं भागूंगी नहीं मेरा काम खत्म हो चुका है। अब सिर्फ खुद को पुलिस के हवाले ही करना बाकी . . ."

वाक्य अधूरा रह गया।

कर्णभेदी विस्फोट ने सारी कोठी को हिलाकर रख दिया।

"लो मेरी आखिरी शिकार भी खत्म!" विस्फोट के कंपन की समाप्ति पर लाश ने कहा।

"क्या मतलब?"

"बाहर खड़ी उस मर्सडीज में बैठकर एक क्रूर सास भागने की कोशिश कर रही थी, जिसके ब्रेक पहले ही बेकार कर दिए गए थे, कार लॉन में किसी दीवार से टकरा गई होगी। उन्हें कार में ही मरना था, क्योंकि अपने मनजीत की ससुराल से उन्हें दहेज में कार ही चाहिए थी।"

"मगर तुम कौन हो?" खरबंदा ने पूछा।

"कमाल है खरबंदा भइया तुमने अभी तक मुझे नहीं पहचाना, अब तो मैं अपनी वास्तविक आवाज में बोल रही हूं।" कहने के साथ ही लाश का हाथ अपनी गर्दन पर गया, गर्दन के ऊपर वाले पूरे भाग से जली, चुड़ी और बदबूदार सड़ी हुई खाल का एक खोखला-सा, सड़े हुए हाथ में झूल गया।

"तुम म-मधु?" खरबंदा के पैरों तले से जमीन खिसक गई।

"हां, इंस्पेक्टर भइया दहेज के लोभी एक परिवार से मासूम बहू की हत्या का बदला लेने के लिए वह सारा स्वांग रचाना पड़ा। खरे भइया ने मेरी मदद की। अब्दुल खरे जैसा देवता भगवान मुसीबत और दुविधा में फंसी हर नारी की मदद के लिए भेजे, लेकिन वह दूसरा कौन है?"

"ये मैं हूं!" नकाबपोश भावुक स्वर में चीख पड़ा–"ये मैं हूं मधु

बहन, उस बदनसीब बहन का भाई विजय जिसे दहेज के लोभियों ने मार डाला।" कहते हुए नकाबपोश ने चेहरे से नकाब नोचा तो, सबसे ज्यादा खरबंदा चौंका, क्योंकि वह विजय ही था।

बरबस ही उसके मुंह से निकल भी गया–"तुम?"

"हां इंस्पेक्टर तुम सिर्फ नौ नंबर के जूते से मात खा गए, जबकि सात नंबर के पैर वाला जूते के अगले हिस्से में थोड़ी-सी कतरनें भरकर कोई भी आराम से पहन सकता है।"

खरबंदा चकित भाव से उस लड़के को देखता रह गया।

"अपने ये काले कपड़े भी मैं घर में नहीं, बल्कि बैठक में रखता था, जो मैंने घर से अलग डैडी तक से छुपाकर किराए पर ले रखे हैं। उन तक को मेरे इस रूप की जानकारी नहीं है।"

"तुम यहां क्यों आते थे?"

"आता था नहीं इंस्पेक्टर, सिर्फ दूसरी बार आया हूं। उस रात मनजीत को मारने आया था, तो अलार्म ने गड़बड़ी कर दी, आज आया तो देख रहा हूं कि जिस काम के लिए मैं यहां आता था, उस काम को बड़ी खूबसूरती से मधु बहन ने अंजाम दे दिया है।"

"अदालत के फैसले के बाद भी तुम ऐसा क्यों नहीं मानते थे कि कविता के हत्यारे ये ही लोग हैं।"

"गोविंद से मिलने और बिछुवे के संबंध में बात होने के बाद मुझे यकीन हो गया था कि कविता ने नहर में डूबकर आत्महत्या नहीं की, बल्कि उसे डुबोकर मारा गया है।"

"तुम गलत निष्कर्ष पर पहुंचे थे विजय भइया।"

"क्या मतलब?"

"नहर में डूबकर न कविता मरी और न ही उसे मारा गया था। वह सिर्फ एक नाटक था, जिसे जसवंत के दिमाग ने जन्मा और इन सबने अंजाम दिया उस नाटक को। कोई नहीं समझ सका, अदालत और कानून तक धोखा खा गए, हां किसी हद तक पंडितजी उस नाटक को समझ रहे थे, तभी तो ये उन सारी घटनाओं का गहराई से अध्ययन

करने के बाद इस नतीजे पर पहुंचे कि कविता मरी नहीं है।"

"मैं समझा नहीं।" खरबंदा ने कहा।

"यह कहानी तुम्हारे सामने उस रात आई इंस्पेक्टर, जिस रात हरनामदास तुम्हारे पास कविता के गुम होने की रिपोर्ट लिखाने पहुंचे, किंतु कहानी बहुत पहले ही शुरू हो चुकी थी। ये लोग दहेज के लोभ में मनजीत की शादी मेरी छोटी बहन अमिता से करना चाहते थे, इसी मकसद से कविता को रास्ते से हटाने की योजना बनी, उस योजना में इनके सामने सबसे बड़ी अड़चन मैं थी, क्योंकि एक के सामने या जानकारी में दूसरी बहू की हत्या के बारे में सोच भी कैसे सकते थे, अत: मुझे सहारनपुर भेज दिया गया। इस कोठी में एक तहखाना है, जिसमें इस वक्त भी मनजीत, रेखा और हरनामदास की लाशें पड़ी हैं और वहीं बंद पड़े हैं सहारनपुर से आज ही आए मेरे पिता खैर, वे सब बाद की बातें हैं। मैं ये बता रही थी कि मेरे जाने के बाद कविता को उस तहखाने में बंद कर दिया गया। मजबूर करके उससे मनचाहे पत्र लिखवाए गए। बंसी के हाथ पत्र गोविंद को पहुंचाए गए। गोविंद बेचारा अपने कैरेक्टर के मुताबिक उन पत्रों का जवाब देता रहा।" मधु क्रमवार सबकुछ बताती चली गई।

पंडितजी, खरबंदा और विजय बड़े ध्यान से सुन रहे थे। मधु के चुप होने पर पंडितजी ने पूछा–"यदि उन लोगों को कविता की हत्या ही करनी थी तो उसे उस दिन ही नहर में डुबोकर वास्तव में ही क्यों नहीं मार डाला गया। तहखाने में जीवित कैद रखने से इन्हें क्या लाभ था?"

"ये बहुत ज्यादा सतर्क थे पंडितजी, इन्होंने सोचा कि मुमकिन है अदालत में केस चलने पर केस कुछ ऐसा पलटा खाए कि कविता की हत्या के जुर्म में वे फंसने ही लगें ऐसे मौके पर ये कोई भी नई कहानी गढ़कर कविता को अदालत में पेश कर देते। मजबूर कविता अदालत में सिर्फ वही कहती, जो ये चाहते। इस तरह बड़ी आसानी से ये पुन: खुद को हत्या के जुर्म से बचा सकते थे।"

"ओह।" पंडितजी के मस्तक पर बल पड़ गए–"वाकई, हैरतअंगेज स्कीम थी।"

"इनके दुर्भाग्य की कहानी उस ट्रेन से शुरू होती है, जिससे मुझे दूसरी बार सहारनपुर भेजा गया था।"

"ट्रेन से?"

"जी हां, ट्रेन के लेट होने से।" मधु ने कहा जसवंत ट्रेन के आने से कुछ ही देर पहले मुझे स्टेशन छोड़ आया था। उसके जाने के बाद घोषणा की गई कि ट्रेन, दो घंटे लेट है। उस वक्त एक विचार मेरे दिमाग में यह आया कि मैं घर लौट जाऊं और दो घंटे बाद पुन: आ जाऊंगी फिर विचार बदल गया और दूसरे यात्रियों की तरह वहीं रहकर इंतजार करने की सोची। स्टाल से एक उपन्यास खरीदा, वेटिंग रूम में आकर उसे पढ़ने लगी। दो घंटे गुजर गए घोषणा हई कि ट्रेन तीस मिनट में पहुंचेगी। इस तरह तीस-तीस मिनट की घोषणा ने काफी रात कर दी। अंत में बताया गया कि मोदीनगर के पास एक मालगाड़ी के पटरी से उतर जाने के कारण ट्रेन नहीं आ पा रही है। क्रेन उन डिब्बों को वहां से हटाएगी, तब सहारनपुर जाने वाली ट्रेन मोदीनगर से चलेगी। तब काफी रात हो चुकी थी, मैंने इस ट्रेन से जाने का विचार स्थगित कर दिया और रिक्शा में बैठकर घर की तरफ चल दी। रास्ते में सोचती रही कि इतनी देर बाद मुझे देखकर घर के सभी सदस्य चौंक पड़ेंगे और इस विचार के कारण मेरे दिमाग में इन सबको सरप्राइज देने की बात आ गई, अत: मैंने गुप्त रूप से अपने कमरे में जाकर बिस्तर पर लेट जाने का निश्चय किया। मुख्य द्वार से न जाकर मैं लॉन में पहुंची। संयोग से रेखा के कमरे की खिड़की बंद नहीं थी। उसी के जरिए अंदर पहुंची, इतनी रात में रेखा को अपने कमरे में सोई न पाकर मैं चकित रह गई, वहां पहुंचने से पहले मैं यह सोच रही थी कि सब अपने कमरों में पड़े सो रहे होंगे, किंतु यहां पहुंचने पर सरप्राइज देने के चक्कर में खुद सरप्राइज हो गई। इस हॉल का सारा फर्नीचर अस्त-व्यस्त पड़ा था। तहखाने का रास्ता मेरे सामने था, क्योंकि मुझे पहले से किसी ने नहीं बताया था कि इसमें तहखाना है, इसलिए चकित-सी मैं सीढ़ियां उतरने लगी और तब मेरे कानों में कविता की चीखें और दरिंदों के अट्टहास पड़े। तहखाने के भीतरी कमरे

में उस मासूम को कत्ल किया जा रहा था और बाईं तरफ वाले द्वार के 'की-होल' से मैं सबकुछ देख-सुनकर बुरी तरह कांप रही थी, तभी मैंने अपने पीछे पदचापों की ध्वनि सुनी, चौंककर पीछे देखा तो कैदियों के लिबास में एक भयानक शक्ल देखकर चीख पड़ी, किंतु मेरे मुंह से चीख निकलने से पहले ही कैदी ने मुझे दबोच लिया। चीख हलक में ही दबकर रह गई। मैं बहुत बुरी तरह डर गई थी और फिर उसी 'की-होल' से आंख सटाकर कैदी ने भी अंदर का खौफनाक दृश्य देखा, आप समझ ही गए होंगे कि कैदी कौन था?"

"अब्दुल खरे।" खरबंदा बोला।

"जी हां वह मैं ही बदनसीब था इंस्पेक्टर साहब।" हरनामदास वाला नीला सूट पहने खरे बोला–"जेल से भागने के बाद वक्त के थपेड़ों ने मुझे इस कोठी के लॉन में पहुंचा दिया फिर रेखा के कमरे की उसी खुली हुई खिड़की से कोठी के अंदर, हॉल में पहुंचा तो गुप्त दरवाज़ा देखकर चौंक पड़ा। इस तरह मैंने झपटकर मधु बहन को दबोच लिया और उसके बाद मैंने 'की-हौल' से जो कुछ देखा, वह दिल को दहला देने वाला था। इंस्पेक्टर साहब मेरे जैसे पत्थर दिल को भी चूर-चूर कर देने वाला खेल उस कमरे में हो रहा था। आप तो जानते ही हैं कि मैं, अब्दुल खरे एक बहुत ही क्रूर बेरहम और पशुता की हद से नीचे गिरा मुजरिम हूं अपने इन हाथों से मैंने तीन मासूम बच्चों की हत्या गला घोंटकर की है पुलिस और कानून ही नहीं इंस्पेक्टर साहब मैं, अब्दुल खरे भी खुद को इस दुनिया का सबसे क्रूर, सबसे ज्यादा बेरहम समझता था, मगर उस रात दिल को हिला देने वाली उस भयानक लाश ने मेरे भ्रम को चकनाचूर कर दिया। जो कुछ यहां हो रहा था, उसने मेरा तीन बच्चों के हत्यारे का दिलोदिमाग हिलाकर रख दिया। अब्दुल खरे तो बदनाम था इंस्पेक्टर दरअसल मुझसे कई गुना क्रूर हजारों गुना बेरहम तो इस समाज में सम्मानित चेहरा लगाकर घूमने वाले ये लोग थे। एक ससुर, एक सास, एक जेठ, एक पति, एक ननद और एक वफादार नौकर अब्दुल खरे की क्रूरता से बहुत आगे थे।

वहां, उस कमरे में जो कुछ हो रहा था उसे देखकर मैं रो पड़ा यकीन मानो इंस्पेक्टर अब्दुल खरे रो पड़ा। मैं कसम खाकर कहता हूं कि वह मासूम बहू वह नन्ही-सी कविता उन तीनों बच्चों से कहीं ज्यादा भोली थी, जिन्हें अब्दुल खरे ने मारा था और वे हत्यारे अब्दुल खरे से कहीं ज्यादा बेरहम थे उस वक्त कहां था न्याय, कहां थी पुलिस कहां था इंसाफ और कानून उस तहखाने में इंसाफ तो कभी पहुंच भी नहीं सकता था। इंस्पेक्टर कानून तो ऐसे मुजरिमों के पैरों तले कुचला जाता है।" कहता-कहता अब्दुल खरे दहाड़ें मार-मारकर रोने लगा।

"कविता की हाहाकारी चीखें। दरिंदों के कंपकंपा देने वाले कहकहों ने मेरे अंदर आग भर दी इंस्पेक्टर भइया।" मधु चीख पड़ी–"मेरे लिए कोई ससुर, कोई सास, कोई पति, कोई देवर या कोई ननद नहीं रह गई थी। मैंने उसी वक्त फैसला कर लिया कि कविता नाम की एक बहू, जो उस तहखाने में चीख-चीखकर इंसाफ को पुकार रही थी, की मौत का बदला एक बहू ही लेगी। उस घर की बहू छोटी बहू को इंसाफ बड़ी बहू दिलाएगी जब मैं ऐसा निश्चय कर रही थी, तब मैंने अब्दुल खरे नामक इस बेरहम और भयानक इंसान की आंखों में आंसू देखे, जाने कैसे मेरे मुंह से इसके लिए 'भइया' शब्द निकल पड़ा। इसकी आंखों में ठहरे आंसू बुरी तरह बह चले। इसने मुझसे पूछा कि मैं कौन हूं और मेरा परिचय जानने के बाद, मेरी कहानी सुनने के बाद तो जैसे यह पागल हो गया, तब तक भीतरी कमरे में कविता जलकर राख हो चुकी थी। उस मासूम की मौत और दरिंदों की दरिंदगी ने हम दो अपरिचितों में भाई-बहन का पवित्र रिश्ता जोड़ दिया। जिस वक्त वे कविता की लाश को संदूक में रखकर तहखाने से हॉल में ला रहे थे, उस वक्त हम दोनों कोठी के ही एक कमरे में, बुरी तरह रोते गुस्से में झुलसते उन दरिंदों को उनके गुनाह की सजा देने के बारे में सोच रहे थे। खरे भइया कह रहे थे कि मैं इसी वक्त फोन करके पुलिस को यहां बुला लूं, जिससे ये सब कविता के साथ रंगे हाथ पकड़े जाएं, मगर मैं इसके लिए तैयार नहीं थी। बदला लेने का संकल्प मैंने खुद किया था।

खरे भइया मेरा साथ देने के लिए तैयार थे, किंतु हम यह निश्चय नहीं कर पा रहे थे कि बदला लेंगे कैसे। तभी खरे भइया को तलाश करते तुम यहां पहुंच गए। पुलिस सायरन की आवाज सुनकर जो घबराहट और हड़बड़ाहट इन पर हावी हुई थी, उसे हमने अपनी आंखों से देखा और उसे देखकर ही मेरे दिमाग में बदला लेने की पूरी स्कीम आ गई। कॉलेज लाइफ में मैंने बहुत से ड्रामों में काम किया था। अभिनय और किसी की भी आवाज की नकल कर लेना मेरे बाएं हाथ का काम था सो, मैंने कविता की रूह का नाटक रचकर बदला लेने की स्कीम बना ली। जब अपनी स्कीम के बारे में खरे भइया को बताया तो ये चकित होकर मुझसे पूछने लगे कि क्या मैं ऐसा कर सकती हूं, तब मैंने इन्हें कविता की आवाज में बोलकर दिखाया। बदला लेने का रास्ता हमें मिल चुका था सो मैंने उसी रात घड़ी में अलार्म भरकर मेन स्विच से लाइट को ऑन-ऑफ करके संदूक में लगे ताले की दूसरी चाबी से संदूक का ताला खोलकर उनके दिमाग में कविता की रूह की आधारशिला रख दी। जब वे कविता की लाश को लॉन में दफना रहे थे, तब हम अपना सारा प्लान क्रमवार सेट कर रहे थे। अब्दुल भइया तहखाने में रहे, दिन निकलने से पहले ही मैं बस स्टैंड पर पहुंची। सुबह की सबसे पहली बस पकड़कर सहारनपुर वहां मैंने किसी को कुछ नहीं बताया। डैडी से सिर्फ वे बातें की, जो करने के लिए मुझे भेजा गया था। अगले दिन मैं उसी गाड़ी से लौट आई, जिससे लौटने के लिए जसवंत से कह गई थी। हां, सहारनपुर से आते वक्त मैं अपने डैडी का रिवॉल्वर चुरा लाई थी, जिससे बाद में हरनामदास का कत्ल किया यहां आने के बाद योजना के मुताबिक मैंने डायनिंग टेबल पर ही एक्टिंग शुरू कर दी। वही हुआ जो हमने सोचा था यानी ये सब आतंकित डरे हए और भयभीत रहने लगे। यह बात उनके द्वारा बाबा भूतनाथ को बुलाए जाने से भी साबित होती है। मैंने भूतनाथ पर भी यही जाहिर करने की कोशिश की कि मैं कविता की रूह के प्रभाव में हूं, परंतु मेरा ख्याल है कि बाबा सच्चाई जान गए थे वस्तुस्थिति मैंने उन्हें बता ही दी थी,

जब उन्होंने नींबू में लकड़ी चुभाई तो मैंने अपनी समझ के मुताबिक दर्द से छटपटाने की एक्टिंग की थी, किंतु शायद बाबा के मुताबिक एक रूह से ग्रस्त व्यक्ति पर कोई अन्य प्रतिक्रिया होनी थी, ऐसा मैं इसलिए कह सकती हूं कि मेरे दर्द से छटपटाने पर वे बुरी तरह चौंके थे और चौंककर उन्होंने मुझे बहुत ही ध्यान से देखा था, मैं समझती हूं कि उसी क्षण वे समझ गए थे कि मैं रूह के प्रभाव में नहीं हूं बल्कि बहू के हत्यारे परिवार को डरा रही हूं। मानवता के नाते बाबा ने सोचा कि मैं ठीक ही कर रही हूं इसलिए वे बिना किसी को हकीकत बताए लौट गए। बाबा के चले जाने के बाद इनके लिए हर क्षण तनावपूर्ण था। शायद उतना ही, जितना कि इनकी कैद में पड़ी कविता ने भोगा था बिना बेहोश हुए ही मैं बेहोशी का नाटक कर जाती। मनजीत के इंजेक्शन और दवाएं बदल दी गई थीं। कब्र से संदूक निकालकर हम ही ने तहखाने में पहुंचाया था, उद्देश्य था, किसी बहाने इन्हें तहखाने में भेजकर संदूक दिखाना आतंकित और चकित कर देना तभी आप कब्र खोदने आ गए। इनकी बौखलाहट देखने लायक थी। हमारे बिना किए ही इन्हें तहखाने की जरूरत पड़ गई, वहां संदूक देखा तो भौंचक्के साथ ही, जसवंत को नई कहानी गढ़कर आप लोगों से बचाव का रास्ता भी मिल गया। आप लोग निराश होकर लौट गए। हमने इनके तहखाने में जाने से पहले ही संदूक पुन: कब्र में पहुंचा दिया। यह सब कुछ इन्हें आतंकित करने के लिए किया जा रहा था और साथ ही हम इनके दिमाग में यह बात भी बैठा रहे थे कि लाश चल-फिर सकती है, क्योंकि मेरे ऑर्डर पर एक ड्रामा कंपनी यह बदबूदार जला हुआ तथा सड़ा-सा नजर आने वाला खोल तैयार कर रही थी। इस खोल के तैयार होते ही चलती-फिरती लाश इनका कत्ल करने लगी। क्रमवार प्वाइंट बाई प्वाइंट कहानी सुनाने के लिए काफी समय चाहिए, अत: संक्षेप में आप इतना ही समझ लें कि मेरी और खरे भइया की योजना हर कदम पर सफल रही। हम दो थे इसलिए उन्हें नचाने में ज्यादा दिक्कत नहीं होती थी एक मेन स्विच पर लाइट ऑन-ऑफ करता रहता था, दूसरा

टेप में भरी पाजेब की आवाज से ही उन्हें डराता रहता था कई स्थानों पर मेरे स्थान पर टेप कविता की आवाज में भी बोला। वे आवाज मैं बोलकर पहले ही टेप में भर देती थी।"

⅄

एक धुरंधर सरकारी वकील कटघरे में खड़ी मधु की तरफ उंगली उठाए चीख रहा था–"श्रीमती मधुदेवी ने सारी कहानी अपने मुंह से अदालत को बताकर अपना एक-एक गुनाह अपना एक-एक जुर्म खुद कुबूल किया है मीलार्ड सिर्फ कुबूल ही नहीं किया है, बल्कि वह सब बताते वक्त मधुदेवी की गर्दन फख्र से तनी भी रही है। मुल्जिमा ने खुद कहा है किए अपने किए पर उसे फख्र है अदालत और कानून का इससे बड़ा अपमान और क्या होगा कि एक मुजरिम सीना ठोंककर, गर्दन तानकर यह कहे कि उसे पांच खून करने का फख्र है मुल्जिमा ने एक या दो नहीं पूरे पांच खून किए हैं पांच।"

"कम्बख्त मनजीत ने तो खुद ही आत्महत्या कर ली वकील साहब।" मधु कह उठी–"और मुझे अपनी अंतिम सांस तक उसके आत्महत्या करने का मलाल रहेगा।"

"आप देख रहे हैं मीलार्ड आप खुद ही देख रहे हैं कि मुल्जिमा कितनी ढीठ है बेहद खतरनाक और चालाक इसी तरह अब्दुल खरे ने भी अपना जुर्म कुबूल किया है। इन दोनों ने हंसते-खेलते पूरे परिवार को मौत के घाट उतार दिया। उनमें से एक को भी नहीं छोड़ा इन्होंने। ऐसा भी नहीं जो इस अदालत से न्याय मांग सके। एक योजना बनाकर, पूरी तरह होशो-हवास में इन्होंने घर के एक-एक सदस्य को आतंकित करके मौत के घाट उतार दिया है। ऐसे मुजरिमों के लिए भारतीय दंड विधान में केवल एक ही सजा है फांसी। मैं अदालत से दरखास्त करता हूं कि इन्हें किसी भी हालत में फांसी से कम सजा न दी जाए।"

"क्या तुम अपनी सफाई में कुछ कहना चाहती हो मधुदेवी?" न्यायाधीश ने पूछा।

"वो कानून का वह सिंबल।" कटघरे में खड़ी मधु ने सिंबल की तरफ उंगली उठाकर कहा–"एक औरत–औरत की आंखों पर पट्टी और उसके हाथ में तराजू क्या मैं उस सिंबल का अर्थ पूछने का साहस कर सकती हूं?"

"क्यों नहीं?"

"मुझे बताया जाए।"

"वह औरत न्यायाधीश है। तुम उसे कानून भी कह सकती हो। कानून की आंखों पर पट्टी है, क्योंकि वह अपने-पराए को देखना नहीं चाहता। निष्पक्ष फैसले के लिए उसके हाथों में तराजू है। तराजू के एक पलड़े में वादी के तथ्य रखे जाते हैं दूसरे में प्रतिवादी के जिसके तथ्यों में ज्यादा वजन होता है, उसका पलड़ा भारी हो जाता है और झुककर स्वयं न्याय कर देता है।"

"आंखों पर पट्टी बांधकर न्यायाधीश या कानून कैसे देख सकता है कि कौन-सा पलड़ा क्यों झुक रहा है?"

"वह तो खुद मालूम हो जाता है।"

"आप गलत कह रहे हैं योर ऑनर अगर मैं आपके हाथ में तराजू दे दूं और आपकी आंखों पर पट्टी बांध दूं तो आप कभी सही नहीं तौल सकते।"

"हम तौल सकते हैं।"

"आप नहीं तौल सकते सर दरअसल कोई भी सही नहीं तौल सकता। अगर आप मेरी बात को सच होते देखना चाहते हैं, तो एक तराजू मंगाइए।"

"ये क्या बकवास है मीलार्ड इन बातों का इस केस से क्या संबंध?" सरकारी वकील चीख पड़ा।

"संबंध है योर ऑनर।" मधु की आवाज वकील से कहीं ज्यादा बुलंद थी–"इन बातों को प्रमाणित होते देखना चाहते हैं, तो इसी वक्त यहां एक तराजू मंगाई जाए।"

चारों तरफ एक अजीब-सी खुसर-फुसर गूंज गई।

न्यायाथीश के आर्डर-आर्डर कहकर सन्नाटा व्याप्त किया। तुरंत एक तराज़ू पेश करने का हुक्म दिया, तराज़ू आ गई, कटघरे से निकलकर मधु न्यायाधीश के समक्ष पहुंची, न्यायाधीश के कहने पर उसने उनकी आंखों पर पट्टी बांध दी। न्यायाधीश ने तराज़ू हाथ में ले ली, सारी अदालत उन दृश्यों को बड़ी दिलचस्प निगाहों से देख रही थी। न्यायाधीश महोदय बोले–"अब हमें कुछ भी नहीं दिख रहा है तुलवाओ, क्या तुलवाना चाहती हो?"

मधु ने कहा–"मेरी अदालत से गुजारिश है कि कोई भी कुछ नहीं बोलेगा। वकील साहब आपसे भी, योर ऑनर के फैसले से पहले सब चुप रहेंगे।"

अदालत में पूरी तरह सन्नाटा व्याप्त हो गया।

मधु ने मेज पर रखे काग़ज़ एक-एक करके दोनों पलड़ों में रखने शुरू कर दिए। कभी दायां पलड़ा झुकता था तो कभी बायां धीरे-धीरे दोनों पलड़े भर गए। दायां पलड़ा पूरी तरह नीचे झुक गया था और बायां ऊपर उठ गया था इतना काम करके मधु अपने कटघरे में आ गई, बोली–"मैंने दोनों पलड़ों में काग़ज़ रूपी सुबूत रखे हैं योर ऑनर अब बताइए कि दायां पलड़ा भारी है या बायां?"

"दायां।" न्यायाधीश महोदय ने कहा।

मधु ने बड़ी ही गहरी मुस्कान के साथ कहा–"अब आप आंखों से पट्टी हटा सकते हैं।"

न्यायाधीश महोदय ने दूसरे हाथ से पट्टी हटा ली।

"अब आप दोनों पलड़ों में रखे काग़ज़ रूपी सुबूतों को एक-एक करके हटाइए।" न्यायाधीश ने वैसा ही किया।

दाएं पलड़े के कुछ काग़ज़ों के नीचे से उन्हें अपनी हथौड़ी भी मिली और मधु यहीं चीख पड़ी–"बस रुक जाइए योर ऑनर मैंने आपसे कहा था कि पलड़ों में सुबूत रूपी काग़ज़ रखे गए हैं, फिर यह हथौड़ी पलड़े में कैसे निकली ये किस वस्तु का प्रतीक है?"

"तुम्हीं ने रखी होगी।"

"आपको कब पता चला?"

"अभी, जब हमने इसे देखा।"

"उस वक्त तो पता नहीं लगा था, न जब मैंने चालाकी से यह हथौड़ी काग़ज़ों के बीच रखी थी?"

"नहीं।"

"और यह हथौड़ी सुबूत नहीं, बेईमानी का प्रतीक है। किसी धुरंधर वकील की जोरदार दलीलों का प्रतीक है। चालाक वकील सुबूतों के अलावा अपनी झूठी दलीलें भी सुबूतों के बीच छपाकर अपने पलड़े में रख देते हैं। एक सच्चा वकील जो सच्चा तो है, सारे सुबूत भी अपने पलड़े में रख देता है किंतु जोरदार दलीलों की प्रतीक ऐसी हथौड़ी नहीं रख पाता, आपकी आंखों पर पट्टी थी, इसलिए देख नहीं सके कि मैंने कब चालाकी से दाएं पलड़े में हथौड़ी रख दी काश, उस वक्त आपकी आंखों पर पट्टी न होती तो आप मेरी चालाकी देख लेते और तब शायद आपका फैसला बाएं पलड़े के पक्ष में होता।"

"यकीनन।"

"यानी आप आंखों पर पट्टी बंधी होने की वजह से धोखा खा गए?" मधु कहती ही चली गई–"इसलिए कहती हूं योर ऑनर कि उस औरत की आंखों से पट्टी उतारकर फेंक दीजिए ताकि वह देख सके कि कौन अपने पलड़े में क्या रख रहा है। कानून को आंखें खोलने दीजिए योर ऑनर सिर्फ सुनकर फैसला देने वाले कानून का फैसला कभी ठीक नहीं कर सकते। कानों सुनी पर कभी यकीन नहीं करना चाहिए योर ऑनर सिर्फ आंखों देखी ही सच होती है और कानून देखता है नहीं उसे देखने दीजिए योर ऑनर बिना देखे वह कभी सही फैसला नहीं कर सकेगा। न्याय के मंदिर में आए ऐसे बहुत से लोग हो सकते हैं, जिनके चेहरे उनके बेगुनाह या गुनाहगार होने का सुबूत हों कानून को वे चेहरे देखने दीजिए। चेहरे पर लिखे भावों को पढ़ने दीजिए। यदि कानून यहां आए किसी व्यक्ति की आंखों में आंखें डालकर बात करने लगा तो

उनके सामने सिर्फ बेगुनाह ही टिक सकेंगे इंसाफ करने के लिए कानून को सबसे ज्यादा आंखों की जरूरत है। यदि आप वाकई न्याय करना चाहते हैं तो उस पट्टी को उतार फेंकिए।"

"तुम कहना क्या चाहती हो?"

"मेरी तरफ देखिए और फिर कहिए योर ऑनर कि मैंने गलत किया?"

"कानून अपने हाथ में लेना जुर्म है। तुम उसी रात पुलिस को वहां बुलाकर उन्हें कविता की लाश के साथ गिरफ्तार कराकर अदालत से इंसाफ मांग सकती थीं?"

"इंसाफ।" मधु दांत भींचकर कह उठी–"और उस अदालत से, जिसमें अभी-अभी साबित हो चुका है कि यहां इंसाफ कभी हो ही नहीं सकता, फिर अंधे कानून से क्या इंसाफ मांगती, जानती थी कि हरनामदास के वकील अपने पलड़े में वैसी ही कोई हथौड़ी रखकर अपना पलड़ा झुका लेंगे। शुक्र है कि तुम दोनों ने कानून के कानों पर पट्टी नहीं बांधी, जबकि हकीकत तो यह है कि कानून न सुन सकता, न देख सकता है।"

"तुम कानून और अदालत का अपमान कर रही हो!"

"अगर ये कानून सुन सकता है तो क्यों नहीं तहखाने में जाकर एक मजबूर, बेबस और भोली-भाली बहू की चीखें सुनीं वह चीखती रही, चिल्लाती रही भगवान की तरह कानून भी सोता रहा तुम बहुओं को सलाह देते हो कि वे अदालत में आकर इंसाफ मांगें सलाह देनी बहुत आसान है योर ऑनर। किसी सलाह को अमल में लाना बहुत मुश्किल अकेली अबला जो बहू बनकर किसी परिवार में गई हो उसे परिवार के सब लोग दरिंदों की तरह घेर लेते हैं। अपनी इच्छा से जब वह हिल नहीं सकती तो तुम्हारी अदालतों से इंसाफ मांगने कैसे आए और यदि कोई आ भी गई तो अदालत इंसाफ कर नहीं सकेगी। कानून की धाराएं बड़े-बड़े वकीलों की दलीलों से गड़मड़ होकर रह जाएंगी और अगर आप फिर भी कहते हैं कि बहुएं यहा आकर इंसाफ मांगें तो मैं खड़ी

हूं यहां। दहेज के लोभियों से घिरी आज की हर बहू के लिए पल्ला पसारकर ये एक बहू इंसाफ मांगती है योर ऑनर उन्हें इंसाफ दीजिए कोई ऐसा तरीका निकालिए जिससे फिर कभी कोई परिवार दहेज के लिए बहू की हत्या न कर सके।"

"आप अपने केस से हटकर बोल रही हैं मधुदेवी।" न्यायाधीश महोदय ने कहा–"आपको सिर्फ अपनी सफाई देनी चाहिए, वकील साहब के आरोपों के बारे में आपको क्या कहना है?"

"सिर्फ यह कि वे सब अदालत को खुद मैंने ही बताए हैं।"

"क्या आप जानती हैं कि आपकी यह बार-बार की स्वीकोरिक्त अपको फांसी की सजा भी दिला सकती है?"

"जब तक कानून की आंखों पर वह पट्टी है, तब तक ये अदालतें ऐसे फैसले देने के अलावा और कर भी क्या सकती हैं?" मधु के होंठों पर कहते वक्त व्यंग्य भरी मुस्कान थी!

॥ समाप्त॥